GOLDMANN

W0199475

Von Marion Chesney sind
als Goldmann-Taschenbücher erschienen:

Diana – Verwirrung des Herzens. Roman (8610)
Lady in Nöten. Roman (9909)
Ein Mädchen aus Frankreich. Roman (9801)
Penelope. Roman (41063)
Die schöne Amazone. Roman (9709)
Die schöne Begleiterin. Roman (9904)
Schönes, armes Mädchen. Roman (41047)
Wer von Liebe träumt ... Roman (41236)

Ein Haus für die Saison:
Tage der Sehnsucht. Roman (9218)
Die ungleichen Schwestern. Roman (9258)
Saison der Eifersucht. Roman (9291)
Herzenspoker. Roman (9406)
Spiel der Intrigen. Roman (9434)
Ein echter Snob. Roman (9489)

Die reisende Ehestifterin:
Fahrt ins Glück. Roman (41338)
Das Schloß am Fluß. Roman (41345)
Hafen der Sehnsucht. Roman (41385)
Neues Glück für Beatrice. Roman (41386)
Ein wildes Mädchen / Unterwegs ins Glück. Zwei Romane (13141)

Alle Bände sind in sich abgeschlossen.

Marion Chesney

EIN WILDES MÄDCHEN

UNTERWEGS INS GLÜCK

Zwei Romane in einem Band

Aus dem Englischen von
Anita Peter
und Claudia Rackwitz

GOLDMANN VERLAG

Deutsche Erstveröffentlichung
Titel der Originalausgaben:
Deborah Goes to Dover / Yvonne Goes to York
Originalverlag: St. Martin's Press, New York

Umwelthinweis:
Alle bedruckten Materialien
dieses Taschenbuches
sind chlorfrei und umweltfreundlich.
Das Papier enthält Recycling-Anteile.

Der Goldmann Verlag
ist ein Unternehmen der Verlagsgruppe Bertelsmann

Umschlagentwurf: Design Team, München
Farbige Umschlagzeichnung: VPM Verlagsservice
Satz: Uhl + Massopust, Aalen
Druck: Elsnerdruck, Berlin
Verlagsnummer: 13141
MV · Herstellung: Heidrun Nawrot
Made in Germany
ISBN 3-442-13141-3

1 3 5 7 9 10 8 6 4 2

Ein wildes Mädchen

Aus dem Englischen
von Anita Peter

1

Miss Hannah Pym war verliebt.

Verliebt gewähnt hatte sie sich schon einmal, vor langer Zeit, als sie noch eine Dienerin war und nicht die jetzige Dame mit eigenem Vermögen. Aber dies, das fühlte sie, war endlich wirkliche Liebe.

Nicht die von Hoffnung beflügelte Liebe einer taufrischen Sechzehnjährigen, sondern die einer Frau in mittleren Jahren, deren Sehnsucht etwas Verzweifeltes hatte, eine aussichtslose Liebe.

Hannah war in den Vierzigern. Gegenstand ihrer Zuneigung war ein Junggeselle in den Fünfzigern. Altersmäßig konnte niemand besser zusammenpassen. Aber Gegenstand ihrer Liebe war kein anderer als Sir George Clarence, der Bruder ihres verstorbenen Herrn; dieser hatte sie in seinem Testament mit einer Summe bedacht, die es ihr ermöglichte, ihrem Dienstbotendasein Valet zu sagen.

Einen Teil des geerbten Geldes hatte sie auf vier Reisen mit der Postkutsche verwandt und dabei den treuen Lakaien Benjamin und die Freundschaft Sir Georges gewonnen.

Aber es hatte nicht den Anschein, als ob diese Freundschaft je inniger würde. Als sie von ihrer letzten Reise, nach Brighton, zurückgekehrt war, hatte es sogar einen Rückschlag gegeben. Sir George war im Begriff gewesen, einer gewissen Miss Bearcroft einen Heiratsantrag zu machen. Zwar wurde bekannt, daß diese Dame in keinem guten Ruf stand, und Sir George zog sich von ihr zurück, froh, vor einem schweren Fehler bewahrt worden zu sein. Aber die Tatsache als solche, daß er für die Verlockungen des anderen Geschlechts so anfällig gewesen war, hatte Hannah wie ein Keulenschlag getroffen. Statt neue Hoffnung zu schöpfen, hatte sie sich ausgemalt, wie Sir George der nächstbesten Frau von zweifelhaftem Ruf ins Netz gehen werde.

Solche düsteren Gedanken spukten auch in ihrem Kopf, als sie im Hof des Gasthofs zum Adler in der Gracechurch Street auf die Postkutsche nach Dover wartete. Hätte sie nicht lieber in London bleiben sollen, statt den Schmerz ihrer jungen Liebe zur Küste mitzunehmen? Und doch hatte sich Sir George die Schilderung ihrer Abenteuer mit Vergnügen angehört. Aber woher sollte Hannah den Stoff für weitere spannende Geschichten nehmen, wenn sie das Reisen aufgab?

Die Postkutsche fuhr in den Hof. Hannahs Lakai Benjamin half dem Wächter, das Gepäck seiner Herrin im Korb zu verstauen, war ihr beim Einsteigen behilflich und kletterte dann auf das Dach des Vehikels, wo er sich zu den Außenpassagieren setzte.

Hannah war der erste Innenpassagier. Sie fragte sich, was wohl für Reisende noch zusteigen würden. Schon mehrfach hatte sie sich bei Menschen, denen sie auf ihren Reisen begegnete, erfolgreich als Ehestifterin betätigt. Aber eine Dame, die sich nichts sehnlicher wünscht, als selbst zu heiraten, hat wenig Lust, sich mit fremder Leute Liebesangelegenheiten zu befassen. So beschloß Hannah, diesmal nur an sich selbst zu denken, die Landschaft zu genießen und sich Beschreibungen für Sir George auszudenken – für Sir George mit den durchdringenden blauen Augen und dem silberweißen Haar.

Ein Passagier nach dem anderen begann sich in der Kutsche häuslich einzurichten. Da war ein grimmig dreinblickender Hauptmann in scharlachroter Uniform, eine unscheinbare junge Dame mit häßlicher Haube, von einer Frau behütet, die offenbar ihre Mutter war, ein schon älterer Geistlicher und seine unscheinbare Ehefrau. Eine langweilige Gesellschaft, dachte Hannah unchristlich.

Es war sechs Uhr früh, und der Morgen graute über dem Schornsteingewirr der Stadt London. Ein kräftiger Wind blies, und wirbelnder Rauch quoll aus den Schornsteinen und senkte sich auf die Straßen herab.

Auf ihrem Weg nach Dover kam die Postkutsche nach Deptford. Hier war es, wo 1581 Königin Elisabeth den berühmten englischen Seehelden Sir Francis Drake auf seinem Schiff »Die goldene Hirschkuh« aufgesucht hatte. An deren Bord hatte die Königin auch gespeist und nach dem Dinner den Kapitän zum Ritter geschlagen. Zwölf Jahre später trat in Deptford ein weit weniger erfreuliches Ereignis ein. Der Dramatiker Christopher Marlowe wurde dort im Alter von neunundzwanzig Jahren bei einem Wirtshausstreit erschlagen.

Kaum aus Deptford herausgekommen, fuhren sie schon durch Blackheath. Im Jahre 1400 empfing hier Heinrich IV. Manuel, den Eroberer von Konstantinopel. Und Heinrich V. wurde nach seinem langen Triumphzug von Dover her in Blackheath vom Bürgermeister und fünfhundert Londoner Bürgern festlich empfangen. Nicht zuletzt ließ sich hier Heinrich VIII., der König mit den vielen Ehefrauen, zum vierten Mal trauen, mit Anna von Cleve.

Als die Postkutsche schließlich in den Hof des »Ochsen« von Dartford fuhr, wo die Reisenden zu frühstücken pflegten, kehrte auch Hannah mit ihren Gedanken in die Gegenwart zurück. Der »Ochse« war ein hübscher alter Gasthof mit einem Balkon, der ringsum lief.

Hannah kletterte steif aus dem Wagen. Es war das erste Mal, soweit sie sich erinnern konnte, daß sie sich unwohl fühlte, und sie fragte sich, ob die Liebe einem wie eine Krankheit in die Knochen fuhr.

Durch Benjamin rückte sie in den Brennpunkt des allgemeinen Interesses. In eine schwarzgoldene Livree gekleidet, bezog er hinter Hannahs Stuhl Posten. Jedesmal, wenn seine Herrin an diese Livree dachte, überkam sie ein ungutes Gefühl. Benjamin hatte das Prachtstück in Brighton gekauft und, wie sie wußte, aus seinen Gewinnen im Glücksspiel bezahlt. Wohl zum hundertsten Mal sagte sich Hannah, daß sie etwas gegen Benjamins Spielleidenschaft unternehmen müsse. Was war, wenn er sich in Schulden verstrickte und sie sie bezahlen mußte? Vor kurzer Zeit war ihr ihr Legat in Höhe von fünftausend Pfund noch wie ein großes Vermögen vorgekommen. Doch inzwischen war sie ein Mitglied der eleganten Welt geworden, hatte ihre kleine Wohnung über der Bäckerei in Kensington mit einer vornehmen im Herzen des Londoner Westends vertauscht. Zugegeben, dank Benjamin hatte sie bisher noch nicht allzu tief in die Tasche greifen müssen. Der findige Lakai schien durch sein Spiel immer über einen kleinen Geldvorrat zu verfügen, der für Kohle, Kerzen und Kost ausreichte.

Ihr Gewissen quälte sie. Sie lebte von seinen Gewinnen, unrechtmäßigen Gewinnen, wie sie sich eingestand.

Das Frühstück war ausgezeichnet. Aber die Junggesellin vermißte ihren Benjamin, der weggegangen war, um sein Mahl zusammen mit dem Kutscher und dem Wächter zu verzehren. Sie blickte sich im Gästezimmer um und erstarrte zur Salzsäule. Über der Anrichte befand sich ein großer Spiegel, der ihr Bild deutlich zurückwarf.

Wie viele andere Damen von mittlerem Alter schaute Hannah kaum je genauer in den Spiegel, sondern zog es vor, sich ein möglichst schmeichelhaftes Bild von ihrem Äußeren ohne ihn zu machen. Aber das dort war sie, die echte Hannah Pym, in den Vierzigern, altjüngferlich von ihrer mageren Figur mit der flachen Brust bis zu dem sandfarbenen Haar und der krummen Nase. Das einzig Schöne an ihr waren die Augen, die Opalen ähnelten und die Farbe je nach ihrer Stimmung wechselten.

Wie konnte ich nur hoffen, Sir George Clarence werde sich in eine wie mich verlieben? dachte Hannah verbittert.

»Sie haben wohl eine Art Krampf?« fragte eine Stimme neben ihr.

Hannah wandte sich ihrer Nachbarin zu, der Mutter des jungen Mädchens aus der Postkutsche. »Danke, mir geht es sehr gut, danke«, erwiderte sie höflich.

»Ich bin Mrs. Conningham«, sagte die Dame, »und das ist meine Tochter Abigail.«

Das junge Mädchen lächelte Hannah zaghaft an. Von dem guten Essen wohlig durchwärmt, begannen sich die Reisenden zu entspannen. Der Hauptmann stellte sich mit Namen Beltravers vor. Der Geistliche erwies sich als protestantischer Pfarrer namens Osborne. Als er seine Frau vorstellte, errötete diese vor Zorn, weil sie nun mit Krethi und Plethi sprechen mußte.

Allmählich erholte sich Hannah. Ihr Interesse an den Mitreisenden nahm zu. »Fahren wir alle bis zur Endstation Dover?« fragte sie.

Mrs. Conningham, ihre Tochter und der Hauptmann wollten die ganze Strecke fahren. Der Geistliche und seine Frau wollten die Postkutsche dagegen schon in Rochester verlassen.

Hannah fragte sich, warum Abigail so traurig aussah. Wenn sie glücklich wäre, würde sie bestimmt nicht gar so unansehnlich wirken, mutmaßte die Ältere. Gegenwärtig hatte Abigail ein abgehärmtes Gesicht mit Augen, die offenbar vom Weinen geschwollen waren. Und warum sah der Hauptmann wie ein mürrischer alter Mann aus? Hannah schätzte ihn auf Anfang Dreißig. Ein stechender Schmerz durchfuhr sie, als sie sich bewußt wurde, daß die Tage vorbei waren, als sie Dreißigjährige noch für alt hielt.

Hannah erkundigte sich bei Abigail, ob sie noch zur Schule gehe. Das junge Mädchen erwiderte schüchtern, es sei vor drei Jahren von einem Mädchenpensionat in Chiswick abgegangen. Nun hielt Hannah sie für etwa zwanzig. »Und was führt Sie nach Dover?« fragte sie, und ihre Augen leuchteten vor Neugier grün auf.

»Mein Onkel lebt dort«, erwiderte Abigail traurig. »Wir sind zu ihm unterwegs.«

Ihre Mutter warf ihr einen warnenden Blick zu, der die Unglückliche zum Schweigen brachte.

Als sie wieder in der Postkutsche saßen, öffnete der Himmel seine Schleusen. Der Regen trommelte auf das Dach. Hannah hoffte, ihr Lakai werde sich nicht erkälten. Der Regen ließ nicht nach. Nach Dartford schlichen sie durch Gravesend und weiter bis Rochester. Der Wagenkasten war feucht und kalt. Die Passagiere fröstelten und fragten sich, ob der Regen je aufhören werde.

Hannah dachte an ihre früheren Erlebnisse im Zusammenhang mit Postkutschen, fürchtete aber, daß sie Sir George über die jetzige Reise bis auf den Umstand, daß es feucht und ungemütlich gewesen war, nichts zu erzählen haben würde. Es gab weder einen gutaussehenden Aristokraten noch eine hübsche Frau, sondern nur einen düsteren Hauptmann und ein schlichtes, trauriges Mädchen. Es sollte aber nicht mehr lange dauern, bis Hannah einer schönen Dame begegnete. Wenn sie sie gerade jetzt gesehen hätte, hätte sie allerdings stark bezweifelt, daß man ein solches Geschöpf passend verheiraten könne.

Lady Deborah Western blickte in den strömenden Regen hinaus, gähnte und schwang ihre in Stiefeln steckenden Beine von einem Beistelltischchen auf den Fußboden. »Verdammt langweilig, nicht wahr?« sagte sie zu ihrem Bruder.

Lady Deborah und ihr Bruder waren Zwillinge. Sie wurden häufig für Brüder gehalten, denn Lady Deborah bevorzugte Männerkleidung. Sie hatte kurze blonde Locken und das gleiche energische Kinn und eine ebenso gerade Nase wie ihr männlicher Gegenpart. Auch die blauen Augen hatten sie gemeinsam. Beider Vater, der Graf von Staye, war wieder einmal auf Reisen; diesmal war es die Türkei. Die Gräfin war bei der Geburt der Geschwister gestorben. Vom Krabbelalter an hatten sie zusammengehalten, und seit sie laufen konnten, hatten sie den Dienstboten das Leben schwer gemacht, wenn diese ihnen etwas verbieten wollten. Sie jagten, ritten, schossen und fischten zusammen, seit kurzem mit noch größerem Vergnügen als gewöhnlich, weil der Vater gedroht hatte, wenn er das nächste Mal heimkehre, werde Deborah auf ihrer ersten Ballsaison in die Gesellschaft eingeführt werden und Bruder William in ein Regiment kommen. Allerdings konnte keines von beiden so recht daran glauben, daß ihr nachsichtiger Vater eine so schreckliche Drohung wahrmachen werde.

»Hast du schon gehört, daß Ashton aus dem Krieg zurückgekehrt ist?« fragte Lord William, während er einer Schachtel ein Bonbon entnahm und es einem Wolfshund hinwarf, der auf einem der Sofas lag.

»Was?« Lady Deborah blickte ihn interessiert an. »Doch nicht der Puritaner Ashton?«

»Doch, er will sich den Adelstitel verleihen lassen und sich um den baufälligen Schuppen seiner Familie in Rochester kümmern.«

»Geld genug wird er dafür haben«, erwiderte Lady Deborah. »Der alte Graf war ein Pfennigfuchser. Hinterläßt ein Vermögen.«

»Trotzdem brauchst du ihn nicht darum zu beneiden, daß er nun auf seinen Gütern Ordnung schaffen muß«, meinte Lord William spöttisch. »Er muß schon um die Dreißig sein.« Spitzbübisch sah er seine Schwester an. »Wie du weißt, erhofft sich unser Vater in dieser Hinsicht etwas von dir.«

»Pah! Ashton ist mir zu alt«, erwiderte die neunzehn Jahre junge Lady Deborah. »Ich kann mich noch gut an ihn erinnern. Wie alt waren wir eigentlich, als er uns besuchte? Zehn oder elf? Er sagte zu Papa, was wir bräuchten, sei eine ordentliche Tracht Prügel.«

»Du hast in seine besten Stiefel Mäuse getan«, sagte ihr Bruder. »Der war vielleicht wütend.«

»Und verknöchert«, setzte Lady Deborah hinzu. »Weißt du noch, was er zu Papa gesagt hat? ›Sie können diese Kinder nicht unbeaufsichtigt aufwachsen und sie tun lassen, was ihnen gefällt, sonst mausern sie sich zu wahren Ungeheuern.‹«

»Und er hatte recht«, meinte Lord William. »Du mußt zugeben, Deborah, daß du eine absolut unweibliche Frau bist. Du trägst Männerkleidung, jagst und schießest. Die Gralshüterinnen des Almack werden vor Schreck in Ohnmacht fallen.«

»Ins Almack gehe ich nicht«, erwiderte Lady Deborah. »Ich kann doch jederzeit offen mit Papa reden. Warum sollte er sich Sorgen machen? Ich brauche keinen reichen Ehemann. Wir haben genug Geld. Mir gefällt es hier.« Sie blickte sich glücklich in dem unaufgeräumten Salon um, der mit weggelegten Büchern, Jagdtaschen, Angelgerät und Gewehren angefüllt war.

Sie liebten ihr Zuhause, Downs Abbey, mit seinen dunklen, alten Zimmern, den krummen Gängen und qualmenden Kaminen. Vom Salon aus hatte man eine schöne Aussicht auf den Park und den Zierteich. Der Graf beschäftigte einen hervorragenden Obergärtner. Trotz ihres sorglosen In-den-Tag-hinein-Lebens unterstützten die Zwillinge den Verwalter bei der Arbeit, wenn ihr Vater abwesend war, und wußten über alles genauso gut Bescheid wie er selbst.

»Gestern abend war ich in der ›Goldenen Krone‹ in Rochester«, fuhr Lord William fort. »Im Festsaal fand gerade ein Ball statt. Ich habe kurz hineingeschaut. Echte Rasseweiber, wie nach einer Modezeitschrift gekleidet.« Er fuchtelte mit den Armen. »Feine Musselinkleider und dergleichen. Dich dagegen könnte man zuweilen tatsächlich für einen Jungen halten, Deborah.«

Lady Deborah schien gekränkt zu sein. »Sonst hast du dich nie darüber beschwert.«

»Stimmt. Aber hast du je darüber nachgedacht, daß ich vielleicht einer kleinen charmanten Frau den Hof machen möchte? Was würde passieren, wenn ich sie und ihre Mutter hierherbrächte und dir vorstellte? Du würdest sie verscheuchen.«

»Warum bist du so grausam?« rief Lady Deborah, über die ihr bis dahin fremde Vorstellung entsetzt, ihr Bruder werde sie verlassen und sie dann neben seiner Frau nur noch die zweite Geige spielen.

Er stand auf und begann auf- und abzugehen. »Verzeihung, es tut mir leid«, sagte er schließlich. »Dieser scheußliche Regen ist schuld. Wird er denn nie mehr aufhören?«

Der Graf von Ashton stand vor dem Kamin seiner Bibliothek und blickte stirnrunzelnd auf den Brief in seiner Hand. Er war von dem Grafen von Staye. Dieser beglückwünschte ihn zur Verleihung des neuen Titels und sprach ihm zum Tode des Vaters sein Beileid aus, alles sehr höflich und formell. Nur der letzte Absatz ließ den Grafen von Ashton ärgerlich den Mund verziehen: »Ich wäre Ihnen dankbar, wenn Sie meinem Sohn und meiner Tochter einen kurzen Besuch abstatten würden. Ich fürchte nämlich, meine Tochter hat sich zu einem rechten Wildfang entwickelt. Beide sind wohl ziemlich verwildert. Bitte sorgen Sie dafür, daß sie in meiner Abwesenheit kein Unheil stiften. Ich wage ein solches Ansinnen an Sie zu stellen, da wir Nachbarn sind.«

Die Güter des Grafen von Staye, genannt Downs Abbey, waren gute fünfunddreißig Meilen entfernt und die Wege dahin schlecht.

Der Graf von Ashton warf den Brief ins Feuer. Er hatte nicht die Absicht, die Fahrt nach Downs Abbey zu unternehmen, bevor sich das Wetter gebessert hatte. Wie alt mochten die Zwillinge jetzt sein? Neunzehn? Zu alt und zu sehr an ihre Freiheit gewöhnt, um noch auf seine Ratschläge zu hören.

Trotz des Kaminfeuers fröstelte er leicht. In der Bibliothek war es feucht. Ashton Park war Anfang des 17. Jahrhunderts erbaut worden, und seitdem hatte man nicht mehr viel daran gemacht. Ein älterer Lakai trottete mit einem Tablett herein, auf dem eine Kaffeekanne und eine einzelne Tasse standen. Mit zitternden Händen stellte er es auf einen niedrigen Tisch und entfernte sich.

Obgleich er den alten Dienern versichert hatte, daß sie alle ihre Stellung behalten oder eine großzügige Rente bekommen sollten, fürchteten sie sich vor ihm, und er fragte sich, warum. Stets hatte er sich bemüht, ehrlich, großzügig und gerecht zu sein, und er wußte, daß die Männer in seinem alten Regiment nichts an ihm auszusetzen gehabt hatten.

Er ahnte nicht, daß sein Äußeres den Dienstboten Angst einjagte, da sie ihn lange nicht mehr gesehen hatten. Er war ungewöhnlich groß und hatte harte Gesichtszüge, grüne Augen und eine Adlernase. Sein Haar war pechschwarz, und seine Augenbrauen sträubten sich. Die Köchin hatte mit dem Unsinn angefangen, indem sie sich vor den anderen bekreuzigte und sagte, der Teufel sei in den neuen Grafen gefahren. Diese Mär wurde von den übrigen Dienern noch ausgeschmückt. Man behauptete, der Graf habe, bevor er in den Krieg gezogen sei, kornblumenblaue Augen und braunes Haar gehabt. Das war nicht wahr, gab aber eine gute Geschichte ab, bei der einem in der Gesindestube am Abend schön gruselig wurde. Außerdem war es etwas Besonderes, einen Herrn zu haben, dem man nachsagte, er sei der Teufel in Person. War das Ganze am Anfang nur ein Spaß, begann sich das Personal allmählich allen Ernstes vor seinem Herrn zu fürchten. In den alten Köpfen wurde aus Dichtung Wahrheit.

Hannah zog den Umhang fest um sich. Die Kutsche schlingerte von einer Seite zur anderen, da der Kutscher mit Höchstgeschwindigkeit fuhr, als ob er dem Platzregen entkommen wolle. Hauptmann Beltravers beugte sich aus dem Fenster, um dem Kutscher zuzurufen, er möge vorsichtig sein, bekam aber ärgerlicherweise einen Schwall Wasser ins Gesicht.

»Wenn er so weitermacht, landen wir bald in einem Graben«, sagte Mr. Osborne, und seine Frau stieß einen schrillen Schrei aus und klammerte sich hilfesuchend an ihn.

So rasten sie dahin. Bestimmt würden sie bald in Rochester

und damit in Sicherheit sein. Alle träumten von einem prasselnden Kaminfeuer.

Doch dann geschah das Unvermeidliche. Der Kutscher, überzeugt, daß er eine freie Wegstrecke vor sich habe, peitschte auf die Pferde ein. Gerade als er den Arm hob, um sich die Regentropfen aus den Augen zu wischen, tauchte vor ihm die Postkutsche aus Dover auf.

Die Pferde brachen aus, und die Räder der Kutsche aus London gerieten in einen tiefen Graben. Unter furchtbarem Krachen drehte sich der Wagen zur Seite. Außenpassagiere, Kutscher und Wächter stürzten zu Boden, die in der Kutsche Sitzenden purzelten übereinander.

Die Innenpassagiere hatten Prellungen und Zerrungen erlitten, sich aber nichts gebrochen. Die Außenpassagiere waren ins weiche Heidekraut gefallen und hatten den Sturz gut überstanden. Ihre zornigen Stimmen – sie beschimpften den Kutscher – drangen ans Ohr der innen Befindlichen, die sich voneinander loszumachen suchten. Sie wurden aufs neue durcheinandergeschüttelt, als Wächter, Kutscher und Außenpassagiere, nachdem sie den gestürzten Pferden aufgeholfen hatten, nun auch die Postkutsche auf ihre vier Räder stellten.

Als schließlich alle wieder auf ihren Plätzen saßen, wurde die Tür von außen geöffnet, und die Außenpassagiere versuchten in den Wagen zu klettern, um vor dem Regen geschützt zu sein. Gern hätte Hannah dies Benjamin erlaubt, aber die anderen protestierten lebhaft. Schließlich hatten die Außenpassagiere nur für Außenplätze bezahlt, und naß waren sie ohnehin. Sollten sie doch draußen bleiben!

Benjamin streckte den Kopf zum Fenster herein und informierte Hannah darüber, daß der Wächter in das eine Meile entfernte Rochester geritten sei, um Hilfe herbeizuholen; eine der Achsen der Kutsche war gebrochen.

»Unter diesen Umständen werden wir Dover bestimmt nicht erreichen«, unkte Mrs. Conningham.

Hannah war es, als höre sie Abigail das Wort »gut« flüstern. Obwohl sie sich unbehaglich fühlte, war ihr Interesse erwacht. Warum wirkte der Besuch beim Onkel auf die arme Abigail so niederdrückend?

Nachdem sie eine Stunde lang gefroren und sich nur flüsternd unterhalten hatten, als fürchteten sie, der Regen könne sie hören, wurde die Tür aufgerissen, und der Kutscher verkündete stolz, daß der Wirt der »Goldenen Krone« in Rochester Wagen geschickt habe, um sie abzuholen.

Hannah stieg aus. Sie fror entsetzlich, und der Kopf tat ihr weh. Dankbar nahm sie Benjamins Arm und erlaubte ihm, sie zu einem der Wagen des Gasthofs zu geleiten. Benjamin stieg hinter ihr ein und meinte: »Ich laufe nicht. Hier ist Platz genug für uns alle.«

»Armer Benjamin«, sagte Hannah mitfühlend. »Diener oder nicht, Sie hätten bei mir drin sitzen sollen. Bestimmt haben Sie sich Ihre Livree ruiniert. Sie hätten einen Überzieher gebraucht.«

»Das widerliche englische Wetter ist daran schuld, gnädige Frau«, erwiderte Benjamin niedergeschlagen. »War es bei unserer Abreise nicht schön?« Sein kluges, lebhaftes Gesicht erinnerte an einen traurigen Clown. Von seinem gepuderten Haar fielen Regentropfen herab, und die Schultern seiner schwarzen Samtlivree hatten helle Flecke.

In der »Goldenen Krone« waren für die erschöpften Reisenden Zimmer reserviert worden, ausgenommen Mr. Osborne und seine Ehefrau, die ihren Bestimmungsort schon erreicht hatten und sich nach Hause begaben. Mr. Osborne hatte sogar gedroht, die Post zu verklagen.

Während Hannah die Haube abnahm und sich umzog, fröstelte sie. Ihr war heiß, und ihr Kopf fühlte sich schwer an. Trotzdem ging sie in den Speisesaal hinunter.

Benjamin betrachtete sie ernst und sagte dann: »Stimmt etwas nicht, gnädige Frau? Sie sehen ja so rot aus wie ein Krebs.«

»Ach, das vergeht wieder«, erwiderte Hannah leichthin. Sie war sehr hungrig, aber als das ausgezeichnete Essen vor ihr stand, schien ihr der Appetit zu vergehen. Sie schüttelte sich gegen ihren Willen und starrte auf ihren vollen Teller nieder.

Benjamin, der wie stets hinter ihrem Stuhl stand, beugte sich vor. »Sie gehören ins Bett«, flüsterte er besorgt. »Kommen Sie!«

Hannah folgte ihrem Lakaien wie ein Lamm die Treppe hinauf. »Ziehen Sie Ihr Nachthemd an!« befahl Benjamin, während er im Kamin herumstocherte. Nachdem er gegangen war, streifte sich Hannah benommen ihr Nachtgewand über, setzte sich die Nachtmütze auf und stieg steif ins Bett. Das Nächste, was sie mit Bewußtsein wahrnahm, war Benjamins ängstliches Gesicht, das in einem roten Nebel zu verschwimmen drohte, und seine Stimme, die ihr sagte, daß der Arzt unterwegs sei.

Zwei Tage lang hatte Hannah hohes Fieber. Benjamin pflegte sie. Um Mitternacht des zweiten Tages ließ das Fieber nach, und sie fiel in einen tiefen, erholsamen Schlaf. Als sie erwachte, übergab Benjamin ihr Zeitungen, Romane und ein Körbchen mit Obst.

»Sie sind ein guter Junge«, sagte Hannah schwach. »Bringen Sie mir mein Täschchen! Ich möchte Ihnen etwas Geld geben.«

Benjamin zögerte und sagte dann leichthin: »Ich habe mir schon Geld von Ihnen genommen, gnädige Frau. Sie waren nur zu krank, um es zu bemerken.«

So ruhte Hannah den ganzen Tag, las und wurde von den Kellnern mit leichten Mahlzeiten versorgt. Als sie am Abend die Kerze ausblies, störte sie nur das eine – daß Benjamin auf geheimnisvolle Weise verschwunden war und daß er gelogen hatte, als er sagte, er habe sich Geld aus ihrem Täschchen genommen.

Am nächsten Tag fühlte sie sich beinahe wieder gesund, machte sich aber wegen Benjamin Sorgen. Er war immer noch nicht zurückgekehrt. Die Diener des Gasthofs versicherten ihr, sie hätten ihn nicht gesehen, und sein Bett sei unberührt.

Am zeitigen Abend bekam sie von Mrs. und Miss Conningham sowie Hauptmann Beltravers Besuch. Sie erzählten ihr, daß die Straßen nach dem wolkenbruchartigen Regen immer noch in einem schlimmen Zustand seien und sie deshalb noch ein paar Tage hier bleiben müßten. Man erwarte aber von der Post, daß sie für alles aufkomme. Hannah erkundigte sich bei ihnen, ob sie ihren Lakaien gesehen hätten, aber die Besucher schüttelten den Kopf.

Sie überlegte gerade, ob sie noch ein bißchen lesen sollte, um leichter einzuschlafen, als es an die Tür klopfte und der Hauptmann eintrat.

»Ich habe Ihnen angesehen, daß Sie sich wegen Ihres Lakaien Sorgen machen«, sagte er, holte sich einen Stuhl herbei und setzte sich ans Bett.

»Haben Sie etwas von ihm gehört?« fragte Hannah gespannt.

»Ich war mir im unklaren, ob ich es Ihnen sagen sollte oder nicht, das heißt, ob ich Sie Ihrem Kummer überlassen oder Sie über den wahren Sachverhalt informieren sollte.«

Hannah setzte sich auf. »Erzählen Sie, Herr Hauptmann! Sie müssen es mir auf der Stelle sagen. Hat er gespielt?«

»Ja. Morgen sollte hier ein Boxkampf stattfinden, und es wimmelt in der Stadt von vornehmen Leuten. Es war vorgesehen, daß Randall gegen Chudd kämpfte. Aber dieser ist krank geworden, und obwohl sich ein Ersatzmann gefunden hat, wurde der Kampf abgesagt. Doch inzwischen sind alle ihre Anhänger eingetroffen und brennen darauf, ihr Geld unter die Leute zu bringen. Ihr Lakai stürzte sich aufs Würfelspiel, obwohl die Einsätze hoch waren, und verlor.«

»Wieviel?«

»Neunhundert Goldguineen.«

»Aber die kann er doch unmöglich bezahlen.«

»Das dürfte der Grund sein, daß er spurlos verschwunden ist«, meinte der Hauptmann.

»Das glaube ich nicht«, widersprach Hannah. »Er hätte vorher mit mir gesprochen, denn er weiß, daß ich ihm immer helfe.«

»Wenn er eine wirkliche Spielernatur ist, wie ich annehme, würden Sie Ihr gutes Geld schlechtem nachwerfen«, meinte der Hauptmann kühl.

Nachdem er gegangen war, legte sich Hannah ins Bett und dachte über Benjamin nach. Wenn er wirklich fortgelaufen war, würde sie ihn schmerzlich vermissen. Er hatte einen köstlichen Humor und war ihr stets treu ergeben gewesen. Sie fühlte sich plötzlich unglücklich, und eine große Träne rollte ihr die Wange hinunter.

Lady Deborah wurde am nächsten Morgen dadurch wach, daß ihr Bruder sie schüttelte. »Was ist los?« fragte sie ärgerlich.

»Der Kampf findet doch statt«, sagte er. »Du wolltest doch immer einen Kampf professioneller Boxer sehen. Jetzt hast du Gelegenheit dazu. Zieh dich an!«

Lady Deborahs blaue Augen funkelten. »Wer tritt gegen Randall an?«

»Ein Unbekannter.«

»Ein tapferer Bursche! Aber du hast gesagt, Randall sei ein Killer.«

»Wenn dieser Unbekannte ihn besiegt, erhält er tausend Goldguineen. Beeile dich!«

Auch der Graf von Ashton wurde früh geweckt, denn sein alter Freund und Kriegskamerad Mr. Peter Carruthers tauchte plötzlich auf. »Was führt dich zu mir, Carruthers?« fragte der Graf. »Denke nicht, daß ich mich nicht etwa freute, dich zu sehen!«

»Du lebst tatsächlich auf dem Mond«, erwiderte Mr. Carruthers lächelnd. »Ein Schauwettkampf mit einem professionellen Boxer. Und fast vor deiner Tür.«

»Wer kämpft gegen wen?«

»Randall sollte gegen Chudd kämpfen, aber dieser ist erkrankt, wie er sagt, und so ist ein Unbekannter in die Bresche gesprungen.«

»Noch ein Dummkopf«, meinte der Graf. »Glaubst du wirklich, daß es sich lohnt, dabei zuzusehen, wie ein Amateur von Randall niedergemetzelt wird?«

»Wenn es ein unsportlicher Kampf werden sollte, können wir ja jederzeit gehen«, wandte Mr. Carruthers ein.

Am Ende erklärte sich der Graf aber bereit mitzukommen, da er sich zu seiner eigenen Überraschung zu Hause einsam gefühlt hatte. Mr. Carruthers war groß, schlaksig und ein Lebenskünstler, also genau die richtige Gesellschaft für ihn.

Hannah stand zeitig auf und spazierte durch die kopfsteingepflasterten, vom Regen gesäuberten Straßen der Altstadt von Rochester. Sie hatte nicht gefrühstückt, weil sie keinen Appetit hatte, und hoffte nun, in der Stadt eine Spur von Benjamin zu entdecken. Die von ihm gemachten Schulden würden ihre Erbschaft spürbar vermindern. Doch trotz ihrer Wut auf den leichtsinnigen Lakaien würde sie sie gern begleichen, wenn sie ihn nur wiederbekam – das wußte sie.

Überall herrschte geschäftiges Treiben. Die Straßen waren von auffällig vielen Kutschen befahren. Aha, der Boxkampf, erinnerte sich Hannah. Es war ihr unbegreiflich, daß vornehme Herren zusehen konnten, wenn zwei Männer einander zerfleischten. Sie suchte überall, vor allem in den Gasthöfen, nach Benjamin.

Schäbig gekleidete Leute hatten die Stadt durchstreift und Zettel verteilt, die wie Theaterprogramme aussahen. Einer blieb an Hannahs Rocksaum hängen. Sie wollte ihn ärgerlich abstreifen, doch da sprangen ihr die auf billiges Papier gedruckten Zeilen in die Augen: »Mr. Randall, Meister im Boxkampf, kämpft gegen Mr. Benjamin Stubbs, einen Herrn aus London.«

Mit klopfendem Herzen las sie weiter. Der Kampf sollte um zehn an einem Ort stattfinden, der sich Gullys Sportfeld nannte. Sie blickte auf die Uhr an ihrem Busen. Acht Uhr. Als sie wieder in ihrem Gasthof war, erkundigte sie sich nach dem Sportfeld und erfuhr, daß es im Norden vor der Stadt liege. Sie wußte, daß es schon zu spät war, um eine Kutsche oder auch nur einen Karren zu mieten. Jedes Fahrzeug würde vergeben sein. Grimmig biß sie die Zähne zusammen, packte ihren Regenschirm wie eine Keule und eilte auf Schusters Rappen zu Gullys Sportfeld.

2

Der Boxsport hatte den Gipfel seiner Popularität erreicht. Vom Adel und den reichen Bürgern unterstützt, konnte ein Boxkampf zwischen Profis Tausende in Bewegung setzen.

Lady Deborah fühlte sich plötzlich nicht mehr ganz wohl, war aber froh, daß sie Männerkleidung trug. Denn jede Dame, die einer solchen Veranstaltung beiwohnte, mußte mit einem Skandal rechnen. Sie und ihr Bruder waren entzückt darüber, daß sie sich für ihre Kutsche einen Platz am Ring hatten sichern können. Kurz vor Beginn des Kampfes umstanden ihn die Kutschen dichtgedrängt, während sich die Zuschauer, die zu Fuß gekommen waren, über die Hügel verteilten.

Lady Deborah wurde auf die Kutsche neben ihr aufmerksam. Der Lenker des Gefährts schien gerade wegfahren zu wollen. Verwundert darüber, daß jemand, der sich einen so vorzüglichen Platz gesichert hatte, diesen wieder räumte, schaute sie zu. Als er losfuhr, näherte sich ein eleganter Wagen mit zwei Herren und nahm seinen bisherigen Platz ein.

»Das hast du gut gemacht, Carruthers«, sagte der eine der beiden Neuankömmlinge.

»Ach, Parsons ist ein netter Kerl«, erwiderte der mit »Carruthers« Angesprochene. »Ich habe ihm reichlich Geld gegeben, damit er zeitig hier ist und wir den besten Blick haben.«

Lady Deborah warf einen Blick auf Carruthers' Begleiter und stieß dann ihren Bruder mit dem Ellenbogen in die Steite. »Ist der Mann neben uns nicht der alte Puritaner Ashton?«

Lord William verzog angewidert den Mund. »Natürlich ist er das«, flüsterte er. »An seine unwahrscheinlich grünen Augen kann ich mich noch deutlich erinnern. Zieh dir den Hut bis über die Augen! Wenn er uns erkennt, wird er uns eine Strafpredigt halten und uns das Vergnügen verderben.«

Mr. Carruthers holte sein Monokel hervor und blickte sich um. Die Zwillinge in der Kutsche nebenan betrachtete er genauer. »Zwei hübsche Knaben«, meinte er, »wenn auch der eine, der näher bei dir sitzt, etwas Mädchenhaftes an sich hat.«

Der Graf von Ashton sah das Paar an. »Das, mein lieber Freund«, sagte er laut, »ist niemand anderes als Lord William Western mit seiner Schwester, Lady Deborah. Der Lauser hat seiner Schwester Sachen von sich überlassen und sie mit hierher genommen.«

Deborah rückte plötzlich in den Brennpunkt des allgemeinen Interesses. Höhnische Bemerkungen folgten. An hübschen Beinen in hautengen Kniehosen hatte niemand etwas auszusetzen, wenn diese einem Mann gehörten. Doch wenn eine Frau ihre zarten Glieder so sehen ließ, mußte sie mit groben Worten rechnen. Schlüpfrige Bemerkungen darüber, wo die Herren gern mit ihren Beinen Bekanntschaft machen würden, trafen ihre glühenden Ohren.

Sie weinte vor Scham und verfluchte Lord Ashton. Bestimmt hatte er sie absichtlich der Öffentlichkeit preisgegeben. Auch Lord William war nicht wohl in seiner Haut. Er konnte unmöglich alle, die seine Schwester beleidigt hatten, zum Duell herausfordern. Leider war es nicht möglich, das Feld auf der Stelle zu räumen. Sie mußten bis zum Ende der Vorstellung ausharren.

Als die beiden Kämpfer in den Ring traten, wurde die Menge zu Lady Deborahs Erleichterung still. Aber gleich darauf erfolgte lautstarker Protest. Randall war so, wie ein Boxer sein sollte – athletisch gebaut, mit einem Kinn wie ein Neandertaler. Aber der unbekannte Benjamin Stubbs war groß und schlank. Die Zahl der Wetten zugunsten Randalls stieg schnell an.

»Ich setze mein Geld auf Randall, und so hält es jeder«, sagte Mr. Carruthers mit düsterer Miene.

»Nein, ich werde unseren Unbekannten unterstützen«, erwiderte der Graf. »Bin gespannt, was er für einen Schlag hat.«

Benjamin entledigte sich seiner Jacke und des Spitzenhemdes und reichte beides einem der Ordner. Die Haut auf seiner Brust war weiß und unbehaart, die Arme sehnig. Doch neben Randall gab er eine jämmerliche Figur ab. Dieser hatte nämlich Haare auf der Brust, daß er wie bepelzt wirkte, und Arme, dick wie ein Baumstamm.

»Heute gibt es nichts zu lachen«, meinte Lord William, sich vorbeugend. Lady Deborah seufzte und wünschte sich, es ginge alles schnell vorbei.

Es war ein schöner Vormittag. Frisches grünes Laub bedeckte die Bäume auf den Hängen über dem Ring. Große Federwolken segelten am Himmel dahin, und die Luft war warm und würzig.

Die Gegner stellten sich voreinander auf. Das Taschentuch fiel, und sie setzten sich in Bewegung. Mehrere Minuten umkreisten sie sich nur. Es herrschte Totenstille. Dann ging Randall auf Benjamin los und durchbrach dessen Deckung mit zwei gezielten Schlägen, Mund und Hals gleichzeitig treffend. Benjamin stürzte wie ein gefällter Baum zu Boden. Er blutete stark. Hochrufe auf Randall ertönten.

Benjamin wurde gereinigt und nahm gerade Kampfstellung für die zweite Runde an, als von irgendwo hinten Geschrei zu hören war. Randall schlug Benjamin gegen den Kopf, so daß dieser taumelte.

Und dann durchbrach eine Frau in mittleren Jahren den Ring. Mit einem Regenschirm bewaffnet, gebärdete sie sich wie eine Furie. Sie stürmte auf Randall zu und ließ ihr Werkzeug auf seinen Kopf niedersausen. Es war Hannah.

Ihr Schirm stammte aus dem vorigen Jahrhundert. Er bestand aus eisernen Speichen, die mit Ölzeug bespannt waren, und einem silbernen Knauf in Form eines Hundekopfs.

Der Graf von Ashton eilte leichtfüßig in den Ring und näherte sich dem Kreis der Ordner, der sich um Hannah und die Boxer gebildet hatte.

»Lassen Sie von meinem Lakaien ab, Sie Ochse!« schrie Hannah.

»Es ist alles in Ordnung, gnädige Frau«, sagte Benjamin. »Ich habe gesagt, daß ich kämpfen würde. Niemand hat mich gezwungen.«

»Sie sollten lieber mit mir kommen«, meinte der Graf von Ashton zu Hannah. »Einen Boxkampf darf man nicht abbrechen, sonst kommt es zu einem Tumult.«

»Ja, gehen Sie bitte«, sagte Benjamin. »Es gibt hier nichts für Sie zu tun.«

Hannah blickte wirr um sich.

Der Graf von Ashton ergriff behutsam ihren Arm. »In der Kutsche neben der meinen sitzt eine Dame«, berichtete er ihr. »Seien Sie doch so gut und nehmen Sie in ihrem Wagen Platz!«

Lady Deborah sah sie kommen.

Als sie bei ihr angelangt waren, sagte er: »Da Sie leichtsinnig oder dumm genug waren, hier zu erscheinen, ist das mindeste, was Sie tun können, sich dieser Dame anzunehmen.«

Zutiefst beschämt machte Lady Deborah zwischen sich und ihrem Bruder für Hannah Platz.

»Man wird ihn töten«, klagte Hannah. »Ich fühle es.«

»Ihr Sohn, gnädige Frau?« fragte Lady Deborah.

»Nein«, erwiderte Hannah ärgerlich, »mein Lakai. Ich bin nur zehn Jahre älter als er und habe es satt, daß alle Welt mich fragt, ob er mein Sohn sei. Ein alberner Lakai ist er, der sein ganzes Geld verspielt hat und auf diese dumme und gefährliche Weise seinen Verlust wettmachen will. Warum tragen Sie eigentlich Hosen?«

»Kümmern Sie sich um Ihre eigenen Angelegenheiten und sehen Sie sich den Boxkampf an«, erwiderte Lady Deborah schroff.

»Nein, das tue ich nicht«, widersprach Hannah. »Ich kann nicht an einem öffentlichen Mord Gefallen finden, wie es ein solcher Boxkampf nun einmal ist.«

»Wie lange dauern diese Kämpfe gewöhnlich?« fragte Lady Deborah ihren Bruder.

»Achtundzwanzig Runden«, erwiderte er. »Stubbs hat an Boden gewonnen und hält sich tapfer.«

Daß Benjamin den Schneid aufbrachte, sich einem so gefährlichen Gegner zu stellen, beeindruckte die Zuschauer mehr und mehr. Sie begannen, laut seinen Namen zu rufen: »Benjamin, Benjamin, Benjamin!« Vom Publikum angefeuert, begann er seine Schläge besser zu plazieren.

In der sechzehnten Runde verlor Hannah die Nerven. Sie sprang auf und rief: »Ich halte es nicht mehr aus, Benjamin.«

Benjamin warf ihr einen flüchtigen Blick zu, unterlief dann Randalls Deckung und landete einen Schwinger unterhalb von Randalls Ohr.

Randall fiel wie ein Stein zu Boden und rührte sich nicht mehr.

Hannah atmete erleichtert auf, jubelte, sprang auf und setzte sich wieder. Auch Lady Deborah stand auf und umarmte Hannah. Lord William folgte ihrem Beispiel. Man schrie sich heißer.

Benjamin wurde im Triumph vom Sportfeld getragen.

Der Graf von Ashton stieg aus seinem Wagen und ging auf Lady Deborah zu. »Ich werde Ihnen nachher einen kurzen Besuch abstatten«, sagte er.

Lady Deborah sank auf ihren Platz in der Kutsche zurück.

»Ihr Vormund?« fragte Hannah.

Das junge Mädchen schüttelte den Kopf. »Nur ein Nachbar.«

»Wir können ruhig noch eine Weile hier bleiben«, meinte Lord William. »Auf der Straße nach Rochester werden sich die Kutschen drängen. Wenn wir jetzt losführen, würden wir nur im Schneckentempo vorankommen und eine Ewigkeit brauchen, bis wir zu Hause wären.«

Ein Mann ging an ihrer Kutsche vorbei und warf Lady Deborah lüsterne Blicke zu.

Deborah begann zu weinen. Zwar hatte sie in Männerkleidung gejagt und gefischt und war damit über Land geritten, aber in der Stadt hatte sie sie nie getragen, nirgendwo, wo sie sich hätte lächerlich machen können. Sie hatte darauf vertraut, daß alle bei dem Boxkampf Anwesenden sie für einen Mann halten würden, und war überzeugt, daß dies auch der Fall gewesen wäre, wenn der Graf von Ashton sie nicht bloßgestellt hätte. »Ich hasse ihn«, sagte sie schluchzend.

»Wen?« fragte Hannah.

»Den Grafen von Ashton«, erwiderte Lord William. »Weine nicht, Schwesterherz! Es wäre besser, wenn du dir die Tränen abwischtest und dich vorstelltest. Ich bin Lord William Western, und das ist meine Schwester Deborah.«

»Sehr erfreut. Ich bin Miss Hannah Pym«, erwiderte Hannah und reichte dem jungen Mann die Hand.

Er schüttelte sie kräftig und meinte dann: »Am besten wäre es, wenn Sie vorerst zu uns kämen, Miss Pym. Wohnen Sie in Rochester?«

»Ich logiere in der ›Goldenen Krone‹«, erwiderte Hannah stolz. »Ich reise per Postkutsche nach Dover. Aber leider hatten wir unterwegs einen Unfall.«

»Wenn wir zu uns nach Downs Abbey führen«, sagte William, »könnten wir querfeldein fahren und die Hauptstraße meiden. Ich würde Sie später nach Rochester zurückbringen.«

»Und was ist mit meinem Lakaien?« fragte Hannah.

»Er wird wahrhaft königlich leben, in der ganzen Stadt gefeiert werden und zu zahlreichen Umzügen Anlaß geben.« Lord William blickte sie gespannt an. »Bei einem Gewinn von tausend Goldguineen wird er vielleicht nicht mehr als Dienstbote arbeiten wollen.«

»Wir werden sehen«, erwiderte Hannah gelassen und legte tröstend den Arm um Lady Deborahs zuckende Schulter. »Also gut. Fahren Sie los!«

Mit Vergnügen betrachtete sie die prächtige Fassade von Downs Abbey, wo die Kutsche endlich Halt machte. Aus dem Stall kam ein Knecht herbeigeeilt, um Pferde und Kutsche wegzubringen. Ein schon älterer Butler öffnete den Zwillingen und Hannah die Tür.

»Servieren Sie uns den Tee im Salon, Silvers!« befahl Lord William.

»Ich muß mich umziehen«, sagte Lady Deborah. Sie hatte sich wieder erholt, sah aber noch blaß im Gesicht aus. »Gleich werde ich mich zu euch gesellen.«

Im Salon entfernte Lord William eilig einen Stapel Zeitungen und Zeitschriften von einem Sessel, auf dem sich Hannah niederließ. Sie blickte sich im Zimmer um. Es ähnelt eher dem Studierzimmer zweier Junggesellen als einem Salon, dachte sie. Den größten Teil des Sofas beanspruchte ein Wolfshund, und vor dem Kamin hatten sich zwei Spaniels ausgestreckt.

Der Butler und zwei Lakaien brachten das Teegeschirr herein. Gleich darauf erschien Lady Deborah in einem Kleid aus gelbem Samt. Hannah stellte verwundert fest, daß das Mädchen ohne ihre Männerkleider eine sehr schöne junge Frau war.

»Ich habe gefürchtet, Randall werde Miss Pyms Lakaien töten«, ergriff Lady Deborah das Wort. »Ein seltsamer Diener ist das!«

»Ja, er fällt aus dem Rahmen«, erwiderte Hannah. »Ich kann nur hoffen, daß er sich nicht dazu entschließt, Berufsboxer zu werden. Aber nun zu Ihnen, Lord William! Sie hätten ihrer Schwester nicht erlauben dürfen, an einer solchen Veranstaltung teilzunehmen und so Gegenstand des Spottes zu werden.«

»Man hätte mich für einen Mann gehalten«, sagte Lady Deborah scharf, »wenn der Graf von Ashton die Leute nicht aufgeklärt hätte.«

Hannahs Blick fiel auf Lady Deborahs runden Busen. »Ich erlaube mir, anderer Ansicht zu sein«, erwiderte sie. »Sie wirken ausgesprochen weiblich.«

Lord William lächelte. »Siehst du, Schwesterherz! Hör nur gut zu, was die Dame zu sagen hat! Vielleicht ringst du dich sogar zu einer Ballsaison durch.«

»Niemals«, rief Lady Deborah leidenschaftlich.

Von Neugier geplagt, sagte Hannah: »Aber ich möchte Sie darauf aufmerksam machen, Lady Deborah, daß es bei einer jungen hübschen Frau wie Ihnen das Normale ist, daß sie von Bällen und Verehrern träumt.«

»Es hat mir noch nie gefallen, daß ich eine Frau bin«, erwiderte Lady Deborah nervös. »Man darf nicht an den Freuden des Lebens teilhaben. Dauernd muß man sich zurechtmachen, albern lächeln und sich in enge Korsetts zwängen, um das Auge eines möglichen Ehemanns auf sich zu lenken. Ehemann? Die meisten sind bessere Sklavenhalter. Die Frau ist nur zum Gebären und zur Aufzucht der jungen Brut da, nicht anders als bei den Kaninchen.«

Hannah sah Lady Deborah forschend an. Dann sagte sie: »Das liegt in der Natur der Dinge. Bedenken Sie aber, wie einsam und unzufrieden Sie sein werden, wenn Sie nicht heiraten!«

»Wieso?«

»Wenn Lord William heiratet, kann es sein, daß seine Gattin Ihre Ansichten über das weibliche Geschlecht nicht teilt. Vielleicht ist sie sogar äußerst schockiert. Und mit wem wollen Sie Ihre Freiheit genießen, wenn sich Lord William entschließt, ein eigenes Haus zu führen? Die Leute auf dem Land sind bestimmt nicht bereit, mit Ihnen auf die Jagd zu gehen, zu fischen und umherzustreifen. Sie gelten dann als Original, und beide Geschlechter sehen auf Sie herab.«

»William wird niemals heiraten«, erwiderte Lady Deborah lachend. »Können Sie sich ihn in den Netzen irgendeines hübschen Mädchens vorstellen?«

»Durchaus«, sagte Hannah sanft. »Sehr leicht sogar.«

Deborah stand auf. »Da halten wir uns nun an einem so schönen Tag im Zimmer auf, statt etwas zu unternehmen. Was meinst du, William? Was können wir zu unsrer und Miss Pyms Unterhaltung tun, ehe sie nach Rochester zurückfährt?«

»Krocket«, rief William. »Das ist genau das Richtige für Miss Pym. Spielen Sie es, Miss Pym?«

»Ja«, erwiderte Hannah.

An einem sonnigen Tag hatte Mrs. Clarence, die Frau ihres verstorbenen Herrn, es den Dienern beigebracht. Hannah war es, als sähe sie sie wieder vor sich – die hübsche kleine Mrs. Clarence mit dem rostroten Haar, das in der Sonne glänzte, im weißen Musselinkleid. Wo mochte Mrs. Clarence jetzt wohl sein? Sie war mit einem Lakaien geflohen und hatte einen enttäuschten Ehemann zurückgelassen, der den Rest seiner Tage in mürrischer Einsamkeit verbrachte.

Sie riß sich von diesen Gedanken los und war mit den Zwillingen bald draußen auf dem Rasen vor Downs Abbey. Sie spielten mehrere Spiele, bis die Sonne durch die großen Zypressen am Rande der Wiese schien.

Sie waren eben im Begriff, ins Haus zu gehen, als eine Kutsche die Auffahrt heraufkam. Die Zwillinge sahen sich bestürzt an. »Ashton«, sagten sie im Chor.

»Sollen wir Silvers anweisen, ihn nicht hereinzulassen?« fragte Lord William.

Lady Deborah zuckte die Schultern. »Lieber nicht. Er könnte sich bei Papa beschweren. Und Papa war schon bei seinem letzten Besuch sehr seltsam. Er schien sich große Sorgen um uns zu machen.«

»Soll ich nicht lieber gehen?« fragte Hannah.

»Nein, bleiben Sie«, erwiderte Lady Deborah. »Wenn Sie bei uns sind, kann er kein großes Geschrei machen.«

Sie kehrten in den Salon zurück, und kaum daß sie sich gesetzt hatten, wurde der Graf von Ashton gemeldet.

Hannah musterte ihn neugierig. Mit seinen funkelnden grünen Augen, dem pechschwarzen Haar und den schrägstehenden Augenbrauen hätte sie ihn fast für einen Schürzenjäger gehalten. Aber die Linie auf beiden Seiten des Mundes schien nicht von einem ausschweifenden Leben herzurühren, sondern eher Ausdruck seines Ernstes zu sein. So mutmaßte jedenfalls Hannah.

Er lehnte jegliche Art von Erfrischung ab, schüttelte Hannah die Hand, befreite einen Stuhl von verschiedenen Gegenständen und setzte sich. »Nun«, sagte er, die Zwillinge musternd, »ich habe von Ihrem Vater einen Brief erhalten, in dem er mich bittet, Sie gelegentlich zu besuchen und nach dem Rechten zu sehen.«

Er benimmt sich wie ein Lehrer, der eigensinnige Schulkinder belehren soll, dachte Hannah.

»Sie werden begreifen«, fuhr er fort, »wie entsetzt ich war, als ich Sie, Lady Deborah, unter den Zuschauern des Boxkampfes sah, und noch dazu in unpassender Kleidung.«

»Sie sind weder unser Vater noch unser Vormund«, fauchte Lady Deborah. »Was geht Sie das an?«

»Ich bin ein Freund Ihres Vaters, wie Sie beide sehr wohl wissen. Sonst würde ich ungerührt zusehen, Lady Deborah, wie Sie sich zum Gespött der gesamten Grafschaft machen.«

Lady Deborah wurde zornrot im Gesicht.

»Ich werde Sie von nun an überwachen«, fuhr er erneut fort, »und wenn so etwas wie der Skandal von heute noch einmal passiert, setze ich mich mit Ihrem Vater über unsere Gesandtschaft in Konstantinopel in Verbindung und sage ihm, er müsse nach Hause kommen.«

»Das werden Sie nicht tun!« rief Lord William.

»O doch. Jetzt will ich Sie aber nicht länger belehren. Ich habe gesagt, was zu sagen war.« Er wandte sich Hannah zu und meinte mit einem charmanten Lächeln: »Sie haben einen tapferen Versuch gemacht, Ihren Lakaien zu retten.«

»Benjamin ist ein dummer Junge«, erwiderte Hannah. »Ich hoffe nur, daß er nicht für immer entstellt ist.«

»Es würde mich interessieren, wo Sie diesen ungewöhnlichen Diener entdeckt haben«, gestand der Graf.

Hannah lehnte sich zurück und berichtete ihm, wie sie zu Benjamin gekommen und was ihm alles zugestoßen war.

»Mein Gott«, rief Lady Deborah, als Hannah mit ihrer Erzählung zu Ende war, »wir haben noch nie so etwas Aufregendes erlebt, nicht wahr, William?«

Bevor ihr Bruder etwas erwidern konnte, schaltete sich Hannah ein: »Ist es nicht Abenteuer genug, sich öffentlich blamiert zu haben, Lady Deborah?«

Das junge Mädchen errötete und biß sich auf die Lippen.

»In der Tat«, fuhr Hannah fort, »sehen Sie in Frauenkleidern so reizend aus, daß ich nicht begreife, wie Sie darauf verfallen konnten, etwas anderes zu tragen.« Dann blickte sie den Grafen an und sagte streng: »So sehr Lady Deborah wegen ihrer Teilnahme an einem solchen Spektakel zu verurteilen ist, kann ich es aber auch bei einem zivilisierten Herrn nicht verstehen, wenn er sich etwas so Gewalttätiges ansieht.«

»Das ist Ihr gutes Recht«, erwiderte der Graf freundlich. »Ich habe jahrelang keinen Boxkampf mehr gesehen und werde auch so schnell keinem mehr beiwohnen. Mir ist es lieber, wenn es ruhig und friedlich zugeht, Miss Pym. Ich bin wirklich nicht darauf versessen, zwei Männer dabei zu beobachten, wie sie sich beinahe totschlagen.«

»Das einzige, worauf Sie versessen sind, sind Moralpredigten«, warf Lady Deborah ein. »Sie waren immer schon ein Stockfisch, Ashton.«

Hannah starrte Lady Deborah an und hob die Augenbrauen.

Lady Deborah errötete und fuhr heftig fort: »Warum sollte ich nicht tun, was mir Spaß macht? Ich reite, jage und schieße besser als alle Männer, die ich kenne.«

»Dann sind Sie nur Milchbärten begegnet«, äußerte der Graf.

»Meine Stute Harriet nimmt es mit jedem Pferd aus Ihrem Stall auf«, sagte Lady Deborah.

Er sah sie nachdenklich an und meinte dann: »Ich glaube, Sie brauchen einen Denkzettel, Lady Deborah. Wir werden morgen um die Wette reiten.«

Deborah klatschte vor Freude in die Hände. »Wo?«

»Auf der Auffahrt von Downs Abbey, vom Pförtner- bis zum Herrenhaus. Zwei Meilen, nicht wahr?«

»Und um was wetten wir?« fragte Lady Deborah.

Er blickte sie nachdenklich an. »Wenn Sie gewinnen, überlasse ich Sie Ihrem Schicksal und mische mich nie mehr in Ihre Angelegenheiten ein. Einverstanden?«

»Ausgezeichnet«, erwiderte Lady Deborah. »Und wenn ich verliere... Aber das wird nicht der Fall sein.«

Es trat ein langes Schweigen ein, dann drang seine Stimme hell und spöttisch an ihr Ohr. »Wenn Sie verlieren, Lady Deborah, dann werden Sie mir einen Kuß geben.«

»Was ist denn das für eine verrückte Wette?« protestierte Lord William.

Der Graf blickte Lady Deborah mit spöttisch funkelnden Augen an. »Ängstlich?« fragte er milde.

Sie schüttelte den Kopf. »Ich nicht.« Sie hielt ihm ihre kleine Hand hin.

Der Graf ergriff sie und schüttelte sie ernsthaft. »Sagen wir morgen vormittag um elf? Und wer soll der Schiedsrichter sein?«

Lord William lachte auf. »Natürlich Miss Pym. Mit ihren scharfen Augen kann sie Richterin und Geschworene in einem sein. Nun, was sagen Sie dazu, Miss Pym?«

»Sehr gern«, erwiderte Hannah, während ihre Augen fast so stark funkelten wie die des Grafen.

»Dann darf ich mich verabschieden.« Der Graf machte eine tiefe Verbeugung und verließ den Salon.

»Hoffentlich weißt du, was du tust, Deborah«, sagte Lord William. »Er wirkte sehr zuversichtlich.«

»Ach was«, rief Lady Deborah. »Ich gewinne, hab keine Angst!

Aber jetzt wollen wir Miss Pym zu ihrem Gasthof zurückbringen.«

Als sie bei der »Goldenen Krone« anlangten, war sich Hannah sicher, daß Lady Deborah und Lord William ein wirklich nettes Geschwisterpaar waren. Schade, daß man sie so hatte verwildern lassen! Die Zwillinge behandelten sie mit einer selbstverständlichen Freundlichkeit, als ob man sich schon eine Ewigkeit kenne. Sie lud sie zum Abendessen ein, und sie nahmen fröhlich an. Die anderen saßen schon an der langen Tafel des Wirtes, darunter Hauptmann Beltravers, Mrs. Conningham und ihre Tochter. Sie hatten sich alles Interessante über den Boxkampf berichten lassen, baten Hannah aber noch um ihre Meinung. Während sie berichtete, beobachtete sie Abigails ausdrucksvolles Gesicht; ihre Augen waren nicht mehr verschwollen, und ihr Haar war hübsch frisiert. Hannah fragte sich, warum Abigail vor dem Besuch bei ihrem Onkel in Dover solche Angst hatte. Als sie geendet hatte, meinte Hauptmann Beltravers: »Ich habe gehört, Ihr Lakai sei im Triumphzug nach London gebracht worden.«

Hannah drehte sich das Herz im Leibe um. Bekümmert dachte sie, daß er ihr wenigstens hätte Lebewohl sagen können. Im Haushalt war er ja kaum von Nutzen, aber als Leibwächter hervorragend. Wie würden ihr sein kluges Gesicht und seine gewagten Sprüche fehlen!

»Sie reisen wohl gern mit der Postkutsche, Miss Pym? Warum eigentlich?« fragte Lady Deborah.

Hannah berichtete von ihrer Erbschaft, aber nicht davon, daß sie eine Dienerin gewesen war, fürchtete sie doch, Lady Deborah werde dann nichts mehr von ihr wissen wollen. »Ich habe ein sehr ruhiges Leben geführt«, sagte sie und dachte kurz an die eintönigen Tage in Thornton Hall, die ihren Anfang genommen hatten, als sie noch Haushälterin bei Mr. Clarence war und der verlassene Mann das halbe Haus abschloß und jeglichem Vergnügen entsagte. »So wurde es mir zur Gewohnheit, die auf der Straße vorbeifahrenden Postkutschen zu beobachten«, fuhr sie fort.

»Aber seit ich dieses Jahr mit meinen eigenen Reisen begann, habe ich schon so manches Abenteuer erlebt.«

»Ich möchte auch Abenteuer erleben«, sagte Lady Deborah und seufzte.

Der Hauptmann lächelte sie an und meinte freundlich: »Manch einer würde sagen, daß Ihre Anwesenheit bei einem Boxkampf, noch dazu in Männerkleidern, durchaus ein Abenteuer war.«

»Das war ein Fehler«, gab Lady Deborah zu. »Es tut mir leid, daß Sie davon gehört haben. Meine Eskapade ist offenbar das Stadtgespräch von Rochester.«

»Tragen Sie Männerkleidung, weil Sie gern ein Mann wären?« erkundigte sich Abigail und errötete nachträglich ob ihrer Kühnheit.

»Das nicht«, erwiderte Lady Deborah. »Aber ich beneide die Männer wegen der Freiheit, die sie haben.«

»Es kommt aber auch vor, daß die Männer die Frauen beneiden«, gab der Hauptmann zu bedenken. »Frauen brauchen nicht in den Krieg zu ziehen, nicht für den Unterhalt der Familie zu sorgen und werden beschützt.«

»Aber Männer können sich aussuchen, wen sie heiraten«, sagte Abigail. »Sie sind nicht gezwungen, eine Ehe mit einer Frau einzugehen, die ihnen fremd oder gar zuwider ist.« Sie brach in Tränen aus und verließ den Tisch, gefolgt von ihrer erschrockenen Mutter.

Die Zurückbleibenden schwiegen betroffen.

Schließlich meinte Hannah langsam: »Ich glaube, nun ist das Geheimnis von Miss Conninghams Kummer gelüftet. In Dover lebt der für sie ausgesuchte Heiratskandidat.«

Die Tür des Speiseraums ging auf, und Benjamin kam herein. Er ging geradewegs auf Hannah zu und stellte sich hinter ihren Stuhl.

Hannahs Augen füllten sich mit Freudentränen. »Ich glaube, wir brauchen noch eine zweite Flasche Claret, Benjamin.«

»Sehr wohl, gnädige Frau«, bemerkte Benjamin und gab dem Kellner Bescheid.

Hannah hätte es lieber gesehen, wenn Benjamins Rückkehr mit Stillschweigen übergangen worden wäre. Aber Lady Deborah und ihr Bruder waren ganz aufgeregt. Sie überschütteten ihn mit Fragen. Hatte er Angst um sein Leben gehabt? Waren seine Verletzungen schlimm? Geduldig beantwortete er alle ihre Fragen, bis Hannah ihn besorgt musterte und erkannte, daß er sehr erschöpft war. Eiligst schickte sie ihn zu Bett.

Die Gesellschaft brach auf. Gutgelaunt forderten Lady Deborah und Lord William Hauptmann Beltravers auf, sich das Rennen bei ihnen anzusehen. »Und bringen Sie ja die arme Miss Conningham mit!« rief Lady Deborah über die Schulter zurück. Der Hauptmann errötete leicht und erwiderte, er werde sie mitbringen, wenn sie einverstanden sei. Hannah bemerkte die Röte in seinem Gesicht und dachte nach. Da waren ein netter, anständiger Hauptmann und ein junges Mädchen, das ganz offensichtlich nicht den von der Familie oder ihrem Onkel für sie ausgesuchten Mann ehelichen wollte. An eine Romanze zwischen dem Grafen von Ashton und Lady Deborah dachte sie dagegen nicht eine Sekunde lang. Diese waren einander völlig unähnlich.

3

Abigail schien heute nicht an ihren Kummer denken zu wollen, denn sie verließ zusammen mit ihrer Mutter, dem Hauptmann, Hannah und Benjamin den Gasthof, um mit ihnen nach Downs Abbey zu fahren.

Aus den Hecken leuchteten die Vogelbeeren, und das unbeschreiblich helle Grün der jungen Blätter glänzte im Sonnenlicht. Benjamin hatte ein Kabriolett mit zwei kräftigen Pferden gemietet und genoß es, den Kutscher zu spielen. Sie fuhren über Feldwege, die von hohen Hecken gesäumt wurden, aus denen der Gesang der Amseln und Drosseln schallte.

Hannah fiel auf, daß Abigail ihr einfaches braunes Gewand mit Tartanbändern verschönt hatte. Sie hatte sich neben Mrs. Conningham gesetzt und war entschlossen, genauestens in Erfahrung zu bringen, warum diese Dame und ihre Tochter nach Dover reisten. Auf ihre erste Frage bekam sie nur eine kurze Antwort. Sie seien unterwegs zu Abigails Onkel Henry, einem reichen Kaufmann.

»Ihre Tochter scheint sich aber nicht auf den Besuch zu freuen«, sagte Hannah.

»Wenn sie erst dort ist, wird sie es tun«, erwiderte Mrs. Conningham. »Junge Mädchen haben den Kopf voller romantischer Ideen. Trotzdem muß sie tun, was man vor ihr verlangt.«

»Und das wäre?« fragte Hannah, von Neugier geplagt.

Mrs. Conningham betrachtete sie leicht gereizt und sagte dann leise und mit einem gewissen Zögern: »Onkel Henry, also Mr. Bentley, ist mir gerade im richtigen Augenblick zu Hilfe gekommen. Vor zwei Jahren starb mein Mann, und seitdem müssen wir uns sehr einschränken. Deshalb war ich hocherfreut, als mir Henry schrieb, er habe einen Ehemann für Abigail gefunden, von dem er eine Miniatur beifüge. Der Mann heißt Josiah Clegg, ist Witwer, nicht mehr ganz jung – in den Vierzigern, aber eine große Stütze, wie sie ein Mädchen wie Abigail braucht.«

»Reich?«

»Sehr sogar.«

»Aha.« Hannah lehnte sich zurück und faltete die Hände über dem silbernen Knauf ihres Regenschirms. Das Geheimnis war gelüftet. Sie blickte den Hauptmann an – auch eine vermeintliche Stütze Abigails? Die gewöhnlich tiefen Falten in seinem Gesicht hatten sich ein wenig geglättet. Hannah schätzte ihn auf Anfang Dreißig. Alt genug, aber nicht so alt wie dieser Mr. Clegg. »Und warum findet Miss Conningham keinen Gefallen an diesem Mr.

Clegg? Ist er ihr zu alt? Oder gefällt ihr die Miniatur nicht?« fragte sie.

»Sie meint, er sehe aus wie ein Fuchs«, erwiderte Abigails Mutter.

»Und tut er das?« forschte Hannah weiter.

»Miss Pym«, entgegnete Mrs. Conningham ärgerlich, »ich muß schon sagen, Ihre Fragen sind reichlich unverschämt.«

»Entschuldigung«, sagte Hannah ernst. »Wir wollen von etwas anderem sprechen. Ich muß gestehen, daß ich auf dieses Wettrennen schon sehr gespannt bin.«

Mrs. Conningham lachte gönnerhaft. »Eine schöne Dame wie Lady Deborah fordert einen Herrn zum Pferderennen heraus – also nein.«

Hannah lächelte, dachte aber im stillen, daß Mrs. Conningham nicht annähernd so duldsam wäre, wenn sich eine Schenkkellnerin dergleichen herausnähme.

Als die Gäste in Downs Abbey eintrafen, wurden sie jubelnd empfangen und mit schäumendem Bier bewirtet, damit sie auf das große Ereignis vorbereitet seien, wie Lord William es nannte. Am Ziel hatte man Fähnchen angebracht, die die Ziellinie markierten. Dort sollte sich Hannah hinstellen und den Sieger bestimmen. Der Hauptmann und Lord William hatten sich bei der Schranke des Pförtnerhauses zu postieren und das Zeichen zum Start zu geben. Lady Deborah trug einen Herrenreitanzug und einen flachen Hut mit breiter Krempe. Ihren Hals schmückte ein buntes Tuch. Hannah fand, daß sie in dieser Aufmachung eine elegante Erscheinung sei, aber Mrs. Conningham war zutiefst schockiert. Sie hatte es für selbstverständlich gehalten, daß Lady Deborah im Damensattel ritt.

Da die kleine Gesellschaft sehr zeitig eingetroffen war, mußte man noch eine halbe Stunde auf die Ankunft des Grafen warten.

Hannah setzte sich neben Hauptmann Beltravers. »Warum reisen Sie nach Dover?« fragte sie.

»Ich kehre zu meinem Regiment zurück, gnädige Frau«, antwortete er.

»Haben Sie eine Ehefrau, die auf Sie wartet?«

Seine Miene verdüsterte sich. »Nicht mehr. Sie ist tot.«

»Das tut mir sehr leid«, erwiderte Hannah. »Wie ist das gekommen?«

»Ich hatte eine gute Frau, Mary, und einen kleinen Jungen. Als ich in die Niederlande versetzt wurde, erhielt sie eine Reiseerlaubnis der Armee und war überglücklich, als sie wieder bei mir war. Auch ich war froh. Hätte ich vorausgesehen, was dann geschah, hätte ich meine Frau und mein Söhnchen unter gar keinen Umständen kommen lassen. Sie mußten oft an meiner Seite im Freien schlafen, nur mit einer Decke zugedeckt. Eines Tages vermißte ich sie während eines Marsches, kehrte um und suchte sie. Sie saß erschöpft mit dem Kind auf dem Arm am Straßenrand. Die noch vom Waschen nasse Wäsche und den unentbehrlichen Hausrat trug sie auf dem Rücken. Nicht viel später geschah dann das Unglück. Ich hatte für Mary einen Esel beschafft. Als sie auf ihm einen Fluß überquerte, rutschte das Tier aus und warf Mutter und Kind ins eisige Wasser. Ich sprang hinterdrein und schwamm flußabwärts, ihnen nach. Doch als ich sie zu fassen bekam, waren beide schon tot. Ich diente weiter bei der Armee. Doch wenn ich ehrlich sein will, gnädige Frau, dann muß ich zugeben, daß es mir seither gleichgültig ist, wie ich meine langen Tage zubringe.«

Hannah drückte ihm mitfühlend die Hand. Sie hatte Tränen in den Augen. Ihre Absicht, ihn und Abigail vor den Traualtar zu bringen, hatte sie ganz vergessen. Nach diesem furchtbaren Verlust würde sich der Hauptmann wahrscheinlich nie mehr einer Frau in verliebtem Sinn zuwenden.

Hannah atmete erleichtert auf, als der Graf von Ashton gemeldet wurde. Er wurde von Mr. Peter Carruthers und einer jungen Dame begleitet, die sich als dessen Schwester entpuppte und mit Vornamen Clarissa hieß. Clarissa war ganz Gekicher, wippende

Locken und große braune Augen. Lady Deborah warf ihr einen verachtungsvollen Blick zu und war betroffen, als sie bemerkte, daß ihr Bruder sich glänzend mit Clarissa zu unterhalten schien.

»Sie können es sich noch anders überlegen«, sagte der Graf spöttisch.

Lady Deborah wurde zornrot im Gesicht. »Und Sie ebenfalls, Mylord. Ich habe keine Angst und werde Sie ganz fair besiegen.«

»Wir werden sehen«, erwiderte er, und seine grünen Augen sprühten Blitze.

Clarissa stellte sich neben ihn und reichte ihm ein kleines Spitzentaschentuch.

»Was hat das zu bedeuten?« fragte er und blickte nachsichtig auf sie hinab.

»Daß ich auf Ihrer Seite stehe«, erwiderte Clarissa mit einem perlenden Lachen. »Wie bei den alten Rittern. Sie müssen sich das Tüchlein an den Hut stecken.«

»Gern«, erwiderte er.

»Nur zu! Sie werden jegliche Art von Unterstützung gebrauchen können«, spottete Lady Deborah.

Clarissa blickte sie aus großen Augen furchtsam an und verbarg sich dann schutzsuchend hinter dem Grafen, ähnlich einem Kind, das unter den Rock der Mutter krabbelt.

Lord William gesellte sich zu ihnen und reichte Clarissa den Arm. »Würden Sie mir die Ehre erweisen, mich zum Start zu begleiten, wo ich das Rennen eröffnen werde?«

Clarissa lächelte ihn an. »Mit dem allergrößten Vergnügen«, erwiderte sie.

Der Graf betrachtete das Paar nachdenklich, das sich angeregt plaudernd entfernte. Dann wandte er sich wieder Lady Deborah zu. »Passen gut zusammen«, sagte er.

»Wer?« fragte sie ärgerlich, obwohl sie sehr wohl wußte, wen er meinte.

»Miss Carruthers und Lord William natürlich. Meiner Ansicht nach passen sie ausgezeichnet zusammen.«

Lady Deborah war entsetzt, als sie ihre Ängste bestätigt bekam. »William und diese dumme Gans?« rief sie. »Er zieht die Gesellschaft seiner Schwester der jeder anderen Frau vor. Lassen Sie sich das gesagt sein!«

»Er kann sich nicht in seine Schwester verlieben«, erwiderte der Graf höhnisch. Seine Augen glitten über ihren Reitanzug hin. »Auch kein anderer Mann wird sich in Sie verlieben, Lady Deborah, wenn Sie unbedingt wie ein Knabe aussehen wollen.«

Sie erbleichte und sagte zornig: »Sie reizen mich absichtlich, damit ich schlecht reite und die Wette verliere.«

»Da täuschen Sie sich«, erwiderte der Graf gelassen. »Als guter Freund Ihres Vaters mache ich mir eben auch um Ihre Zukunft Sorgen. Sind Sie bereit?«

»Ja«, sagte Lady Deborah mit schwacher Stimme.

Im Freien betrachtete er ihre Stute mit Kennermiene. »Ein schönes Tier!« bemerkte er.

»Und schnell wie der Wind«, frohlockte sie. Dann bemerkte sie das Pferd des Grafen, das ein Knecht heranführte, und plötzlich stieg Angst in ihr auf. Es war ein pechschwarzer Hengst, ein Araber, mit einem schmalen, stolzen Kopf.

Beide stiegen auf und galoppierten die Auffahrt zum Pförtnerhaus hinunter.

Lord William und Clarissa waren schon dort, ebenso der Hauptmann und Abigail. Der junge Lord hatte alle in einer Kutsche hierhergebracht.

Von den Dienern des Hauses umringt, stellten sich Hannah und Mr. Carruthers an der Ziellinie auf, die durch ein Seidenband markiert war, das man zwischen zwei Fähnchen befestigt hatte.

Hannah hoffte, Lady Deborah werde verlieren. Sie brauchte einen Nasenstüber. Doch warum? fragte sich Hannah plötzlich. Zu einer Zeit, da die Frauen durch die Mode wie durch die Sitten eingeengt wurden und ständig ein Korsett tragen mußten, wenn sie sich in der Öffentlichkeit sehen ließen, war es doch herzerfrischend, einem jungen Mädchen zu begegnen, das frei von alldem aufgewachsen war. Allerdings würde diese Freiheit zu einem Junggesellinnendasein und zu Kinderlosigkeit führen. Und Hannah, die beide Übel aus eigener Erfahrung kannte, wünschte sie keiner anderen Frau. Wenn sie einmal trübe gestimmt war, träumte sie gern von den Kindern, die sie vielleicht hätte haben können. Doch war dafür nicht der richtige Augenblick.

Neben ihr stand Mrs. Conningham und sagte bissig: »Ich werde froh sein, wenn der Unsinn vorüber ist.«

»Ist Miss Conningham Ihr einziges Kind?« fragte Hannah unvermittelt.

»Nein. Ich habe weitere acht«, antwortete Mrs. Conningham bedrückt. »Nun werden Sie verstehen, warum es so wichtig für mich ist, daß Abigail sich gut verheiratet.«

Wie unromantisch Eheschließungen in der Regel doch sind, dachte Hannah und seufzte.

Die Reiter am Pförtnerhaus waren bereit. Erregung blitzte aus Lady Deborahs blauen Augen. Sie war so siegessicher, daß sich ihre Nervosität völlig gelegt hatte. Hatte sie nicht jeden Landedelmann auf der Jagd hinter sich gelassen?

Lord William, neben dem Clarissa stand, hielt ein großes Taschentuch in die Höhe. »Fertig?« rief er, und die beiden Reiter nickten. Mit einer weit ausholenden Bewegung senkte er das Tuch.

Clarissa kreischte auf. Der Graf und Deborah stoben davon. Anfangs ritten sie Kopf an Kopf. Doch bald gab der Graf seinem Pferd die Sporen und ritt vor dem jungen Mädchen einher. Man konnte meinen, er habe sein stattliches Tier bisher absichtlich zurückgehalten. Der Hengst preschte nun vorwärts. Das Spiel der Muskeln unter der schwarzen Haut war deutlich zu sehen.

Hannah verfolgte atemlos, wie der Graf auf sie zustürmte und der Rappe das locker geknüpfte Zielband mit sich fortriß.

Lady Deborah kam langsam am Ziel an. Ihr Gesicht war

verkrampft. »Ein gutes Rennen, Mylord!« rief sie. »Ein wundervolles Pferd!«

Er schwang sich aus dem Sattel, trat auf sie zu und sagte: »Ich verlange den Siegespreis.«

»Ach, eine Wette!« rief Mr. Carruthers. »Haben Sie sehr viel Geld verloren, Lady Deborah?«

»Nur einen Kuß«, erwiderte der Graf an ihrer Statt leichthin.

Unterdessen näherte sich der Wagen mit Lord William und seinen Schützlingen. Mitfühlend betrachtete der junge Mann das angespannte Gesicht seiner Schwester. »Wenn Sie Ihr Recht aus der Wette unbedingt geltend machen wollen, Ashton, dann sollten Sie sich mit Deborah ins Haus zurückziehen. Wir werden von den Dienern beobachtet«, rief er dem Grafen zu.

Deborah stieg ab. Der Graf bot ihr den Arm. Widerstrebend hakte sie sich bei ihm ein, und er führte sie spornstreichs ins Herrenhaus.

»Hoffentlich wirft sie ihm alles, was im Salon herumliegt, an den Kopf«, sagte Lord William.

Der Graf stand zusammen mit Deborah in der Halle. Er berührte ihre Schultern und fragte leise: »Haben Sie Angst?«

»Ich doch nicht«, erwiderte sie und warf den Kopf zurück. »Fangen Sie schon an!«

Er beugte sich vor, um ihr einen flüchtigen Kuß auf den Mund zu geben. Doch als er ihre Lippen berührte, war ihm zumute, als hätte er einen elektrischen Schlag erhalten. Er preßte seine Lippen fester auf die ihren. Dann spielte er selbstvergessen mit ihren glänzenden Locken. Sie wehrte sich nicht. Es ergab sich wie von selbst, daß sie ihn wiederküßte.

Schließlich hob er den Kopf und blickte auf sie hinunter. »Nun«, sagte er heiser, »nun ...«

Sie wich ganz langsam vor ihm zurück. In ihren großen Augen malte sich Verwirrung. »Ich muß mich umziehen«, sagte sie hastig und lief mit klirrenden Sporen die große Treppe hinauf.

Der Graf schüttelte langsam den Kopf, als wolle er sich selbst zur Ordnung rufen. Dann erinnerte er sich, daß die anderen taktvoll draußen warteten, und ging zu ihnen hinaus. Dort verkündete er, daß er den Siegespreis erhalten habe.

Normalerweise wäre Lord William um seine Schwester besorgt gewesen. Doch jetzt war er zu sehr von Clarissas Reizen gefesselt und enttäuscht, daß sie noch am Vormittag zurück nach London fahren wollte. »Wo wohnen Sie?« fragte er.

»Bei meinen Eltern.«

Lord William atmete schwer. »Ich fahre für ein paar Tage nach London. Darf ich Sie besuchen?«

Clarissa senkte die Lider mit den langen Wimpern. »Ja, bitte«, flüsterte sie.

Lord William war in einer unbeschreiblichen Hochstimmung. Zusammen mit den anderen ging er an ihrer Seite ins Eßzimmer, wo für die Gäste ein kalter Imbiß bereitstand. Er setzte sich neben Clarissa und verwöhnte sie beim Essen durch lauter kleine Handreichungen, als sei sie eine Kranke. Nur mit halbem Ohr hörte er, wie Hannah fragte, wo Lady Deborah sei. Es interessierte ihn nicht.

»Lady Deborah zieht sich um«, erwiderte der Graf.

Mr. Carruthers beugte sich über den Tisch und sagte zu Hannah: »Ich möchte wetten, daß wir uns schon einmal begegnet sind. Kann das sein?«

»Nein, das glaube ich nicht, Sir.« Hannah sah ihn ängstlich an.

»Seltsam, und doch weiß ich, daß ich Sie schon irgendwo gesehen habe, gnädige Frau. Das mag an Ihren ungewöhnlichen Augen liegen. Lassen Sie mich nachdenken!«

Hannah hoffte, daß Lady Deborah bald eintrat und dem Gespräch eine andere Wendung gab. Vor geraumer Zeit, als Mrs. Clarence noch Herrin von Thornton Hall war, hatte es dort Feste und Gäste in großer Zahl gegeben. Sollte Mr. Carruthers einer der Besucher gewesen sein und sich an sie als die Haushälterin erinnern, würde er das wahrscheinlich laut sagen. Sie fürchtete, daß sich dann alle von ihr abwenden würden.

Die Tür ging auf, und Lady Deborah erschien. Sie trug ein hübsches fliederfarbenes Musselinkleid mit breiter Taille und dazu ein Brusttuch mit feiner Stickerei. Die Herren erhoben sich. Lady Deborah warf einen flüchtigen Blick auf die Tafel. Nur der Stuhl neben dem Grafen war noch unbesetzt, den dieser für sie zurechtrückte. Sie setzte sich, nahm eine kerzengerade Haltung an und starrte vor sich hin.

»Jetzt weiß ich, wo ich Sie schon einmal gesehen habe«, rief Mr. Carruthers plötzlich.

Dem Grafen fiel auf, daß Miss Pyms seltsamer Lakai, der gerade hinter ihrem Stuhl stand, seine Herrin an der Schulter packte. Hannah erstarrte förmlich.

»In der Konditorei Gunter«, rief Mr. Carruthers. »Und Sie waren zusammen mit Sir George Clarence beim Teetrinken.«

»Ja, Sir George ist ein Freund von mir«, erwiderte Hannah mit leuchtenden Augen, die an pures Gold erinnerten.

Der Graf sah, wie Hannahs Lakai sichtlich entspannt die Hand von ihrer Schulter nahm.

Der Graf wandte sich nun Lady Deborah zu. Sie schaute ihn an. Wie blau ihre Augen sind, dachte er, so blau wie das Meer, wenn es von der Sonne beschienen wird. Er empfand ihre Gegenwart sehr stark, das Heben und Senken ihres zarten Busens, die hübschen schlanken Beine, die der Rock jetzt sittsam verhüllte, und die Fülle goldblonder Locken, die ihr Gesicht wie ein Heiligenschein umgaben. »Wie verbringen Sie und Ihr Bruder Ihre Tage, Lady Deborah?« fragte er.

»Teils treiben wir Sport, teils kümmern wir uns um die Gutsverwaltung«, antwortete sie.

»Machen Sie auch Besuche?«

»Nein, nur bei kranken Pächtern. Ich finde es albern, daß man so viel Wesens mit den Besuchen macht. Dabei wird doch über den Teetassen nur leeres Stroh gedroschen.«

»Ach, ich habe ganz vergessen, daß Sie Ihr eigenes Geschlecht verachten.«

»Frauen wie Miss Pym, die sich nicht ins Bockshorn jagen lassen, verachte ich nicht. Aber tändelnde Dämchen, die nur Stroh im Kopf haben, sind etwas anderes.« Sie blickte ärgerlich zu Clarissa hin, die über eine Bemerkung ihres Bruders lachte. Diesem schien das auch noch zu gefallen.

»Zu meiner Freude sehe ich, daß Lord William Ihre Ansichten nicht teilt«, bemerkte der Graf trocken.

»Bevor Sie hier erschienen sind, war alles in schönster Ordnung«, murmelte sie und spießte ein Stück Fleisch mit der Gabel auf.

Hannah, die vor Erleichterung, daß Mr. Carruthers nicht hinter ihr schlimmes Geheimnis gekommen war, beinahe übermütig wurde, begann die Gesellschaft mit ihren Abenteuern zu unterhalten. »Erzählen Sie ihnen von Benjamin!« drängte Lord William. Und Hannah berichtete von der gemeinen Lady Carsey und davon, wie Benjamin bei ihr Arbeit fand. Er hatte gehört, daß sie mit Vorliebe Krüppel einstellte, und sich bei ihr als Taubstummer ausgegeben. Hannah schilderte auch, wie Benjamin vor dem Schafott bewahrt worden war und Lady Carsey ihn daraufhin entführen ließ. Er konnte erst gerettet werden, als Hannah Lady Carseys Haus, wo er gefangen saß, in Brand setzte.

»Eine gefährliche Frau!« sagte Mr. Carruthers. »Nehmen Sie sich vor ihr in acht!«

»Ich werde sehr vorsichtig sein«, versprach Hannah. »Solange ich Lady Carsey noch nicht kannte, habe ich geglaubt, jeder Mensch habe seine guten Seiten. Aber diese Dame ist meines Wissens durch und durch schlecht.«

»Und so hat sich Ihr Benjamin aus Dankbarkeit dazu entschlossen, Ihr Diener zu bleiben, obwohl er einer der größten Boxer Englands sein könnte«, meinte Mr. Carruthers.

»Nein«, widersprach Benjamin. »Ich bleibe, weil es mir gefällt. Was ist daran lustig, wenn man einen Schlag in den Magen bekommt?«

Alle lachten, nur Clarissa nicht. Sie blickte Hannah aus großen Augen erstaunt an.

»Ich fürchte, wir verwirren Miss Clarissa«, meinte Lord William.

»Für solche Sachen eigne ich mich nicht«, sagte Clarissa. »Ich hätte eine Heidenangst.« Sie rückte näher zu William, der lachend ihre Hand tätschelte und sie ein Kätzchen nannte.

Lady Deborah blickte ihren Bruder ärgerlich an und fand, daß er sich noch nie so albern benommen habe wie heute. Sie war froh, als das Essen vorbei war, und hoffte, daß diese unwillkommenen Gäste bald das Weite suchen würden, doch ausgerechnet Lord William vereitelte das. Er lud nämlich Clarissa zu einem Rundgang durch die Gärten ein.

»Nun, Lady Deborah«, spöttelte der Graf, »werden wir übrigen vernachlässigt? Oder dürfen auch wir die Gärten sehen?«

»Wenn Sie es wünschen«, erwiderte sie ärgerlich. Sie ging ihnen voraus ins Freie.

Die Luft war lau, ja balsamisch. Lady Deborah ging schnell, da sie mit ihrem Bruder und Clarissa, die den Rosengarten ansteuerten, Schritt halten wollte. Angst befiel sie, er könne verrückt genug sein, ihr einen Heiratsantrag zu machen.

»Nicht so schnell«, hörte sie den Grafen sagen. »Der Tag ist viel zu schön, als daß man sich so hetzen sollte. Außerdem ist Ihr Bruder alt genug, um selbst auf sich aufzupassen.«

»Es könnte sein, daß er etwas Unüberlegtes tut und es später bereut«, erwiderte sie wütend. »So eine als Schwägerin – ach du meine Güte!«

»Es gibt Schlimmere«, entgegnete er lässig. »Sie ist lieb und nett.«

»Pah!« rief Lady Deborah. »Sie würde ihn zu Tode langweilen.«

Er packte sie am Arm und drehte sie zu sich, so daß sie ihm ins

Gesicht blicken mußte. »Nicht unbedingt. Denn es gibt etwas, das man Liebe nennt.«

Sie sah ihn an, entwand ihm ihren Arm und erwiderte: »Sie sagen solche Sachen, weil Sie mich quälen wollen.«

»Keineswegs. Ich meine es nur gut mit Ihnen.«

»Wieso?«

»Ihr Vater ist mein Freund.«

Sie gingen weiter. »Nun sind wir im Rosengarten«, bemerkte er nach einer Weile. »Und dort sind Ihr Bruder und Miss Carruthers. Sie stehen vor der Sonnenuhr und wirken so romantisch.«

»Ach wo. Die Rosen blühen noch nicht. Außer Blättern und Dornen gibt es hier nichts zu sehen.«

»So geht es mir auch mit Ihnen«, erwiderte der Graf.

Lady Deborah brummte etwas Unverständliches und ging auf ihren Bruder zu. Doch zum erstenmal sah er sie an, als ob er sie dahin wünsche, wo der Pfeffer wächst.

»Ich sehe, Hauptmann Beltravers hat sich mit Ihrer Tochter entfernt«, sagte Hannah gerade zu Mrs. Conningham. »Sind Sie da nicht in Sorge?«

»Nein«, erwiderte Mrs. Conningham ruhig. »Der Hauptmann ist ein Ehrenmann. Außerdem habe ich ihn während des Essens darauf hingewiesen, daß Abigail bereits verlobt ist. Doch setzen wir uns, Miss Pym! Es ist heute sehr warm.«

Die beiden Damen setzten sich auf eine schlichte Holzbank. Hannah betrachtete die entschwindenden Gestalten Abigails und des Hauptmanns. Sie fragte sich, woher der sonst so schweigsame Offizier den Gesprächsstoff nahm.

»Onkel Henry ist sehr reich«, sagte Abigail gerade traurig. »Er hätte für uns alle sorgen können – also für meine Mutter, die Schwestern und die Brüder. Für ihn wäre es ein Leichtes gewesen. Er hat sogar davon gesprochen, daß er uns helfen wolle, aber nur unter der Bedingung, daß ich diesen Mr. Clegg heirate.«

»Da sind Sie in einer mißlichen Lage«, erwiderte der Hauptmann. »Kann man denn nichts dagegen tun?«

Abigail schüttelte den Kopf. »Ich bin schon zwanzig, und meine Mutter fürchtet, daß ich bald ein sitzengebliebenes Mädchen sein werde. Meine Schwester Jane ist neunzehn und die Hübscheste in unserer Familie. Sie schilt mich einen Dummkopf, da ich doch ein stattliches Haus und beliebig viele Kleider hätte.«

»Warum ist dann nicht Jane an Ihre Stelle getreten?«

»Weil meine Mutter den Standpunkt vertritt, daß die Älteste zuerst verheiratet werden muß und Jane bei ihrem Aussehen überall einen Mann finden kann.«

»Vielleicht gelingt es Ihnen, das Herz Ihres Onkels zu erweichen, wenn Sie bei ihm in Dover sind.«

»Ach, er hat ein Herz aus Stein«, erwiderte Abigail.

Er ging eine Weile schweigend neben ihr her und sagte dann: »Ich habe eben über Miss Pym und ihre Abenteuer nachgedacht, Miss Conningham. Offenbar ist sie eine sehr vernünftige und willensstarke Dame. Könnten Sie nicht mit ihr über Ihre Lage sprechen? Ich komme auf keine gute Lösung, aber sie vielleicht.«

Abigails Miene klärte sich auf. Sie blickte ihn an und sagte: »Meinen Sie das wirklich?«

»Es ist besser, als die Hoffnung aufzugeben«, erwiderte er leise.

Abigail empfand plötzlich Sympathie für den Hauptmann. »Ach, ich habe zugehört, als Sie Miss Pym von Ihrer Frau und Ihrem Kind erzählten. Wie müssen Sie gelitten haben! Bestimmt hassen Sie jetzt das Militär und alles, was damit zusammenhängt.«

Er sah sie verwundert an. »Darüber habe ich noch gar nicht nachgedacht«, erwiderte er langsam. »Ich bin immer Soldat gewesen.«

In ihrer Sorge um ihn wirkte sie beinahe hübsch, als sie jetzt sagte: »Aber ist Ihnen denn nicht klar, daß sie beim Militär alles an Ihren entsetzlichen Verlust erinnert? Wenn Sie während eines Feldzuges andere Frauen sehen, die schlecht behandelt werden, werden Sie doch bestimmt an Ihre verstorbene Frau erinnert. Wenn ich Sie wäre, würde ich meine Vorgesetzten hassen, denn sie sind eiskalte Verbrecher.« Sie hielt inne und wandte ihm ihr Gesicht zu. Die Tränen standen ihr in den Augen.

»Nun, Miss Abigail«, rief der Hauptmann, »ich ... ich ... nun, Sie haben völlig recht.«

»Aber können Sie es sich denn leisten, sich freizukaufen?« fragte Abigail unsicher.

»Ja, ja«, antwortete er ungeduldig. »Das ist ja gerade die Tragödie. Wenn meine Mary zu Hause geblieben wäre, hätte sie ganz bequem leben können. Sie mußte nicht kommen. Aber ich war rücksichtslos gegen sie. Ich sage Ihnen, Miss Abigail, manchmal fühle ich mich wie ein Mörder.« Plötzlich setzte er sich auf die Wiese und schluchzte.

Abigail ließ sich neben ihm nieder und breitete sorgfältig ihren Rock aus. »Aber, aber«, sagte sie hilflos. »Es ist doch alles vorbei. Mary und Ihr Söhnchen sind jetzt im Himmel und sehen zu Ihnen herunter. Sie sind bei den Engeln und sehr glücklich. Glauben Sie mir!« Sie legte einen Arm um seine vom Weinen geschüttelten Schultern und ließ ihn da, bis sein Kummer vorüber war.

Er rieb sich die Augen und sagte beschämt: »Ich hätte mich nicht von meinen Gefühlen hinreißen lassen dürfen.«

»Sie mußten irgendwann einmal weinen«, meinte Abigail sachlich. »Bestimmt war dies das erste Mal.«

Er nickte.

»Dann stehen wir jetzt am besten auf und setzen unseren Spaziergang fort, bis Sie sich wieder gefangen haben«, sagte Abigail in mütterlichem Ton. »Danach sehen wir uns nach einem stärkenden Glas Whisky für Sie um.«

Er erhob sich und half ihr auf, indem er sie an beiden Händen festhielt. »Das werde ich Ihnen niemals vergessen«, sagte er leise.

Errötend hakte sich Abigail bei ihm ein, und dann überquerten sie die Wiese.

Hannah, die gerade mit Mrs. Conningham darüber sprach, wie man am besten Leinen bleicht, beobachtete nebenbei, wie die zwei kleinen Figuren aus ihrem Blickfeld entschwanden. Sie fragte sich, ob der Hauptmann irgendwelches Kapital besaß. Sie hätte aber auch gern gewußt, warum Lady Deborah seit dem Kuß, den sie doch sicher empfangen hatte, so verändert war. Sie dachte über alle möglichen interessanten Dinge nach, während sie nur wenig Aufmerksamkeit für das banale Hausfrauengespräch mit Mrs. Conningham aufbrachte.

Endlich erblickte sie Lady Deborah, die aus dem Rosengarten zurückkehrte. Die junge Dame war allein und blickte wütend um sich. Lord William ging hinter ihr. Er beugte sich herab, um besser verstehen zu können, was die zierliche kleine Clarissa sagte. Den Schluß bildeten der Graf und sein Freund, Mr. Carruthers.

Abigail und der Hauptmann nahten aus der entgegengesetzten Richtung. Das schüchterne junge Mädchen hatte sich in eine energische Dame verwandelt, die um etwas Whisky für den Offizier bat, weil er sich nicht wohl gefühlt habe.

Alle gingen in den Salon hinauf, wo Lord William dem Hauptmann ein besonders großes Glas Whisky einschenkte. Die übrigen bekamen Kuchen und Wein. Hannah dachte, daß sich das Haus trotz der männlich anmutenden Unordnung in den meisten Zimmern wenigstens einer guten Köchin erfreue und die Zwillinge gute Gastgeber seien. Man hatte sich sogar bemüht, den Trödelkram, mit dem der Salon gewöhnlich angefüllt war, zu entfernen. Die Hunde waren dankenswerterweise abwesend.

Mrs. Conningham wurde gewahr, daß ihre Tochter zu viel Aufhebens um den Hauptmann machte, und verkündete laut, sie müßten jetzt gehen. Daraufhin sagten Mr. Carruthers und seine Schwester, sie hätten Vorbereitungen für ihre Reise nach London zu treffen. Benjamin ging die Kutsche holen.

Auf der Rückfahrt zum Gasthof saß Hauptmann Beltravers neben Mrs. Conningham und plauderte lebhaft mit ihr. So konnte Hannah die Ereignisse des Tages noch einmal vor ihrem geistigen Auge Revue passieren lassen. Sie bedauerte, daß sie morgen schon Rochester verlassen und mit der reparierten Postkutsche weiterfahren mußten. Ihr Interesse an Lord William und seiner Schwester war geweckt. Gern hätte Hannah gewußt, was Lady Deborah von dem Grafen hielt. Außerdem fragte sie sich, ob Lord William es ernst meinte, wenn er Clarissa den Hof machte.

Als die Gäste gegangen waren, herrschte ein Schweigen im Salon, das lange währte. Den Hunden war erlaubt worden, wieder hereinzukommen. Lord William legte seine gestiefelten Füße auf den Tisch und gähnte. Schließlich sagte er: »Verdammt feines Mädchen!«

»Clarissa, das dumme Ding? Ach, du meine Güte! Wenn du von deinem Verstand Gebrauch machen würdest, wäre dir klar, daß du dich geradezu grotesk benimmst.«

Er lächelte. »Wenn man ein Wettrennen verliert und den Sieger küssen muß, ist das in meinen Augen noch viel grotesker«, erwiderte er. »Wie war es denn? Vermutlich hat dich unser Puritaner Ashley nur auf die Stirn geküßt.«

»So ähnlich«, sagte Lady Deborah hastig. »Aber wir wollen jetzt nicht von ihm sprechen. Hast du dich wirklich in dieses Dummerchen verknallt?«

Er musterte sie kühl. »Sprich nie, nie mehr in diesem Ton über Clarissa! Habe ich mich klar genug ausgedrückt?«

Sie sah ihn erschrocken an. »Aber ich habe doch nur Spaß gemacht. Sie gefällt dir also wirklich?«

»Ja«, erwiderte er fest. »Und ich plane, nächste Woche nach London zu fahren. Wenn mich Tante Jill bei sich wohnen läßt, kann ich von da Miss Carruthers besuchen.«

»Wo würdest du wohnen wollen, wenn du heiratetest, William?«

»Hier natürlich«, antwortete er, während er sich umschaute. »Es gibt hier doch jede Menge Zimmer.«

»Aha.« Nervös fuhr Lady Deborah mit den Fingern über ihr Kleid. Es bestand kaum die Möglichkeit, ihn abzulenken. Die Jagdzeit war vorüber. Aber sie durfte ihn nicht hier sitzen und an Clarissa denken lassen, sonst würde er womöglich nach London eilen und ihr auf der Stelle einen Heiratsantrag machen. Dann wäre Clarissa Herrin von Downs Abbey, und die Räume hallten von ihrem seichten Geschwätz wider. Sie mußte sich etwas ausdenken, was ihrem Bruder Vergnügen bereitete und ihn Clarissa vergessen ließ.

»Ich finde diese Miss Pym sehr sympathisch«, sagte sie lebhaft. »Sie ist eine Persönlichkeit. Bestimmt wird sie von Abenteuern geradezu verfolgt. Ich habe mir ihre Geschichten gern angehört. Verflucht langweilig hier, findest du nicht?«

»Du solltest damit aufhören, in dieser wenig damenhaften Manier zu sprechen, Deborah«, erwiderte er ernst. »In einem wirklichen Salon kämst du damit nicht an.«

»Meinetwegen«, entgegnete sie bereitwillig. »Weißt du was? Wir sind noch nie mit der Postkutsche gereist. Warum packen wir nicht die Koffer, fahren zur ›Goldenen Krone‹, essen dort unser Abendbrot, übernachten und reisen morgen früh mit der Postkutsche nach Dover?«

Er blickte skeptisch drein.

»Deine Clarissa kannst du doch sowieso erst in der nächsten Woche besuchen«, fuhr Lady Deborah fort. »Ich will damit sagen, daß du erst bei Tante Jill anfragen mußt, ob ihr dein Besuch genehm ist.«

Sein Gesicht hellte sich auf. »Du hast recht. Ja, ein ausgezeichneter Gedanke! Aber um eines bitte ich dich.«

»Und das wäre?«

»Kleide dich wie eine ganz normale Frau! Würdest du das für mich tun?«

Sie hätte ihm am liebsten ins Gesicht geschrien, daß sie anziehe, was sie wolle. Aber dann wäre er womöglich nicht mitgekommen, und er mußte um jeden Preis von dieser abscheulichen Clarissa abgebracht werden, die sonst in Kürze hier einziehen würde.

Der Graf war seltsam niedergeschlagen. Normalerweise genügte ihm an den Abenden seine eigene Gesellschaft vollauf, um glücklich und zufrieden zu sein. Aber heute verspürte er den Wunsch, nach Downs Abbey zu reiten, ohne einen einleuchtenden Grund zu haben. Sein Nachbar Sir Paul Langford fiel ihm ein. Dieser hatte Gäste, und er hatte ihm versprochen, daß er vielleicht, aber nur vielleicht, bei ihm hereinschauen werde. Die Einladung zum Abendessen hatte er allerdings ausgeschlagen. Doch Gesellschaft würde er dort haben, denn die Langfords waren sehr gastfreundlich. Sie liebten den Lärm und die Musik.

Er befahl, die Kutsche anzuspannen und seinen Gesellschaftsanzug bereitzulegen. In kürzester Zeit war er umgezogen und fuhr zu den Langfords.

Sir Paul besaß ein hübsches Herrenhaus, das von oben bis unten erleuchtet war, als der Graf anlangte.

Das Abendessen war schon vorbei. Die Gesellschaft hatte sich im Musikzimmer versammelt und lauschte einer Dame, die Romanzen sang.

Er lächelte zu Sir Paul hin und setzte sich auf einen Stuhl. Es dauerte nicht lange, bis er bemerkte, daß ihn eine Dame in seiner Nähe musterte. Sie fing seinen Blick auf und lächelte verführerisch. Er spürte eine gewisse Erregung. Sie war schon in reiferen Jahren. Aber mit ihren großen Augen, dem glatten braunen Haar und im hochmodischen römischen Gewand war sie eine auffällige Erscheinung. Sie hatte zudem einen herrlichen, schneeweißen Busen. Der Graf fragte sich, wer sie sei, und fand, daß diese Dame, die ihm solch einladende Blicke zuwarf, genau die Richtige war, um ihn Lady Deborahs bezaubernden Kuß vergessen zu lassen.

Als das Konzert zu Ende war, zerstreuten sich die Gäste über die verschiedenen Zimmer. Sir Paul näherte sich dem Grafen, gleichzeitig trat die kecke Dame zu ihm. Sie fächelte sich aufreizend langsam Kühlung zu und wartete offensichtlich darauf, vorgestellt zu werden.

»Darf ich bekannt machen – der Graf von Ashton, Lady Carsey«, sagte Sir Paul.

Wo habe ich diesen Namen bloß schon gehört? dachte der Graf. Er beugte sich über ihre Hand.

»Haben Sie sich den Boxkampf angesehen, Ashton?« wollte Sir Paul wissen.

»Ja«, erwiderte der Graf, »aber vor Damen sollten wir nicht über Boxkämpfe sprechen.«

»Ganz im Gegenteil«, meinte Lady Carsey. »Es war ein außergewöhnliches Ereignis. Der berühmte Randall wurde von einem Unbekannten geschlagen.«

»Ein merkwürdiger Bursche«, sagte Sir Paul lachend. »Benjamin Stubbs heißt er. Als Boxer könnte er zu Vermögen kommen. Doch er kehrte nach seinem Sieg als Lakai zu einer alten Jungfer zurück, die mit der Postkutsche nach Dover fährt.«

Lady Carsey wurde sehr still. Plötzlich erinnerte sich der Graf, wo er ihren Namen schon gehört hatte. Sie war also die gefährliche Lady Carsey, die Benjamin beinahe getötet hätte.

»Wahrscheinlich sind sie jetzt schon in Dover«, sagte er beiläufig.

»O nein«, erwiderte Sir Paul fröhlich. »Die Postkutsche fährt wegen Reparaturen morgen vormittag ab.«

Der Graf verbeugte sich vor Lady Carsey und ließ sie stehen. Er nickte verschiedenen Bekannten zu und verabschiedete sich, sobald es die Höflichkeit erlaubte. Denn er wollte Miss Pym warnen und ihr mitteilen, daß Benjamins ehemalige Peinigerin in der Nähe war und wußte, wo er zu finden war.

4

Hannah polierte gerade in ihrem Zimmer im Gasthof die Möbel, um sich vor dem Abendessen noch ein wenig zu entspannen, als es an die Tür klopfte. Schuldbewußt versteckte sie ihr Staubtuch im Koffer, denn sie wußte, daß der Besucher sehr erstaunt sein würde, wenn er sie, eine Dame, eine Arbeit verrichten sähe, für die die Diener vom Wirt bezahlt wurden. Benjamin bildete natürlich eine Ausnahme. Er war immer auf Seiten seiner Herrin.

Sie öffnete die Tür und sah sich Abigail Conningham gegenüber, die sie unsicher anblickte. »Dürfte ich mit Ihnen sprechen, Miss Pym?«

Hannah nickte. Ihre Augen funkelten vor Neugier. Sie nahmen zu beiden Seiten des Kamins jede auf einem Stuhl Platz.

»Hauptmann Beltravers meinte, ich solle mit Ihnen reden«, sagte Abigail ernst und blickte dabei den Kaminsims an.

»Aha!«

»Sie müssen wissen, daß man mich nötigt, zu meinem Onkel nach Dover zu reisen und einen seiner Freunde zu heiraten, einen gewissen Mr. Clegg.«

»Ich habe davon gehört«, erwiderte Hannah und wartete auf weitere Darlegungen.

»Darüber habe ich mich sehr gegrämt – und tue es noch. Schließlich tröstete ich mich mit dem Gedanken, daß ich meine Pflicht tue. Onkel Henry hat meiner Mutter nämlich versprochen, ihr Geld für unseren Lebensunterhalt zu geben, wenn ich Mr. Clegg zum Mann nehme. Doch inzwischen ist Dover schon so nahe gerückt, daß mich tiefe Verzweiflung überkommt. Hauptmann Beltravers habe ich bereits mein Leid geklagt. Er meinte, ich solle mit Ihnen reden.«

»Da hat er vollkommen recht.« Hannah faltete die Hände im Schoß. »Sagen Sie mir als erstes, ob Ihre Familie in finanziellen Schwierigkeiten ist.«

»Ich glaube schon. Allerdings erledigt meine Mutter seit dem Tode meines Vaters vor zwei Jahren alle Geldgeschäfte allein. Ich habe acht Geschwister, teils Brüder, teils Schwestern, die alle jünger sind als ich. Jane ist neunzehn Jahre alt und sehr hübsch. Ihr hätte es nichts ausgemacht, wenn Onkel Henry sie für Mr. Clegg bestimmt hätte. Sie sagt, sie sehne sich nach einem eigenen Heim, denn sie muß das Schlafzimmer mit mir teilen, was ihr gar nicht behagt. Ich habe versucht, mich mit meiner Mutter auszusprechen. Aber sie fängt immer gleich zu weinen an und nennt mich eine undankbare Egoistin. Sie hat ja recht, haben doch viele von meinen Freundinnen die von ihren Eltern ausgesuchten Männer geheiratet, ohne zu murren.«

»Es spricht für Hauptmann Beltravers, daß er Interesse für Ihre Zwangslage zeigt«, erwiderte Hannah. »Er ist ein feiner Mensch.«

»Ja, das ist er.« Abigails Augen leuchteten auf. »Ich bin stolz darauf, daß ich ihm helfen konnte.«

»Wie das?«

»Er hat Ihnen doch vom Tod seiner Frau und seines kleinen Kindes erzählt.«

Hannah nickte.

»Nun, mir war es vergönnt, ihm klarzumachen, daß er am Soldatenleben keine Freude mehr habe und aus der Armee ausscheiden sollte.«

»Aber vielleicht kann er es sich nicht leisten«, gab Hannah zu bedenken.

»Zu mir hat der Hauptmann gesagt, an Geld fehle es ihm nicht.«

»Warum hat er es dann in seinem Alter nur bis zum Hauptmann gebracht?« fragte Hannah. »In dieser verlogenen Welt kauft man sich doch in die höheren Ränge ein.«

»Geld allein genügt wahrscheinlich nicht. Man braucht auch gute Beziehungen, nehme ich an«, erwiderte Abigail nachdenklich. »Aber so sehr ich am Wohlergehen des Hauptmanns interessiert bin, ich kann ernstlich nur an mich selbst denken. Was soll ich bloß tun?«

»Vielleicht sollte ich Ihren Onkel, sobald wir in Dover sind, aufsuchen und ihm davon berichten, daß Sie eine Schwester haben, die hübscher und jünger ist als Sie und bereit wäre, Mr. Clegg zu heiraten. Wäre Ihnen damit gedient?«

Abigail schüttelte den Kopf. »Zwar habe ich ihn seit mindestens vier Jahren nicht mehr gesehen, aber ich erinnere mich noch deutlich, daß er leicht aufbraust, besonders dann, wenn seine Pläne durchkreuzt werden.«

»Ich werde mir etwas einfallen lassen«, versprach Hannah. »Wenn es nach mir geht, brauchen Sie diesen Mr. Clegg nicht zu heiraten. Einstweilen sollten Sie sich so viel wie möglich in Gesellschaft von Hauptmann Beltravers aufhalten. Die Gesellschaft eines braven Mannes ist für ein junges Mädchen immer von Nutzen. Überlassen Sie alles andere mir!«

Abigail stand auf und gab Hannah scheu einen Kuß auf die Wange. »Danke«, sagte sie einfach.

Kaum daß Abigail fort war, kam Benjamin ins Zimmer.

»Wir stehen vor einer schwierigen Aufgabe«, sagte Hannah. »Übrigens habe ich gehört, daß Sie Spielschulden gemacht haben. Haben Sie sie denn inzwischen bezahlt?«

»Selbstverständlich, gnädige Frau. Was ist denn das für eine Aufgabe?«

Hannah schilderte ihm kurz Abigails Lage.

Benjamin sank auf einen Stuhl und streckte seine langen Beine von sich. Hannah runzelte die Stirn. Ein guter Lakai setzte sich nicht in Gegenwart seiner Herrin. Aber da Benjamin offensichtlich angestrengt nachdachte, entschloß sie sich, diese gesellschaftliche Entgleisung zu übersehen.

»Nun«, sagte er schließlich, »an Ihrer Stelle, gnädige Frau, würde ich Miss Abigails Londoner Adresse ausfindig machen und ihrer Schwester Jane Geld für die Reise nach Dover schikken. Erklärend würde ich dazu schreiben, daß sie eine bessere

Ehefrau für den alten Clegg abgebe als Abigail. Wenn sie tatsächlich so hübsch ist, müßte sich dieser Clegg eigentlich freuen.«

»Sie sind ein Genie«, rief Hannah. »Bringen Sie mir eine Schreibfeder, Papier und Tinte! Die Kutsche, die die Post nach London bringt, muß jeden Augenblick eintreffen. Da kann ich den Brief gleich wegschicken.« Sie beeilte sich mit dem Schreiben, fügte Papiergeld bei, versiegelte den Brief und übergab ihn Benjamin, der eilig zur Post lief. Hannah empfand eine tiefe Befriedigung. Sie hatte schon lange nicht mehr so entschlossen gehandelt.

Sie stieg die Treppe hinunter, um zu Abend zu essen. Die anderen saßen schon an der langen Tafel: Abigails Augen waren wieder gerötet, was einem sofort auffiel. Mrs. Conningham saß zwischen ihrer Tochter und dem Hauptmann. Ab und zu warf sie rasche, prüfende Blicke nach rechts und nach links.

Kurz bevor der erste Gang serviert wurde, erschienen Lady Deborah und Lord William. Mit der Unbekümmertheit der Jugend sahen sie es als selbstverständlich an, daß sie willkommen waren. Sie setzten sich zu den anderen, und Lady Deborah erklärte, daß sie sich gesagt hätten, sie würden sich königlich amüsieren, wenn sie morgen mit der Postkutsche nach Dover mitführen.

Der Gedanke, in vornehmer Gesellschaft weiterzureisen, beschäftigte Mrs. Conningham so sehr, daß sie vergaß, den Hauptmann und ihre Tochter weiterhin im Auge zu behalten. Plötzlich drang lautes Hurrageschrei von draußen herein. Es galt Benjamin, der zum Helden der kleinen Stadt geworden war.

»Wie sind Sie daraufgekomenn, nach Dover fahren zu wollen?« fragte Hannah.

»Wir haben uns gelangweilt«, erwiderte Lord William. »Außerdem glaube ich, daß über kurz oder lang der Puritaner Ashton bei uns erschienen wäre und uns eine Strafpredigt gehalten hätte, wenn wir ihm nicht zuvorgekommen wären.«

»Ich finde nicht, daß Lord Ashton ein Puritaner ist«, meinte

Hannah. »Ein echter Puritaner fordert eine junge Dame nicht zu einem Wettrennen heraus und küßt sie auch nicht.«

»Das ist eben Ashtons verwirrende Methode, Deborah zu erziehen«, bemerkte Lord William scharfsinnig.

Seine Schwester errötete.

»Da ist er ja schon, der Herr, von dem wir gerade sprechen«, rief Hannah, als sie den Grafen kommen sah.

Er sah so blendend aus, daß man sich unwillkürlich eingeschüchtert fühlte. Unter seiner einreihigen schwarzen Samtjacke sah ein blütenweißes Spitzenhemd hervor, über dem er eine prächtig bestickte Satinweste trug. Die ebenfalls aus schwarzem Samt geschneiderte Kniehose schmückten goldene Schnallen, desgleichen die Schuhe. Dazu trug er einen Zierdegen, an dessen Griff ein großer Rubin funkelte. Er setzte sich neben Hannah, wies aber die angebotenen Speisen zurück. »Ich bin nur gekommen, weil ich Sie warnen wollte«, sagte er.

Lady Deborah war enttäuscht. Sie hatte geglaubt, er habe sich ihretwegen herbemüht.

»Wovor wollen Sie uns warnen?« fragte Lord William.

Der Graf seufzte tief. »Sie nicht. Miss Pym und ihr Diener sind in Gefahr. Heute abend war ich bei Freunden, den Langfords, zu Besuch und bin einer gewissen Lady Carsey begegnet.«

»Aber Sie haben ihr doch nicht gesagt, daß ich hier bin?« rief Hannah.

»Bedanken Sie sich bei Benjamin, der wegen seiner Heldentaten im Ring überall gerühmt wird! Es tut mir leid, aber sie weiß Bescheid.«

Benjamin schloß die Augen und schickte ein Stoßgebet zum Himmel, daß er vor diesem schrecklichen Frauenzimmer bewahrt bleiben möge.

»Unter diesen Umständen können wir nicht gleich nach Dover fahren«, sagte Hannah. »Bestimmt heuert sie ein paar Raubmörder an, die einen Überfall auf die Kutsche verüben sollen. Etwas wird sie auf jeden Fall unternehmen.«

»Sie werden sich doch nicht von einer Frau einschüchtern lassen!« spottete Lord William.

»Ich behaupte nicht, daß Lady Carsey persönlich eine Gefahr ist«, entgegnete der Graf. »Ich denke an die Schurken, deren sie sich bedienen könnte.«

»Dann wäre es wohl besser, wenn wir nicht nach Dover führen, sondern nach London zurückkehrten«, meinte Hannah.

Der Graf runzelte die Stirn. »Sie lassen eine weitere Schwierigkeit außer acht. Bei einem Überfall auf die Postkutsche werden der Kutscher und der Wächter wahrscheinlich unbehelligt bleiben und nur die Passagiere angegriffen werden. Dummköpfe, die diese Burschen nun einmal sind, werden sie womöglich den Hauptmann mit Benjamin und Mrs. Conningham mit Ihnen, Miss Pym, verwechseln.«

Mrs. Conningham stieß einen schrillen Schrei aus.

»Würde es Ihnen etwas ausmachen, wenn Sie alle ein paar Tage bei mir wohnten, bis sie unsere Fährte verliert?« fuhr der Graf fort.

Mrs. Conningham dachte nicht mehr an ihren sie erwartenden Schwager und noch viel weniger an den Heiratskandidaten ihrer Tochter. Sie würde mit einem Grafen unter einem Dach leben! »Ich könnte Onkel Henry durch einen Eilboten verständigen, daß sich unsere Ankunft um ein paar Tage verzögert«, sagte sie schließlich mit großem Eifer.

»Und wie denken Sie darüber, Herr Hauptmann?« fragte der Graf.

»Ich bin unterwegs zu meinem Regiment, habe aber noch Zeit«, erwiderte der Gefragte. »Ein kurzer Zwischenaufenthalt würde mir nichts ausmachen.«

Abigail saß mit gefalteten Händen da. Ihre Augen leuchteten. Man konnte meinen, sie sei eben vor dem Schafott errettet worden. Hannah freute sich, daß Mrs. Conningham viel zu aufgeregt war, um den glücklichen Gesichtsausdruck ihrer Tochter zu bemerken.

»William und ich werden aber nicht bei Ihnen wohnen«, sagte Lady Deborah.

Der Graf lächelte gewinnend. »Sie sind ja gar nicht darum gebeten worden.«

Lord William war wütend. Er hatte das Gefühl, um ein Abenteuer betrogen zu sein. Er war umso enttäuschter, nicht nach Dover fahren zu können, als ihm gerade Name und Anschrift eines alten Freundes in Dover eingefallen waren. Doch dann hatte er eine großartige Idee, und seine Augen leuchteten auf. Während der Graf zu den übrigen sagte, er fahre jetzt nach Hause und lasse eine Kutsche für sie anspannen, flüsterte der junge Mann seiner Schwester ins Ohr: »Laß dir von Miss Pym die Fahrkarten für die Postkutsche geben, bevor du weggehst!«

»Warum?«

»Mir schwebt da eine phantastische Sache vor«, murmelte er. »Tue, was ich dir sage, und ich verspreche dir ein Abenteuer, an das du zeitlebens denken wirst!«

Lady Deborah lächelte, aber der Graf betrachtete die Zwillinge mit Argwohn. Gleich darauf ging er.

»Wir sollten zur Post gehen und unsere Fahrkarten zurückgeben«, meinte Hannah.

Lord William trat seiner Schwester unter dem Tisch auf den Fuß.

»Mein Bruder und ich würden sehr gern nach Dover reisen, Miss Pym«, sagte das junge Mädchen daraufhin. »Könnten Sie uns Ihre Karten verkaufen?«

»Meine liebe Lady Deborah«, erwiderte Hannah erschrocken, »wissen Sie denn, in welche Gefahr Sie sich begäben? Es könnte sein, daß diese gewissenlose Frau ein paar Banditen angeheuert hat, die die Kutsche überfallen sollen.«

»Ich glaube nicht, daß sie sich für uns interessieren würden«, sagte Lady Deborah lachend. »Sieht mein Bruder etwa wie ein Diener aus?«

»Nein, aber …«

»Ach bitte, tun Sie uns den Gefallen, Miss Pym!« schmeichelte ihr Lord William. »Wir sind fest entschlossen zu fahren.«

»Na gut.« Hannah öffnete ihr Täschchen und entnahm ihm die beiden Fahrkarten. »Die von Benjamin werden Sie umtauschen müssen«, erklärte sie. »Sie ist für einen Außenpassagier bestimmt. Der arme Kerl muß ungeschützt auf dem Dach sitzen und ist Wind und Wetter ausgesetzt. Manchmal wird er vom Regen tüchtig naß.«

»Wir werden sie umtauschen«, sagte Lady Deborah, nahm die Karten an sich und reichte sie ihrem Bruder. »Und sagen Sie Ashton nichts von unserem Plan!« bat sie die Anwesenden.

Der Hauptmann versprach dies achselzuckend, nach ihm Abigail und ihre Mutter. Letztere hatte nur eines im Sinn – bald mit einem echten Grafen unter einem Dach zu weilen. Hannah murrte zwar ein wenig, schenkte aber den Beteuerungen der Geschwister Glauben, sie wollten vorsichtig sein.

»Nun, was hat das alles zu bedeuten?« fragte Lady Deborah ihren Bruder, als sie auf dem Heimweg waren.

»Begreifst du es denn nicht? Es wird ein Heidenspaß.« Seine Augen glänzten beim Schein der Kutschenlampen. »Du ziehst etwas Schlichtes, Altjüngferliches an, und ich borge mir von einem unsrer Lakaien eine Livree. Lady Carsey wird uns für Miss Pym und Benjamin halten. Wir werden sie furchtbar erschrecken.«

»Aber die allgemeine Meinung scheint zu sein, daß Lady Carsey die Postkutsche nicht in Person attackieren will«, bemerkte Lady Deborah skeptisch.

»Tatsächlich?« spottete Lord William. »Zwei Schurken oder drei – was macht das schon, wenn wir beide bewaffnet sind?«

Zum erstenmal in ihrem Leben fühlte sich Lady Deborah wie eine hilflose, schwache Frau. Seit sie als kleines Kind gehen konnte, war sie ihrem Bruder über Stock und Stein gefolgt. Sie war mit ihm auf die Jagd geritten, hatte an seiner Seite geschossen und war an jeder seiner Heldentaten beteiligt gewesen. Aber der Gedanke, sich bewaffneten Männern gegenüberzusehen, flößte ihr Angst ein. Doch durfte sie sich das nicht anmerken lassen, sondern mußte die einmalige Gelegenheit, William von der verhaßten Clarissa abzubringen, beim Schopf packen. So verdrängte sie ihre bösen Ahnungen und willigte ein, sich am Plan ihres Bruders zu beteiligen.

Die Gäste des Grafen hatten sich alle schon schlafen gelegt, waren aber noch wach. Hauptmann Beltravers streckte sich in seinem Bett, das sehr bequem war, genußvoll aus und blickte sich in dem mit wertvollen Möbeln ausgestatteten Zimmer um. Das Bett, worin er lag, stammte aus der Zeit Jakobs I. und war mit schönen Schnitzereien versehen. Die Laken waren aus feinstem Leinen und dufteten nach Lavendel. Im Kamin brannte ein lebhaftes Feuer, das tanzende Schatten ins Zimmer warf. Die Wasserkrüge aus Messing glänzten golden. Neben ihnen auf dem Toilettentisch lagen feinste Pomaden und Seifen. In dem stattlichen Gebäude hörte man keinen Laut. Nur die Reichen konnten sich diese erholsame Ruhe leisten.

Der Hauptmann empfand bittere Reue, als er daran dachte, daß er ein hübsches, kleines Landgut hätte besitzen und darin behaglich hätte leben können, wenn er nur gewollt hätte. Sein krankhaft geiziger Vater war bald nach dem Tod seiner, des Hauptmanns, Frau und seines Kindes gestorben. Und er, der Hauptmann, hatte das Haus seiner Kindheit, wo er niemals glücklich gewesen war, auf der Stelle verkauft. Er verfügte nun über ein kleines Vermögen, wußte aber nichts Rechtes damit anzufangen. Nach dem Tod seiner Frau und des geliebten Kindes war er nur noch ein Wrack gewesen. Erst jetzt hatte er über ihr Ableben weinen können. Es waren Tränen gewesen, die ihm Erleichterung brachten. Dafür war er Abigail Conningham sehr dankbar.

Er dachte mit Anteilnahme an sie. Man durfte sie nicht zwingen, einen Mann zu heiraten, der doppelt so alt war wie sie und den sie gar nicht kannte. Sie würde sich bestimmt gut als Hausfrau und Mutter eignen. Er starrte den mit Stickereien verzierten Betthimmel über seinem Kopf an, ohne ihn wahrzunehmen, und hatte eine Art Vision. Er glaubte ein schmuckes Häuschen vor sich zu sehen, das ihm gehörte und in das er am Abend zurückkehrte; eine Frau erwartete ihn, die große Ähnlichkeit mit Abigail hatte.

Er war überzeugt, daß es ihr gelingen werde, ihren ekelhaften Onkel davon zu überzeugen, daß er seinen Heiratsplan fallen lassen müsse. Aber er durfte nicht zu rasch vorwärts gehen. Erst mußte er das junge Mädchen näher kennenlernen. Niemand konnte Mary aus seinem Herzen verdrängen. Doch in einem hatte Abigail recht – er hatte das Soldatenleben satt und wollte irgendwo neu anfangen.

Auch Abigail lag noch wach und hätte gern gewußt, ob Miss Pym sich etwas hatte einfallen lassen. Es war ja so einfach, zu sagen: »Ich will helfen« und dann nichts zu tun.

An den Hauptmann dachte sie, ohne sich Hoffnungen zu machen. Er würde in ihr bestimmt nie mehr als eine gute Freundin sehen. Die Erinnerung an seine verstorbene Frau war viel zu stark. Aber Gast beim Grafen zu sein war eine Wohltat. Dadurch war es ihr vergönnt, mit dem Hauptmann spazierenzugehen und mit ihm zu plaudern. In den kommenden düsteren Tagen und Jahren konnte sie daran zurückdenken und sich darüber freuen. Sie wälzte sich unruhig hin und her und fragte sich, ob Miss Pym schon schlief. Sie stand auf, entdeckte einen Schlafrock und schlich auf den Korridor hinaus. Sie wollte nur an Miss Pyms Tür klopfen und, wenn sich nichts rührte, wieder ins Bett gehen.

Auch Mrs. Conningham war noch wach. Sie prägte sich alle schönen Dinge in ihrem Zimmer fest ein, um, wenn sie wieder in London sein würde, ihren Freundinnen davon erzählen zu können. Dem Grafen erschien der Sitz seiner Ahnen möglicherweise düster und renovierungsbedürftig. Doch Mrs. Conningham fand, daß es dem herrschaftlichen Bauwerk an nichts fehlte. Es gab große Betten mit kunstvollen Schnitzereien, Ritterrüstungen und lange Korridore, in denen Ahnenbilder hingen. Auch war ihr so manches bejahrte Faktotum begegnet. Die Zofe, die Mrs. Conningham für die Nacht angekleidet hatte, war so alt, daß sich die Mutter zahlreicher Kinder in ihrer Gegenwart geradezu jung gefühlt hatte. Natürlich war es schade, daß sich Abigail ihre Lage so zu Herzen nahm. Aber nach einiger Zeit würde sie sich mit ihrem Schicksal abfinden, so wie sie, ihre Mutter, es getan hatte, als ihre Eltern ihr einen Gatten präsentierten, den sie zu heiraten gezwungen war. Im neuen Jahrhundert, das eben begonnen hatte, war man viel zu sentimental und gab sich romantischen Träumen hin. Ihre Befürchtung, der Hauptmann sei auf ein Liebesabenteuer mit ihrer Tochter aus, war grundlos gewesen. Beim Abendessen hatte er sich größte Zurückhaltung auferlegt. Sein Verhalten gegenüber Abigail war sehr formell gewesen. Von dieser Seite gab es also keinen Anlaß zur Sorge. Sie kuschelte sich zusammen und wartete auf den Schlaf. Der Graf hatte ihr versprochen, ihren Brief an ihren Schwager Henry, in dem sie ihm die Verzögerung mitteilte, abzuschicken. Sie hoffte, daß sich Jane gut benahm und sich um ihre Geschwister kümmerte.

Hannah Pym wälzte sich im Bett hin und her. Ihr Gewissen quälte sie. Sie hatte noch keine Gelegenheit gehabt, Abigail von ihrem Brief an deren Schwester Jane zu erzählen. Wenn letztere sofort aufgebrochen war, nachdem sie die schriftliche Aufforderung dazu erhalten hatte, würde sie vor ihrer Mutter und Abigail in Dover sein. Und wie stand es um Lord William und Lady Deborah? Sie hatte ihnen erlaubt, sich in Gefahr zu begeben, ohne den Grafen zu warnen. Ein solches Versprechen hätte sie niemals geben dürfen.

Sie klingelte, und Benjamin trat ein. Er schlief in dem kleinen Zimmer nebenan und tappte im Nachthemd ans Bett seiner Herrin.

»Benjamin«, sagte Hannah und setzte sich im Bett auf, »ich

habe noch kein Auge zugetan, weil ich daran denken muß, daß Jane Conningham vor ihrer Mutter und ihrer Schwester in Dover sein wird. Ich hätte mich nicht einmischen dürfen. Auch gegenüber Lord William und Lady Deborah habe ich mich falsch verhalten. Wie konnte ich Lord William nur versprechen, daß ich schweigen würde?«

Benjamin kratzte sich ungeniert und ließ einen herzhaften Gähner erschallen. Dann sagte er undeutlich: »Ich glaube, daß Miss Jane Conningham, wenn sie eine normale Schwester ist, nichts Eiligeres zu tun hat, als sich den Heiratskandidaten Miss Abigails zu angeln. An Ihrer Stelle würde ich mir darüber keine Gedanken machen. Und soweit es Lord William und Lady Deborah betrifft – nun, habe ich mich etwa verpflichtet zu schweigen?«

»Nein, Sie nicht, Sie Schlaukopf! Also gut, schreiben Sie dem Grafen ein paar Zeilen und schieben Sie das Briefchen unter seiner Schlafzimmertür durch. – Wer ist da?«

Es war leise an die Tür des Schlafzimmers geklopft worden. Benjamin öffnete. Als Abigail den Lakaien im Nachtgewand sah, wurde sie hochrot im Gesicht. Benjamin sprang auf den nächstbesten Stuhl zu und verbarg sich hinter ihm. Die hohe Rückenlehne war gleichsam sein Schild.

»Sie dürfen sich zurückziehen, Benjamin«, sagte Hannah. »Schreiben Sie aber bitte besagten Brief, bevor Sie sich wieder hinlegen!«

Hastig ergriff Benjamin Hannahs Reiseschreibzeug und enteilte in sein eigenes Zimmer.

»Nun, Miss Abigail, was kann ich für Sie tun?« fragte Hannah.

Abigail setzte sich vorsichtig. »Ich hätte gern gewußt, ob es Ihnen gelungen ist, einen Ausweg aus der Sackgasse zu finden, in die ich geraten bin.«

»Das schon«, erwiderte Hannah. »Aber ob Ihnen damit gedient ist, weiß ich nicht. Ich habe Ihrer Schwester Jane Geld geschickt und sie aufgefordert, auf schnellstem Wege nach Dover zu fahren.«

»Aber warum denn?« warf Abigail ein.

»Mein Gedanke war, daß Miss Jane, die Sie für einen Trottel hält, weil Ihnen Mr. Clegg als Ehemann nicht gut genug ist, vielleicht versuchen wird, ihn Ihnen auszuspannen.«

Abigail saß eine Weile stirnrunzelnd da, doch dann hellte sich ihr Gesicht auf. »Aber natürlich wird sie das. Das ist ihre Art. Und sie ist furchtbar eifersüchtig auf mich. Das muß ich meiner Mutter erzählen.«

»Nein, das dürfen Sie nicht«, widersprach Hannah. »Denken Sie doch mal nach! Womöglich schreibt sie dann ihrerseits an Ihre Schwester und behauptet fälschlich, Sie könnten es kaum erwarten, diesen Mr. Clegg kennenzulernen. Niemand sieht es gern, wenn seine Pläne durchkreuzt werden, am allerwenigsten Mütter, die sich schon auf einen Heiratskandidaten versteift haben.«

»Sie haben mir Hoffnung gemacht«, meinte Abigail.

»Und jetzt sollten wir schlafen«, sagte Hannah und täuschte ein Gähnen vor. Sie wollte sich vergewissern, ob Benjamin dem Grafen die Notiz hatte zukommen lassen.

»Sie können froh sein, daß Sie einen Lakaien haben«, sagte Abigail wehmütig. »Wir hatten anfangs zwei, dann einen und jetzt keinen mehr. Unser Ansehen ist dadurch sehr gesunken. Aber es wundert mich, daß Ihre Zofe Sie nicht begleitet, Miss Pym.«

»Sie hat sich erkältet«, erwiderte Hannah.

Abigail stand auf und verabschiedete sich. Hannah ging in Benjamins Zimmer. Er versicherte ihr, daß er so gut wie fertig sei. Zufrieden kehrte Hannah in ihr eigenes Zimmer zurück. Sie hatte ihr Möglichstes getan.

In einem der Langfordschen Gästeschlafzimmer lag Lady Carsey. Sie war noch wach. Das Schicksal schien es gut mit ihr zu meinen, waren ihr doch die schreckliche Pym und der Schlawiner Benjamin in den Weg gelaufen. Wie der Graf zu Recht vermutet hatte, wollte sie die beiden nicht persönlich angreifen, sondern sich gedungener Spitzbuben bedienen. Allerdings brauchte man dazu Geld.

Wie die meisten Grundbesitzer, die ihre Güter schlecht verwalteten, begriff Lady Carsey nicht, wie das Geld plötzlich knapp sein konnte. Sie hatte einen Gutsverwalter eingestellt, und wenn sie Geld brauchte, war es seine Pflicht, die Pächter unter Druck zu setzen, damit sie noch höhere Beträge zahlten als bisher. Sie interessierte sich nicht für deren Lage; sie fand, es genüge vollauf, wenn sie von Zeit zu Zeit ihre Güter abritt und sich befriedigt sagte, daß all das Land ihr gehöre. Sie achtete nicht darauf, ob der Boden mit Getreide oder mit Unkraut bedeckt war. Ein geübtes Auge hätte die Zeichen des Verfalls bemerkt. Das Erdreich war ausgelaugt, die Pächter wahre Jammergestalten und ihre Hütten in trostlosem Zustand. Selbst die Hecken waren verwildert. Die Straßen waren im Sommer gefährlich und im Winter unpassierbar. Da Lady Carsey nicht das geringste von Landwirtschaft verstand, hatte sie sich lange in der Hoffnung gewiegt, ihr Land sei eine unerschöpfliche Geldquelle, die der Gutsverwalter nur anzuzapfen brauche, um ihr ewig leeres Portemonnaie zu füllen. So entdeckte sie erst, als ihr die Pächter davonliefen, daß die Quellen ihres Reichtums versiegt waren.

Es blieb ihr nichts anderes übrig, als sich einen reichen Ehemann zu suchen. So hatte sie sich und ihren Neffen Mr. Fotheringay bei den Langfords selbst eingeladen. Es war ihr nämlich zu Ohren gekommen, daß die Langfords Freunde des unverheirateten Grafen von Ashton waren. Zwar hatte ihr ihr Neffe kurz zuvor Geld gestohlen. Aber sie konnte es ihm wieder abnehmen, ehe es ausgegeben war, und sie versöhnten sich. Mr. Fotheringay war ein weicher, träger Mensch und wie ein Dandy gekleidet, und seine Tante brauchte einen Gehilfen. So klingelte sie nach der Zofe und sagte zu ihr, sie solle Mr. Fotheringay holen.

Eine halbe Stunde später präsentierte sich der Stutzer in einem wattierten Morgenrock und mit einem Turban auf dem Kopf. »Ja?« fragte er und ließ sich gelangweilt in einen Sessel sinken.

»Die Pym und ihr heißgeliebter Lakai Benjamin sind hier«, sagte Lady Carsey. »Stell dir vor, Benjamin hat den Randall besiegt und einen hohen Geldpreis gewonnen!«

»Das weiß ich, denn ich war bei dem Kampf anwesend«, rief Mr. Fotheringay. »Ich habe dir nichts davon gesagt, weil du seiner überdrüssig zu sein schienst.«

»Mein lieber Neffe, bitte denke daran, daß ich mit dem unsympathischen Paar noch ein Hühnchen zu rupfen habe.«

»O nein«, erwiderte Mr. Fotheringay mit leichtem Schaudern. »Erinnerst du dich noch, was das letzte Mal geschah? Die alte Hexe, die Pym, hat dein Haus angezündet, so daß ein großer Teil verbrannt ist.«

»Genau. Und das erfordert Revanche. Es darf aber niemand merken, daß ich in die Sache verwickelt bin.« Lady Carsey machte ein finsteres Gesicht. Ihr Ansehen in der kleinen Stadt Esher hatte so schnell abgenommen wir ihr Geld. Ihrem Neffen hatte sie ihre finanziellen Schwierigkeiten tunlichst verschwiegen. Sie wußte, daß er nur um sie herumstrich, weil er sich bequeme Nebeneinkünfte erhoffte. »Ich habe keine Lust, wieder kriminelle Kerle anzuheuern«, fuhr sie fort. »Das letzte Mal war es mit ihnen eine Katastrophe. Die Pym und ihr Lakai fahren morgen früh mit der Postkutsche von der ›Goldenen Krone‹ los. Ich erwarte von dir, daß du die Kutsche anhältst und die beiden ausraubst oder erschießt, ganz, wie du willst.«

»Du bist verrückt«, rief Mr. Fotheringay, der aus seiner gewohnten Lethargie erwacht war. »Ich kann doch die Postkutsche nicht am hellichten Tag überfallen.«

»Dann denke dir etwas Besseres aus«, erwiderte Lady Carsey zornig. »Oh, ich hab' es. Es ist ganz einfach. Sie wissen nicht, wie du aussiehst. Kaufe dir also eine Fahrkarte für die Kutsche, in der sie fahren! Ich werde dir Gift mitgeben. Schütte es ihnen gleich an der ersten Poststation in den Grog!«

»Aber die Polizei wird alle Mitreisenden verhören. Mord, nein, das kann ich nicht.«

»Ich glaube, du kannst es doch. In London ist eine Schar Gläubiger hinter dir her, die gern deinen jetzigen Aufenthaltsort wüßten. Ich würde mich bei ihnen für dich verwenden.«

Mr. Fotheringay kaute an seinen Nägeln herum und warf seiner Tante verstohlene Blicke zu. Er war ein widerlicher Kerl, besaß aber im Gegensatz zu ihr weder Mut noch Tatkraft. »Was springt für mich dabei heraus?« fragte er schließlich.

»Zehntausend Goldguineen.«

Erstaunt starrte Mr. Fotheringay seine Tante an. Er wußte nicht, daß sie weder willens noch in der Lage war, ihm eine solche Summe zu bezahlen. »Der Plan mit dem Gift sagt mir zu«, erwiderte er. »Hast du welches?«

»Selbstverständlich.«

»Wie dumm von mir, danach zu fragen.«

»Die Sache ist für dich ganz ungefährlich«, meinte Lady Carsey. »In England sterben die Leute wie die Fliegen. Kein hiesiger Arzt wird sich die Mühe machen, eine Autopsie vorzunehmen.«

»Wie wahr, wie wahr«, stimmte Mr. Fotheringay zu. Er wirkte jetzt zuversichtlicher, denn er verkehrte in Halbweltkreisen, wo es keine Seltenheit war, daß Verwandte wegen ihres Geldes vergiftet wurden und die Mörder mit der Beute entkamen.

»Und was machst du, während ich mich im Vergiften übe?« fragte er zynisch.

»Ich denke darüber nach, wie ich den Grafen von Ashton verführen kann.«

Lady Deborah und Lord William standen sehr zeitig auf. Lady Deborah schlüpfte in ein strenges graues Gewand und legte sich einen blauen Umhang aus Wollstoff um. Dann setzte sie eine rotblonde Perücke auf. Schließlich band sie sich eine breitkrempige Haube um, die ihr Gesicht fast völlig verbarg. Ihr Bruder hatte sich von einem der Lakaien eine Livree ausgeborgt. Darüber trug er einen Überzieher. Auf den Kopf setzte er sich einen Hut, den er sich ins Gesicht drückte. Nun luden die Geschwister ihre Pistolen. Lord William brachte die seine in der geräumigen Tasche seines Überziehers unter, Lady Deborah steckte ihre Waffe in ihre Handtasche.

Ihre nächtlichen Ängste waren verflogen. Sie freute sich auf das Abenteuer. Allerdings hätte sie nicht einmal sich selbst eingestanden, daß sie nur deshalb so unbekümmert war, weil sie im tiefsten Inneren glaubte, Lady Carsey werde niemand schicken, der die Kutsche überfiel. In den Morgenstunden war es schon hell, und auf der Straße nach Dover herrschte dichter Verkehr. Noch nie hatte ein Räuber die Kutsche nach Dover am hellichten Tag überfallen.

Ihre frohe Laune war dahin, als ihr Bruder heiter verkündete: »Das wird ein großartiges Abenteuer, von dem ich Clarissa erzählen werde.«

»Laß das lieber«, erwiderte seine Schwester bissig, »sonst schreit sie und fällt in Ohnmacht!«

»Dann fange ich sie auf«, konterte er und begann zu pfeifen.

Lady Deborah runzelte die Stirn. Sie fühlte sich nicht wohl in ihrer Haut. Ihre sorgenfreie Welt geriet allmählich ins Wanken. Bevor Clarissa erschienen war, hatte sie sich vorgestellt, sie und ihr Bruder würden immer zusammenbleiben. Die Drohung ihres Vaters, er werde sie zwingen, an einer Ballsaison in London teilzunehmen, hatte sie nicht ernst genommen. Wozu ein großartiges Abenteuer erleben, wenn ihr Bruder nach wie vor an Clarissa dachte?

Lord William ließ anspannen und befahl dem Kutscher, zum Gasthof zu fahren. Zum Butler sagte er, er solle dem Grafen bei dessen möglichem Besuch mitteilen, daß Lady Deborah und Lord William fischen gegangen seien.

Als die Geschwister auf dem Hof der Herberge eintrafen,

herrschte dort lebhaftes Treiben. Lord William tauschte seine Außen- gegen eine Innenfahrkarte ein. Dann stieg er hinter seiner Schwester in die reparierte Postkutsche ein. Drei Passagiere waren schon vor ihnen gekommen: ein nervöser alter Mann, der Schnupftabak schnupfte, eine korpulente Frau unbestimmbaren Alters, die eine Haube mit einer riesigen Pfauenfeder trug, und ein schüchternes kleines Mädchen, das sich als Enkelin der Vollschlanken entpuppte. Im letzten Augenblick sprang noch ein Fahrgast in den Wagen, ein dürrer, stutzerhafter Mann. Sobald er sich gesetzt hatte, warf er nach allen Seiten neugierige Blicke, was Lord William veranlaßte, seiner Schwester zuzuzwinkern und ihr einen leichten Rippenstoß zu versetzen. »Ein komischer Kauz!« murmelte er.

Mr. Fotheringay hatte sich für Jägerkleidung entschieden, obwohl die Jagdzeit schon vorüber war. Er trug eine Jacke mit schmalem Kragen, darunter eine weiße Kordweste, die sich eng an den Körper schmiegte. Sie hatte große Taschen mit Patten und anstelle der Knöpfe Fuchszähne. Eine schwere Kette reichte von einer Tasche zur anderen. Die Beine des Pseudojägers steckten in einer enganliegenden Kniehose und derben braunen Stiefeln, die auf Hochglanz poliert waren. Auf dem Kopf trug er einen Biberhut mit hochgebogener Krempe. Sein Gesicht war geschminkt, was nicht zu seiner sportlichen Kleidung paßte.

Mr. Fotheringays Augen blieben an Lord Williams Livree haften. »Ein kalter Morgen«, sagte er und rieb sich die Hände, »aber gutes Jagdwetter, denn die Witterung ist heute hervorragend.«

Lord William hob spöttisch die Augenbrauen.

»Das hier habe ich gestern bekommen«, fuhr Mr. Fotheringay fort, der als einziger der Reisenden an einem Gespräch interessiert zu sein schien. Er zog aus seiner Manteltasche einen Fuchsschwanz hervor und hielt ihn in die Höhe.

Die dicke Frau kreischte und beschwor ihn, seine Trophäe wieder verschwinden zu lassen.

Lady Deborah unterstützte sie: »Ja, tun Sie das! Das Ding stinkt ja furchtbar nach Mottenkugeln. Übrigens werden Sie bei den Bauern in einen üblen Ruf kommen, wenn Sie während der Schonzeit jagen.«

Mr. Fotheringay sah Lord William an und mimte Überraschung. »Mein Gott, sind Sie nicht der Bursche, der Randall besiegt hat?«

»Eben der«, erwiderte Lord William und handelte sich damit einen zornigen Blick seiner Schwester ein, denn seine Stimme hatte viel zu kultiviert geklungen und ganz gewiß nicht wie die von Benjamin, der häufig recht vulgär sprach.

»Das war ein Kampf, wie man ihn nicht alle Tage sieht«, rief Mr. Fotheringay. »Darf ich mich vorstellen? Crank.«

Lady Deborah konnte sich nur mit Mühe ein Lachen verbeißen. »Schlafen Sie, Benjamin!« befahl sie energisch, bemüht, Hannahs autoritäre Art nachzuahmen.

»Jawohl, gnädige Frau«, erwiderte ihr Bruder und schloß die Augen.

Die Postkutsche rollte mit den schweigenden Passagieren dahin. In Chatham legte sie eine kurze Pause ein. Mr. Fotheringay betastete sein Giftfläschchen, das sich in seiner Manteltasche befand. Den Reisenden wurde ein Getränk aus Rum und Milch gereicht. Keine Gelegenheit für den Jäger.

Hinter Chatham fuhren sie auf der alten Watling Street dahin, einst eine Römerstraße und gerade wie ein Pfeil. Die Reisenden schliefen, auch Mr. Fotheringay, der sich inzwischen daran gewöhnt hatte, daß er einen Mord begehen werde. Er wurde bald wieder wach und dachte schläfrig und leicht beunruhigt, daß Hannah Pym, die ihn gerade musterte, und ihr Lakai anders aussahen, als er sie in Erinnerung hatte. Benjamin war ihm im Ring älter und größer erschienen. Aber er, Mr. Fotheringay, hatte doch am Fahrkartenschalter noch einmal nachgefragt, ob die beiden mit dieser Postkutsche reisten, und es bestätigt bekommen.

Die alte Pym hatte rötliches Haar, das unter ihrer Haube hervorquoll. Und Benjamin war in Livree. Also waren sie doch die Gesuchten.

Der Graf von Ashton wurde zeitig wach, blickte auf die Uhr, gähnte, drehte sich um und schlief wieder ein. Als er das nächste Mal erwachte, war es schon zehn Uhr, wie er überrascht feststellte, bevor er nach seinem Kammerdiener klingelte. »Hoffentlich sind meine Gäste noch nicht auf«, sagte er.

»Nur Miss Pym«, erwiderte der Kammerdiener. »Sie hat sich zu einem Spaziergang in den Park begeben. Übrigens habe ich schon vor einer Weile dieses Briefchen hier auf dem Fußboden gefunden, Mylord.«

Der Graf musterte es verwundert. Er war daran gewöhnt, daß man Jagd auf ihn machte, und hoffte nur, daß Miss Conningham nicht die Tollkühnheit besessen hatte, ihm zu schreiben. »Machen Sie mein Rasierwasser fertig!« befahl er. »Und legen Sie das da beiseite! Ich werde es später lesen.«

Als er endlich rasiert, gewaschen und angezogen war, nahm er das Schreiben in die Hand und öffnete es. Er las, was Benjamin geschrieben hatte, und fluchte laut. Dann ritt er nach Downs Abbey und unterzog den alten Butler Silvers einem Verhör.

Silvers blickte zu Boden, blieb aber bei seiner Aussage, daß Mylord und Mylady zum Fischen gegangen seien. Er führte den Grafen zum Frühstückszimmer und öffnete ihm die Tür. »Möchten Sie eine Erfrischung, Mylord?«

Der Graf bejahte und setzte sich an die Tafel. Sein Blick fiel auf einen großen Korb, der an der Wand lehnte. Er stand auf und öffnete ihn. Darin befand sich ein buntes Gemisch aus Kleidungsstücken, Perücken und Schminkutensilien. Er fragte sich, ob die Zwillinge am Abend zuvor Theater gespielt hatten. Aber was hatte dieses Ding im Frühstückszimmer zu suchen?

Ein Lakai brachte die Zeitungen und überreichte sie dem Grafen. Dieser öffnete eine davon und starrte dann den entschwindenden Lakaien an, der eine braune Jacke und eine lederne Kniehose trug.

»Wo ist Ihre Livree?« fragte der Graf.

Der Lakai blickte zu Boden. Dem nunmehr argwöhnischen Grafen kam es so vor, als denke der Diener angestrengt nach. Dann fiel dessen Blick auf den Korb, und seine Miene hellte sich auf. »Mylord und Mylady proben ein kleines Theaterstück, in dem ein Lakai vorkommt. Deshalb hat mich Lord William darum gebeten, ihm meine Livree zu leihen«, sagte er.

»Tatsächlich?« Der Graf legte seine Zeitung beiseite und eilte zur Tür. »Teilen Sie Silvers mit, daß ich nicht länger hier bleibe!« rief er dem Lakaien über die Schulter hinweg zu. Er mußte versuchen, die Postkutsche einzuholen.

5

Die Postkutsche nach Dover rumpelte dahin. Sie kam durch Rainham, Moor Street und Newington und rollte schließlich durch Sittingbourne, wo die Reisenden ein Frühstück erhalten sollten. Die noch schläfrigen Zwillinge waren guten Mutes, weil die Kutsche bisher noch nicht überfallen worden war und wahrscheinlich auch nicht überfallen werden würde.

Im »Bären« in Sittingbourne setzten sich, abgesehen von Lord William, der sich als Lakai hinter den Stuhl seiner Schwester stellte, alle Innenpassagiere an den runden Tisch.

»Mein Lakai ist von dem Boxkampf noch ganz erschöpft«, flunkerte Lady Deborah. »Sie dürfen sich zu uns an den Tisch setzen, Benjamin.«

Mr. Fotheringay machte William Platz und kam so zwischen die Zwillinge zu sitzen. Er befingerte das Giftfläschchen in seiner Tasche. Welche Art von Gift es wohl war? Hoffentlich würden sie lautlos sterben. Aber wie es ihnen verabreichen?

Zu dem von Fett triefenden Frühstück gab es Kaffee. Deborah stocherte lustlos in ihrem Essen herum und betrachtete dann das Bild an der gegenüberliegenden Wand. Es stellte eine Szene auf dem Lande dar, die aber nur flüchtig hingeworfen war, so daß man nicht erkennen konnte, ob die gemalten Personen zusammen tanzten oder sich gegenseitig umbrachten.

Mr. Fotheringay zog vorsichtig den Stöpsel des Giftfläschchens heraus und rief unvermittelt: »Ist das nicht die Kutsche des Prinzen von Wales, die da kommt?«

Ein Teil der Gäste stürzte zur Tür. Andere wie Lord William sprangen auf und reckten den Hals. Lady Deborah, die sich nicht für den Prinzen von Wales interessierte und deshalb weiterhin auf das Bild ihr gegenüber starrte, bemerkte, daß sich der Eßtisch in der Glasscheibe spiegelte, und sah, wie der »Jäger« hastig eine Flüssigkeit aus einem kleinen Fläschchen in ihre und Williams Kaffeetasse schüttete. Ihr Herz begann zu hämmern. Sie kam nicht auf den Gedanken, daß Lady Carsey etwas mit der Sache zu tun haben könnte, sondern mutmaßte, Mr. Crank wolle sie betäuben, um sich in den Besitz des Geldes setzen zu können, das Benjamin beim Boxkampf gewonnen hatte.

Als die anderen zurückkehrten und sich beschwerten, daß keine Kutsche gekommen sei, rief Lady Deborah plötzlich: »Vorsicht! Da kommen Polizisten!«

Diesmal eilte Mr. Fotheringay zur Tür. Rasch vertauschte Lady Deborah ihre Kaffeetasse mit der seinen. Der vermeintliche Jäger erschrak zutiefst, als er einen Mann in roter Weste über den Hof gehen sah, erkannte dann aber, daß es doch kein Polizist war, der ihn der Gerechtigkeit überliefern wollte.

Er kehrte an den Tisch zurück und schüttelte den Kopf. »Sie haben sich getäuscht, gründlich getäuscht«, sagte er gedehnt. »Aber Sie trinken Ihren Kaffee ja gar nicht.«

»Er sieht aus wie Schlamm«, sagte Lord William, der von seiner Schwester gewarnt worden war. »Trinken Sie zuerst, Sir, und sagen Sie uns dann, ob er schmeckt!«

»Meinetwegen«, erwiderte Mr. Fotheringay, ergriff die Tasse und trank sie leer. »Ausgezeichnet«, murmelte er, obwohl er fand, daß das Gebräu abscheulich schmeckte.

Lady Deborahs Nerven waren zum Zerreißen gespannt. Doch da kam der Graf von Ashton mit großen Schritten in den Speisesaal des Gasthofs. »Ich habe mit Ihnen beiden zu reden, und zwar gleich«, sagte er gebieterisch zu den Geschwistern.

Er hatte mit heftigem Protest gerechnet. Aber zu seiner Überraschung standen die jungen Leute folgsam auf und trotteten wie zwei Lämmer hinter ihm her aus dem Zimmer. »Sie sind wohl verrückt geworden?« fragte er ärgerlich. »Ohne Grund haben Sie sich einer tödlichen Gefahr ausgesetzt.«

»Ach, wir hatten ein so großes Verlangen nach einem Abenteuer«, erwiderte Lady Deborah mit schwacher Stimme. Sie hatte nicht die Absicht, dem Grafen von dem »Jäger« und dem geheimnisvollen Fläschchen zu erzählen, denn das Spiegelbild war unscharf gewesen, und sie neigte jetzt zu der Annahme, daß ihr ihre angespannten Nerven einen Streich gespielt hatten.

»Ich glaube, es ist am besten, wenn Sie sich wieder hineinbegeben und dort auf mich warten«, sagte der Graf. »Inzwischen werde ich Ihre Fahrkarten zurückgeben, eine Kutsche mieten und Sie dann nach Hause bringen.«

»Sehr gut«, erwiderte Lord William folgsam.

Der Graf starrte die Zwillinge verwundert an, hatte er doch nicht mit ihrer Einwilligung gerechnet.

Die beiden kehrten mit gesenktem Kopf in den Speisesaal zurück.

»Wo ist denn der Jäger?« erkundigte sich Lady Deborah.

»Er ist zur Toilette«, erwiderte die dicke Frau. »Es ist ihm nicht gut gegangen.«

»Bin gleich wieder zurück«, murmelte Lord William und eilte durch die Hintertür in den Garten, an dessen Ende der Abort war. Von dort hörte man schreckliche Laute – als ob jemand gewürgt würde.

Lord William öffnete die Tür des Häuschens mit Gewalt. Mr. Fotheringay kniete vor dem hölzernen Sitz.

Der junge Lord wartete den krampfartigen Anfall des Gepeinigten ab und sagte dann kühl: »Das soll Ihnen eine Warnung sein, Sie Schuft! Uns vergiften zu wollen!«

Mr. Fotheringay wandte ihm sein verschwitztes grünes Gesicht zu. Bei dem Gift handelte es sich um Chloral. Es war ihm aber gelungen, den größten Teil davon auszuspucken. »Als mir schwindlig wurde, wußte ich, was Sie getan haben«, flüsterte er.

Lord William stand mit dem Schlapphut in der Hand da. Seine goldblonden Locken schimmerten selbst im Dämmerlicht.

»Aber Sie sind ja gar nicht Benjamin«, rief Mr. Fotheringay verblüfft.

»Nein«, antwortete Lord William, »ebenso wenig, wie meine Schwester Miss Pym ist.«

»Erzählen Sie ihr bitte nicht, daß ich versagt habe«, bettelte Mr. Fotheringay.

»Meinen Sie etwa Lady Carsey?« fragte Lord William nonchalant.

Ihr Neffe nickte.

»Ich sollte Sie zur nächsten Polizeistation bringen«, erklärte Lord William.

Mr. Fotheringay hatte sich etwas erholt und erwiderte dreist: »Wozu soll das gut sein? Ich würde schwören, daß Sie sich das alles nur ausgedacht haben und mir einfach übel geworden ist. Beweise gibt es nicht.«

Lord William stand einen langen Augenblick da. Mr. Fotheringay ging es wieder teuflisch schlecht.

»Wer sind Sie eigentlich?« fragte der junge Lord.

»Das geht Sie nichts an.«

Lord William packte den Übeltäter am Halstuch und zog ihn hoch. Dann durchsuchte er dessen Taschen und fand ein paar Briefe, die allesamt an Mr. Fotheringay gerichtet waren. »Jetzt weiß ich, wer Sie sind«, sagte der junge Mann grimmig. Er überdachte schnell die Situation. Dieser Fotheringay schien das Giftfläschchen an einem sicheren Ort versteckt zu haben, wo es niemand finden würde, sonst hätte er doch nicht gesagt, es gäbe keine Beweise. Wenn er, William, einen Prozeß anstrengen würde, käme an den Tag, daß er und Deborah mit der Postkutsche gefahren waren, weil sie glaubten, Miss Pym und ihr Lakai würden von Lady Carseys Spießgesellen überfallen werden. Das klang verrückt. Die Zeitungen würden darüber schreiben, und Clarissa würde es lesen.

Lord William ließ Mr. Fotheringay los, der auf die blanke Erde fiel. Dann beugte er sich über ihn und sagte drohend: »Kommen Sie ja nicht Miss Pym noch einmal zu nahe! Ich werde Sie töten, wenn Sie sich nicht von ihr fernhalten. Haben Sie das verstanden?«

Mr. Fotheringay nickte schwach.

Lord William stolzierte davon. Mr. Fotheringay blieb, wo er war – auf dem Boden des Aborts. Er fing an zu weinen. Nach einer Weile hörte er jemanden rufen: »Mr. Crank! Die Kutsche fährt los.« Er erinnerte sich an den falschen Namen, unter dem er reiste, gab sich einen Ruck und sagte zur Wirtin, die ihn suchte, er fühle sich so erbärmlich, daß er die Reise nicht fortsetzen könne. Man möge ihm ein Zimmer und ein Bett geben.

Bald steckte er im Bett und hatte heiße Ziegelsteine an den Füßen. Er begann sich wieder wohl zu fühlen. Er war nicht zum erstenmal mit knapper Not dem Tod entronnen. Unter Ganoven und zwielichtigen jungen Männern, zu denen er sich gesellte, kam es oft zu Gewalttaten.

Und warum sollte seine Tante, Lady Carsey, davon erfahren, daß er versagt hatte? Wenn ihn die Geschwister nicht verrieten und seine Tante ihm glaubte, daß er das Wild zur Strecke gebracht habe, würde sie ihm vielleicht das Geld schicken. Er klingelte nach Feder, Tinte und Papier und schrieb ihr einen Brief, in dem er behauptete, er habe ihren Auftrag erfolgreich ausgeführt. Sie solle ihm das versprochene Geld in den Gasthof zum Bären in Sittingbourne schicken. Dann versiegelte er das Schreiben, übergab es dem Kellner und wies ihn an, es dem nächsten Postwagen anzuvertrauen.

Unterdessen wurden Lady Deborah und Lord William vom Grafen von Ashton in einer bequemen Kutsche nach Rochester zurückgebracht. Das junge Mädchen war sehr niedergeschlagen. Gern hätte sie gewußt, wie es dem geheimnisvollen Mr. Crank ergangen war, durfte ihn aber in Gegenwart des Grafen mit keiner Silbe erwähnen.

Der Graf hatte von Lord William eine so reuevolle Entschuldigung zu hören bekommen, daß er die Geschwister nachsichtig beurteilte. Sie sind beinahe noch Kinder, sagte er sich. Mit einer gewissen Unruhe dachte er an die starken Gefühle, die ihn ergriffen hatten, als er Lady Deborah küßte. Doch dann gab er sich einen Ruck und entschied, daß er einfach zu lange allein gelebt habe. Er plauderte ungezwungen mit den Zwillingen, aber auf eine onkelhafte Art. Lady Deborah nahm die häßliche Haube ab, befreite sich von der Perücke und fuhr sich mit der Hand durch ihre dichten blonden Locken – eine der ersten weiblichen Gesten, die dem Grafen an ihr auffiel.

In Downs Abbey weigerte sich der Graf, mit hineinzukommen. Er sagte, er müsse nach Hause fahren und nachsehen, wie es seinen Gästen gehe. »Vorsichtshalber will ich auch die Langfords aufsuchen und sie vor Lady Carsey warnen«, fügte er hinzu. »Sie sollten ihr nicht länger erlauben, mit ihnen unter einem Dach zu sein.« Er zerzauste Lady Deborah das Haar, als hätte er ein Kind vor sich, und sagte zu ihr freundlich lächelnd: »Sie sind ein schlimmer Frechdachs! Ja, ja. Je eher Ihr Vater zurückkommt und auf Sie aufpaßt, desto besser. Dann kann ich erleichtert aufatmen.«

Die Zwillinge warteten, bis er weggefahren war, und gingen dann ins Haus hinein. Lord William packte seine Schwester am Arm und zog sie ins Frühstückszimmer.

»Was ist denn mit dir los?« fragte sie.

»Nichts. Ich will dir bloß von dem Typ erzählen, der uns vergiften wollte.« Und er erzählte das Vorgefallene in allen Einzelheiten.

Die Augen des jungen Mädchens weiteten sich vor Entsetzen. »Ich hätte ihn beinahe getötet, William. Mein Gott, wie hätte ich damit leben sollen?«

»Nun, du hast es ja nicht«, erwiderte er ungeduldig. »Aber du siehst doch ein, daß ich keinen Skandal machen konnte? Was für Beweise haben wir denn?« Er wußte nicht, daß Mr. Fotheringay Lady Carseys Neffe war, sondern hatte aus dessen Kleidung geschlossen, es handle sich bei ihm um einen von Lady Carsey gedungenen Meuchelmörder. »Er schien sich vor Lady Carsey mehr zu fürchten als vor der Justiz und versicherte mir, er werde einfach sagen, ihm sei schlecht geworden. Wie würden wir dastehen? Und was würde Clarissa denken, wenn sie all das aus der Zeitung erführe?«

»Zur Hölle mit Clarissa!« rief Lady Deborah gereizt.

»Halt den Mund!« erwiderte ihr Bruder zornig.

Sie wandte sich von ihm ab, um die hervorquellenden Tränen zu verbergen. Hatten sie und William sich je zuvor gestritten?

»Deborah«, rief Lord William plötzlich, »ich habe eine Idee.«

Sie wandte ihm ihr Gesicht wieder zu, froh, daß der Streit so schnell vorüber war.

»Diese Lady Carsey hält sich doch bei den Langfords auf. Man wird sie auffordern, ihr Bündel zu schnüren. Aber eine Nacht wird sie wahrscheinlich noch dort bleiben. Erinnerst du dich noch an Langfords Herrenhaus und daran, wie der Koch uns zu verwöhnen pflegte? Weißt du noch, wie wir uns durch die Seitentür in die Küche stahlen?«

»Ja, aber was soll das jetzt?«

»Nun, wir werden heute nacht hinüberfahren und bei ihr spuken, du als Miss Pyms und ich als Benjamins Geist. Hu! Huhu!« rief er, wedelte mit den Armen und hüpfte auf und ab.

»Werde nicht geschmacklos, William! Es ist ein idiotischer Einfall.«

»Es ist eine hervorragende Idee«, ereiferte er sich. »Wenn du feig bist, fahre ich eben allein.«

»Ich bin nicht feig«, protestierte sie. »Aber was ist, wenn die Sache schiefgeht und Ashton davon erfährt? Er wird an unsere Gesandtschaft in der Türkei schreiben und unseren Vater drängen, nach Hause zu kommen.«

»Wie sollte er denn darauf kommen? Was ist bloß mit dir los, Deborah? Du warst doch sonst immer ein lustiges Haus.«

»Gut! Ich komme mit«, gab Lady Deborah nach.

»Jetzt bist du wieder die Alte«, erwiderte ihr Bruder zufrieden. »Warum sollte diese hundsgemeine Frau nicht wenigstens das Fürchten lernen?«

Als der Graf die Halle seines Hauses betrat, fiel ihm auf, daß etwas anders war als sonst. In dem imposanten Kamin brannte ein helles Feuer, denn im Lauf des Tages war es kühl geworden. Der Hausherr konnte sich aber nicht erinnern, jemals ein so anheimelndes Kaminfeuer erblickt zu haben. Und auf einem Beistelltischchen prangte ein Blumengebinde von erlesener Schönheit. Hannah hatte für den Blumenschmuck gesorgt. Der Graf war überrascht.

Er legte die Reitkleidung ab und zog etwas Bequemes an. Dann begab er sich in den Salon. Auch hier gab es Blumen in großer Zahl, und es duftete angenehm nach Wachskerzen. Hannah war beim Lesen, Mrs. Conningham nähte gerade. Abigail spielte Klavier, und der Hauptmann stand neben ihr und blätterte das Notenheft für sie um.

»Entschuldigen Sie, daß ich Sie allein gelassen habe, aber es ging nicht anders«, sagte der Graf und nahm auf einem Stuhl neben Hannah Platz. »Dieses unglückselige Paar – Lord William und Lady Deborah – hat sich als Sie und Ihr Lakai verkleidet und ist mit der Postkutsche gefahren, die Sie ursprünglich nehmen wollten. Erst in Sittingbourne ist es mir gelungen, sie einzuholen, von wo ich sie zurückgebracht habe.«

»Wie konnten sie nur so etwas tun?« fragte Hannah ärgerlich, denn es mißfiel ihr, daß sich Lady Deborah weiterhin wie ein ungezogener Fratz benahm. Eine Weile hatte es in den Augen der passionierten Ehestifterin so ausgesehen, als beginne der Graf, sich in die junge Frau zu verlieben.

»Sie sind den Kinderschuhen noch kaum entwachsen«, sagte der Graf und lächelte nachsichtig. »Jetzt muß ich Sie noch einmal allein lassen, Miss Pym. Ich fühle mich nämlich verpflichtet, zu Lord Langford hinüberzureiten und ihn über Lady Carsey aufzuklären. Eine so elende Kreatur sollte er nicht unter seinem Dach haben.«

Dieser Ritt war aber genaugenommen nicht notwendig, denn man hatte Lady Carsey schon zu verstehen gegeben, daß sie aufbrechen möge. Lord Langford und seine Gattin pflegten mißliebige Gäste hinauszukomplimentieren, indem sie sich damit entschuldigten, daß sie selbst irgendwo eingeladen seien und fort müßten.

Lady Carsey war dem Getratsche ihrer neuen Zofe Francine zum Opfer gefallen. Francine fand ihre Herrin sehr schnell unsympathisch. Natürlich war sie klug genug, so zu tun, als ob sie Lady Carsey abgöttisch liebte. Von den übrigen Dienern erfuhr sie bald alle Skandalgeschichten, die sich um die Lady rankten. Als sie mit dem Gutsverwalter flirtete, verriet dieser ihr, daß Lady Carseys Ruin nicht mehr aufzuhalten sei.

Heute morgen war Lady Carsey unausstehlich gewesen. Sie hatte dem Alkohol zugesprochen, verbarg dies aber sehr geschickt. Vage erinnerte sie sich, daß sie ihren Neffen Mr. Fotheringay losgeschickt hatte, damit er Miss Pym und Benjamin ermorde. Bei Tageslicht und von Kopfschmerzen gepeinigt, fragte sie sich besorgt, ob sie etwa verrückt geworden sei.

Als Francine eine Parfümflasche fallen ließ und der Duft der verschütteten Flüssigkeit den Raum durchdrang, so daß sich

Lady Carsey noch schlechter fühlte als zuvor, erlebte Francine zum erstenmal einen schweren Zornesausbruch ihrer Herrin.

Die Zofe beseitigte die Spuren des Malheurs, öffnete die Fenster und stieg dann in die Gesindestube hinab. Sie war entschlossen, den Ruf ihrer Herrin zu ruinieren. So berichtete sie der Dienerschaft der Langfords, daß Lady Carsey versucht habe, Benjamin wegen Diebstahls hängen zu lassen, obwohl sie wußte, daß er unschuldig war. Sie schilderte auch, wie sie ihn später hatte entführen lassen. Abschließend verkündete sie, daß Lady Carsey nur deshalb zu den Langfords zu Besuch gekommen sei, weil sie den vor ihrer Tür wartenden Gläubigern entgehen wollte.

Während Betty, die Zofe Lady Langfords, ihre Herrin mit Blumen und Federn schmückte, berichtete sie dieser das eben Gehörte. Lady Langford erschrak und verlangte ihren Gatten zu sehen, der ihr, wie üblich, empfahl, nichts auf Dienstbotengeschwätz zu geben. Dann erörterte er mit seiner Frau die wirksamste Methode, Lady Carsey loszuwerden.

»Am besten ist es, wenn du ihr ausrichten läßt, daß wir morgen zu den Chawleys fahren«, sagte Lady Langford, »dann muß sie spätestens morgen vormittag abreisen.«

Als Lady Carsey die Treppe zum Salon hinabstieg, um sich die Langeweile vor dem Dinner zu vertreiben, fühlte sie sich wieder sehr viel besser als zuvor. Auf dem Sofa saß schon ein Gast, ein gewisser Mr. Frederick Jolly, und starrte Löcher in die Luft.

Lady Carsey nahm neben ihm Platz. Der junge Mann hatte ein Gesicht, das an einen Fisch erinnerte, und war hochmodisch gekleidet. Seine Sachen saßen so eng wie eine zweite Haut und glänzten auffällig. Er trug ein Korsett und eine enge Weste. Sein Gesicht war geschminkt und wirkte ausdruckslos wie das einer Schaufensterpuppe.

»Für diese Jahreszeit ist es zu kalt«, sagte Lady Carsey, bemüht, ein Gespräch in Gang zu bringen.

»Ja«, erwiderte er und starrte in die Luft, »das Wetter ist wirklich für diese Jahreszeit zu kalt.«

»Wohnen Sie in dieser Grafschaft?« fuhr Lady Carsey fort.

»Nein, ich wohne nicht in dieser Grafschaft«, meinte Mr. Jolly.

Lady Carsey stieß einen Seufzer aus, stand auf und gesellte sich dem alten Lord Rothers zu, der es sich am Kamin bequem gemacht hatte, einem kurzbeinigen, untersetzten, häßlichen Mann, der den Widerwillen des Betrachters erregte. »Wie haben Sie den Tag bisher verbracht?« fragte sie heiter.

Er blickte sie erschrocken an, setzte sich gerade hin und ballte seine großen, geröteten Hände zu Fäusten. »Nun ... hm ... äh! Wissen Sie nicht ... hm ... äh!«

Lady Carsey war ratlos.

Die Tür öffnete sich, und Lord und Lady Langford traten ein. Sie blieben in der Nähe der Türe stehen, dicht beieinander.

»Lady Carsey«, rief der Hausherr laut, »wir haben für morgen eine Einladung zu den Chawleys. Bedauerlicherweise müssen Sie also abreisen und leider auch die beiden Herren.«

»Wie schade«, erwiderte Lady Carsey leichthin.

Mr. Jolly und Lord Rothers wirkten betroffen, durchschauten sie doch die altbekannte List, sich unerwünschter Gäste zu entledigen. Jeder überlegte fieberhaft, wodurch er Anstoß erregt haben könnte.

Die Getränke, wie sie vor dem Dinner üblich waren, wurden hereingebracht. Lady Carsey merkte sofort, daß etwas nicht in Ordnung war. Statt den Blick zu senken, betrachteten die Lakaien sie mit unverhohlener Neugier und ließen sie ihre Verachtung spüren. Und Lord Langford hatte sich zusammen mit seiner Frau so weit wie möglich von ihr weggesetzt.

Das Abendessen war einfach, denn Lady Langford hatte dem Koch gesagt, er brauche nicht mit Leckerbissen aufzuwarten. Wieder einmal trank Lady Carsey zu viel. Die beiden anderen Gäste waren zu einer Konversation unfähig und die Langfords nicht willens, eine solche in Gang zu bringen.

Da kam der Butler herein. Er hatte einen Postsack bei sich und begann Briefe auszuteilen. Er verkündete, daß die Post eben aus Rochester eingetroffen sei.

Lady Carsey murmelte eine Entschuldigung und brach das Siegel des Briefes auf, den ihr ihr Neffe geschrieben hatte. Sie fühlte, wie ihr der kalte Schweiß ausbrach. Auf einmal erinnerte sie sich, daß Miss Pym einflußreiche Freunde hatte. Jetzt sehnte sie das Ende des Abends herbei. Doch der Butler erschien noch einmal und meldete die Ankunft des Grafen von Ashton. Lady Carseys Miene hellte sich auf, verfinsterte sich aber gleich wieder, als der Diener hinzufügte, der Ankömmling wolle den Hausherrn unter vier Augen sprechen.

Lord Langford entfernte sich und kehrte eine halbe Stunde später grimmig blickend zurück. Zu den beiden Herren sagte er, sie sollten Portwein trinken, solange es ihnen behage, aber er habe Kopfschmerzen und wolle sich hinlegen.

Lady Carsey ging bald darauf auf ihr Zimmer. Zu Francine sagte sie, sie würden am folgenden Morgen abreisen; sie solle rechtzeitig die Sachen packen. Francine kleidete ihre Herrin für die Nacht an und eilte dann hinaus. Lady Carsey war nun mit ihren Gedanken und einer Flasche Brandy allein.

Je mehr sie trank, desto überzeugter war sie, daß sie den Grafen überlisten könne. Statt nach Esher zurückzufahren, würde sie ihn unter irgendeinem Vorwand aufsuchen. Miss Pym und ihren Lakaien hatte sie nahezu vergessen. Mit einem Lächeln auf den Lippen fiel sie in Schlaf.

Lord William und Lady Deborah saßen in der Küche des Langfordschen Herrenhauses an einem Tisch aus rohen Brettern, der frisch gescheuert war, und aßen heiße Biskuits, die der alte Koch extra für sie gebacken hatte. Er behandelte die Zwillinge, als seien sie immer noch die Racker, zu denen er von Zeit zu Zeit hinüberritt, um sich nach ihrem Befinden zu erkundigen. Jetzt wurden sie mit all dem Klatsch und Tratsch über Lady Carsey und ihren Hinauswurf erquickt. So gelang es Lord William herauszufinden, daß sie im Blauen Zimmer schlief, direkt an der Hintertreppe.

Lady Deborah sah ihrem Bruder ins gerötete, glückliche Gesicht, während er Biskuits aß und den Koch neckte, und fand ihn noch sehr jungenhaft. Sie hatte keine Lust, an der Maskerade teilzunehmen, an die sie nur mit Grauen denken konnte. William schien dagegen zu glauben, es handle sich um einen lustigen Streich. Was würde Ashton denken, wenn er davon erfuhr? Sie sehnte sich danach, den Grafen wiederzusehen und von ihm wie eine Erwachsene behandelt zu werden, wie eine Frau. Sie erinnerte sich, wie er gedankenlos ihre Locken zerzaust hatte. Jener zärtliche und zugleich leidenschaftliche Kuß war offenbar von ihr allein als zärtlich und leidenschaftlich empfunden worden. Wahrscheinlich hat er schon Dutzende von Frauen geküßt, dachte sie unglücklich und kaute auf einem Biskuit herum. Sie wünschte, die nächtliche Eskapade wäre schon vorüber.

Endlich standen sie auf und gingen ins Freie, zu dem nahe gelegenen Aussichtspunkt, wo sie ihre Kostüme versteckt hatten.

Nach und nach wurden die Lampen im Herrenhaus gelöscht. Die Zwillinge warteten noch eine Stunde, fröstelnd und mit angespannten Nerven.

»Nun aber in die Kostüme!« sagte Lord William dann und zündete seine Laterne an. In Windeseile zog er die Livree an und setzte sich den Schlapphut auf, den er tief ins Gesicht zog, um nicht erkannt zu werden.

Seine Schwester setzte sich die rotblonde Perücke auf und schlüpfte in ein schlichtes graues Gewand.

»Mit der Bühnenschminke bemalen wir uns in der Gesindestube. Dort gibt es einen Spiegel«, meinte Lord William.

Sie schlichen zum Herrenhaus zurück, betraten es durch eine wenig benutzte Seitentür, die der Butler regelmäßig zu schließen vergaß, und näherten sich behutsam der Gesindestube. Glücklicherweise behandelten die Langfords ihre Diener gut, so daß keiner von ihnen auf dem Fußboden schlafen mußte und durch die Geschwister aufgeschreckt werden konnte.

Die abenteuerlustigen Zwillinge bemalten ihre Gesichter mit weißer Schminke und bestäubten ihre Gewänder mit Mehl. »Es ist jammerschade, daß wir keine Ketten haben«, meinte Lord William.

»Ach, es geht auch ohne sie«, entgegnete Lady Deborah. »Wir müssen die Hintertreppe leise hinauf. Zieh die Schuhe aus! Wir dürfen keine Geräusche machen. Wozu brauchst du denn die Pfanne?«

»Für das Magnesiumpulver«, erwiderte ihr Bruder lächelnd. »Sobald wir unseren Geisterspuk beendet haben, zünden wir es an. Es wird eine gewaltige Flamme geben. Wir tun das Magnesiumpulver in die Pfanne und nehmen sie wieder mit, so daß es keinen Hinweis darauf gibt, daß wir menschliche Wesen sind.«

Nach dem reichlich genossenen Alkohol war Lady Carsey in einen bleiernen Schlaf gesunken, der aber nur eine Stunde dauerte. Vor innerer Unruhe begann sie sich im Bett hin- und herzuwälzen. Warum hatte sie John Fotheringay damit beauftragt, das Paar zu töten? In Portsmouth hatte sie Schmuggler angeheuert, die für sie die Schmutzarbeit tun sollten. Das war etwas anderes. Aber der eigene Neffe! Sie setzte sich im Bett auf. Wenn John festgenommen wurde, würde er sich um Kopf und Kragen reden.

Plötzlich hörte Lady Carsey ein leises Stöhnen, faßte sich unwillkürlich an die Kehle, blickte zitternd um sich und ergriff dann die Klingelschnur neben ihrem Bett, war aber zu nervös, um ziehen zu können. In der Ecke, die im Schatten lag, tauchten zwei furchterregende Gestalten auf, deren Gesichter weiß geschminkt waren.

»Huuuh!« ertönte eine Grabesstimme. »Ich bin Benjamin Stubbs, den man hinterrücks ermordet hat.«

»Und mir hat man das Gleiche angetan. Ich bin Hannah Pym«, wimmerte die weibliche Gestalt.

Lady Carsey riß den Mund auf, um zu schreien, brachte aber keinen Laut heraus.

»Bis zu Ihrem Todestag werden wir Ihnen als Geister erscheinen«, drohte »Benjamin« und stöhnte zum Steinerweichen.

»Bis zu Ihrem Todestag«, echote »Hannah Pym«.

Lady Carsey glaubte wie viele ihrer Mitmenschen an die Existenz von Geistern. »Geht!« flüsterte sie kaum hörbar. »Es war doch nur ein Scherz. Ein wenig Chloral.«

»Wir holen Sie in die Hölle«, sagte Lord William. Die Sache begann ihm einen Heidenspaß zu machen. Dann war es ihm, als höre er im Haus Schritte. Er bedeutete seiner Schwester, sich vor ihn hinzustellen, bückte sich und zündete an der Glut des Kamins eine Kerze an. »Wir kommen wieder«, verkündete er mit einer schauerlich klingenden Stimme. Im nächsten Augenblick entzündete er das Magnesiumpulver. Da er die Menge des Pulvers mehr als großzügig bemessen hatte, bildete sich eine wahrhaft höllische Flamme.

Lady Carsey schrie aus Leibeskräften, während sich die Zwillinge aus dem Staub machten.

Francine kam angelaufen. Ihre Nachtmütze saß schief.

»Gespenster«, flüsterte ihre Herrin. »Dort. Am Kamin.«

»Sie werden einen bösen Traum gehabt haben, Mylady.«

»Aber der Qualm! Der höllische Gestank!«

Francine rümpfte die zierliche Nase. Vor dem Kamin lag ein Brocken rauchender Kohle. Sie ergriff ihn mit der Feuerzange und legte ihn zurück. »Außer der glühenden Kohle gibt es hier nichts Auffälliges, gnädige Frau«, sagte sie verächtlich und wedelte den Rauch des Magnesiumpulvers weg, der sich ausgebreitet hatte.

»Ich habe sie gesehen, ganz bestimmt», murmelte Lady Carsey und klapperte vor Angst mit den Zähnen.

»Es ist aber niemand da, gnädige Frau«, erwiderte Francine.

»Ich sage Ihnen, Sie haben einen Alptraum gehabt.« Sie warf einen vielsagenden Blick auf die fast leere Brandyflasche neben dem Bett.

»Es war kein Alptraum. Sie waren hier bei mir«, rief Lady Carsey. »Heute nacht halte ich es nicht allein aus. Kommen Sie zu mir ins Bett!«

Francine wich zurück. Sie hatte von Lady Carseys seltsamem Geschmack gehört. »O nein«, erwiderte sie. »Morgen früh werden Sie sich bestimmt wohler fühlen.« Mit diesen Worten verließ sie das Zimmer.

Zitternd legte sich Lady Carsey in die Kissen zurück. Schließlich riß sie sich zusammen, erhob sich und zündete sämtliche Kerzen an. Danach zog sie sich an und setzte sich auf das Bett. Fröstelnd und ganz verzweifelt wartete sie auf das Tageslicht, bei dessen Nahen die Geister in ihr Schattenreich zurückkehren würden.

»Morgen reite ich nach Rochester hinüber und besorge für Sie Fahrkarten für die Postkutsche, die übermorgen nach Dover fährt«, sagte der Graf von Ashton am nächsten Morgen beim Frühstück zu seinen Gästen. »Ich glaube nicht, daß Ihnen noch Gefahr droht. Wie mir Lord Langford mitgeteilt hat, dürfte es Lady Carsey künftig schwer haben, sich der Justiz zu entziehen.«

»Noch ein Tag«, sagte Abigail weich.

»Ja«, erwiderte ihre Mutter, die sie falsch verstanden hatte. »Mein kleiner Liebling sehnt sich danach, seinen Verehrer kennenzulernen.«

Hannah stellte fest, daß der Hauptmann finster blickte und Abigail unglücklich. Sie hoffte, daß sich die Schwester des jungen Mädchens, Jane, als das schlaue Biest erweisen werde, als das sie ihr geschildert worden war.

»Würde es Ihnen etwas ausmachen, mir eines Ihrer Pferde zu leihen?« fragte der Hauptmann in die Stille hinein. »Ich würde gern über Ihre Güter reiten, denn ich spiele mit dem Gedanken, aus dem Militärdienst auszuscheiden und mir Land zu kaufen.«

Mrs. Conningham legte den Bissen, den sie gerade zum Mund geführt hatte, wieder auf den Teller zurück und starrte den Hauptmann an. »Ein Ritt über dieses weitläufige Besitztum würde Ihnen nichts nützen, da Sie sich ja doch nur ein Häuschen mit Garten leisten können.«

Der Hauptmann beachtete sie nicht. »Ich habe an ein kleines Landgut gedacht mit reichlich Gelegenheit zum Fischen und Jagen.«

»Das trifft sich gut.« Der Graf blickte den Hauptmann an. »Lord Travers' Gut drüben in Spurry Ridge kommt demnächst unter den Hammer. Er braucht dringend Kapital, und es könnte sein, daß Sie Haus, Hof und Land zu einem sehr günstigen Preis haben können. Lassen Sie mich nachdenken: Das Gut umfaßt hundertfünfzig Morgen Land von recht guter Qualität, drei reparaturbedürftige Bauernhäuser, gute Stallungen und Nebengebäude. Travers hat sein ganzes Geld in die Jagd gesteckt. Seine Jagdhunde kosten ihn jährlich dreitausend Pfund. Hören Sie auf meinen Rat, Herr Hauptmann, und meiden Sie die Jagd, wenn Sie zahlungsfähig bleiben wollen!«

»Und das Haus?« fragte der Hauptmann eifrig.

»Verhältnismäßig modern. Um 1750 herum erbaut. Guter Backstein, kein Hausschwamm, wenn mich nicht alles täuscht. Sechs Schlafzimmer und – lassen Sie mich nachdenken! – die üblichen Räume, also ein Speisesaal, ein Salon, ein Billardzimmer, ein Archiv, ein Jagdzimmer, eine Bibliothek und natürlich der Dienstbotentrakt mit mehreren Küchen, darunter der Kaffeeküche, und einer Speisekammer. Wenn Sie Lust haben, nehme ich Sie heute nachmittag mit hinüber.« Plötzlich gab es einen Mr. John Beltravers, dem ein ansehnliches Landgut winkte.

»Von meinem Vater habe ich Grundbesitz geerbt und wieder verkauft«, sagte der Hauptmann. »Meine Frau war tot, verstehen Sie?«

»Ich verstehe«, erwiderte der Graf mitfühlend.

»Würden Sie mitkommen?« fragte der Hauptmann Mrs. Conningham.

»Mit dem größten Vergnügen«, erwiderte diese und musterte den Offizier überrascht.

»Ich bin keine besonders gute Reiterin«, sagte Abigail ängstlich.

»Wir fahren alle in meiner Kutsche«, bestimmte der Graf. »Miss Pym?«

Hannah lächelte. »Ich wäre zufrieden, wenn ich hier einen ruhigen Nachmittag verbringen könnte.« Sie war überzeugt, daß ihre Anwesenheit nicht vonnöten war. Mrs. Conningham wußte ja nun, daß der Hauptmann Geld hatte. Sollte sie sich doch das fragliche Haus ansehen und sich ausmalen, wie es wäre, wenn ihre Tochter darin wohnte! Sie, Hannah Pym, würde sie in die Mangel nehmen, sobald die kleine Gesellschaft zurückgekehrt war.

Der Graf kam mittags mit den Fahrkarten für die Postkutsche zurück, weigerte sich aber, sich das Fahrgeld erstatten zu lassen, und fuhr mit dem Hauptmann, Mrs. Conningham und deren Tochter in seinem Wagen weg. Hannah sah zu. Abigails Kleid und Mantel befinden sich in einem traurigen Zustand, dachte sie bekümmert. Kein Mann fühlt sich zu einem jungen Mädchen hingezogen, das nachlässig gekleidet ist. Er erwartet vielmehr, daß die Frauen aussehen wie aus dem Ei gepellt. Zu schade, daß ihr ihre Sachen nicht passen!

Sie wollte gerade Benjamin rufen lassen und mit ihm spazierengehen, als Lady Deborah und Lord William gemeldet wurden. Hannah erhob sich, um sie zu begrüßen. Mit ihren flinken Augen beobachtete sie, daß der junge Mann auf die Nachricht, Lord Ashton sei abwesend, gelassen reagierte, während seine Schwester leicht verärgert zu sein schien. Diese trug ein entzückendes Reisekostüm aus blauem Samt, das mit ihrer Augenfarbe übereinstimmte, und ein äußerst modisches Häubchen.

»Lord Ashton war sehr zornig, als er erfuhr, daß Sie mit der Postkutsche weggefahren sind«, sagte Hannah. »Sie haben großes Glück gehabt, daß Ihnen nichts zugestoßen ist.«

»Ach, es war schrecklich langweilig«, erwiderte Lady Deborah und warf ihrem Bruder einen warnenden Blick zu. »Vielleicht regt sich endlich Lady Carseys Gewissen, das so lange geschlummert hat.«

»Menschen wie sie kommen ohne Gewissen auf die Welt«, erwiderte Hannah schroff. Sie betrachtete Lady Deborah. Es wurde wirklich Zeit, daß sie ihr jungenhaftes Benehmen ablegte und sich zu einer Dame mauserte. »Was für ein entzückendes Kleid, Mylady! Bisher hatte ich den Eindruck, Sie machten sich nichts aus Rüschen und Falbeln.«

»Wenn es nach ihr gegangen wäre, hätte sie es auch nicht angezogen«, ewiderte Lord William anstelle seiner Schwester. »Dabei läßt unser Vater unsere Garderobe bei einem Londoner Schneider nach der neuesten Mode anfertigen.«

»Ich kann wohl kaum darauf hoffen, daß Sie mir bei einem Komplott in Liebesdingen behilflich wären, oder doch?« wagte Hannah zu fragen.

»Wenn es uns möglich ist, ja«, erwiderte Lady Deborah vorsichtig.

»Ich möchte Miss Conningham helfen. Sie sind ihr doch in der ›Goldenen Krone‹ begegnet?«

Die Zwillinge nickten.

»Sie ist in einer mißlichen Lage, weil ihr Onkel in Dover einen Ehemann für sie ausgesucht hat. Der für sie bestimmte Gatte ist schon in den Vierzigern. Sie will diesen Mr. Clegg nicht heiraten. Hauptmann Beltravers gefällt ihr dagegen sehr. Er reist mit uns in der Postkutsche nach Dover. Aufgrund der Gespräche mit Miss Conningham hat sich der Hauptmann entschlossen, den Militärdienst zu quittieren, ein ordentliches Stück Land zu erwerben und sich dort häuslich niederzulassen. Aus diesem Anlaß ist der Graf von Ashton mit ihm zu einem Gut gefahren, das zum

Verkauf steht. Ich erinnere mich jetzt sogar wieder an den Namen. Der Eigentümer heißt Lord Travers.«

»Das wird den Hauptmann eine Stange Geld kosten«, rief Lord William.

»Genau. Der Hauptmann trauert noch seiner verstorbenen Frau nach. Mrs. Conningham hat herausgefunden, daß er Geld hat, und wird ihn mit Wohlwollen behandeln. Ach, wäre ich doch mit ihnen gefahren!«

»Aber warum denn?« fragte Lady Deborah.

»Ich fürchte, daß sich Mrs. Conningham dem Hauptmann aufdrängen wird. Die Tochter ist nun keine verbotene Frucht mehr. Zugegeben, sie ist ein einfaches Geschöpf, aus dem man aber mit etwas Nachhilfe etwas machen könnte. Als sie vorhin wegfuhr, trug sie ein Kleid und einen Mantel, die beide schon bessere Tage gesehen haben.«

»Geflickt?« fragte Lady Deborah mitfühlend.

»Ja, an vielen Stellen. Sie trägt ein schmutzigbraunes Seidenkleid mit der Taille in der Mitte, statt unter den Armen, wo sie hingehört. Bestimmt wird sie es auch während des Dinners anhaben. Mrs. Conningham dürfte den armen Hauptmann auch bei Tisch mit Sympathiekundgebungen überschütten, sehr zum Leidwesen Abigails, die niedergeschlagen danebensitzen wird.«

»Und welche Rolle spiele ich bei Ihrer Eheanbahnung?« fragte Lady Deborah.

»Sie könnten Miss Abigail eines von Ihren hübschen Kleidern leihen.«

»Miss Pym! Sie würde sich erniedrigt fühlen.«

»Nicht, wenn Sie die Sache mit Takt behandeln. Sie könnten zum Beispiel zu ihr sagen, Sie hätten gedacht, sie würde sich gern eines Ihrer Kleider ausleihen. Wenn Sie beide eine Stunde vor dem Abendessen mit dem für Miss Conningham bestimmten Kleid hier eintreffen, muß der Graf Sie bitten dazubleiben.«

»Wird er es nicht seltsam finden, wenn Deborah und ich in eleganter Dinnerkleidung erscheinen?« fragte Lord William.

»Keineswegs«, widersprach Hannah. »Sie sagen einfach zu ihm, so speisten Sie zu Hause jeden Abend.«

Lord William brach in schallendes Gelächter aus. »Köstlich! Aber darauf können wir uns leider nicht einlassen. Und je seltener ich diesen Ashton sehe, desto besser ist es.«

»Miss Pym hat auch mich gefragt«, sagte Deborah ruhig, »nicht nur dich, William. Und ich antworte: Ja, ich habe ein passendes Kleid und werde es zusammen mit ein paar Schmuckstücken hierher bringen.«

Als die Geschwister heimwärts ritten, sagte Lord William ärgerlich: »Wie konntest du dieser krummnasigen Pym nur versprechen, ihr bei ihrer Heiratsvermittlung zu helfen? Nun müssen wir uns in Schale werfen, und Ashton wird uns sehr wahrscheinlich während des Abendessens mit einer Moralpredigt langweilen.«

»Von mir aus kannst du machen, was du willst«, entgegnete seine Schwester. »Ich werde auf jeden Fall erscheinen.«

Sie ritten schweigend weiter, jedes in seine Gedanken vertieft.

Hannah läutete nach Benjamin und sagte zu ihm, sie habe Lust, im Park spazierenzugehen. Sie wünsche, daß er sie begleite, »denn wie alle Lakaien entwickeln Sie eine zu große Vorliebe für den Portwein und die Speisekammer. Dagegen mangelt es Ihnen an frischer Luft«.

»Das ist wohl kaum der richtige Tag für einen Spaziergang«, entrüstete sich Benjamin, als sie draußen waren.

Nebel stieg vom Boden auf.

Hannah schritt aus, seine Bemerkungen überhörend. »Atmen Sie tief ein und aus, Benjamin, und die Brust heraus!«

»Ich hasse dieses widerliche Land«, murmelte der Lakai hinter ihr. »Nichts als Dunst und gegenseitiges Abschlachten.«

Hannah hielt es für klüger, nicht auf ihn einzugehen. Trotz des Nebels war die Luft verhältnismäßig warm, und irgendwo über ihnen versuchte die Sonne hervorzubrechen.

Als der Morgen graute, hatte sich Lady Carsey erschöpft hingelegt. Erst gegen Mittag wurde sie wieder wach. Schaudernd entsann sie sich der Ereignisse der vergangenen Nacht und erklärte sie sich damit, daß sie einen Anfall von Säuferwahn gehabt habe.

Sie war nicht überrascht, als sie entdeckte, daß ihre Gastgeber nicht abgereist waren. Ihre eigenen Koffer waren gepackt, und ihre Kutsche stand bereit. Keinem der Langfordschen Diener spendierte sie ein Trinkgeld, und von Lady Langford verabschiedete sie sich nur flüchtig.

Sie befahl dem Kutscher, nach Ashton Park zu fahren. Ihr Besuch durfte auf keinen Fall vergebens sein. Sie würde den Grafen davon überzeugen, daß er sie über Nacht bei sich behalten müsse.

Bald rollte Lady Carseys Kutsche die lange Auffahrt von Ashton Park hinauf. Sie spähte in den Nebel hinaus, der immer undurchdringlicher wurde, und wünschte sich, mehr von dem stattlichen Herrensitz zu sehen, den sie, optimistisch, wie sie war, bereits als ihr Eigentum zu betrachten begann.

Der Butler teilte ihr würdevoll mit, daß der Graf und seine Gäste zum Gut von Lord Travers hinübergefahren seien.

»Ich bin eine alte Freundin Seiner Lordschaft und werde warten«, erwiderte Lady Carsey großspurig.

Man führte sie in den Salon und überließ sie sich selbst, sobald ihr Tee und Kuchen serviert worden waren. Ihre Blicke wanderten kritisch hin und her. Die Möbel waren furchtbar altmodisch. In den Vorhängen hatten sich Motten niedergelassen. Wenigstens war der Teppich noch in gutem Zustand, und man hatte versucht, den Salon durch schöne Blumengebinde fröhlicher wirken zu lassen. Auf dem Sofa lag eine angefangene Stickerei. Lady Carsey gähnte. Der Butler hatte gesagt, daß der Graf Gäste habe. Zumindest einer von ihnen mußte weiblichen Geschlechts sein. Durch die Fensterscheiben drang heller Schein, der anzeigte, daß die Sonne den Nebel allmählich durchdrang. In der Hoffnung, jetzt etwas vom Park zu sehen, stand sie auf, trat an eines der Fenster und blickte hinaus. Und da sah sie sie.

Es gab keinen Zweifel: Das waren die Geister von Hannah Pym und Benjamin Stubbs. Benjamin trug eine schwarze Samtlivree und Hannah ein einfaches schwarzes Kleid, das noch aus ihrer Haushälterinnenzeit stammte.

Sie spazierten langsam dahin, glitten über das Gras und verschwanden.

Hannah hörte ein klägliches Miauen. Sie sah zu den Ästen einer großen Eiche hinauf. »Benjamin, dort oben ist ein Kätzchen«, sagte sie dann.

»Es kommt von selbst herunter, wenn Sie sich nicht darum kümmern«, murrte Benjamin.

»Aber es klang nach einer ganz kleinen Katze«, beharrte Hannah.

»Dem Kätzchen geht es gut«, sagte Benjamin beruhigend.

»Benjamin, ich dachte, ich hätte mich unmißverständlich ausgedrückt. Klettern Sie auf der Stelle diesen Baum hinauf und retten Sie das Tier!«

Benjamin seufzte, kletterte dann aber von Ast zu Ast den Baum hinauf.

Die oberen Äste des Baumes reichten rechts bis zu den Fenstern des Salons. Aber linker Hand nahmen sie die Sicht in den Park nicht. Kalkweiß im Gesicht und vor Angst zitternd starrte Lady Carsey immer noch hinaus. Plötzlich bemerkte sie, daß sich rechts von ihr etwas bewegte, und sah sich Benjamin gegenüber, dessen Gesicht sich bei ihrem Anblick vor Angst verzerrte.

Lady Carsey schrie auf. Sie stolperte aus dem Salon und verlangte schreiend nach ihrer Kutsche. Dann kauerte sie sich in einen Winkel der Halle und wartete darauf, daß angespannt wurde; dabei redete sie fortwährend unzusammenhängendes Zeug und erweckte den Eindruck, als sei sie nicht ganz bei

Verstand. Francine versuchte es mit kalten Umschlägen, aber Lady Carsey schrie nur noch lauter und bekreuzigte sich.

Als ihre Kutsche vorgefahren war, kletterte sie schwerfällig hinein, kauerte sich auf den Boden und verharrte in dieser Stellung. Sie murmelte unverständliche Worte vor sich hin und zitterte am ganzen Körper. Erst als sie einige Meilen von Ashton Park entfernt war, besserte sich ihr Zustand.

Benjamin kletterte vom Baum herab und überreichte Hannah ein Kätzchen mit seidenweichem Fell. »Etwas erraten Sie bestimmt nicht«, sagte er atemlos. »Ich habe durch ein Fenster des Salons ins Innere geblickt und sie gesehen – Lady Carsey. Sie war weiß wie die Wand. Man konnte denken, sie habe einen Geist gesehen, gnädige Frau.«

»Unsinn!« widersprach Hannah. Der Klang einer davonrollenden Kutsche drang an beider Ohr. Hannah ging in die Halle.

Dort hatten sich Diener versammelt und redeten aufgeregt durcheinander. Man berichtete ihr von dem merkwürdigen Besuch Lady Carseys, und wie sie plötzlich verrückt geworden und davongefahren sei.

»Wie eigenartig!« meinte Hannah später zu Benjamin. »Die Frau muß trotz allem ein Gewissen haben. Sie muß sich bei Ihrem Anblick daran erinnert haben, daß Sie wegen ihrer Böswilligkeit beinahe gehenkt worden wären. Darüber scheint sie dann die Nerven verloren zu haben.«

6

Als Hannah das traurige Gesicht Abigails und ihre aufgeregte Mutter erblickte, wußte sie sofort, daß sich die Dinge zum Nachteil des jungen Mädchens entwickelt hatten.

Der Hauptmann wirkte in sich gekehrt. Mrs. Conningham

hing förmlich an seinem Arm, als sie die Halle von Ashton Park betraten, und schwatzte das Blaue vom Himmel herunter. War das Herrenhaus nicht großartig? Alles in sehr gutem Zustand und blitzsauber. Natürlich fehlte eine Frau im Haus.

Gleich nach ihnen kamen Lady Deborah und Lord William an. Der erstaunte Graf lud beide zum Dinner ein. Dann gingen alle auf ihre Zimmer, bis der Gong ertönen würde, der ihnen anzeigte, daß es an der Zeit war, Toilette zu machen. Lady Deborah überraschte Abigail, als diese weinend mit dem Gesicht nach unten auf dem Bett lag.

»Aber, aber, Miss Conningham«, sagte Lady Deborah besänftigend und läutete nach dem Diener, dem sie befahl: »Holen Sie so schnell wie möglich Miss Pym herbei!« Sie saß auf der Kante des Bettes und tätschelte Abigails Schultern. Sie wünschte, ihr fiele etwas Besseres ein, als immer nur »aber, aber« zu sagen.

Hannah trat ins Zimmer und erfaßte die Situation mit einem Blick. »So geht es nicht, Miss Conningham«, rief sie. »Vom Weinen wird man häßlich.«

Ihre muntere Stimme hatte eine beruhigende Wirkung auf Abigail. Das junge Mädchen stand gehorsam auf und hielt Hannah ihr Gesicht hin, die es mit einem Schwamm abwischte und danach abtrocknete.

»Lassen Sie mich raten, Miss Conningham!« sagte Hannah. »Ihre Mutter hat entdeckt, daß der Hauptmann vermögend ist, und ist entschlossen, die Existenz eines gewissen Mr. Clegg zu vergessen. Sie hat dem Hauptmann pausenlos schöngetan, und er ist immer schweigsamer geworden.«

»Es... es... war furchtbar«, stammelte Abigail. »Er sagte kaum ein Wort zu mir. Dafür blickte er sich kurz, bevor wir zurückfuhren, noch einmal um und meinte, was für ein wundervoller Ort dies sei.«

»Wenn Sie wie ein Wrack aussehen, werden Sie den entstandenen Schaden bestimmt nicht beheben können.« Hannah drehte sich zu Lady Deborah um. »Haben Sie ein Kleid mitgebracht?«

»Ja, eins von meinen hübschesten.«

»Dann holen Sie es!« befahl Hannah. Sie faßte Abigail bei der Hand und führte sie zu einem Stuhl. »Ich muß ein ernstes Wort mit Ihnen reden, mein Kind. Wenn eine Sache es wert ist, daß man für sie kämpft, dann muß man dies mit aller Kraft tun. Dazu braucht man eine Rüstung. Ich wollte Ihnen das schonender beibringen, aber dazu reicht die Zeit jetzt nicht mehr aus. Lady Deborah hat Ihnen ein hübsches Kleid mitgebracht, und Sie müssen für den Hauptmann so schön wie möglich aussehen. Ihre Mutter braucht das nicht zu wissen, noch nicht. Später können Sie ihr ja sagen, Lady Deborah habe Ihnen kurzentschlossen eines ihrer Kleider geliehen. Großer Gott! Wie spät es schon ist!«

»Aber es sind doch noch zwei volle Stunden bis zum Abendessen«, rief Abigail.

»Die brauchen wir, um Sie herzurichten.« Hannah rollte die Ärmel hoch. »Ich bin jetzt Ihre Zofe. Ziehen Sie sich bis aufs Hemd aus und setzen Sie sich an den Toilettentisch!«

Lady Deborah, die gerade mit einem kleinen Koffer zurückkehrte, der ihr Kleid enthielt, wurde sofort in Dienst genommen. Hannah verrührte zwei Flüssigkeiten, die ihren Worten zufolge Abigails Gesichtshaut aufhellen würden. »Ich habe sie selbst hergestellt«, berichtete die ehemalige Haushälterin. »Sie enthält im wesentlichen Mandelmilch, vermischt mit Rosenwasser. Lady Deborah, passen Sie auf, daß Miss Abigail ihr Gesicht gründlich reinigt, während ich die Schönheitscreme hervorhole.« Sie beugte sich über ihren geräumigen Kosmetikkoffer, den sie mit auf die Reise genommen hatte, und kramte darin.

»Machen Sie alle Ihre Schönheitsmittel selbst?« fragte Lady Deborah spöttisch. Es amüsierte sie, daß eine alte Jungfer wie Hannah Pym im Gebrauch von Kosmetika bewandert sein sollte.

»Ja, Mrs. Clarence hat es mir beigebracht.«

»Eine Freundin von Ihnen?«

»Ja, eine gute Freundin«, erwiderte Hannah, da sie Lady

Deborah nicht verraten wollte, daß sie bei Mrs. Clarence in Stellung gewesen war.

Unter Hannahs Anleitung arbeitete Lady Deborah geduldig. Sie breitete das mitgebrachte Kleid auf dem Bett aus, erhitzte den kleinen Spirituskocher und legte die Brennschere in die Flamme, damit sie heiß werde. Dann reichte sie der Älteren verschiedene Gläser und Flaschen aus ihrem Kosmetikkoffer.

Hannahs Gemurmel beim Arbeiten, der Geruch der Salben, Cremes, Wässerchen und Pomaden sowie das Zusammenwirken der drei Frauen, um einen Mann in die Falle zu locken – das alles wirkte seltsam beruhigend auf Lady Deborah. Schließlich half sie Hannah, Abigail das Kleid über den Kopf zu ziehen und Schleifen zu binden. Es war aus Chiffonseide, hauchdünn und von blauer Farbe. Das dazugehörige Unterkleid bestand aus dem gleichen Stoff, war aber von einem blasseren Blau. Das Jungmädchengewand hatte Puffärmel mit kleinen Rüschen daran, einen tiefen Ausschnitt, der Abigails vollen Busen gut zur Geltung brachte, und drei tiefe Falbeln am Saum.

»Außerdem habe ich Ihnen diesen Schmuck mitgebracht«, sagte Lady Deborah, und Abigail schrie vor Überraschung auf, als die junge Adlige eine goldene, mit Saphiren besetzte Kette und dazu passende Ohrringe, ebenfalls aus Gold und Saphiren, hervorholte. Doch damit nicht genug – Lady Deborah hatte sogar an einen Kopfputz aus blauseidenen Kornblumen und an ein Paar lange weiße Handschuhe aus Kalbsleder gedacht.

Abigail mußte sich vor den Spiegel setzen, wo der Kopfschmuck vorsichtig in ihrem frisch frisierten Haar festgesteckt wurde. Hannah betrachtete ihr Werk, holte Lampenruß und färbte damit Abigails Wimpern dunkler. »Noch ein Hauch Rouge auf die Wangen, und Sie sind eine vollkommene Evastochter«, rief sie.

Wie Kleider doch Wunder wirken können! Abigail fühlte sich plötzlich wie ein neuer Mensch, wie eine bezaubernde Frau. Ihre Augen blitzten vor Erregung.

»Mein Gott, der Dinnergong«, sagte Hannah erschrocken. Sie und Lady Deborah eilten hinaus.

Letztere trug schon ihr Dinnerkleid aus rosa Seide und dazu passenden Schmuck in Gestalt einer Kette und eines Diadems, die beide aus Gold und Granaten waren, was als der letzte Schrei galt.

Im Salon wurde noch vor dem Dinner deutlich, daß Mrs. Conningham keineswegs beleidigt war, daß Lady Deborah ihrer Tochter ein Kleid geliehen hatte. Ganz im Gegenteil! Ihrem gezierten Gemurmel über die Teetasse hinweg konnte die junge Dame entnehmen, daß sie in den Rang einer Freundin Abigails erhoben worden war: »Wie traurig, daß Abigail nichts Passendes zum Anziehen hatte! Aber Lady Deborah hat meine Tochter schrecklich gern und wurde ihre Retterin in der Not.«

Hannah war zu sehr damit beschäftigt, die Wirkung der neuen Abigail auf den Hauptmann zu genießen, um zu bemerken, daß der Graf von Ashton von Lady Deborahs Erscheinung völlig überrascht war.

Das rosa Seidenkleid umschmeichelte den makellosen Körper des jungen Mädchens und gab den Blick auf ihren Busen frei. Der Mode entsprechend, trug sie den Rockteil ihres Gewandes gerafft über einem Arm. Das ermöglichte ihr, ein wohlgeformtes Bein zu zeigen. Sie überraschte ihren Bruder, indem sie ihm zuflüsterte, er solle sich um Abigail kümmern, aber ohne sich in das Gespräch zwischen ihr und dem Hauptmann Beltravers einzumischen.

Sie saßen gutgelaunt beim Dinner. Der Hauptmann dachte wieder einmal darüber nach, ob er Abigail einen Heiratsantrag machen solle oder nicht. Abigail strahlte, denn sie befand sich im Zustand der Glückseligkeit. Auch ihre Mutter war in Hochstimmung, wurde sie doch von zwei Adligen flankiert. Hannah war stolz darauf, daß sie als »Zofe« solchen Erfolg hatte. Lady Deborah freute sich über die gelegentlichen bewundernden Blicke des Grafen. Lord William dachte an Clarissa und fragte sich, ob er bald werde nach London fahren können. Der Graf war angenehm enttäuscht, daß die hübschen Zwillinge so manierlich waren.

Es ging so fröhlich zu, wie wenn Hochzeitsglocken läuteten. Der Graf drehte sich um, da er noch Wein kommen lassen wollte, und wandte sich an einen der Lakaien, der aber das Kreuzzeichen machte, um den bösen Blick abzuwehren.

»Was hat das zu bedeuten?« rief der Graf. »Judd«, sagte er zu seinem Butler, »warum tut James das? Ist er vielleicht verrückt geworden?«

Der Butler näherte sich seinem Herrn. »Es heißt, der Teufel wohne in diesem Haus, Mylord«, erwiderte er.

»Was für ein abergläubischer Schnickschnack ist denn das?« fragte der Graf scharf.

»Daran ist Lady Carsey schuld. Sie tauchte heute nachmittag hier auf und bemerkte irgend etwas, das sie völlig verstörte. Während sie auf ihre Kutsche wartete, weinte und betete sie und bekreuzigte sich in einem fort.«

»Lady Carsey?«

»Ich glaube, das hängt mit mir und Benjamin zusammen«, mischte sich Hannah ins Gespräch. »Ich habe ihm nämlich befohlen, auf die große Eiche zu klettern, von deren Wipfel man in den Salon blicken kann. Ich wollte, daß er mir die kleine Katze herunterholte, die sich da hinauf verirrt hatte. Ich vermute, daß Lady Carsey aus dem Fenster des Salons geblickt hat, als Benjamin auf den Baum kletterte. Sie hat Benjamins Gesicht aus dem Nebel auftauchen sehen und endlich doch noch ein schlechtes Gewissen bekommen.«

Lord William lachte wie toll. Verzweifelt versuchte seine Schwester, ihm begreiflich zu machen, daß er still sein solle. Doch er schenkte ihr keine Beachtung.

»Sie wissen irgend etwas, Mylord«, sagte der Graf, während sich seine grünen Augen verengten. »Heraus damit!«

»Sie hat jemand losgeschickt, der Miss Pym und Benjamin

töten sollte«, erwiderte der junge Mann. »Deborah und ich sind mit der fraglichen Postkutsche gefahren. Wir hatten uns als Miss Pym und Benjamin verkleidet. Mit uns fuhr eine Kreatur namens Fotheringay; er war von Lady Carsey beauftragt, Gift in unseren Kaffee zu tun. Deborah ertappte ihn auf frischer Tat, lenkte ihn ab und vertauschte die Tassen. Mein Gott, ging es dem Burschen schlecht. Ich suchte ihn auf dem gewissen Ort auf, wo nicht mehr viel gefehlt hätte, daß er seine Eingeweide ausgespuckt hätte.« Er bekam erneut einen Lachanfall. »Nun, Sie werden begreifen, daß ich keinen Skandal wollte«, fuhr er fort. »Er ist das Gift wieder losgeworden, und dann sind Sie, Ashton, erschienen, um uns nach Hause zu bringen.«

Der Graf erinnerte sich, daß die Zwillinge ungewöhnlich folgsam gewesen waren. »Weiter, Mylord«, sagte er.

»Es kommt noch besser«, versicherte Lord William. »Wir fanden, daß diese Lady Carsey nicht ungeschoren davonkommen dürfe, und faßten den Entschluß, sie als Gespenster heimzusuchen. Wir schlüpften noch einmal in unsere Kostüme, schlichen in das Schlafzimmer, das ihr die Langfords überlassen hatten, und erschreckten sie so, daß sie bis ans Lebensende daran denken wird. Sie hätten sie schreien hören müssen, als ich das Magnesiumpulver anzündete. Es klang, als trete man hundert Katzen auf einmal auf den Schwanz. War das nicht ein gelungener Spaß? – Heute nachmittag war es neblig, und als sie hinausschaute, muß sie gedacht haben, Miss Pym und Benjamin seien ihren Gräbern entstiegen, um sie abzuholen.« Er lehnte sich in seinen Stuhl zurück und lachte erneut.

Der Graf wartete mit steinerner Miene, bis sich der junge Tunichtgut beruhigt hatte, und sagte dann kühl zu seinem Butler: »Und warum soll ich, der nichts damit zu tun hat, den bösen Blick haben?«

Der Butler scharrte hilflos mit den Füßen. »Nun, die Diener sind davon überzeugt, daß Sie, Mylord, seit Sie aus dem Krieg zurückgekehrt sind, wie der Teufel persönlich aussehen.«

Es trat ein langes Schweigen ein. Lord William hatte den entsetzten Blick seiner Schwester bemerkt und aufgehört zu lachen. Sie hatten beide denselben Gedanken: Der erzürnte Graf wird unserem Vater schreiben, was wir alles angestellt haben.

Doch plötzlich war ein schallendes Gelächter zu hören. Es war tatsächlich der Graf, der jetzt lachte. Erleichtert stimmten die übrigen ein.

»Gehen Sie, Judd«, sagte der Graf, als er wieder Luft bekam, »und nehmen Sie diesen Clown James mit! Später werde ich mit der gesamten Dienerschaft reden.« Er lächelte Lady Deborah an. »Sie haben mir einen Weg erspart, denn ich war fest entschlossen, nach Esher zu fahren. Ich wollte Lady Carsey warnen, sich je wieder Miss Pym oder Benjamin zu nähern. Dieser Mr. Fotheringay ist übrigens kein gedungener Mörder, sondern ein verweichlichter Stutzer und außerdem ihr Neffe. Eines Tages wird er mir über den Weg laufen, und dann gnade ihm Gott! Aber Sie zwei Leichtfüße könnten schon tot sein.«

Lady Deborah errötete bis unter die Haarwurzeln und machte ein unglückliches Gesicht, was Hannahs Aufmerksamkeit erregte. Hannah dachte im stillen: Bestimmt sehnt sie sich nach ihm! Und ihr Ehestifterinnenherz schlug höher.

Sie war von diesem neuen Problem so stark in Anspruch genommen, daß sie ganz vergaß, Mrs. Conningham im Auge zu behalten. Zu spät, als sich alle wieder im Salon versammelt hatten, bemerkte sie, daß jene Dame zusammen mit dem Hauptmann in einer Ecke des Raumes saß und pausenlos auf ihn einredete. Es gibt doch nichts Schlimmeres als eine Witwe mit heiratsfähigen Töchtern und geringem Einkommen, dachte Hannah. Das Lächeln des Hauptmanns wurde starr.

»Spielen Sie uns doch bitte etwas vor, Miss Conningham!« sagte Hannah eindringlich, denn sie hoffte, der Hauptmann werde ans Klavier treten, um die Noten umzublättern. Statt dessen trat Lord William an Abigails Seite.

»Lady Deborah, seien Sie so gut und schaffen Sie dem Hauptmann die Frau vom Hals«, bat Hannah.

Neugierig betrachtete der Graf das stumme Spiel. Er sah zu, wie Lady Deborah zu Mrs. Conningham eilte, etwas zu ihr sagte und sich dann mit ihr in eine Ecke zurückzog. Anschließend ging Hannah zum Klavier hinüber und flüsterte Lord William etwas zu, woraufhin dieser überrascht aufblickte, nickte und zum Kamin ging.

»Finden Sie nicht auch, Herr Hauptmann, daß Miss Conningham vernachlässigt wird?« meinte Hannah.

Er verbeugte sich und ging zum Klavier hinüber, um die Notenblätter umzudrehen.

Hannah ließ sich bei Mrs. Conningham und Lady Deborah nieder und holte aus ihrer Tasche eine Handarbeit hervor, deren Qualität sie die Ältere zu prüfen bat. »Aber das Licht ist hier so schlecht. Wir sollten uns lieber in die Nähe des Kerzenständers setzen«, fügte sie hinzu.

Nun war Lady Deborah allein. Ehrerbietig nahte sich ihr der Graf, warf Hannah einen argwöhnischen Blick zu und fragte sich, ob sie die Sache eingefädelt hatte.

»Es scheint hier unterirdische Strömungen zu geben, Mylady«, sagte er. »Wenn mich nicht alles täuscht, versucht unsere nimmermüde Miss Pym, aus dem Hauptmann und Miss Conningham ein Ehepaar zu machen.«

»Wenn dem so wäre, würde sie bestimmt mehr Fingerspitzengefühl entwickeln als die Mutter der armen Miss Conningham«, erwiderte Lady Deborah.

»Außerdem trägt Miss Conningham ein hochmodisches Gewand. Ich schätze es auf mindestens fünfhundert Goldguineen. Es wird doch nicht eines von Ihnen sein?«

Lady Deborah biß sich auf die Lippen und antwortete: »Warum denn nicht? Ihre eigenen Kleider sind in einem erbärmlichen Zustand.«

»Das mag schon sein. Aber es fasziniert mich, wie Sie Miss

Pyms Machenschaften unterstützen. Bisher habe ich den Eindruck gehabt, daß Sie nichts Weibliches an sich haben.«

Dieser Hieb saß. Lady Deborah spürte einen stechenden Schmerz in der Brust. Hatte sie nicht eines ihrer besten Kleider an, und das zum erstenmal? Sie konnte an nichts anderes denken als daran, wie hübsch sie oben in ihrem Zimmer vor dem Spiegel ausgesehen hatte und daß sie sich jetzt wie eine graue Maus vorkam. »Sie dürfen nicht nach dem Äußeren gehen, Mylord«, entgegnete sie ruhig.

»Das tue ich auch nicht. Im Augenblick sehen Sie schöner aus als alle Frauen, die mir je begegnet sind«, sagte er lässig.

Sie hörte nur das eine, nämlich, daß er sie schön nannte, und begann zu strahlen. Ein Glanz umgab sie, der ihre goldblonden Locken und ihre blauen Augen noch verführerischer wirken ließ als gewöhnlich. Dem Grafen blieb beinahe die Luft weg.

Nicht weit von den beiden, am Klavier, hatte der Hauptmann gerade gesagt, er fühle sich müde und gedenke, sich früh schlafen zu legen. Das fiel Abigail schwer auf die Seele. Bedrückt stand sie vom Klavierstuhl auf.

Lord William stand schlechtgelaunt am Kamin und fragte sich, was er tun solle. Der Abend war furchtbar langweilig geworden, und seine Schwester flirtete ganz offensichtlich. Der Graf sagte gerade etwas zu ihr, und sie bekam rote Wangen, senkte die Augenlider mit den langen Wimpern und fächelte sich Kühlung zu. Lord William hatte nur noch den Wunsch, das Tête-à-tête seiner Schwester zu beenden. Ashton ist alt genug, um ihr Vater sein zu können, sagte er sich und wurde zornig. Er ging zu den beiden hinüber.

»Was hältst du von einem gemeinsamen Ritt morgen früh, Deborah?« fragte er, den Grafen mit Fleiß übersehend.

Sie sah ihn an, als käme sie von einem anderen Stern. »Ich glaube, daraus wird nichts, William. Miss Pym und die anderen sind auch morgen hier. Ich wäre gern noch ein Weilchen mit ihnen zusammen.«

»Nun, wenn du deine Zeit lieber mit dem Hauptmann, einer Matrone und ihrer ermüdenden Tochter verbringen willst, dann kannst du das tun, aber ohne mich.«

»Sei nicht so ekelhaft!« Lady Deborah errötete.

Der Graf legte eine Hand auf ihren Arm und sagte: »Ich muß mich über Sie wundern, William, und Miss Clarissa Carruthers wird sich ebenfalls über Sie wundern.«

»Was soll das heißen?« fragte der junge Mann.

»Ach, weiter nichts, als daß ich morgen den Brief an Mr. Carruthers und seine Schwester beenden werde. Ich habe ihnen versprochen, sie über das Wohlergehen der Postkutschenpassagiere auf dem Laufenden zu halten. Miss Carruthers war von Miss Pym und ihren Geschichten sehr beeindruckt. Soll ich Miss Carruthers einen Gruß von Ihnen bestellen?«

»Selbstverständlich. Ich bitte Sie darum.«

»Wie schön, daß Sie sich noch für sie interessieren! Ich dachte schon, Sie machten jetzt Miss Conningham den Hof.«

»Ach, das hängt mit Miss Pyms Heiratsplänen zusammen«, wehrte Lord William ab. »Ich sollte den Hauptmann eifersüchtig machen und ihn dazu bewegen, mehr Interesse an Miss Conningham zu zeigen.«

»Wie nett von Ihnen!« Der Graf wandte sich Lady Deborah zu. Seine Stimme hatte jetzt einen Beiklang von Wärme und Zärtlichkeit, der Lord William äußerst zuwider war. »Wozu jetzt noch nach Downs Abbey zurückkehren? Ich könnte ein paar Diener zu Ihnen hinüberschicken und Ihre Toilettensachen holen lassen. Bleiben Sie da!«

»Danke«, sagte Lady Deborah und senkte wieder die Lider mit den auffallend langen Wimpern. Lord William wagte nicht zu protestieren, da der Graf gerade an einem Brief an Mr. Carruthers schrieb. Aber er wollte seine Schwester nicht gegen ein neues Geschöpf eintauschen, das flirtete und sich mit einer Anmut und Geschmeidigkeit bewegte, als sei es sich eben erst seines Körpers bewußt geworden.

Als die kleine Gesellschaft aufbrach und nach oben ging, wartete Hannah, bis sie sicher war, daß sich Mrs. Conningham schlafen gelegt hatte, und ging dann in Abigails Zimmer. Die junge Dame war noch angezogen, saß am Fußende ihres Bettes und starrte Löcher in die Luft.

»Es nützt gar nichts«, sagte Abigail, als sie Hannah erblickte.

»Sie dürfen sich nicht fortwährend der Verzweiflung überlassen«, mahnte die Ältere und fügte aufmunternd hinzu: »Sie haben noch einen Tag hier und die restliche Reise bis Dover vor sich. Übrigens fällt mir da etwas ein: Was halten Sie davon, wenn ich mit dem Grafen vereinbare, daß er Benjamin seinen Wagen ausleiht und dieser Ihre Mutter und mich spazierenfährt, am besten morgen nachmittag? Auf diese Weise bleiben Sie allein mit dem Hauptmann.«

Abigail wirkte wieder hoffnungsvoll. »Würden Sie das für mich tun?«

»Aber ja«, erwiderte Hannah. »Überlassen Sie alles nur mir!«

Der Graf ging zu Bett und streckte seine langen Beine aus. Doch im nächsten Augenblick schrie er auf und fuhr in die Höhe. Er riß das Laken weg und bemerkte am Fußende seines Bettes ein Bündel Ginster.

Wütend holte er eine Pinzette aus seinem Necessaire und entfernte die Stacheln aus seinen Fußsohlen. Er war von Lady Deborah bitter enttäuscht. Kurz zuvor war sie ihm so hübsch und verständig vorgekommen.

Lady Deborah stand unterdessen in ihrem Zimmer im Nachthemd vor dem Spiegel und betrachtete unglücklich ihre kurzen goldblonden Locken. Männer wie der Graf wünschten sich bestimmt, daß das Haar einer Frau einer Löwenmähne glich. Nicht, daß sie ihn liebte oder etwas ähnlich Törichtes empfand! Aber es war ihr peinlich, daß ihr Kuß den gutaussehenden Mann so wenig beeindruckt zu haben schien. Wenn ihr Haar länger gewesen wäre ... Sie zuckte die Achseln und entschloß sich dann zu lesen, bis sie eingeschlafen wäre. Das war die einfachste Methode, den Grafen zu vergessen. Auf dem Beistelltischchen befand sich ein kleiner Stapel Bücher, die man als für eine Dame schicklich befunden hatte. Sie nahm sie der Reihe nach in die Hand: »Fünfhundert verschiedene Stickarten«, von »einer Dame«; »Lady Marcheson oder der verruchte italienische Graf« von Mrs. Bradford; »Die Predigten des Mr. Porteous«; »Die heilige Schrift«; »Putnams Schönheitsrezepte«.

Sie setzte sich mit dem letzten Band hin und blätterte neugierig darin. »Haar, Haar, Haar«, murmelte sie. »Ah, hier steht etwas. Wie man lockiges Haar glättet... Das ist ein Mittel, mein Haar länger wirken zu lassen.«

Wie die meisten Menschen mit Naturlocken wünschte sich Deborah oft, sie hätte glattes Haar. Miss Pym hätte vielleicht zu ihr gesagt, daß sie froh sein könne, nicht mit Lockenwicklern im Haar schlafen zu müssen, im Gegensatz zu so vielen anderen jungen Mädchen. Aber Lady Deborah war fest überzeugt, daß ihr Haar in geglättetem Zustand länger sein werde. Sie las aufmerksam die Gebrauchsanweisung: »Man nehme ein halbes Pfund Vaseline, ein halbes Pfund ausgelassenes Hammelfett, drei Unzen Bienenwachs, zwei Unzen Rizinusöl, zwei Gran Benzoesäure, eine Drachme Zitronensaft und fünfzehn Tropfen Kassiaöl. Man...«

Sie brannte darauf, das Rezept auszuprobieren. Die Zutaten würde sie in der Küche und in der Vorratskammer finden. Wenn sie Glück hatte, war der Herd noch warm genug, so daß sie die Zutaten erhitzen konnte. Vorsichtig schlich sie die große Treppe hinab, damit man sie nicht höre. Aber die ausgetretenen Stufen krachten fürchterlich.

Der Graf lag im Bett, war aber noch wach. Als der Lärm von der Treppe an sein Ohr drang, war sein erster Gedanke, daran seien die Zwillinge schuld, die wieder einmal nur Unsinn im Sinn hätten. Nachdem er eine Viertelstunde gewartet hatte, stand er auf, denn es schien ihm besser, die Geschwister nicht sich selbst zu überlassen. Er zog einen reich bestickten Schlafrock an, nahm die Nachttischkerze in die Hand und ging hinaus. Er stieg in die Halle hinunter und blickte sich um. Dann ging er die steinerne Hintertreppe hinunter. Die Gesindestube war leer, aber unter der Küchentür drang Licht hervor. Leise öffnete er sie.

Lady Deborah stand da und blickte auf ein Sammelsurium von allen möglichen und unmöglichen Dingen nieder, die über den hölzernen Tisch verstreut lagen.

»Was machen Sie denn da?« fragte er scharf.

Sie fuhr erschrocken zusammen. »Ich war hungrig und bin heruntergekommen, um nachzusehen, ob es hier etwas Eßbares gibt.«

Er machte ein paar Schritte auf den Tisch zu und musterte die Dinge, die dort lagen. »Bienenwachs«, murmelte er, »Benzoesäure ... Sie denken sich wohl schon wieder einen bösen Streich aus?«

Sie senkte den Kopf.

»Heute abend habe ich geglaubt, Sie seien endlich erwachsen geworden, Mylady«, sagte der Graf ernst, »das war allerdings, bevor ich den Ginster in meinem Bett entdeckte, den Sie und Ihr Bruder dort versteckt haben.«

»Damit habe ich nichts zu tun«, rief Lady Deborah. »O William, ich könnte dich umbringen. Das muß der Grund sein, daß er einmal längere Zeit nicht im Salon war. Als er zurückkam, fiel mir auf, daß seine Schuhe schmutzig waren.«

»Na gut, nehmen wir an, daß Sie unschuldig sind. Aber was hat es mit dieser Anhäufung kurioser Dinge auf sich?« fragte der Graf.

Sie errötete bis in die Haarwurzeln. »Ich wollte mein Haar glattmachen.« Sie schob das Buch weg. »Ich habe da drin ein Rezept zum Haareglätten gefunden.«

»Warum wollen Sie Ihre goldblonden Locken ruinieren?«

Sie fuhr mit der Hand durchs Haar und seufzte: »Ach, es ist so schrecklich kurz.«

»Aber nein. Wenn Sie nach London gehen, werden Ihre Lokken den Neid aller Damen erregen.«

»Warum sollte ich nach London gehen?«

»Aus demselben Grund, aus dem die meisten Damen dies tun – um zu debütieren und sich einen Ehemann zu suchen.«

»Ich brauche keinen Ehemann«, erwiderte sie. »Mein Vater hat genügend Geld.«

»Was für ein Fluch der Ehestand doch ist!«

»Wie wahr! Man muß sich nur die arme Miss Abigail ansehen, die dazu verurteilt ist, einen alten Mann wegen seines Geldes zu heiraten, genauer gesagt, wegen des Geldes ihres Onkels, der nur bereit ist, ihrer Familie zu helfen, wenn sie tut, was er von ihr verlangt.«

»Wenn es nach Miss Pym geht, bekommt Miss Abigail den Hauptmann. Da bin ich mir sicher. Auch ich sollte die Dienste besagter Dame in Anspruch nehmen und sie bitten, mir eine Frau zu verschaffen«, meinte er.

»Sie?« Lady Deborah wirkte betroffen. »Aber Sie sind doch schon so lange Junggeselle.«

»Ich konnte nicht früher heiraten, weil ich einer Frau nichts zu bieten gehabt hätte. Ich war beim Militär.«

»Hauptmann Beltravers, der in derselben Lage war, hat das nicht gehindert, sich eine Frau zu nehmen.«

»Aber bedenken Sie doch, was aus der armen Frau geworden ist! Außerdem hat mich mein Vater auf schmale Kost gesetzt. Vor seinem Tod hätte ich schwerlich für eine Familie sorgen können.« Er blickte Lady Deborah nachdenklich an. »Ja, ich muß unbedingt mit Miss Pym über diese Angelegenheit sprechen.«

»Und was für eine Frau soll es denn sein?« erkundigte sich Lady Deborah.

»Sie soll anmutig sein und gute Manieren haben, außerdem geistreich und liebenswürdig sein. Ihr Aussehen ist unwichtig, ebenso die Länge ihres Haars.«

Lady Deborah begann die Dinge auf dem Tisch wegzuräumen. »Meinetwegen können Sie Miss Pym schon morgen fragen«, erwiderte sie bissig.

Er nahm ihr Verschiedenes ab, und gemeinsam gingen sie zur Vorratskammer, wo Deborah die Sachen an ihren alten Platz stellte. Sie schüttelte sich unwillkürlich, da es in dem Raum kalt war.

»Zurück ins Bett mit Ihnen!« meinte der Graf.

Lady Deborah wurde sich seiner Nähe plötzlich seltsam deutlich bewußt, auch des feinen Duftes von Eau de Cologne, der von ihm ausging. »Ja, ja, ich bin ein bißchen müde«, erwiderte sie hastig.

»Dann kommen Sie!«

Sie gingen zusammen in die Halle zurück.

»Nehmen Sie William seinen Streich sehr übel?« fragte sie.

»Ich werde dem jungen Toren eine Lektion erteilen, bevor ich wieder zu Bett gehe. Er sollte aus dem Alter heraus sein, in dem man solche Possen treibt. Ich bin froh, daß Sie nichts damit zu tun haben«, erwiderte er.

»Sie glauben mir also?« fragte sie mit halber Stimme.

Sie standen jetzt zusammen in der Halle, und er begann, ihre Locken zu streicheln. »Ja, ja, meine Liebe«, sagte er dazu in nachsichtigem Ton.

»Lassen Sie das!« erwiderte sie und wich ihm aus. »Ich bin eine Frau und kein Kind.«

»Ja«, murmelte er weich. »Ja, ich habe es bemerkt. Sie haben heute abend sehr schön ausgesehen. Sie werden viele Männerherzen brechen.«

Sie hätte sich beinahe verschluckt. »Ich will aber keine Herzen brechen.«

Er stellte die Kerze auf einen Tisch, schob seinen Zeigefinger unter ihr Kinn und bog es nach oben. »Ich sollte Ihrem Vater schreiben und ihn vor der bezaubernden Frau warnen, zu der seine Tochter geworden ist«, sagte er. Dann beugte er sich zu ihr herab und küßte sie auf den Mund. Zu seiner Verwunderung wurde er wieder von dem süßen Taumel ergriffen, der schon bei ihrem ersten Kuß so verwirrend auf ihn gewirkt hatte. Er legte die Arme um sie und küßte sie leidenschaftlich.

Lord William, der sich weiter oben über das Treppengeländer gebeugt hatte, wurde mit Entsetzen gewahr, daß da unten im Lichtkreis der Kerze ein Paar engumschlungen stand und es sich bei der Frau um seine Schwester handelte, die der Graf in seinen Armen hielt. Der junge Lord hatte sie gesucht, weil er ihr von seinem neuesten Streich erzählen wollte, den er dem Hausherrn gespielt hatte. Er hoffte, daß dieser ihn wegen eines so harmlosen Scherzes nicht gleich bei Clarissa anschwärzen werde.

Für den Augenblick hatte er das junge Mädchen aus London vergessen. Seine Schwester schickte sich an, ihn zu verlassen und in die Welt der Erwachsenen einzutreten. Vorbei waren all die Tage der Kameraderie, des gemeinsamen Jagens und Fischens.

Was es auch sein mochte, was sich da zwischen Ashton und Deborah anspann, es mußte gestoppt werden. Er schlich davon. Wenn er sie jetzt störte und Ashton nach seinen Absichten befragte, würde dieser bestimmt behaupten, sie seien ehrenvoll. Er mußte sich etwas einfallen lassen, um Ashton außer Gefecht zu setzen.

Schließlich ließ der Graf Lady Deborah los und sagte: »Du zitterst ja... Oh, es ist kalt hier, und wir haben uns geradezu schändlich benommen. Was würde Miss Pym wohl dazu sagen?« Er küßte sie zart auf die Nasenspitze und nahm die Kerze in die Hand. »Bis morgen«, sagte er mit rauher Stimme. »Es gibt so vieles zu besprechen.«

Lady Deborah fühlte sich ganz benommen, aber das Herz wollte ihr vor Freude zerspringen. Sie war sich sicher, daß er sie liebte. Sonst hätte er sie nicht geküßt, nicht der Puritaner Ashton. Vor ihrer Zimmertür verabschiedete sie sich von dem Grafen mit einem schüchternen »Gute Nacht«.

Lord William lag schon im Bett, war aber noch wach und

lauschte verwundert auf das Geräusch, das von der Tür zu kommen schien, die offensichtlich geöffnet wurde. Wahrscheinlich war das Ashton, der gekommen war, um ihm die Leviten zu lesen.

Der Graf ging vorsichtig zum Toilettentisch hinüber und ergriff den mit Wasser gefüllten Krug. Dann begab er sich zum Bett und goß den Krug über Lord Williams Kopf aus.

Schimpfend setzte sich Lord William auf.

In der Dunkelheit ertönte die spöttische Stimme des Grafen: »Spielen Sie mir ja nicht wieder einen Streich, William! Es könnte übel für Sie ausgehen.«

Dann hörte der junge Mann, wie die Tür zugeschlagen wurde. Fluchend tastete er nach der Zunderbüchse und brauchte geraume Zeit, bis es ihm gelang, die Kerze auf dem Nachttisch anzuzünden. Er stieg aus dem Bett, trocknete sich ab, zog frische Sachen an und setzte sich mißmutig an den Kamin. Zum Teufel mit Ashton! Es mußte doch möglich sein, ihm diese Gemeinheit heimzuzahlen und Deborah von ihm zu befreien. Dann erinnerte er sich, daß der Graf gesagt hatte, er schreibe gerade einen Brief an Clarissa und ihren Bruder.

Der junge Mann stieg die Treppe hinunter und betrat das Arbeitszimmer des Grafen. Auf dem Schreibtisch lagen Rechnungen und Bücher über die Landwirtschaft, obenauf ein angefangener Brief. Lord William hielt seine Kerze dicht an das Schreiben und begann zu lesen. Der Graf hatte den Carruthers' Miss Pyms weitere Abenteuer und den Spuk bei Lady Carsey geschildert.

Lord William legte den noch nicht zu Ende geschriebenen Brief hin. Es traf sich gut, daß der erste Bogen bis zur letzten Zeile beschrieben war. Der Graf hatte eine klare Handschrift, schräg nach oben, die sich leicht nachahmen ließ. Der junge Mann setzte den gräflichen Brief wie folgt fort: »Und nun zu Lady Deborah! Seit sie keine Männerkleidung mehr trägt, ist sie eine recht charmante Frau, genau das Richtige für eine kleine

Liebelei. Bei Gelegenheit suche ich mir dann eine Ehefrau, oder kennt Ihr vielleicht eine Dame, die zu mir passen würde?« Er eilte mit dem angefangenen Brief des Grafen und den von ihm hinzugefügten Zeilen in langen Sätzen die Treppe hinauf. Im Zimmer seiner Schwester angekommen, schüttelte er die Schlafende roh.

»Wer ist da?« fragte sie ärgerlich, als sie wach geworden war.

»Ich bin's, William. Wach auf! Du sollst das lesen.«

»Was soll ich? Ach William, ich bin gerade erst eingeschlafen. Ich habe mich so über dich geärgert. Was ist nur in dich gefahren, Ashton einen so kindischen Streich zu spielen?«

Ihr Bruder zündete einen Leuchter an und brachte ihn ans Bett. »Ich habe mich in der Bibliothek nach etwas zu lesen umgesehen und bin auf diesen angefangenen Brief gestoßen. Er ist von Ashton und an die Carruthers' gerichtet. Du erinnerst dich doch sicher noch daran, daß er sagte, er schreibe gerade an Clarissa und ihren Bruder?«

Peinlich berührt setzte sie sich im Bett auf. »William, man liest fremder Leute Briefe nicht.«

»Ich hätte es auch nicht getan«, verteidigte er sich, »wenn ich nicht zufällig einen Blick darauf geworfen und deinen Namen entdeckt hätte. Du brauchst nicht alles zu lesen. Es genügt, wenn du einen Blick auf die letzte Seite wirfst. Es ist nur ein Absatz, denn der Brief ist noch nicht fertig. Aber der hat es in sich. Du wirst feststellen, daß das, was er über dich geschrieben hat, schlimm genug ist.«

Als sie während des Lesens erbleichte, empfand er Gewissensbisse, die er bekämpfte, indem er sich einredete, er tue es ja nur zum Wohl seiner Schwester.

»Bring es bitte weg!« sagte sie schließlich und hielt ihrem Bruder den Briefbogen mit den erfundenen Zeilen hin. Dann legte sie sich wieder hin und vergrub das Gesicht in den Kissen.

»Ich dachte, das müßtest du wissen«, erwiderte er verdrießlich.

»Geh!«

»Nimm es nicht so tragisch, Deborah! Wir fahren am besten auf der Stelle weg. Ich kann den Stallknecht aus den Federn holen und anspannen lassen. Zu Hause wirst du dich bestimmt wohler fühlen.«

Es herrschte tiefes Schweigen. Lord William war schon nahe daran, seiner Schwester zu gestehen, daß er die letzten Zeilen des Briefs gefälscht habe, als diese sich plötzlich zornrot im Gesicht aufsetzte.

»Ja, William, wir wollen nach Hause«, rief sie wütend.

»Bist ein braves Mädchen! Mach dich fertig und warte draußen auf mich! Zu packen brauchst du nicht. Wir können unsere Sachen später von einem Diener abholen lassen.«

Der junge Lord lief die Treppe hinunter und legte den Teil des Briefes, der vom Grafen war, an seinen alten Platz zurück. Dann begab er sich auf sein Zimmer. Das Feuer im Kamin war schon beinahe erloschen. Er warf die gefälschten Zeilen auf den Rost, ging wieder ins Erdgeschoß, entriegelte die mächtige Eingangstür und lief zu den Stallungen, um einen Knecht zu wekken.

Auf dem Heimweg hätte er seiner Schwester um ein Haar die Wahrheit gesagt, war sie doch gar so still und traurig. Aber bis morgen würde sie bestimmt zu sich selbst zurückgefunden haben, die alten Kleider tragen und so reden wie bisher. Seit der Graf sie geküßt hatte, hatte sie noch kein einziges Mal geflucht.

Lady Deborah fühlte sich wie erstarrt. Sie würde niemals heiraten, sondern immer nur mit William jagen und fischen. Gemeinsam würden sie alt werden, zwei Exzentriker, zwei Originale. Dagegen würde der Graf nach London gehen und sich eine Dame suchen, die schon beim Anblick einer Frau, die Hosen trug, in Ohnmacht fiele.

Der Graf bemerkte das Fehlen der Zwillinge erst am späten Nachmittag. Er hatte zeitig mit Miss Pym gefrühstückt und sich darüber amüsiert, daß sie anscheinend die Führung seines Haushalts übernommen hatte, denn sie erteilte dem Butler Anweisungen, wie die Zimmer zu reinigen seien. Dann war er ausgeritten, um seine Pächter aufzusuchen. Er war bestrebt, seine Tagespflichten so schnell wie möglich hinter sich zu bringen, damit er Lady Deborah bald wiedersehen konnte. Ihn durchströmte eine Glückseligkeit wie noch nie in seinem Leben.

Hannah war es gelungen, Mrs. Conningham wegzulocken, indem sie sie dazu überredete, mit ihr in einen Gig zu steigen und sich von Benjamin spazieren fahren zu lassen. Auf diese Weise würde Abigail mit dem Hauptmann allein sein. So hatte es sich Hannah jedenfalls gedacht. Doch kurz, bevor sie losfuhren, hatte er sich ein Pferd aus dem Stall geholt und war zu dem Gut von Lord Travers hinübergeritten, um noch einmal einen Blick darauf zu werfen. Hannahs Pläne kannte er nicht und war froh, der überschwenglichen Mrs. Conningham entronnen zu sein. So blieb Abigail allein zurück und überließ sich düsteren Gedanken.

Der Graf kehrte zur selben Zeit wie Hannah und Mrs. Conningham zurück. Hannah bemerkte, daß er sorglos, ja glücklich aussah. Er bat sie, Lady Deborah zu sagen, daß er, sobald er sich umgezogen haben würde, im Salon anzutreffen sei.

Im Salon mußte Hannah zu ihrem Leidwesen erfahren, daß beide Romanzen zu Ende waren. Die traurige Abigail sagte ihr, daß sie den Hauptmann den ganzen Tag nicht gesehen habe. Und Judd, der Butler, teilte ihr mit, daß Lord William und Lady Deborah mitten in der Nacht nach Hause gefahren seien und am Nachmittag einen Diener herübergeschickt hätten, der ihre Sachen abgeholt habe.

Bald darauf trat der Graf ein. Fröhlich erkundigte er sich, wo Lady Deborah sei. Hannah brachte ihm die traurige Neuigkeit so schonend wie möglich bei und mußte mitansehen, wie das glückliche Lächeln auf seinem Gesicht erstarb.

Das Dinner verlief trostlos. Hannah war froh, daß sie am

anderen Morgen nach Dover weiterreisten. Zwischen dem Grafen und Lady Deborah mußte es zu einer schlimmen Szene gekommen sein. Und diesen Hauptmann Beltravers hätte sie am liebsten kräftig durchgeschüttelt.

Abigail erkundigte sich schüchtern bei Hannah, was sie mit Lady Deborahs Kleid und Schmuck tun solle, und diese riet ihr, die Sachen aufzubewahren, bis sie von Lady Deborah höre.

Der Graf war froh, als er ins Bett gehen und sich so den anderen entziehen konnte. Sein Herz war schwer, und er schimpfte sich selbst einen Narren. Er mußte Deborah verschreckt haben. Sie mußte ihn für einen Lüstling gehalten haben. Zweifellos war er ihr zu alt. Aber sie hätte doch wenigstens auf Wiedersehen zu ihm sagen können. Er verfluchte den Grafen von Staye. Downs Abbey würde er sich nie mehr nähern. Sollte sich der Graf doch selbst um seine Kinder kümmern!

Lady Deborah und Lord William verbrachten einen stillen Tag mit Fischen, ohne daß ihnen etwas ins Netz gegangen wäre.

Auf dem Heimweg machte Lady Deborah einen ganz unglücklichen Eindruck. Zum ersten Mal empfand sie den frühen Tod der Mutter als schmerzlich. Doch dann erinnerte sie sich an Hannah Pym. Sie wußte bestimmt Rat. »William«, sagte sie so beiläufig wie möglich, »du glaubst gar nicht, wie melancholisch ich im Augenblick bin. Zu gerne wüßte ich, ob Miss Pym Abigail und den Hauptmann zusammengebracht hat. Laß uns nach Dover fahren und sie überraschen! Ich möchte allerdings nicht noch einmal mit der Postkutsche reisen. Laß uns unsere eigene Reisekutsche nehmen. Wenn wir hier warten, kann es uns passieren, daß Ashton erscheint...«

Lord William straffte sich. Was wäre, wenn der Graf sie besuchte und Deborah ihn wegen des Briefes zur Rede stellte? Schon bei dem bloßen Gedanken daran kam der junge Mann ins Schwitzen. »Wahrscheinlich hast du recht«, erwiderte er mit falscher Freundlichkeit. »Aber wir brauchen uns nicht zu beeilen. Es genügt vollauf, wenn wir mittags losfahren und zur selben Zeit wie die Postkutsche in Dover sind.«

»Jetzt sind wir mit dem Packen fertig«, sagte Hannah und schlug den Deckel ihres Koffers zu. »Mein Nachthemd werde ich morgen früh verstauen. – Ach, Benjamin, ich mache mir Sorgen. Zwischen Lord Ashton und dem Geschwisterpaar muß es zu einer entsetzlichen Szene gekommen sein. Beim Frühstück war der Graf so beschwingt, so glücklich. Ein ganz anderer Mensch als sonst. Aber als er hörte, daß die jungen Leute abgereist seien, verstummte er und wurde schwermütig.«

»Vielleicht hat Lord William Lady Deborah dazu überredet, mit ihm wegzufahren«, bemerkte Benjamin.

»Warum?«

»Als ich gestern abend im Salon hinter Ihnen stand«, erwiderte Benjamin, »konnte ich mich des Eindrucks nicht erwehren, daß Lord William seine Schwester geradezu zornig anblickte, wenn sie mit dem Grafen sprach. Das mochte er offenbar gar nicht.«

»Wir hätten hinüberfahren und sie fragen sollen«, sagte Hannah ungeduldig. »Sehen Sie sich in ihren Zimmern noch einmal um, bevor wir dieses Haus verlassen, Benjamin! Die Diener sind hier alle faul. Bestimmt machen sie die Zimmer erst dann sauber, wenn die nächsten Gäste erwartet werden.«

Benjamin sah Hannah nachdenklich an. »Mir scheint, Sie sollten zusehen, daß Sie selbst bald unter die Haube kommen, und sich nicht um all diese Leute kümmern.«

»Benjamin!«

»Zu Diensten! Ich habe doch Augen im Kopf. Es ist Sir George, oder etwa nicht?«

»Hinaus mit Ihnen, Sie vorwitziger Bengel, bevor ich Ihnen etwas an den Kopf werfe!«

Im Hinausgehen lächelte Benjamin. Hannah ließ sich auf ihrem Koffer nieder. So weit von Sir George entfernt, erschien es ihr absurd, daß sie je eine Liebesbeziehung zu ihm haben könne.

Es war gescheiter, ihn zu vergessen. Nun, vielleicht würde sie sich vorher noch einmal mit ihm treffen. Zu einem Ausflug etwa, wo sie ihm nach Herzenslust in seine blauen Augen schauen konnte. Das war es, wonach sie sich sehnte.

Früh um fünf wurden die Gäste geweckt und aufgefordert, sich reisefertig zu machen. Zuerst würde es zur »Goldenen Krone« in Rochester gehen und von da mit der Postkutsche nach Dover. Benjamin fiel ein, daß er die Zimmer der Zwillinge noch nicht durchsucht hatte. Hannah hatte richtig vermutet: Es war noch alles so, wie sie es verlassen hatten. Lady Deborahs Zimmer wies keinerlei Spuren eines vorzeitigen Aufbruchs auf. In dem ihres Bruders betrachtete Benjamin nachdenklich das nasse Bett. Wie seltsam, daß das Kopfkissen völlig durchweicht war! Im Kamin häufte sich noch die kalte Asche. Plötzlich bemerkte er auf dem Rost ein verrußtes Stück Papier. Er hob es auf und steckte es gerade in seine Hosentasche, als Hannah nach ihm rief.

Trotz der frühen Stunde hatte es sich der Graf nicht nehmen lassen, seinen Gästen Lebewohl zu sagen. Er wirkt sehr unglücklich, dachte Hannah. Aber auch wir sind ein trauriges Völkchen, sinnierte sie, als sie mit den anderen Reisenden in die Kutsche stieg. Abigails Augen waren rot und geschwollen. Der Hauptmann wirkte in sich gekehrt und sagte kein einziges Wort. Und Mrs. Conningham machte einen gedrückten Eindruck.

In Sittingbourne frühstückten sie, und Hannah erkundigte sich, ob ein gewisser Mr. Fotheringay im Gasthof wohne. Doch sie erhielt zur Antwort, daß man hier einen Mann dieses Namens nicht kenne. Sie schilderte Mr. Fotheringay als weibisch aussehenden Herrn, der unerwartet krank geworden sei, und erfuhr, daß diese Beschreibung auf einen gewissen Mr. Crank passe, der gestern abgereist sei. So blieb ihr weiter nichts übrig, als ein abscheulich schmeckendes Frühstück einzunehmen.

Als sie aufstand, um den Gasthof zu verlassen, erinnerte sich Benjamin an das im Kamin gefundene Papier. »Ich habe die Zimmer in Ashton Park durchsucht«, sagte er, »aber weiter nichts bemerkt, als daß jemand einen Krug Wasser über Lord William ausgeleert und dieses Papier auf dem Rost gelegen hat.«

Hannah glättete den Briefbogen und las ihn stirnrunzelnd. Taub für die Rufe »Kutsche! Kutsche«, setzte sie sich wieder hin und las den Text noch einmal.

Hatte der Graf diese Zeilen geschrieben? Und hatte Lord William sie gefunden und seiner Schwester zu lesen gegeben? Das würde ihr mitternächtliches Verschwinden erklären. Aber Ashton würde doch so etwas nicht schreiben, höchstens denken, da war sich Hannah sicher. Und gleich gar nicht, wenn es um die Tochter eines Freundes ging!

»Lieber Gott, hilf mir! Hoffentlich verhalte ich mich richtig«, sagte Hannah laut. Dann wühlte sie in ihrer Handtasche und wandte sich an Benjamin: »Nehmen Sie dieses Geld, mieten Sie einen Wagen und fahren Sie heute noch nach Ashton Park zurück! Übergeben Sie Lord Ashton diesen Briefbogen und schildern Sie ihm, wo Sie ihn gefunden haben! Wenn er ihn selbst beschrieben hat, wird er sich wohl kaum bei Ihnen dafür bedanken. Wenn aber Lord William versucht hat, seine Schwester hereinzulegen, mag Lord Ashton damit tun, was ihm beliebt.«

»Worum geht es denn?« fragte Benjamin. »Ich habe das Papier nicht gelesen.«

»Das macht nichts«, erwiderte Hannah. »Sputen Sie sich!«

7

Als die Postkutsche an ihrem Bestimmungsort Dover angekommen war und in den Hof des »Königs Georg« einbog, schien es Hannah, als sei sie wieder unter lauter Fremden. Mrs. Conningham hatte offenbar von neuem eine Abneigung gegen den Hauptmann gefaßt und war erpicht darauf, ihre Tochter mit Mr. Clegg zu verheiraten. Der Hauptmann erinnerte an einen aus

Holz geschnitzten Soldaten, so unbeweglich waren seine Gesichtszüge. Und Abigail, die Ärmste, schien sich in ihr Schicksal ergeben zu haben. Jedermann schwieg.

Nur Hannah und Benjamin wollten im Gasthof bleiben. Die Conninghams eilten unverzüglich zum Onkel und der Hauptmann zu seinem Regiment, um seinen Abschied zu nehmen.

Wie alle Gasthöfe in Dover war der »König Georg« gediegen, aber teuer. Nur die wenigsten von denen, die mit der Postkutsche reisten, konnten es sich leisten, hier zu übernachten. Wer nach Dover fuhr, tat dies in der Regel in einer eigenen Kutsche, oder er mietete sich eine.

Abigail machte einen letzten, verzweifelten Versuch, ihr Los zu ändern. Als sich Hannah und der Hauptmann mit ein paar gemurmelten Worten verabschiedeten, erklärte sie: »Sie müssen mit uns kommen und Onkel Henry kennenlernen – Sie, Miss Pym, aber auch Sie, Herr Hauptmann. Wir können alle ein gutes Abendessen gebrauchen, und ... und ... die Gasthöfe in Dover sind schrecklich teuer.«

Verwundert zwar, doch sehr erleichtert beobachtete Hannah, wie sich der Hauptmann vor Abigail verbeugte und sagte: »Ich nehme an.« Sie beeilte sich, die Einladung des jungen Mädchens ebenfalls anzunehmen. Mrs. Conningham war entrüstet und starrte ihre Tochter zornig an. Doch dann sagte sie sich, daß es vielleicht gar nicht so übel wäre, sich von Miss Pym begleiten zu lassen. In Wahrheit fürchtete sie sich vor ihrem Schwager.

Der Abend hatte eine blaßgoldene Färbung angenommen. Golden schimmerte die schwere See, und das Kopfsteinpflaster der alten Stadt schien ebenfalls vergoldet zu sein. Aber es kündigte sich schlechtes Wetter an. Hinter dem Schloß auf den Klippen ballten sich schwarze Wolken. In den Straßen tummelte sich noch eine bunte Menge – Fischer, Matrosen, Soldaten und die vornehme Welt. Am Ufer stand ein Mann mit einem Teleskop, der die Vorbeigehenden dazu zu überreden suchte, gegen einen Schilling Entgelt »einen Blick auf Napoleon zu werfen«.

Man glaubte nämlich, der Erste Konsul halte sich drüben in Boulogne auf und beobachte die englische Stadt, die er bald zu erobern hoffe.

Die Laternenanzünder machten sich an die Arbeit, denn die Sonne begann unterzugehen. Die kleine Gesellschaft ging durch die engen, zugigen, nach Fisch riechenden Straßen, über denen die Möwen schreiend ihre Kreise zogen. Beim Haus des Onkels angekommen, bemerkten sie, daß es ein stattliches Gebäude war; ein Garten war aber nicht dabei. Das Haus trug den Namen »Das Krähennest«, der in die Mauer eingeritzt war.

Benjamin läutete die Schiffsglocke an der Tür, die von einem hübschen Dienstmädchen mit Spitzenhäubchen und Musselinschürze geöffnet wurde.

»Mr. Conningham wartet schon auf Sie«, sagte sie zu Mrs. Conningham und führte die Ankömmlinge eine schmale, blank gebohnerte Holztreppe hinauf, zu dem im ersten Stock gelegenen Salon.

Der Raum war lang und schmal. Wände und Decke waren getäfelt. Von einem der Balken unter der niedrigen Decke hing eine Öllampe herab. All das machte weit eher den Eindruck einer Kapitänskajüte als den eines Salons.

Onkel Henry ging seinen Gästen entgegen und hörte ernst zu, als Mrs. Conningham die übrigen hastig vorstellte. Er war kurzatmig und schnaufte. Seinen stattlichen Leib hatte er in eine enge blaue Jacke gezwängt, an der prächtige Messingknöpfe prangten. Außerdem trug er eine lederne Kniehose, die ebenfalls straff saß. Der ehemalige Seemann hatte einen starren Blick, was ihm den Anschein verlieh, als sei er ständig wütend. Aber er wurde freundlicher, als Hannah Platz nahm und Benjamin hinter ihrem Stuhl Stellung bezog. Huldvoll äußerte er, daß sich Clara – er meinte Mrs. Conningham – glücklich schätzen könne, in so vornehmer Gesellschaft gereist zu sein. Er selbst fahre nie mit der Postkutsche. »Die Conninghams kamen mit den Normannen herüber«, sagte er. »Daher unsere Nase! Wir sind eine stolze

Familie.« Er wandte Hannah sein Profil zu, das eine ziemlich dicke, pockennarbige Nase zeigte, und die Betrachterin hatte Mühe, nicht zu lachen.

Ein Mann, der bis dahin in einem Winkel des Zimmers gesessen hatte, näherte sich nun und machte eine Verbeugung.

»Mr. Clegg«, sagte Mr. Conningham.

Hannah betrachtete Abigails trauriges Gesicht. Mr. Clegg hatte graues Haar. Die Miniatur, die er geschickt hatte, zeigte ihn als jungen Mann. Der jetzige Mr. Clegg hatte wäßrige grüne Augen und ein hageres Gesicht.

Es wurde Wein serviert, und dann trat ein beklemmendes Schweigen ein. Mrs. Conningham, die sich darauf gefreut hatte, mit ihrem Aufenthalt bei dem Grafen prahlen zu können, hatte es die Sprache verschlagen. Als Optimistin, die sie war, hatte sie gehofft, Mr. Clegg werde in Wirklichkeit viel besser aussehen als auf dem Bild. Doch das Gegenteil war der Fall. Beklommen dachte sie an ihr karges Haushaltungsgeld und fragte sich, wie sie nun wohl zurechtkommen würden, denn über eines war sie sich im klaren: Sie konnte Abigail nicht zwingen, diesen mickrigen Kerl zu heiraten. Sie warf dem Hauptmann einen schmerzlichen Blick zu. Er hätte sie aus dieser unwürdigen Situation befreien können.

»Sobald Jane hereinkommt, essen wir zu Abend«, sagte Onkel Henry.

»Jane!« rief Mrs. Conningham. »Was hat die denn hier zu suchen?«

»Nun, eine liebenswürdige Dame – ich glaube, es war Miss Pym hier – schickte ihr das Fahrgeld und versicherte ihr, daß sie in Dover gebraucht werde.«

»Miss Pym!« rief Mrs. Conningham mit hochroten Wangen. »Wie können Sie es wagen?«

Bevor Hannah antworten konnte, stand Mr. Clegg auf, fummelte an seinen Knöpfen herum und sagte: »Sie dürfen nicht böse sein, Mrs. Conningham. Was ich zu sagen habe, wird Ihr

Mutterherz erwärmen. Ich möchte Sie nämlich bitten, mir zu erlauben, Miss Jane den Hof zu machen. Sie hat mein Herz im Sturm erobert.«

»Wirklich?« erwiderte die arme Mrs. Conningham. »Aber Sie waren doch Abigail versprochen.«

»Ach was«, mischte sich Onkel Henry ein. Zu Hannah gewandt erklärte er: »Sie haben ein gutes Werk getan, indem Sie eine solche Perle von unschätzbarem Wert meinem Freund Mr. Clegg zugeführt haben. Hält Abigail etwa einen Vergleich mit Jane aus, frage ich Sie? Jane hat die normannischen Gesichtszüge einer echten Conningham.«

Die Tür wurde geöffnet, und Jane trat ein. Eine Schönheit ist sie nicht, dachte Hannah, aber so ähnlich habe ich sie mir vorgestellt. Jane hatte große braune Augen und braunes, in Stopsellokken gedrehtes Haar. Ihre mollige Figur war in ein weißes Musselinkleid gehüllt. Sie hatte eine Unmenge Grübchen – in den Wangen, in den Ellenbogen und wer weiß, wo sonst noch. Hannah gefiel sie nicht.

»Jane, ist das wahr?« fragte Mrs. Conninghan. »Willst du Mr. Clegg heiraten?«

»O ja, Mama«, erwiderte Jane und warf ihrer Schwester einen gehässigen Blick zu.

»Dann muß ich wohl meine Einwilligung dazu geben, Mr. Clegg«, sagte Mrs. Conningham leise.

Er ergriff Janes plumpe Hand und versicherte ihrer Mutter: »Sie haben mich zum glücklichsten Menschen der Welt gemacht.«

Jane kicherte, wurde rot im Gesicht und blickte siegesbewußt.

Während sie sich zu Tisch setzten, flüsterte Hannah Abigail zu: »Lassen Sie Ihre Schwester nicht merken, daß Sie erleichtert sind, sonst überlegt sie es sich womöglich noch anders!«

Zufrieden mit der Entwicklung der Dinge, begann Mrs. Conningham nun doch noch von ihrem Aufenthalt beim Grafen von Ashton zu erzählen. Sie traf damit ins Schwarze.

Onkel Henry hörte mit dem größten Vergnügen zu und sagte am Ende: »Ja, wir Conninghams verkehren nur in der feinsten Gesellschaft.«

Beim Dinner saß Hannah neben Hauptmann Beltravers und fragte ihn: »Und was haben Sie nun für Pläne?«

»Ich werde zu meinem Regiment gehen und mein Offizierspatent verkaufen, wodurch ich aus der Armee ausscheide.«

»Und danach?«

Er lächelte. »Nun, in einem Vierteljahr übernehme ich das Gut von Lord Travers.«

»Sie haben es also doch gekauft?«

»Ja, Miss Pym, und es war ein sehr vorteilhafter Kauf.«

Hannah hätte ihn am liebsten kräftig geschüttelt. Warum hatte er das nicht Abigail erzählt, die so nett zu ihm gewesen war? Zur Hölle mit einem solchen Mann! Sie, Hannah, hatte als Ehestifterin vollkommen versagt. Jane rechnete sie nicht mit. Denn obwohl sie glaubte, mit beiden Beinen fest auf der Erde zu stehen, zählten für sie nur Liebesheiraten zu den gelungenen Ehestiftungen.

Sie wandte sich Onkel Henry, ihrem anderen Tischnachbarn, zu und erkundigte sich nach den Vorfahren der Conninghams. Der eingebildete alte Gockel stürzte sich begierig auf sein Lieblingsthema und fand kein Ende. Benjamin, der hinter seiner Herrin stand, unterdrückte ein Gähnen. Hannah fürchtete, sie werde vor Langeweile sterben.

Endlich war das langweilige Mahl vorüber. Hannah erklärte, sie müsse sich auf der Stelle zurückziehen, da sie von der Reise müde sei. Auch der Hauptmann sagte den anderen Lebewohl. Wenn er auch Abigail die Hand küßte, so schlug er ihr doch kein neuerliches Rendezvous vor. Hannah hatte ein weiches Herz und litt mit, als sie den bekümmerten Blick des jungen Mädchens auffing.

Beim Schein der Straßenlaternen gingen sie durch die engen, verwinkelten Straßen und langten schließlich bei ihrem Gasthof an. »Gott sei Dank, daß es vorbei ist!« rief Hannah aus.

»So ein aufgeblasener Kerl!« schimpfte Benjamin hinter ihr.

Ausnahmsweise tadelte Hannah ihn nicht.

»Wer in diese Familie einheiratet, hat es bestimmt nicht leicht«, ließ sich der Hauptmann vernehmen.

Hannah packte ihn am Arm. »Was haben Sie gerade gesagt?« fragte sie schrill.

Der Hauptmann schien irritiert zu sein. »Ich habe gesagt: ›Wer in diese Familie einheiratet, hat es nicht leicht.‹ Aber ich werde dafür sorgen, daß ihre Besuche kurz und selten sein werden.«

»Soll das etwa heißen, daß Sie Miss Abigail um ihre Hand bitten wollen?« fragte Hannah aufgeregt.

Der Hauptmann trat einen Schritt zurück. »Aber gnädige Frau, ich dachte, das sei sonnenklar.«

Außer sich vor Zorn packte Hannah den überraschten Hauptmann erneut und schüttelte ihn kräftig. »Nein, das ist durchaus nicht sonnenklar«, widersprach sie. Ruhiger geworden, ließ sie ihn los und musterte ihn angewidert. »Die arme Abigail hat eine schlimme Nacht vor sich. Sie wird sich die Augen ausweinen, weil sie glaubt, Sie hätten sie schon vergessen. Gehen Sie auf der Stelle zurück und erlösen Sie sie aus ihrem Elend, sonst werde ich, Hannah Pym, mit meinem Regenschirm so lange auf Sie einschlagen, bis Sie Vernunft annehmen.« Drohend hob sie den Schirm in die Höhe, so daß er zurückwich.

»Aber heute abend war nicht der richtige Zeitpunkt, Miss Pym«, verteidigte sich der Hauptmann. »Sie war eben erst angekommen und –«

»Benjamin!« rief Hannah. »Ergreifen Sie seinen Arm!«

Der Lakai packte den Hauptmann mit eisernem Griff, und Hannah bemächtigte sich seines anderen Arms. »Vorwärts«, befahl sie.

Abigail saß still im Salon, während ihr Onkel selbstgefällig ein Loblied auf die Conninghams sang, dem ihre Mutter so andächtig lauschte, als ob sie bei jedem seiner Worte mit einer Offenbarung rechne. Jane flirtete unterdessen mit Mr. Clegg und warf Blicke des Triumphs in die Runde.

»Wie schade, daß ich nicht auch unsere Abigail verheiraten konnte«, meinte Mrs. Conningham, als Onkel Henry in seinem Monolog innehielt, um Atem zu schöpfen. »Hauptmann Beltravers ist ein warmherziger Mensch und schien ein großes Gut ganz in der Nähe des Grafen kaufen zu wollen. Doch dann kehrte er den Grobian heraus.«

»Er war ganz und gar nicht grob«, sagte Abigail heftig.

»Arme Abby«, spottete Jane und lachte. »Ist das der Grund, daß du so unglücklich bist? Oder liegt es daran, daß dein Liebhaber jetzt mir gehört?« Spielerisch versetzte sie Mr. Clegg kleine Schläge und lachte ausgelassen.

Die Tür ging auf, und das Dienstmädchen verkündete: »Hauptmann Beltravers.«

»Haben Sie etwas vergessen, Sir?« fragte der Onkel zuvorkommend.

»Ja, das habe ich«, erwiderte der Hauptmann schnell. »Mrs. Conningham, Miss Pym hat mich überzeugt, daß man nicht auf morgen verschieben soll, was man heute besorgen kann. Ich möchte um die Hand Ihrer Tochter Abigail anhalten.«

Die Conninghams schwiegen verblüfft. Die traurige Abigail verwandelte sich plötzlich in eine glückliche, hübsche junge Dame. Jane starrte ihre Schwester an. Mr. Clegg nahm Janes Hand in die seine. Aber das junge Mädchen entzog sie ihm mürrisch.

»Sie haben die Erlaubnis eines Conningham«, sagte Onkel Henry.

»Gnädige Frau?« Der Hauptmann blickte die verwirrte Mrs. Conningham fragend an.

»Natürlich auch meine.«

»Darf ich dann mit Ihrer Tochter ein paar Worte unter vier Augen wechseln?«

»Selbstverständlich.« Onkel Henry antwortete für Mrs. Conningham. »Mary, zeigen Sie Miss Conningham und Hauptmann Beltravers den Weg in den Blauen Salon!« sagte er zu dem wartenden Dienstmädchen.

Der großspurig »Blauer Salon« genannte Raum entpuppte sich als kleines Zimmer, das mit verstaubten Möbeln vollgestopft war. Außerdem war es darin sehr kalt.

»Vielleicht rührt die Bezeichnung ›blau‹ daher, daß man diese Farbe annimmt, wenn man sich hier zu lange aufhält«, spottete der Hauptmann, als er mit Abigail allein war. »Abigail, wollen Sie mich heiraten?« fragte er sie liebevoll.

»Natürlich will ich das. Doch warum haben Sie mich so lange leiden lassen? Nicht ein einziges Wort haben Sie von Ihrer Absicht verlauten lassen.«

Er lachte. »Im Geiste hatte ich mir alles zurechtgelegt, verstehen Sie? Ich war mir sicher, Sie ahnten etwas.« Er überlegte, ob er ihr sagen sollte, daß ihn die plumpen Schmeicheleien ihrer Mutter, die seinem Geldbeutel galten, angewidert hatten, ließ es aber klugerweise sein. Er fuhr fort: »Miss Pym griff mich auf offener Straße tätlich an, als sie hörte, daß ich willens war, Ihnen einen Heiratsantrag zu machen, damit aber noch wartete.«

Sie blickte ihn scheu an. »Ich weiß, daß ich Ihnen Ihre Frau und Ihren Sohn nicht ersetzen kann.«

Der Hauptmann sah sie verwundert an. »Aber ich liebe Sie«, rief er aus, als mache er eine große Entdeckung.

Abigail stellte sich auf die Zehenspitzen und gab ihm einen vorsichtigen Kuß auf die Wange.

Er zog sie an sich und küßte sie leidenschaftlich wieder. Am liebsten hätte er sie die ganze Nacht geküßt, doch ein lautes »Hmhm«, das von der Türschwelle kam und von Onkel Henry stammte, ließ sie auseinanderfahren.

»Na, na«, sagte Onkel Henry und drohte scherzhaft mit dem Finger. »Nach der Hochzeit werdet ihr dazu reichlich Gelegenheit haben.«

Auf der Straße vor dem Haus fror Hannah unterdessen erbärmlich.

»Lassen Sie uns gehen, gnädige Frau!« schlug Benjamin vor. »Es besteht kein Grund, noch länger zu warten.«

Plötzlich zuckte ein greller Blitz über den Himmel, dem ein Donnerschlag folgte. Dann prasselte der Regen auf das Pflaster.

Hannah spannte ihren Regenschirm auf und bat Benjamin, unter sein schützendes Dach zu kommen. »Ich werde hier warten, bis man mir das Happy-End verkündet, notfalls die ganze Nacht«, sagte sie. »Ach, wenn sich doch auch Lady Deborahs Angelegenheiten zum Guten wenden würden!«

Am selben Tag, doch früher, hörte Lord William das Rumpeln einer Kutsche und sah aus dem Fenster des Frühstückszimmers, von wo aus man die Auffahrt gut überblickte. Als er die Kutsche des Grafen von Ashton erkannte, sank sein Herz. Der ungebetene Gast holte, als er ausgestiegen war, auch noch ein angekohltes Blatt Papier aus seiner Tasche und betrachtete es nachdenklich, bevor er die Klingel betätigte.

Lord William eilte mit fliegenden Rockschößen in die Halle hinunter und redete im Flüsterton auf den Butler ein: »Silvers, das ist Ashton. Sie müssen ihm sagen, daß Lady Deborah und ich heute den ganzen Tag beim Fischen sind und wir aller Voraussicht nach erst sehr spät zurückkommen. Benachrichtigen Sie davon auch die übrigen Dienstboten!« Er hastete wieder hinauf und blieb auf dem Treppenabsatz stehen. Von hier aus konnte er die wütende Stimme des Grafen und Silvers' ruhige Erwiderung hören. Dann wurde zu seiner Erleichterung die Tür wieder geschlossen, und der Graf fuhr davon.

Lord William begab sich zu seiner Schwester und sagte: »Ich fürchte, wir kommen zu spät, wenn wir erst mittags losfahren, Deborah. Laß uns sofort nach Dover aufbrechen!«

»Zuvor möchte ich aber noch frühstücken«, erwiderte sie.

»Das können wir auch unterwegs tun«, entgegnete er.

Lady Deborah zögerte. Die Worte, die der Graf geschrieben hatte, kamen ihr wieder in den Sinn. Wie konnte sie auch nur im Traum daran denken, etwas zu essen? »Einverstanden. Fahren wir gleich!« sagte sie, und ihr Bruder eilte die Treppe hinunter, um anspannen zu lassen.

Gleich darauf waren sie auf und davon. Im Zentrum von Rochester hatte der Kutscher Mühe, sich durch das Gedränge hindurchzukämpfen.

Ein Lakai des Grafen überholte ihn in seinem Gig. Er war froh, Ashton Park entronnen zu sein und eine Besorgung machen zu können, denn sein Herr war schlechtgelaunt. Der Lakai erkannte den Kutscher des Grafen von Staye. »Wohin geht die Reise?« rief er laut.

»Nach Dover«, antwortete der Kutscher.

Silvers hatte vergessen, dem Kutscher mitzuteilen, daß Lord William und Lady Deborah beim Fischen waren.

Der Lakai fuhr wieder nach Hause. Er hoffte nur, daß sein Herr wieder guter Laune sei. Als er die Halle durchquerte, sagte jedoch der Butler zu ihm, daß der Graf zorniger als je zuvor nach Downs Abbey gefahren sei.

»Dann wird er übelster Laune sein, wenn er zurückkommt«, erwiderte der Lakai beklommen, »denn ich habe Lord William und Lady Deborah in ihrer Reisekutsche gesehen. Sie fuhren nach Dover.«

Am Nachmittag war es dann so weit. Der Graf stürmte mit einem Gesicht herein, das nichts Gutes verhieß. Er verlangte Brandy und sagte zu seinem Butler: »Judd, kümmern Sie sich darum, daß die Pferde gewechselt werden und die Kutsche fahrbereit ist, denn ich will heute abend noch einmal nach Downs Abbey.«

»Aber Mylord«, erwiderte der Butler, »der Lakai Charles hat mir erzählt, Lord William und Lady Deborah führen nach Dover. Er hat sie in Rochester auf der Durchreise dorthin gesehen.«

Der Graf fluchte entsetzlich. »Ich fahre sofort los«, sagte er grimmig. »Geben Sie mir unverzüglich Bescheid, wenn die Pferde angespannt sind!«

Hannah ging beschwingt zum Gasthof. Der Hauptmann war schließlich doch noch zum Vorschein gekommen und hatte ihr die erfreuliche Neuigkeit mitgeteilt. Zu Benjamin sagte sie, daß sie früh zu Bett gehen wolle und ihn erst am anderen Morgen brauche. Dann ging sie auf ihr Zimmer.

Als sie die Tür öffnete, stand Lady Deborah, die am Kamin gesessen hatte, auf und ging ihr entgegen.

»Was tun Sie denn hier?« rief Hannah. »Sie sollten ganz woanders sein.«

»Ich muß mit Ihnen reden, Miss Pym«, erwiderte Lady Deborah leise. »Es ist etwas Schreckliches passiert.«

Lord William, der wußte, daß seine Schwester auf Miss Pym wartete, hatte vorgehabt, zu ihr hineinzugehen. Doch jetzt blieb er draußen vor der Tür stehen und lauschte angestrengt. Deborah würde Miss Pym bestimmt von dem Brief erzählen, und Miss Pym würde ihr raten, sich den Grafen aus dem Kopf zu schlagen. Er preßte sein Ohr fester gegen die Türfüllung.

Seine Schwester erzählte Miss Pym von dem bewußten Brief.

»Ach, das weiß ich alles schon«, erwiderte Hannah, während William starr vor Staunen war. »Ich konnte mir nicht erklären, warum Sie beide mitten in der Nacht abgereist seien, und habe Benjamin beauftragt, Ihre Zimmer zu durchsuchen, ob sich irgendein Hinweis fände. Der Teil des Briefes, den Sie beschreiben, wurde von Benjamin auf dem Rost des Kamins in Lord Williams Zimmer gefunden. Natürlich sollte er verbrennen, war aber noch lesbar. Liebe Lady Deborah, lassen Sie sich eines sagen – solche Worte würde Lord Ashton niemals zu Papier bringen, wenn es um die Tochter eines alten Freundes geht! Niemals! Und was hatte dieses Blatt im Zimmer Ihres Bruders zu suchen? Ist er so tief gesunken, daß er nicht einmal mehr vor einer Fälschung zurückschreckt?«

»William? Was erlauben Sie sich eigentlich, Miss Pym?«

»Nun«, erwiderte Hannah ungerührt, »ich war felsenfest davon überzeugt, daß die fraglichen Zeilen nicht vom Grafen von Ashton stammten, und schickte Benjamin mit dem Blatt zu ihm, und zwar unmittelbar vor unserer Abfahrt nach Rochester, wo wir in die Postkutsche umstiegen.«

Der vor der Tür stehende junge Lord biß sich auf die Lippen. Er wußte zwar, daß sich das verräterische Blatt Papier in den Händen des Grafen befand, hatte aber angenommen, dieser habe es selbst im Kamin gefunden. Er konnte nur noch beten, daß seine Schwester nach wie vor glaubte, Ashton sei der Verfasser jener Zeilen.

Unten herrschte geschäftiges Treiben. Offenbar war eine Person von Stand eingetroffen, denn der Wirt rief: »Sie werden ein prächtiges Steinkohlenfeuer vorfinden, Mylord. Hier entlang, Mylord! Bahn frei für den Grafen von Ashton!«

William eilte in sein Zimmer zurück und packte schnell seinen Koffer. Er hatte vor, zu einem alten Freund zu flüchten, der in Dover wohnte, und ihn um Schutz zu bitten.

Während der Kammerdiener die Sachen seines Herrn auspackte, läutete dieser nach dem Kellner und erkundigte sich bei ihm, ob Lord William und Lady Deborah Western hier abgestiegen seien. Als der Gefragte dies bejahte, verlangte der prominente Gast, daß man die beiden sofort zu ihm bringe. Der Kellner kehrte zurück und meldete, daß keins von beiden in seinem Zimmer sei.

»Befindet sich vielleicht eine Miss Pym unter Ihren Gästen?« fragte der Graf, einer plötzlichen Eingebung folgend.

»Ja, Mylord.«

»Dann richten Sie ihr aus ... Nein, zeigen Sie mir lieber den Weg!«

Der Kellner führte ihn zu Hannahs Zimmer. Der Graf öffnete die Tür und ging schnurstracks hinein. Bei seinem Anblick sprang Lady Deborah auf.

»Stimmt es, daß dieses schmutzige Papier im Zimmer Ihres Bruders gefunden wurde, Lady Deborah?« fragte der Graf, und seine grünen Augen schleuderten Blitze. Er hielt das Corpus delicti in die Höhe.

»Da müssen Sie Miss Pym fragen. Mir hat William den vollständigen Brief an Mr. Carruthers und seine Schwester zu lesen gegeben.«

»Und Sie haben geglaubt, daß ich solche Sachen schreibe?«

Hannah ging leise zur Tür, öffnete sie und trat hinaus.

Lady Deborahs Augen füllten sich mit Tränen. »Was hätte ich denn sonst glauben sollen? William hat zu mir gesagt, Sie hätten das geschrieben.«

»Ihr Bruder wird mit der Reitpeitsche Bekanntschaft machen. Aber warum haben Sie sich nicht einfach an mich gewandt? Genieße ich so wenig Vertrauen bei Ihnen?«

»Ich kann es immer noch nicht glauben«, flüsterte Lady Deborah. »Mein Bruder. Wie könnte ich ihm mißtrauen?«

»Warten Sie, bis ich ihn in die Mangel genommen habe!« Er zog sie von ihrem Sitz hoch und schaute ihr in die blauen, von Tränen verschleierten Augen. »O Deborah«, sagte er, »du machst mich noch völlig verrückt.« Er zog sie an sich und küßte sie, als ob er nie mehr aufhören wollte. Dann hob er sie hoch, und sie fielen zusammen auf das Bett. Er murmelte: »Meine liebe Deborah, wann wirst du mich heiraten?«

»Wann du willst«, erwiderte das junge Mädchen. »Küß mich noch einmal!«

Die im Korridor wartende Hannah Pym hörte die Bettfedern krachen und war mit einem Schritt bei der Tür. Sie riß sie auf und betrachtete entgeistert das Schauspiel, das das Paar ihren Augen bot. »Vom Bett herunter, aber schnell!« befahl sie.

Das Paar stand auf und lachte. Es schämte sich nicht.

»Wir heiraten, Miss Pym«, rief Lady Deborah.

Hannah verschränkte die Arme und lächelte sie an. »Das habe ich mir gewünscht«, sagte sie.

Lord Williams Verschwinden wurde bald entdeckt, aber das schien niemand zu kümmern. Am nächsten Tag sagte der Graf, er werde Lady Deborah nach Hause bringen und ihrem Vater schreiben, er möge in die Heirat seiner Tochter mit ihm einwilligen. Hannah hoffte sehnlichst, sein Brief und die Antwort darauf brauchten nicht zu lange, denn die Verliebten konnten kaum die Hände voneinander lassen. Der Graf bot Hannah an, sie bis Rochester mitzunehmen, aber sie lehnte dankend ab. Mitansehen zu müssen, wie die beiden kosten, wäre niederdrückend für sie gewesen. Sie erlangte ihre alte Fröhlichkeit erst wieder zurück, als das Paar abgefahren war.

Der »König Georg« war wirklich ein sehr teurer Gasthof, und so verbrachte Hannah nur einen Tag mit der Erforschung Dovers. Abends besuchte sie dann Abigail und teilte ihr mit, daß sie mit Benjamin am anderen Morgen nach London zurückreisen werde.

Abigail drängte die Besucherin, doch zu ihrer Hochzeit zu kommen. Die Ältere nahm dankend an und dachte dabei an all die Hochzeiten, an denen sie dieses Jahr noch teilnehmen würde.

Als sie im »König Georg« zu Abend aß, kreisten ihre Gedanken um ihr Zuhause – und um Sir George Clarence. Was für Abenteuer sie ihm zu berichten hatte! Würde, wenn er sie besuchte, alles beim alten sein, oder käme er nur zu ihr, um seine Verlobung zu verkünden, wie er es schon einmal getan hatte? Letzteres wäre sehr schmerzvoll für sie. Sie bedauerte, daß sie weggefahren war. Ihre Reisegefährten entschwanden schon ihrem geistigen Auge. Vor ihr lag der lange Weg nach London.

Vor zehn Uhr vormittags fuhr keine Postkutsche ab. Hannah runzelte die Stirn. Ob sie für Sir George ein kleines Geschenk kaufen sollte? Es war üblich, daß die Damen den Herren selbstgefertigte Dinge wie Geldbörsen und dergleichen verehrten.

Am nächsten Morgen begab sich Hannah in Benjamins Begleitung zeitig in die Stadt, um die kleinen Läden zu erforschen, konnte aber über die angebotenen Waren nur den Kopf schütteln. Entweder waren sie billig und geschmacklos oder sehr teuer. Schließlich entschied sie sich für ein in einer Flasche steckendes Schiff, eine kleine Fregatte mit vollen Segeln. Benjamin hatte sich in dieses Spielzeug verliebt und seine Herrin gedrängt, es zu kaufen.

Nachdem sie in den Gasthof zurückgekehrt waren, packten sie ihre Sachen und gingen in den Hof hinunter. Hauptmann Beltravers und Abigail warteten dort auf sie.

»Ich habe vergessen, Lady Deborah ihr Kleid und ihren Schmuck zurückzugeben«, sagte Abigail.

»An Ihrer Stelle würde ich die Sachen aufbewahren«, erwiderte Hannah. »Wenn Lady Deborah ihr Eigentum zurückhaben möchte, wird sie Ihnen bestimmt schreiben. Sie hat ja Ihre Adresse.«

Abigail lachte. »Meine Hochzeit wird prächtig werden. Jane zürnt mir deswegen. Aber mein Verlobter hat sich großzügigerweise bereit erklärt, die Kosten zu tragen.«

»Bereut Jane, daß sie sich auf eine Verlobung mit Mr. Clegg eingelassen hat?« erkundigte sich Hannah.

»Ach, die meiste Zeit schmollt sie mit mir, gerät dann plötzlich in Zorn und will mich bei jeder passenden und unpassenden Gelegenheit übertrumpfen«, erwiderte Abigail. »Aber Mr. Clegg hat an ihr einen Narren gefressen und erfüllt ihr alle Wünsche. Augenblicklich sucht sie ihn zu überreden, ihre gemeinsame Hochzeit noch prächtiger zu gestalten als die meine, wozu er das Geld geben soll.«

Hannah gab ihr einen Kuß auf die Wange, schüttelte dem Hauptmann die Hand und stieg in die Postkutsche.

Hand in Hand standen Abigail und der Hauptmann da und verfolgten Hannahs flatterndes Taschentuch mit ihren Blicken, bis nichts mehr zu erkennen war.

»Eine feine Dame!« meinte Abigail seufzend. »Wenn sie doch einen Mann fände, der ihrer wert ist!«

»Was für ein schwärmerisch veranlagtes Geschöpf du bist!«

neckte sie der Hauptmann. »Miss Pym und heiraten? Das ist ja lächerlich!«

8

Mrs. Angela Courtney näherte ihr Gesicht dem Spiegel. In der einen Hand hielt sie ein Döschen mit Lippenpomade, in der anderen eine kleine Bürste. Sie zog die Konturen ihres Mundes nach, so daß er kleiner wirkte, als er war, und schminkte sich dann die Lippen mit der roten fetthaltigen Paste.

Schließlich lehnte sie sich auf ihrem Stuhl zurück und betrachtete zufrieden ihr Spiegelbild. Ihre Zofe hatte ihr das grau werdende Haar haselnußbraun getönt, und sie glaubte nun, um Jahre jünger auszusehen. Ja, sie kam sich wie eine fesche, flotte Witwe vor.

Wie dem auch sei, die letzte Ballsaison war entsetzlich langweilig gewesen. Sie besaß ein Büchlein mit den Namen aller für sie in Frage kommenden Junggesellen, denn sie hätte gern wieder geheiratet. Aber sie hatte einen Namen nach dem anderen durchstreichen müssen, da die Betreffenden entweder einer anderen Frau ins Netz gegangen waren oder das Zeitliche gesegnet hatten. Ihre letzte Hoffnung, Sir Giles Cavendish, ein großer, hagerer Mann, der zur Trunksucht neigte, war vor einer Woche zu Grabe getragen worden.

»Bringen Sie mir mein Büchlein, Janet!« befahl sie ihrer Zofe, während sie sich noch immer im Spiegel bewunderte. Die Zofe brauchte nicht erst »Welches Büchlein?« zu fragen, denn ihre Herrin las nichts anderes.

Mrs. Courtney überflog die Namensliste, die empfindlich zusammengeschrumpft war. Sie bemerkte Sir George Clarences Namen, der aber durchgestrichen war. Sie runzelte die Stirn. Ach ja, sie hatte ihn von der Liste gestrichen, als das Gerücht ging, er sei im Begriff, einer Miss Bearcroft einen Heiratsantrag zu machen, wozu es dann aber doch nicht gekommen war.

Sir George Clarence.

Sie trug seinen Namen in Schönschrift wieder ein und betrachtete ihn nachdenklich. Ein gutaussehender Mann und außerdem noch Junggeselle! Allerdings ließen sich Junggesellen in mittleren Jahren ganz besonders schlecht einfangen. Außerdem hatte sie ihn zuletzt in der Konditorei Gunter in Gesellschaft einer wunderlichen Frau gesehen, mit der er den Tee genommen hatte. Ihr war, als kenne sie sie flüchtig.

Mrs. Courtney klopfte sich mit dem Gänsekiel auf den frisch geschminkten Mund. Wo hatte sie die aus dem Rahmen fallende Frau mit den ungewöhnlichen Augen und der krummen Nase schon einmal gesehen?

Und dann fiel es ihr wieder ein: in Thornton Hall. Sie hieß Miss Pym und war dort Haushälterin gewesen, kenntlich an ihrem wollseidenen Gewand und ihrer Haube. Und diese Person wagte es, mit Sir George Tee zu trinken, als ob sie zur vornehmen Welt gehörte!

Wußte Sir George davon? Aber natürlich mußte er davon wissen. Er war eben genauso lahm wie sein Bruder. Was mochte ihn veranlaßt haben, eine Dienerin zu Gunter mitzunehmen?

Sie selbst hatte ihn so manches Mal zu sich eingeladen, aber der Herr hatte sich immer geweigert zu kommen. Es hieß, er lasse sich nur noch selten in der Öffentlichkeit blicken. Wie konnte sie in seine Nähe gelangen? »Janet«, rief sie wieder, »ich schreibe Ihnen die Anschrift von Sir George Clarence auf. Gehen Sie zu seinem Haus, beobachten Sie möglichst unauffällig das Kommen und Gehen dort und berichten Sie mir davon!«

»Selbstverständlich«, erwiderte die erfreute Janet. Das Wetter war jetzt schön, und es bot sich ihr eine günstige Gelegenheit, an die frische Luft zu kommen. »Wie sieht er denn aus, gnädige Frau?« fragte sie.

»Überaus vornehm. Er ist groß, hat ein markantes Profil, eine schlanke Gestalt und Augen von reinstem Blau. Man sieht ihn nie anders als elegant gekleidet.«

Die Zofe machte sich also täglich auf den Weg und teilte ihrer Herrin ihre Beobachtungen mit. Sir George gehe jeden Vormittag um zehn im Park spazieren.

Zehn Uhr – das war für die verzärtelte Mrs. Courtney furchtbar früh, aber das Jagdfieber hatte sie ergriffen. Sie würde ihr bestes Kleid anziehen. Es bestand aus weißem Musselin, der in weichen Falten fiel. In ihren braunen Locken befestigte sie einen Strohhut, der mit einem Band aus fliederfarbener Seide geschmückt war und etwas Ländliches an sich hatte.

Die Sitte verlangte, daß sie ihre Zofe mitnahm. Allerdings schärfte sie dieser ein, sich aus dem Staube zu machen, wenn das Wild in Sicht kam.

Mrs. Courtney stellte sich am Eingangstor des Parks im Schatten der hohen Ziegelsteinmauer auf und wartete. Dann sah sie ihn sich nähern, den begehrten Junggesellen, und eilte in die grüne Oase, aber nur, um nach ein paar Schritten auf dem Absatz kehrtzumachen und ihm scheinbar zufällig zu begegnen, sobald er hereinkam.

»Ich glaube, ich habe irgendwo mein Taschentuch verloren«, sagte Mrs. Courtney zu ihrer Zofe, als sie Sir Georges ansichtig wurde.

»Ich suche es, gnädige Frau«, erwiderte Janet lächelnd.

Mrs. Courtney ging weiter und täuschte dann Überraschung vor. »Ach, Sie sind es, Sir George!« gurrte sie. »Ich bin entzückt, Sie wiederzusehen.«

Er verbeugte sich hastig, damit sie ihm nicht vom Gesicht ablesen konnte, wie sehr er sich ärgerte. Er liebte diese vormittäglichen Spaziergänge nämlich deshalb, weil er um diese Zeit den Park fast immer für sich allein hatte. »Ihr Diener, gnädige Frau«, sagte er steif.

Zu seinem Befremden schloß sich Mrs. Courtney ihm an. »So

ein schöner Vormittag!« schwärmte sie. »Ach, ich liebe die Natur.«

»Tatsächlich?« Sir George beschleunigte sein Tempo, und sie paßte sich ihm an.

»Wann haben wir uns eigentlich das letzte Mal gesehen?« fragte Mrs. Courtney mit gespielter Nachdenklichkeit. Sie hatte sich diesen Satz zu Hause zurechtgelegt. »Ach, jetzt erinnere ich mich wieder«, rief sie. »Es war höchst merkwürdig. Sie haben sich in der Konditorei Gunter mit einer Dienerin unterhalten.«

Sir George blieb stehen. »Sie haben wohl den Verstand verloren?« fragte er eisig.

»Aber sie war es doch – Miss Pym, die schrullige Haushälterin von Thornton Hall.«

Sir Georges Miene hellte sich auf. Er bekam strahlende Augen. »Ach, Miss Pym«, sagte er. »Ja, sie ist eine sehr gute Freundin von mir.«

»Sir George!«

»Guten Tag!« Er tippte an den Hut und eilte mit großen Schritten tiefer in den Park hinein. Er verringerte seine Geschwindigkeit erst dann, als er sicher war, daß sie ihn nicht mehr einholen konnte. Ein furchtbares Weib! dachte er. Was war denn schon dabei, wenn er Miss Pym von Zeit zu Zeit einlud? Deswegen wollte er sie noch lange nicht heiraten.

In Gedanken verfluchte Benjamin diesen Sir George. Er fand, daß Hannah immer gereizter wurde. Die kleine Wohnung in der South Audley Street war nach seiner Schätzung schon mindestens zehnmal geputzt worden. Außerdem sprach seine Herrin ständig davon, daß sie den besten Tee und den schmackhaftesten Kuchen kaufen wolle, obwohl sie bisher noch nicht den Mut aufgebracht hatte, den Mann, für den das alles gedacht war, auch einzuladen. Benjamin war an eine ruhige, resolute Miss Pym gewöhnt. Ängstlich zitternd mochte er sie nicht.

Er war jetzt auf dem Weg zu Sir George, denn er hatte beschlossen, die Sache selbst in die Hand zu nehmen. Zu Hannah hatte er gesagt, er sei das Schrubben und Bohnern leid und brauche dringend frische Luft. Das hatte Hannah auch eingeleuchtet.

Als es nicht mehr weit bis zu Sir Georges Haus war, verlangsamte Benjamin seine Schritte. Vielleicht war es besser, sich eine Weile hier draußen aufzuhalten und bei Erscheinen des gewissen Herrn so zu tun, als begegne man sich rein zufällig. Das Wetter war schön. Aber Benjamin war vom vielen Auf- und Abgehen schon ganz erschöpft, als Sir George endlich erschien. Er schlenderte auf ihn zu. »Guten Tag, Sir George!«

»Ach, Sie sind es, Benjamin«, rief Sir George verwundert. »Ist denn Miss Pym schon zurück?«

»Ja, Sir.«

»Gut, gut. Ich muß sie einmal besuchen.«

Benjamin erschrak. Wenn Miss Pym noch lange auf Sir Georges Besuch warten mußte, würde sich ihre Nervosität ins Unerträgliche steigern. »Ich wäre froh, wenn sich meine Herrin eine größere Wohnung suchen würde«, sagte er ernst. »Die jetzige ist nicht geräumig genug, um Gäste einzuladen.«

»Mir ist Miss Pyms Wohnung so zauberhaft erschienen, daß ich auf ihre Größe gar nicht geachtet habe«, entgegnete Sir George. »Es wäre mir nicht recht, wenn Ihre Herrin meinetwegen Unannehmlichkeiten hätte. Sagen Sie ihr, daß ich sie gern morgen nachmittag um drei besuchen würde! Sollte ihr dies nicht genehm sein, bitte ich Sie, mich davon zu verständigen. Wenn ich nichts von Ihnen höre, bleibt es bei drei.«

»Sehr wohl, Sir.« Benjamin verbeugte sich.

Sir George drehte sich um und entfernte sich. Dieser Lakai ist ein sonderbarer Kerl, dachte er und blickte sich gerade rechtzeitig um, um Benjamin auf der Straße Luftsprünge machen zu sehen.

Hannah hörte sich Benjamins Geschichte atemlos vor Aufregung an; er sei Sir George rein zufällig begegnet, und dieser habe dann seinen Besuch angekündigt.

»Ach, du lieber Himmel!« sagte Hannah. »Was für ein seltsames Zusammentreffen, wenn man bedenkt, wieviel Einwohner London hat.«

In der Nacht darauf schlief sie schlecht, stand früh auf, warf einen Blick auf die Wanduhr und stellte fest, daß sie noch eine beträchtliche Anzahl von Stunden hinter sich bringen mußte, bis es drei Uhr sein würde.

Benjamin blieb so lange wie möglich in seinem Zimmer. Er wußte, Hannah würde ein Kleid nach dem anderen anprobieren. Mittags war er zu hungrig, um länger im Bett zu liegen. Er stand auf und kleidete sich in seine neue Livree, die er in der Monmouth Street gekauft hatte. Sie hatte dem Lakaien eines Herzogs gehört, der seinem Herrn davongelaufen war und die Livree verkauft hatte. Benjamin hatte die mit dem herzoglichen Wappen versehenen Knöpfe abgetrennt und durch gewöhnliche ersetzt. Die Livree bestand aus rotem Plüsch und war mit goldenen Epauletten verziert. Die Jacke säumte eine goldene Borte. Benjamin fand, er habe das nach Begleichung seiner Spielschuld übriggebliebene Geld gut angelegt. Er öffnete eine Schachtel, nahm die aus gesponnenem Glas bestehende Perücke vorsichtig heraus und setzte sie sich zum ersten Mal auf. Kein Pudern mehr für ihn!

Hannah war baß erstaunt, als sie den prächtigen Anblick hatte, den Benjamin jetzt bot. »Sie sehen eine Spur zu protzig aus«, meinte sie kritisch.

»Ich?« empörte sich Benjamin. »Ich sehe so edel wie ein Diamant aus.«

»Meinetwegen«, lenkte Hannah ein. »Mit der Zeit werde ich mich sicher daran gewöhnen. Allerdings sehe ich neben Ihnen wie eine graue Maus aus.«

»Mit dem, was Sie anhaben, können Sie sich gerade noch sehen lassen«, erwiderte Benjamin, während er Hannahs einfaches braunes Gewand musterte.

»Ich sehe sehr gut aus«, widersprach Hannah ägerlich, zog sich in ihr Zimmer zurück und betrachtete sich in dem großen Spiegel. In Wirklichkeit hatte sie ein Kleid nach dem anderen anprobiert und sich für keines entscheiden können. Am Ende hatte sie sich mit einem alten Kleid begnügt, denn plötzliche Verzweiflung hatte sie gepackt. Es ist völlig ausgeschlossen, daß er sich ernsthaft für mich interessiert, dachte sie kläglich.

Benjamin folgte ihr in ihr Zimmer. »Nur Mut«, sagte er weich. »Das Grünseidene mit dem dazu passenden Mantel ist genau das Richtige.« Er nahm die Sachen vom Bügel. »Damit werden Sie ein Wunder erleben, wenn ich das sagen darf, gnädige Frau.«

»Sind Sie sich da sicher?«

»Das ist so sicher wie das Amen in der Kirche. Schlüpfen Sie hinein!«

Sir George, der pünktlich um drei kam, konnte, als er sich über die Hand der eleganten Dame in Grün beugte, nicht ahnen, wie hektisch es noch kurz vor seinem Eintreffen zugegangen war. Hannah hatte gesagt, das Kleid sei zu protzig, und es wieder ausziehen wollen. Doch Benjamin hatte sie daran gehindert und die Bänder am Rückenteil so fest gebunden, daß sie allein nicht mehr aus ihm herauskam.

Sie protestierte nicht, als Benjamin ungefragt auf dem Rücksitz der Kutsche Sir Georges Platz nahm. Sie hatte das Gefühl, daß sie die Unterstützung ihres Lakaien gebrauchen könne.

»Wieder zur Konditorei Gunter, denke ich«, meinte Sir George, und Hannah war zumute, als ob sie Flügel bekäme.

Nachdem Sir George und Miss Pym bei Gunter Platz genommen hatten, ging Benjamin wieder hinaus und gesellte sich zu den anderen Lakaien. Das berühmte Lokal war zu klein, als daß man den Dienern hätte erlauben können, sich ebenfalls darin aufzuhalten.

Hannah schilderte Sir George ihre Abenteuer, der ihr so gespannt zuhörte, daß sein Tee kalt wurde. Das grüne Kleid war, wie sie inzwischen eingesehen hatte, eine vortreffliche Wahl. Aufs neue gefiel Hannah Sir George.

Vor der Konditorei betrachteten unterdessen die anderen Lakaien Benjamin wie ein Weltwunder. Sie glichen einem Schwarm Krähen, in deren Mitte sich ein Pfau verirrt hat.

»Was starren Sie mich so an?« fragte Benjamin wütend.

»Seht euch diesen Prahlhans an, der sich einbildet, ein Herzog zu sein«, lästerte einer. Sie standen gelangweilt herum; ihre Herrschaften verweilten ziemlich lang bei Kuchen und Tee. Den Neuling zu reizen schien ein hervorragender Zeitvertreib zu sein.

Ein hochgewachsener Bursche stemmte die Arme in die Seite und begann geziert auf- und abzugehen. »Wie können wir mit einer solchen Pracht konkurrieren?« fragte er herausfordernd.

»Das alberne Getue können Sie sich sparen, Sie Hurensohn!« schrie Benjamin. »Sie Papagei! Sie haben eine Visage, die große Ähnlichkeit mit einem Affenhintern hat.«

Der sich Zierende blieb stehen. Sein Gesicht lief vor Zorn rot an. »Wir sind zu fünft, und er ist allein. Wir sollten es ihm zeigen.«

»Feiglinge!« höhnte Benjamin. »Ich sehe, keiner wagt es, einzeln gegen mich anzutreten.«

Die anderen Lakaien musterten ihn. »Barney wird mit Ihnen kämpfen«, sagten sie schließlich und schoben ihren Helden nach vorn.

»Einverstanden«, erwiderte Benjamin und grinste hämisch. »Barney tritt gegen mich an. Aber worum wetten wir?«

»Machen Sie doch einen Vorschlag!« sagte einer aus der Gruppe zuckersüß.

Benjamins Blick fiel auf Barneys großen Spazierstock. Dieser war aus Malakkaholz, einen Meter fünfzig lang und hatte einen hübschen silbernen Griff. Kein Lakai, der als elegant gelten wollte, kam ohne ein solches Spielzeug aus. Benjamin hatte sich schon lange einen solchen Spazierstock gewünscht, aber sie waren sehr teuer, und er war, seit er die schrecklichen Spielschulden in Rochester gemacht hatte, sparsam geworden. »Um Ihren Spazierstock«, sagte er zu Barney. »Wenn ich gewinne, gehört er mir. Verliere ich, erhalten Sie von mir zehn Goldguineen.«

Die Lakaien gingen geschlossen zur Mitte des Berkeley Squares, wo Benjamin und Barney bis auf die Kniehosen alles auszogen.

Die Freunde Barneys hatten diesen noch nie unbekleidet gesehen und schauten leicht überrascht zu, als ihr Held seine Jacke auszog und unter all der Buckramwatte ein viel schmächtigerer Oberkörper zum Vorschein kam, als sie vermutet hatten. Das Bild vervollständigte sich, als Barney seine seidenen Strümpfe auszog und damit den Blick auf ein Paar falscher Waden preisgab.

Zwei elegante junge Männer bummelten zur selben Zeit über den Berkeley Square, stutzten, blieben stehen und führten ihre Monokel zum Auge.

»Eine Dienstbotenrangelei«, sagte der eine verächtlich.

Der andere studierte Benjamin genauer. »Da laust mich doch der Affe«, rief er. »Wissen Sie, wer der große, schlanke Bursche da ist? Das ist derselbe, der in Rochester Randall in die Knie gezwungen hat.«

Seine Worte verbreiteten sich wie ein Lauffeuer. Kutschen versperrten schnell den Zugang zum Berkeley Square, damit keine lästigen Polizisten auf den Gedanken kämen, den Wettkampf zu verbieten.

»Ich hätte gern noch ein bißchen Tee«, sagte Sir George. »Gunter scheint abhanden gekommen zu sein. Ach, du meine Güte, er steht ja draußen auf dem Platz, wo er etwas zu beobachten scheint, und hüpft wie ein Kobold auf und ab. Aber wo sind die anderen Gäste?« Er war von Hannahs Geschichte so gefesselt gewesen, daß er gar nicht bemerkt hatte, wie Kunden und Bedienung das Lokal verließen.

Hannah hatte ein gutes Gehör und hörte aus dem Jubel und Geschrei die Worte »Ein Boxkampf! Ein Boxkampf!« heraus. Eine Ahnung befiel sie, daß dies alles mit ihrem streitbaren Lakaien zusammenhängen könne. Aber an einem für sie so bedeutsamen Tag wie dem heutigen durfte er ihr nicht ins Gehege kommen.

»Dort drüben steht ein Topf mit heißem Wasser«, sagte sie zu Sir George. »Gestatten Sie, daß ich den Tee selbst zubereite!«

Bald war die Kanne mit frischem Tee gefüllt, und Hannah nahm die Erzählung ihrer Abenteuer wieder auf. Von Mr. Conninghams Ahnen entwarf sie ein so komisches Bild, daß sich Sir George vor Lachen kaum halten konnte. Es schien ihm, als habe er sich noch nie so köstlich amüsiert.

Benjamin ergötzte seine zahlreichen Bewunderer mit zehn schnellen Runden und streckte seinen Gegner dann fachmännisch zu Boden. Hierauf ließ er sich den wertvollen Spazierstock geben und zog seine Sachen an. Dann kehrte er zu seinem Platz vor der Konditorei zurück, wo er eine große Zuhörerschaft über die Raffinessen des Boxkampfes belehrte.

Die Konditorei füllte sich wieder, mit lauter aufgeregten Gästen, die sich über den gerade erlebten Boxkampf unterhielten. Doch Sir George schien für das alles taub zu sein. »Die Gärten von Thornton Hall sehen großartig aus, Miss Pym«, versicherte er seiner Dame. »Darf ich Sie dazu überreden, mich morgen zu besuchen?«

»Ich würde mich sehr freuen«, erwiderte Hannah, deren Herz unter dem grünen Seidenkleid hämmerte.

Sie verließen die gastliche Stätte und traten ins helle Sonnenlicht hinaus. Sir George bot Hannah den Arm und brachte sie zu seiner Kutsche. Benjamin ließ seine Zuhörer stehen und stolzierte mit seinem neuen Spazierstock zu Sir Georges Kutsche, wo er den einem Lakaien angemessenen Platz einnahm. Als sie die South Audley Street erreicht hatten, eilte er zu den Pferden und tätschelte sie, während Sir George Hannah beim Aussteigen behilflich war.

»Gerade ist mir etwas eingefallen«, sagte Sir George. »Einer meiner Freunde war vor kurzem in York und schwor Stein und Bein, daß er Mrs. Clarence auf der Straße gesehen habe.«

»In York?« rief Hannah aus.

»Wenn Sie auf Ihren Reisen York berühren sollten, begegnen Sie ihr vielleicht auch.«

Als sich Hannah von Sir George verabschiedet hatte, ging sie gedankenverloren in ihre Wohnung, ließ sich auf dem ersten besten Stuhl nieder und starrte ins Leere. »Sir George hat mir erzählt, ein Freund von ihm habe Mrs. Clarence in York gesehen. Glauben Sie, daß das stimmt, Benjamin?«

Benjamin lehnte seinen neuen Spazierstock behutsam in eine Ecke und erwiderte: »Schon möglich. Haben Sie eben daran gedacht, bald wieder zu verreisen, gnädige Frau?«

»Ich bin unschlüssig«, gestand Hannah. Mrs. Clarence, die hübsche kleine Mrs. Clarence, die mit ihrem Lakaien durchgebrannt war, war aus ihrem Leben nicht wegzudenken. Sie raffte sich zusammen. »Erklären Sie mir, woher Sie diesen Spazierstock haben! Halt! Wohin gehen Sie?«

»Zur Poststation«, erwiderte Benjamin. »Ich will mich nach dem Preis für zwei Fahrkarten nach York erkundigen.« Bevor Hannah etwas einwenden konnte, war er fort.

Allein gelassen grübelte sie bald über Mrs. Clarence und bald über Sir George nach. Sie konnte sich nicht vorstellen, daß Sir George sie je so ansehen würde, wie der Graf von Ashton Lady Deborah angeblickt hatte. Ihre Gedanken verweilten bei ihr, und sie sprach ein kurzes Gebet, in dem sie um Glück für sie flehte. Dann überließ sie sich wieder ihrem Kummer wegen Sir George.

Lady Deborah und der Graf von Ashton ritten über die Felder von Downs Abbey. Allmählich verlangsamte er das Tempo, ließ sein Pferd im leichten Trab laufen und hielt es schließlich an.

Lady Deborah brachte ihr Pferd neben ihm zum Stehen. Sie ritt im Damensattel und trug ein elegantes Reitkleid nebst dazu passendem Hut.

Er stieg vom Pferd, ging zu ihr und breitete die Arme aus, in die sie sich gleiten ließ. Ihre Pferde begannen zu grasen.

»Liebst du mich noch?« fragte er.

»Das weißt du doch«, erwiderte sie und blickte zu ihm auf.

Er küßte sie lange und leidenschaftlich. Dann sagte er: »Es trifft sich gut, daß dein Vater auf dem Heimweg ist. Wir werden uns an seinem Ankunftstage trauen lassen.«

»So eilig hast du es?« neckte sie ihn, schmiegte sich an ihn und lauschte dem regelmäßigen Pochen seines Herzens. »Und weißt du auch schon, wer meine Brautjungfer sein wird?«

»Wer denn, mein Liebling?«

»Natürlich Miss Pym.«

»Ausgezeichnet. Weiß sie schon davon?«

»Noch nicht«, erwiderte Lady Deborah. »Aber ich habe ihre Adresse und werde sie einladen. Übrigens hat mir Abigail geschrieben. Wir sollen zu ihrer Hochzeit kommen und werden das ihr zuliebe auch tun, nicht wahr?«

»Mit dir ginge ich bis ans Ende der Welt«, erwiderte der Graf, während er sie fest in seinen Armen hielt.

»Oh, das klingt hübsch«, meinte Deborah. »Du wirst es übrigens nicht glauben, aber mein Bruder fürchtet sich immer noch vor dir. Heute nacht hat er sich eingeschlichen und seine besten Sachen mitgenommen. Das behauptet Silvers jedenfalls. Ich vermute, daß er sich bei Tante Jill aufhält, von wo aus er Miss Carruthers bequem den Hof machen kann.«

»Arme Miss Carruthers!«

»Sei nicht so streng mit William! Ich vermisse ihn.«

»Sehnst du dich nach deinem freien, ungebundenen Leben zurück?«

Deborah lachte. »Wie kommst du nur auf die Idee?« Und sie küßte ihn auf eine Art, daß sich seine Sinne verwirrten.

»Nicht gleich so heftig«, sagte er schließlich, »sonst vergesse ich noch, daß wir nicht verheiratet sind, und es wäre keine Miss Hannah Pym in der Nähe, die uns zur Räson bringt.«

Benjamin folgte Hannah und Sir George am nächsten Tag im Abstand von ein paar Schritten durch die Gärten von Thornton Hall. Er vergnügte sich mit seinem Spazierstock und beobachtete entzückt, wie die Sonne den silbernen Griff funkeln ließ. Wie langweilig Gärten doch sind, dachte er schläfrig. Überall nur Blumen und Bäume und Sträucher! Aber Miss Pym schien von all dem geradezu hingerissen zu sein. Nun ja, Sir George konnte tun und lassen, was er wollte – ihr war alles recht.

Es mußte unbedingt etwas geschehen. Benjamin ließ seine schwarzen Augen auf dem Paar ruhen: Sir George elegant und weltmännisch, Hannah mit größter Aufmerksamkeit an seinen Lippen hängend.

Benjamin dachte nicht daran, seine Herrin zu verlassen. Aber er stellte sich vor, wie unbehaglich er sich fühlen würde, wenn er eines Tages mit ihr aufs Land zöge und der einzige Gesellschafter einer unzufriedenen alten Jungfer wäre. Wenn sie dagegen heiratete, würde sie in London mit all seinen Geschäften, Gasthöfen und Vergnügungsstätten wohnen bleiben. Eine hoffnungslose Hannah würde in ein Bauernhaus auf dem Land ziehen. Das bedeutete Steinfußböden, mangelnde Kanalisation, Bauerntölpel als Gesprächspartner und viel Arbeit, mit der man sich die Zeit vertrieb. Man mußte Sir George wachrütteln, damit er sich zur Heirat entschloß.

Wie die übrige feine Gesellschaft erfuhr Mrs. Courtney aus der Zeitung, daß ein gewisser Benjamin Stubbs, Lakai einer gewissen Miss Pym, die in der South Audley Street wohnte, auf dem Berkeley Square einen hervorragenden Kampf geliefert habe, nachdem er schon bei einer früheren Gelegenheit den Berufsboxer Randall in Rochester auf die Bretter gelegt hatte.

Miss Pym? Ein Lakai? Wie war es nur möglich, daß sich ein Dienstbote einen Lakaien leisten konnte? Mrs. Courtney erklärte es sich damit, daß sich Hannah von einem Mann aushalten ließ. Es war an ihr, das herauszufinden und es Sir George zu unterbreiten.

Benjamin sah sie bald die South Audley Street auf- und abgeistern, gefolgt von einer Zofe. Er ging Mrs. Courtney nach, prägte sich ein, wo sie wohnte, und wartete, bis er die Zofe allein herauskommen sah. Er ängstigte sich immer noch vor Lady Carsey, und so wollte er sichergehen, daß sie nicht von einer ihrer Freundinnen bespitzelt würden.

Er folgte Janet in einigem Abstand, wartete, bis sie in einen Laden ging, und stieß sie, als sie wieder herauskam, wie zufällig an. »Entschuldigen Sie bitte!« sagte er. »Wie konnte ich Ihnen nur weh tun?«

Janet kicherte. Dann erkannte sie in Benjamin den Lakaien der Frau, für die sich ihre Herrin so brennend interessierte. Daher war sie sofort einverstanden, als Benjamin sie zu einem Glas Ale einlud.

Er fand schnell heraus, daß Janets Herrin Courtney hieß und sich für Sir George interessierte. Benjamin flirtete mit der Zofe nach allen Regeln der Kunst, schmeichelte ihr und traktierte sie mit alkoholischen Getränken, überlegte sich aber fieberhaft, wie er daraus für Hannah einen Vorteil herausholen könne.

»Ich kann Ihnen ja ruhig die Wahrheit sagen«, begann Janet kühn. »Meine Herrin ist eine alte Katze. Sie ist wütend, weil sich Sir George zusammen mit dieser Miss Pym, die ihrer Ansicht nach weiter nichts als eine Dienerin ist, in der Öffentlichkeit gezeigt hat. Sie hat aus der Zeitung erfahren, daß Sie Miss Pyms Lakai seien, und glaubt nun, daß irgendein reicher Mann Miss Pym aushält und Sir George das wissen müsse.«

Benjamin hatte einen verrückten Einfall. »Ist sie eine eifrige Klatschbase?«

»Ja, eine übereifrige sogar«, erwiderte Janet.

»Unter uns gesagt, der Herr, der meine Miss Pym aushält, ist Sir George in eigener Person.«

»Ach du lieber Gott!« rief Janet.

»Sie verbreiten einen Geruch wie eine Brauerei«, schimpfte Mrs. Courtney, als ihre Zofe zurückkehrte.

»Aus gutem Grund«, erwiderte Janet und mußte aufstoßen. Sie berichtete alles, was sie von Benjamin gehört hatte. Mrs. Courtney starrte sie mit offenem Mund an, verlangte das gewisse Büchlein und strich den Namen Sir Georges sorgfältig durch. Sir George hatte es gewagt, zu ihr, Mrs. Courtney, unhöflich zu sein, indem er vor ihr in den Park flüchtete! Das sollte er ihr büßen! Und darüber ließ sich herrlich tratschen. Das würde den schönsten Klatsch geben. »Sie sind ein Juwel, Janet«, sagte sie und fügte in einer Anwandlung von Sentimentalität hinzu: »Und eine wirkliche Freundin.«

Während Hannah traurig ihre Koffer für die weite Reise nach York zu packen begann, weil Mrs. Clarence gefunden werden mußte und Sir George von ihr, Hannah, offenbar noch weitere Schilderungen von Abenteuern erwartete, verbreitete sich ein bestimmtes Gerücht wie ein Lauffeuer in ganz London. Es sollte Sir George nicht eher zu Ohren kommen, als bis Hannah unterwegs war.

Benjamin hörte von anderen Dienern in der Kneipe »Der eilige Lakai«, was es Neues gab, und rieb sich die Hände.

Sir George würde Miss Pyms guten Ruf mit einer bestimmten Handlung wieder herstellen müssen...

Unterwegs ins Glück

Aus dem Englischen
von Claudia Rackwitz

1

Hannah erwachte mit heftigem Herzklopfen. Ihr Traum war so echt gewesen, so lebhaft, daß sie ein paar Augenblicke ganz still dalag, während ihre Augen langsam in dem gut möblierten Schlafzimmer, das schon vom Licht der Morgendämmerung erleuchtet war, umherwanderten und sich davon überzeugten, daß sie sich nicht in ihrem alten Zimmer in Thornton Hall befand.

Sie kletterte aus dem Bett und begann sich eilig anzuziehen, dabei aber noch mit ihrem Traum beschäftigt. Darin war ihr von ihrem verstorbenen Herrn keine Erbschaft hinterlassen worden, hatte sie keine Abenteuer in Postkutschen erlebt oder einen Lakaien angestellt und diese elegante Wohnung im Londoner Westend erworben. In ihrem Traum war sie wieder Hannah Pym gewesen, die Haushälterin im schwarzen Kleid, mit dem Schlüsselbund am Gürtel. In ihrem Traum war auch die Frau ihres verstorbenen Herrn vorgekommen: Mrs. Clarence, die hübsche, lachende Mrs. Clarence, gerade als wäre sie nie mit einem Lakaien durchgebrannt; sie rief: »Kommen Sie, Hannah, wir haben eine Menge zu tun. Stellen Sie sich bloß vor, Sir George heiratet zu guter Letzt doch noch! Und wir haben ihn alle für einen überzeugten Junggesellen gehalten!«

Hannah schüttelte sich wie ein Hund, als wollte sie ihren Traum von sich schütteln. Es war alles Vergangenheit. Jetzt befand sie sich in der Gegenwart und war dabei, sich auf eine neue Reise zu machen, dieses Mal nach York. Denn Sir George Clarence hatte ihr erzählt, daß ein Freund von ihm Mrs. Clarence vor kurzem in York gesehen habe, und das war in Verbindung mit dem Wunsch, Sir George mit Geschichten von weiteren Abenteuern zu erfreuen, für sie ein Grund, wieder auf Reisen zu gehen. Hannah glaubte, Sir George werde sie niemals lieben können: Ihre gesellschaftliche Stellung war zu verschieden. Obgleich sie jetzt eine finanziell unabhängige Frau war, hatte sie Sir George als die Haushälterin seines Bruders kennengelernt. Aber ihre Erzählungen von ihren Reisen in der Postkutsche gefielen ihm, und Hannah glaubte beinahe selbst daran, daß ihr ein paar kostbare Augenblicke seiner Gesellschaft genügten. Außerdem mußte sie auf Mrs. Clarence bedacht sein, die so gut zu ihr gewesen war. Sie wußte womöglich noch nichts vom Tod ihres Gatten, wußte vielleicht noch nicht, daß sie jetzt frei war und den gutaussehenden Lakaien, mit dem sie weggelaufen war, heiraten konnte.

»Benjamin!« rief Hannah ihren eigenen Lakaien, der im Nebenzimmer schlief, und bekam die gedämpfte Antwort: »Ich komme, gnädige Frau.«

Andere Diener hatte Hannah nicht. Benjamin hatte sie auf einer früheren abenteuerlichen Fahrt vor dem Henker gerettet, und er war ihr seitdem treu ergeben. Viele, die Hannah, die magere Frau mit der gebogenen Nase, in Begleitung ihres hochgewachsenen livrierten Lakaien sahen, nahmen an, daß sie ein Haus voller Diener hatte, denn nur reiche Leute konnten sich Lakaien leisten.

»Kommen Sie, Benjamin«, rief Hannah, die fürchtete, er sei wieder eingeschlafen. »Die Kutsche fährt um halb sieben, und wir müssen eine Droschke nehmen, die uns nach Holborn bringt.«

»Ich hab' sie schon gestern abend bestellt«, rief Benjamin.

Hannah beendete ihre Toilette, setzte sich den Hut auf den Kopf und eilte ins Wohnzimmer, wo Benjamin in Hemdsärmeln das Frühstück bereitete. »Lassen Sie«, fauchte sie ihn an. »Die Droschke ist jeden Moment da. Wir frühstücken unterwegs.«

Benjamin murmelte etwas vor sich hin und trollte sich, um

seine neue Perücke aus gesponnenem Glas aufzusetzen und die Livree anzuziehen, die er in der Monmouth Street aus zweiter Hand gekauft hatte. Sie bestand aus einem roten Plüschjackett, das geradezu lächerlich mit goldenen Epauletten und Stickereien herausgeputzt war, einer roten Kniehose aus Plüsch und einem Rüschenhemd. Er griff hastig nach seinem Spazierstock mit dem silbernen Knauf und verkündete zur gleichen Zeit, daß man den Droschkenkutscher von draußen rufen höre, er sei da.

Als sie am Gasthof, von dem die Kutsche wegfahren sollte, angekommen waren, bezahlte Benjamin den zuvor vereinbarten Fahrpreis von zwei Schilling. Der Kutscher forderte prompt fünf Schilling, warf seinen Hut zu Boden und sagte, er wolle mit Benjamin darum kämpfen. Hannah befahl ihm, sich fortzumachen, sonst werde sie den Wächter rufen, und zog Benjamin zur Postkutsche nach York.

Sie stand mit vier Braunen bereit, die sich unruhig in ihrem Geschirr hin und her bewegten, die Mähnen schüttelten und die Morgenluft schnupperten. Stallknechte, die durch die Zähne pfiffen, striegelten ihnen die Flanken noch ein letztes Mal auf Hochglanz. Vor einer Tür unterhielt sich der Kutscher Tom Tapton, der sich schmeichelte, ein Casanova zu sein, mit einem hübschen Hausmädchen, das noch die papierenen Lockenwickler im Haar trug. Die Stallknechte begannen, das Gepäck im Gepäckkorb zu verstauen. Er schien unersättlich zu sein und verschlang alles, was man in ihn warf. Benjamin erhielt die Erlaubnis, im Inneren der Kutsche statt mit den Außenpassagieren auf dem Dach zu reisen. Ein magerer Mann kletterte herein und nahm seinen Sitzplatz ein. Seine Augen waren blaßblau und blieben neugierig an Hannah hängen, um sich dann Benjamin zuzuwenden.

Da hörte man großen Lärm. Hannah, immer neugierig, ließ das Fenster herab und blickte hinaus. Eine schlanke weibliche Gestalt stand wartend da, während ihr Gepäck in den Korb verladen wurde. Um sie herum ertönten Beleidigungen.

»Ich frage mich, ob ihre Frauen auch Frösche essen«, sagte ein Stallknecht.

»Das kann man bei den Franzmännern nie wissen«, höhnte ein anderer. »Sie haben schmutzige Sitten. Man sollte sie umbringen wie Ratten.«

Das empfindsame Gesicht des Mädchens war blaß. Hannah nahm an – und sie hatte damit recht –, daß sie Französin sei und den franzosenfeindlichen Knechten des Gasthofes als Zielscheibe diente. Sie stieg aus der Kutsche und hielt dabei ihren Schirm wie einen Knüppel in der Hand. »Reisen Sie allein?« fragte sie das Mädchen.

Das Mädchen warf ihr einen Blick zu, der halb verschreckt, halb bittend war. »Ja, Madame.«

»Nach York?«

»Ja.«

»Dann wäre es besser, Sie hätten eine Anstandsdame bei sich. Sie sind Französin?«

Ein schüchternes Nicken.

»Kommen Sie mit! Sie brauchen Schutz.« Hannah half der jungen Dame in die Kutsche und zu einem Sitzplatz neben ihr. »Ich bin Miss Hannah Pym«, sagte sie und streckte ihr dabei die Hand hin, »und das ist mein Lakai Benjamin.«

Das Mädchen nahm Hannahs Hand und schüttelte sie. »Merci«, sagte sie leise. »Ich bin Miss Yvonne Grenier. Ich...« Ihre Augen fielen auf den mageren Mann und wurden vor Schreck ganz groß.

Er lächelte und entblößte dabei gelbe, den Fängen eines Raubtiers ähnliche Zähne. »Ich bin Mr. Smith«, sagte er.

Hannah spürte, wie sich Yvonne beim Klang von Mr. Smiths englischen Worten entspannte. Was hatte sie erwartet? Einen Franzosen? Hannahs Neugier ließ ihre seltsamen, wie Opale schillernden Augen von Blau zu Grün wechseln.

Und dann geschah etwas so Wundervolles, daß Hannah ihre Mitreisenden vollkommen vergaß. Denn wer da vor dem Kutschenfenster stand und hereinlächelte, war Sir George Clarence. Wieder stieg Hannah aus der Kutsche, errötend wie ein junges Mädchen.

In der Kutsche saß Benjamin und kaute an seinen Fingernägeln. Er wußte von der Liebe seiner Herrin zu Sir George und hatte etwas unternehmen wollen, um eine Romanze in die Wege zu leiten. Deshalb hatte er, als Mrs. Courtney, eine der einflußreichsten Londoner Klatschbasen, ihre Zofe schickte, damit sie über Hannah Erkundigungen einziehe, weil Mrs. Courtney glaubte, sie sei Sir Georges Geliebte, und dies bestätigt haben wollte, diese Bestätigung freudig gegeben. Er hoffte, daß der böse Klatsch Sir George zwingen werde, Hannah einen Heiratsantrag zu machen, oder ihn immerhin zu zärtlicheren Gedanken als bloße Freundschaft bewog. Jetzt sorgte sich Benjamin, daß er wohl verrückt gewesen sein müsse. Derartiger Klatsch schlug Sir George womöglich ganz und gar in die Flucht. Vielleicht war er gekommen, weil er davon gehört hatte und sich dagegen verwahren wollte. Als Benjamin jedoch aus dem Fenster schaute, sah er, daß das Paar ausgesprochen freundlich miteinander plauderte.

»Wie liebenswürdig von Ihnen, zu dieser nachtschlafenden Stunde zu kommen, um auf Wiedersehen zu sagen«, bedankte sich Hannah schüchtern.

»Ich werde Sie vermissen«, sagte Sir George, und Hannah wurde ganz schwach vor Glück. »Ich freue mich schon jetzt darauf, bei Ihrer Rückkehr von Ihren Abenteuern zu hören. Ich habe Ihnen ein paar Kleinigkeiten für die Reise mitgebracht.« Er überreichte ihr eine viereckige Schachtel.

Hannah stammelte ihren Dank.

»Einsteigen«, rief der Kutscher.

»Auf Wiedersehen«, sagte Hannah und streckte Sir George die Hand hin. Er zog schwungvoll den Hut, neigte den Kopf und küßte ihre Hand.

Hannah schwebte wie auf Wolken in die Kutsche und nahm ihren Platz ein. Tränen des Glücks standen ihr in den Augen.

Der Wächter blies eine Fanfare, und die Kutsche fuhr unter heftigem Schwanken los.

»Was ist das?« fragte Benjamin und blickte neugierig auf die Schachtel in Hannahs Schoß.

»Ein Geschenk von Sir George.«

»Öffnen Sie es«, bat Benjamin.

Hannah knüpfte die Seidenschleife auf, die um die Schachtel gebunden war, und verstaute sie sorgfältig in ihrer Handtasche. Dann hob sie den Deckel von der Schachtel. Diese enthielt eine kleine Flasche Rosenöl, einen Seidenschal in allen Farben des Regenbogens, einen kleinen Fächer mit Elfenbeinstäbchen und einen Reiseführer von York.

Hannah entkorkte die Rosenölflasche und tupfte sich ein paar Tropfen hinter die Ohren. Sie schlang sich den Schal um den Hals und übergab dann die Schachtel mit dem Führer und dem Fächer Benjamin zur Aufbewahrung.

Benjamin war befriedigt. Er hatte sich schon Sorgen gemacht, daß Sir George womöglich Verdauungspülverchen oder eine Wolldecke oder etwas dergleichen Trübseliges als Geschenk gewählt haben könnte.

Die Kutsche rumpelte durch Smithfield, wo sie zum Stehen kam, weil sie plötzlich von Kühen, die auf dem Weg zum Markt waren, umgeben war.

Sie saßen da und hörten das Muhen des Viehs und die Rufe des Wächters, der den Postkutscher drängte, »ihnen Beine zu machen«, worauf der Kutscher erwiderte, er habe noch nie einem Tier die Peitsche gegeben.

Dann ging es wieder weiter, und bald waren sie im berühmten Gasthof zum Pfauen in Islington mit seinen Fachwerkmauern, seinen drei Stockwerken, die auf der Vorderseite eines über das andere vorsprangen, und seinem Verandadach, das von Karyatiden getragen wurde. Vor dem alten Gasthof standen etwa zwanzig Kutschen. Es herrschte ein solcher Lärm, daß Hannah ganz taub wurde. Kellner kamen mit Tabletts voller Gläser mit Rum und Milch heraus. Benjamin und Hannah tranken dankbar ihr Glas, denn es war noch früh am Morgen, und die Kutsche war kalt, aber sowohl Yvonne als auch Mr. Smith lehnten ab.

Weiter rollten sie, und bald begann der Anstieg nach Highgate. Die Sonne schien in all ihrer Pracht von einem blauen Himmel herab, und hinter ihnen schlief London noch unter einer Dunstwolke.

Hannah wurde allmählich hungrig. Sie wußte, daß der nächste Pferdewechsel in Barnet geplant war, und hoffte, daß sie dort frühstücken konnten. Aber als sie in Barnet ankamen, mußte man erfahren, daß es erst in Enfield Chase Frühstück gab. Es wurde Branntwein mit heißem Wasser serviert, und dieses Mal nahmen Yvonne und Mr. Smith eine Erfrischung zu sich. Hannah, die einen Seitenblick auf ihre französische Gefährtin warf, bemerkte, daß Yvonnes Gesicht durch das heiße Getränk immerhin ein wenig Farbe angenommen hatte. Sie mußten eine ganze Weile warten, weil Tom Tapton, dieser Don Juan der großen Straße nach Norden, mit einem Serviermädchen schäkerte. Seinen Biberhut hatte er dabei verwegen in den Nacken geschoben, seinen Blick gelegentlich auf sein nächstes Gespann richtend, das ungeduldig in den Zugriemen stampfte, vor allem aber auf das Mädchen, das anbetend zu ihm aufschaute.

Endlich rief er: »Herrschaften, nehmen Sie Ihre Plätze ein«, als sei die ganze Gesellschaft aus der Kutsche gestiegen, und kletterte selbst lässig auf den Bock hinauf. Als sie gerade drauf und dran waren abzufahren, öffnete sich die Tür der Postkutsche noch einmal, und ein großer Mann stieg ein und setzte sich zwischen Benjamin und Mr. Smith.

Hannah warf einen Blick auf den Neuankömmling und faßte ihn dann genauer ins Auge.

Es handelte sich um eine imponierende Gestalt, über einsachtzig groß. Er hatte dickes kastanienbraunes Haar unter einem Hut mit breiter Krempe, silbergraue Augen und eine stolze Nase. Mund und Kinn kündeten von Entschlußkraft. Seine Kleidung war einfach, aber es entging Hannah nicht, daß sie von der Hand eines der feinsten Londoner Schneider angefertigt sein mußte. »Ich hoffe, ich habe Sie nicht warten lassen«, sagte er in einem leichten, angenehmen Tonfall.

»Ich glaube, unser Romeo von einem Kutscher hätte uns in jedem Fall warten lassen«, erwiderte Hannah sarkastisch. »Wenn er vorhat, mit jedem Frauenzimmer an der Straße seine Zeit zu vertändeln, werden wir unser Ziel nie erreichen.«

»Ach, wer kann schon einem hübschen Mädchen widerstehen«, meinte der Neuankömmling. Er lächelte Yvonne an, die leicht zusammenzuckte und zu Hannah hinrückte. »Erlauben Sie, daß ich mich vorstelle. Mein Name ist Giles.«

Die anderen stellten sich ebenfalls einer nach dem anderen vor.

»Eine Französin«, rief Mr. Giles, die Augen auf Yvonne gerichtet, und fing munter an, französisch zu parlieren.

Yvonne rang nach Luft und sagte: »Ich bitte Sie, Sir, sprechen Sie englisch mit mir. Ich brauche Übung.«

»Selbstverständlich. Reisen Sie allein, Miss Grenier?«

»Nein«, erwiderte Hannah schnell, »Ich bin Miss Greniers Gefährtin. Wir reisen zusammen.«

Mr. Smith war offensichtlich erstaunt. »Ich würde schwören, daß Sie einander erst vor dem Gasthof kennengelernt haben!«

Unter dem Schutz ihres Umhangs suchte Yvonnes kleine Hand nach der Hannahs und drückte sie fest.

»Ich weiß nicht, was Ihnen diesen Eindruck vermittelt hat, Sir«, sagte Hannah. »Wir waren an der Poststation in Holborn miteinander verabredet.«

»Aber sie hat sich Ihnen doch in der Kutsche vorgestellt«, widersprach Mr. Smith.

»Ich habe nach ihr Ausschau gehalten, weil ich ihr persönlich noch nicht begegnet bin«, sagte Hannah sanft. »Sie ist auf Bitten ihrer Familie in meiner Obhut.«

»Ein höchst unenglischer Charakterzug, ein solches Interesse an Ihren Mitreisenden an den Tag zu legen, Mr. Smith«, bemerkte Mr. Giles.

Die blassen Augen wandten sich ihm zu. »Ich bin so englisch wie Roastbeef«, sagte Mr. Smith.

»Aber da Sie so neugierig sind«, fuhr Mr. Giles fort, »will ich Ihnen eine Freude machen. Was mich betrifft, so reise ich nach York, um einen Verwandten zu besuchen. Was haben Sie vor, Mr. Smith?«

»Ich fahre ebenfalls nach York, um einen Besuch zu machen«, sagte Mr. Smith übelnehmerisch. Er zog ein Büchlein aus der Tasche und begann zu lesen.

Mr. Giles zuckte kaum merklich die Achseln. »Und Sie, Miss Pym? Man begegnet nicht oft einer Dame mit einem livrierten Lakaien in der Postkutsche.«

»Ich reise um des Reisens willen«, sagte Hannah.

»In einer Postkutsche?«

»Warum nicht, Sir? Es ist eine preiswerte und bequeme Art zu reisen.«

»Wirklich? Ich selbst würde, wenn ich das Geld hätte, eine gutgefederte eigene Reisekutsche bevorzugen, mit sechs erstklassigen Zugpferden. Und Sie, Miss Grenier, reisen Sie auch zum Vergnügen?«

»Ja«, erwiderte Hannah schnell. »Ich habe Ihnen doch gesagt, daß sie mit mir reist.« Sie öffnete die Schachtel, die ihr Sir George gegeben hatte, holte den Reiseführer heraus und begann zu lesen. Aber sie nahm kaum ein Wort in sich auf. Was veranlaßte Yvonne zu dieser Reise, und warum war sie so ängstlich? In Frankreich war die Revolution noch nicht vorbei, aber in England hatte sie nichts zu befürchten. War sie erst vor kurzem aus Frankreich hierhergekommen? Ihr Englisch hatte zwar einen Akzent, war aber sehr gut. Hannah fragte sich auch, was sie von Mr. Giles halten sollte. Sein Auftreten und die Ungezwungenheit seiner Manieren erwiesen ihn als Mann, der es gewohnt war zu befehlen.

Die Kutsche hielt in Enfield Chase, und die Passagiere kletterten mit steifen Gliedern ins Freie.

Hannah nahm Yvonnes Arm, als sie auf den Gasthof zugingen, und sagte kameradschaftlich: »Sie werden sich gleich besser fühlen, wenn Sie etwas gegessen haben, Miss Grenier. Es geht nichts über ein gutes englisches Frühstück. Ich will mich ja nicht in Ihre Angelegenheiten mischen, aber ich möchte Sie doch daran erinnern, daß Sie in einem freien Land sind. Hier droht Ihnen keine Gefahr.« Außer, dachte sie ärgerlich, als sie um den runden Frühstückstisch Platz genommen hatten und den bewundernden Blick sah, den Mr. Giles Yvonne zuwarf, von seiten dieses Don Juans.

Yvonne war sehr hübsch. Sie hatte ein ovales Gesicht und große haselnußbraune Augen, die von dichten Wimpern eingefaßt waren. Ihr Mund war klein und voll, und sie machte den Eindruck von Anmut, Zartheit und Verletzlichkeit.

Benjamin schien Yvonnes Wohlergehen ebenfalls am Herzen zu liegen, und er ließ die Kellner springen, damit sie Hannah und Yvonne vor den anderen Passagieren bedienten.

»Ich kenne Sie«, sagte Mr. Giles plötzlich und blickte dabei Benjamin an, der hinter Hannahs Stuhl stand. »Sie sind der Bursche, der Randall in Rochester bezwungen hat. Da habe ich Sie zwar nicht erlebt, aber ich habe Sie einen Boxkampf mitten auf dem Berkeley Square bestreiten sehen.«

»Warum haben Sie auf dem Berkeley Square geboxt?« fragte Yvonne Benjamin.

»Weil die verdammten Hunde von Lakaien mich dazu gebracht haben«, erwiderte dieser.

»Jetzt ist es aber genug«, befand Hannah entschieden. »Sie können jetzt gehen und selbst frühstücken, Benjamin.«

Der Lakai schlenderte in den Raum, in dem der Kutscher und der Wächter speisten.

»Was hat er gesagt?« fragte Yvonne.

»Oh, das ist eine lange Geschichte.« Hannah bestrich ihren

Toast mit Butter. »Er ist ein Spieler, und in Rochester hat er viel Geld verloren und sich deshalb auf einen Boxkampf eingelassen, dessen Preisgeld es ihm ermöglicht hat, seine Schulden zu bezahlen. Von dem Kampf auf dem Berkeley Square weiß ich nichts, will auch nichts davon wissen. Benjamin ist ziemlich ... ungewöhnlich.«

»Und natürlich sind Sie *die* Miss Pym«, sagte Mr. Giles.

»Wo haben Sie von mir gehört?«

»Der Bericht vom Boxkampf auf dem Berkeley Square stand in den Gesellschaftsspalten, Miss Pym. Man schrieb, Sie seien Benjamins Herrin. Ich glaube, Sie sind auch eine Freundin von Sir George Clarence.«

»Sie sind bemerkenswert gut informiert, Mr. Giles«, fuhr ihn Hannah an. »Kann ich jetzt in Ruhe frühstücken?«

Er lächelte und lehnte sich in seinem Stuhl zurück. Was für ein Gerücht hatte er erst neulich gehört? Daß Sir George sich eine Mätresse genommen habe und daß diese Mätresse Miss Pym sei, die stolze Herrin des boxenden Lakaien. Er betrachtete Hannah, ihre magere Gestalt, die seltsamen Augen, das rotblonde Haar und die gediegene Garderobe, und beschloß bei sich, daß an dem Klatsch nichts war. Er konnte sich nicht vorstellen, daß Miss Pym das Zeug zu einer Mätresse hatte.

Hannah beendete ihre Mahlzeit und machte sich auf den Gang zu dem Häuschen hinter dem Gasthof.

»Hinter dem Gasthof ist ein sehr hübscher Garten. Ich habe ihn gesehen, als wir ankamen«, sagte Mr. Giles zu Yvonne. »Hätten Sie Lust, sich die Füße zu vertreten, bevor die Kutsche weiterfährt?«

»O ja«, meinte sie.

Zusammen traten sie ins Freie und dann durch ein kleines Tor. In dem Garten blühten frühe Rosen, und im Rasen, der mit Gänseblümchen getupft war, suchten Amseln nach Würmern. Yvonne stieß vor Freude einen Seufzer aus, nahm den Schal von ihren Schultern und legte ihn sich über den Arm.

»Eine kleine Oase des Friedens«, sagte Mr. Giles. Er wollte Yvonne fragen, wann sie aus Frankreich gekommen sei, entschied sich dann aber anders. »Ich wundere mich über Ihre Freundin Miss Pym«, fuhr er fort. »Über solche Entfernungen nur zum Vergnügen zu reisen!«

»Ich kann es verstehen«, erwiderte Yvonne und blickte sich um. »Man ist hier so weit von allem entfernt. Es ist so friedlich.«

»So weit von den Schinderkarren und der Guillotine«, rief er, aus irgendeinem Grund ärgerlich. »Wissen die Narren, die nach Freiheit und Gleichheit rufen, was für eine Hölle sie in Bewegung gesetzt haben? Ob sie wohl nachts noch schlafen können? Was meinen Sie?«

Sie schrak zurück, eine Hand am Mund.

»Verzeihen Sie mir«, murmelte er schnell.

Aber sie lief schon davon.

Er verfluchte sich für seine Taktlosigkeit und schnitt mit seinem Taschenmesser zwei rote Rosen ab. Dann ging er langsam zum Gasthof zurück, wo er eine Hannah und eine Yvonne überreichte.

»Vielen Dank, Sir«, sagte Hannah, während ihre scharfen Augen von seinem reuigen Gesicht zu Yvonnes weißem glitten.

»Meine Damen und Herren, nehmen Sie Ihre Plätze ein!« ertönte die Aufforderung des Kutschers.

Hannah beschloß, die nächste Etappe ihrer Fahrt damit zu verbringen, an Sir George zu denken und in seinen Geschenken zu schwelgen. Die Sorgen um Yvonne wollte sie sich für den Abend aufheben. Sie vergegenwärtigte sich Sir George, wie er vor der Kutsche gestanden, den Hut gezogen und ihr die Hand geküßt hatte.

Während sie Meile um Meile dahinrollten, wandten sich ihre Gedanken wieder Yvonne zu. Auf dieser Reise würde sie keine Ehe stiften, wie es ihr auf den vorhergehenden gelungen war. Die Vorstellung, die scheue Yvonne mit dem großen, gutaussehenden und selbstsicheren Mr. Giles zu verkuppeln, entlockte Hannah ein Lächeln. Es war zwar traurig, aber ganz offensichtlich, daß Mr. Giles Yvonne Angst machte.

Die Kutsche hielt an einem Gasthof am Straßenrand an, und die Fahrgäste stiegen aus. Die Kunde, daß der Fluß Ouse wie üblich Hochwasser führte und eine halbe Meile der Straße, die vor ihnen lag, überschwemmt hatte, drang zu ihnen durch. Man würde ein zusätzliches Paar Pferde vorspannen müssen.

Die Gesellschaft wurde in den Gasthof gebeten. Als man gegessen und getrunken hatte und auf die Kutsche wartete, sagte Yvonne, sie wolle hinausgehen und sich die Überschwemmung ansehen. Mr. Smith stand auf der Stelle auf und sagte, er wolle sie begleiten. Das Paar entfernte sich.

»Ich kann nicht das Geringste von der Überschwemmung sehen«, sagte Yvonne.

»Dafür werden Sie bald Ihren Vater sehen, Mademoiselle«, erwiderte Mr. Smith. Er hatte französisch gesprochen.

Yvonne stieß einen leisen Schrei aus und blickte zu ihm auf, die Augen vor Angst weit geöffnet.

Er packte sie am Arm, da sie sonst davongelaufen wäre, und zischte, immer noch in schnellem Französisch: »Sie kennen mich wohl nicht? Ich bin Monsieur Petit.«

Jetzt wurde Yvonne grau im Gesicht. Es gab nur einen Monsieur Petit, und das war Monsieur Jacques Petit, der erbarmungsloseste Untersuchungsrichter von Paris.

2

Wie ein böser Nebel krochen all die Schrecken der Revolution an Yvonne hoch. Die idyllische englische Landschaft, der fröhliche Lärm aus dem Gasthof hinter ihr, der ganze Gegensatz zwischen ihrer augenblicklichen Umgebung und der Hölle, die Paris war, ließen sie ihre Furcht noch deutlicher spüren. »Sie können mir hier nichts antun«, flüsterte sie. »Sie haben hier keine Macht.«

»Ich will Ihnen nichts antun«, sagte er. »Im Gegenteil, ich bin entzückt, Ihre Bekanntschaft zu machen, denn ich reise nach York, um Ihren Vater aufzusuchen.«

»Um ihn zu töten!« rief Yvonne.

»Ich besuche ihn auf seine Bitte.«

»Wirklich?«

»Ich versichere Ihnen«, meinte er aalglatt, »daß ich die Wahrheit sage.«

»Aber er hat gegen Sie gearbeitet und gegen alles, wofür Sie stehen.«

»Stimmt.« Er nahm eine Prise Schnupftabak. »Aber er hat seine Fehler eingesehen, und da er einer der Helden unserer glorreichen Revolution war, wünschen wir uns natürlich, daß er nach Paris zurückkehrt.«

»Er dachte, er wirke an der Erschaffung einer neuen Welt mit«, sagte Yvonne bitter, »einer Welt der Freiheit. Und als der Terror begann, tat er, was er konnte, um den Menschen zur Flucht aus Frankreich zu verhelfen, und ich... ich bin stolz auf ihn.«

»Es war ein Verbrechen, daß er Aristokraten half, der Guillotine zu entgehen.« Monsieur Petit ließ seine Blicke ruhig über das Land schweifen, das Napoleon erobern wollte.

»Aristokraten!« wandte sich Yvonne heftig gegen ihn. »Aristokraten! Das möchten Sie den Leuten weismachen. Aber es sind nur wenige Aristokraten guillotiniert worden, verglichen mit der Menge ganz gewöhnlicher anständiger Leute. Unser Nachbar konnte seine Metzgerrechnung nicht zahlen, und so brachte er den armen Metzger vor das Tribunal und behauptete, er plane eine Verschwörung gegen die Revolution. Und ihr habt den Metzger hingerichtet, worauf der Nachbar lachte und sagte, jetzt habe er eine Rechnung weniger, die ihm Sorgen bereite. Die

Leute, denen mein Vater geholfen hat, waren gewöhnliche Bürger wie er auch.«

»Nichtsdestoweniger«, erklärte Monsieur Petit, »wünscht er mich zu sehen.«

»Ich kann Ihnen nicht glauben.« Yvonne blickte sich in höchster Erregung um.

»Aber Sie werden doch Ihrem Vater glauben?«

»Selbstverständlich.«

»Dann sehen Sie sich diesen Brief an.«

Yvonne faltete den Bogen Papier auseinander. Ihr Vater schrieb, er habe nur einen Wunsch, nämlich für die Revolution zu arbeiten und seinem guten Freund Monsieur Petit zu helfen. Sie starrte entsetzt auf das Blatt und fragte sich, ob die furchtbaren Ereignisse der Revolution ihren Vater um den Verstand gebracht hatten. Sie gab Monsieur Petit den Brief schweigend zurück.

»Sie sehen also, Mademoiselle«, meinte er, »daß Sie in Gefahr sind. Wenn Sie mich verraten, verrate ich Sie ebenfalls. Sie sind die Tochter von Claude Grenier.«

»Aber er ist kein Spion«, widersprach Yvonne. »Warum sollte er von den Engländern etwas zu befürchten haben?«

»Weil, mein Unschuldsengel, viele Freunde des Königs von England durch die Revolution ihr Leben verloren haben. Glauben Sie mir, Sie und Ihr Vater würden in das nächste Gefängnis gesteckt werden. Und lassen Sie sich von der scheinbaren Freundlichkeit dieser Engländer nicht verführen. Hinter ihrer Fassade sind sie wilde Tiere. Und diese Miss Pym ist für Sie eine Fremde, das weiß ich. Lassen Sie es dabei bewenden, sonst wird es Ihnen schlecht ergehen.«

»Die Kutsche fährt ab!« ertönte es vom Gasthof.

Yvonne lief zurück. Sie fühlte sich elend und fragte sich, was sie tun sollte. Es war richtig, daß sich ihr Vater mit aller Kraft für die Revolution eingesetzt hatte, bevor die Hölle losgebrochen war. Er hatte Fluchtwege aus Frankreich geplant für den Fall, daß er und seine Mitverschwörer sie benutzen mußten. Aber letztlich hatte er sie dann benutzen müssen, um Freunden und Verwandten zu helfen, der Guillotine zu entkommen. Er sagte, er sei nur froh, daß seine Frau, Yvonnes Mutter, an Schwindsucht gestorben sei, bevor die Schrecken der Guillotine begonnen hätten, und daß sie nicht mehr das unwiderrufliche Ende aller ihrer Hoffnungen auf ein neues Frankreich erlebt habe.

Vor zwei Jahren hatte er Yvonnes Flucht in die Wege geleitet, und sie hatte seither bei einer französischen Emigrantenfamilie in London gelebt. Dann hatte er ihr geschrieben, daß er jetzt ebenfalls in England sei und in York wohne. In dem Brief bat er sie, bei ihm zu leben.

Hannah blickte Yvonne aufmerksam an, als sie in die Kutsche stieg. Das Mädchen sieht völlig verängstigt aus, dachte sie erstaunt und warf Mr. Smith einen wütenden Blick zu. Sie nahm an, daß Mr. Smith versucht hatte, sich trotz seines Alters und weißen Haares dem Mädchen zu nähern, und beschloß, der jungen Yvonne einige Warnungen vor fremden Männern mit auf den Weg zu geben, sobald sie in ihrem Nachtquartier angekommen waren.

Mr. Giles blickte Yvonne unter schläfrigen Lidern an, aber er sagte nichts und bekundete keine Neigung mehr, ihr seine Aufmerksamkeit zu widmen. Hannah fand, daß ihr die Atmosphäre in der Kutsche gar nicht behagte. Sie hatte etwas Bedrohliches an sich. Sie warf Mr. Smith mißtrauische Blicke zu, aber der lächelte einschmeichelnd zurück und holte sein Büchlein heraus.

Bald darauf fuhr die Kutsche ins Hochwasser hinein. Zuerst war es aufregend, aus dem Fenster zu blicken und auf beiden Seiten eine glänzende Wasserfläche zu sehen. Aber dann wurde das Wasser tiefer und floß in die Kutsche. Glücklicherweise stieg die Straße an, und gegen Abend erreichte man Stilton. Der dortige Gasthof zum Engel wurde seinem Ruf als gute Poststation in jeder Weise gerecht. Die müden Reisenden wurden in Zimmer geführt, in denen große Kaminfeuer brannten.

Hannah teilte sich ein Zimmer mit Yvonne, Benjamin mit Mr. Smith, obgleich sich besagter Herr dagegen verwahrt hatte, ein Zimmer mit einem Diener zu teilen. Mr. Giles hatte es rätselhafterweise geschafft, das größte und beste Zimmer ganz für sich allein zu bekommen.

Yvonne saß vor dem Feuer.

»Wo haben Sie Englisch gelernt?« fragte Hannah.

»Ich hatte eine englische Gouvernante, als ich klein war«, erwiderte Yvonne, »und während meiner zwei Jahre in London habe ich mir mit französischem Unterricht ein wenig Geld verdient. Die englischen Damen haben von mir Französisch gelernt, und ich habe mein Englisch vervollkommnet, indem ich ihnen zugehört habe.«

»Wo haben Sie dieses Kleid her?« fragte Hannah weiter und bewunderte Yvonnes Kleid aus besticktem Musselin. Es war nicht das Material, sondern der Schnitt und die Machart, die es außergewöhnlich machten.

»Ich habe es mir selbst genäht. Das Nähen ist eine meiner wenigen Fähigkeiten.« Yvonne lächelte bedauernd. »Sehen Sie, wir waren alle so fest entschlossen, nach der Revolution gleich zu sein. Keine Schmarotzer mehr, nicht einmal unter den Damen. Und so kam ich als ziemlich kleines Mädchen als Lehrling zu einer Schneiderin.«

»Das war aber *vor* der Revolution«, sagte Hannah scharf. »Ihre Familie wußte also, daß es dazu kommen würde, und war darauf vorbereitet. Sagen Sie niemand, daß Ihr Vater für die Revolution gearbeitet hat.«

»Wie hätten wir uns vorstellen können, was geschehen würde?« rief Yvonne leidenschaftlich aus. »Wir wollten das neue Frankreich schaffen, in dem alle genug zu essen hatten und keiner mehr verhungerte. Wie hätten wir uns das Blutvergießen, die Schinderkarren, die Köpfe in Körben vorstellen können?« Sie begann zu weinen.

Hannah legte den Arm um ihre Schultern. »Ist ja gut«, machte sie ihr Mut, »das haben Sie jetzt alles hinter sich. Was haben Sie denn noch zu befürchten? Sie sind doch in England!«

Yvonne brachte ein tränenreiches Lächeln zustande. »Und das löst alle Probleme?«

»Natürlich. Was hat Mr. Smith zu Ihnen gesagt, daß Sie in solche Aufregung geraten sind?«

»Nichts«, sagte Yvonne schnell. »Überhaupt nichts. Wollen wir in das Speisezimmer gehen, Miss Pym?«

»Einen Augenblick noch«, sagte Hannah und betrachtete das zarte Gesicht des Mädchens und die bläulichen Schatten unter ihren Augen. »Ich dachte zuerst, daß Mr. Smith Ihnen trotz seines Alters womöglich zu nahe getreten ist. Ich mag ihn nicht. Hat er Sie gepiesackt, weil Sie Französin sind?«

Yvonne brach ihr Schweigen nicht.

Armes Ding, dachte Hannah. Armes, zerbrechliches Ding. Ganz anders als unsere robusten Mädchen. Ich werde schon noch herausfinden, was sie bekümmert. Laut sagte sie: »Lassen Sie sich nicht einschüchtern, Miss Grenier. Nach meiner Erfahrung haben Schikaneure eine Spürnase für die Angst anderer. Ich weihe Sie in ein großes Geheimnis ein, wenn Sie mir versprechen, mich nicht zu verraten.«

Yvonne wischte sich über die Augen und blickte neugierig zu Hannah auf.

»Ich bin erst kürzlich zu eigenem Vermögen gekommen«, begann Hannah. »Mein ganzes Leben lang bin ich Dienerin gewesen. Mein verstorbener Herr hat mir ein Vermächtnis hinterlassen. Aber als Dienstbote erwirbt man viel Menschenkenntnis. Bevor ich Haushälterin der Clarences von Thornton Hall in Kensington wurde, war ich ein einfaches Hausmädchen. Damals war die Haushälterin eine Mrs. Warby, eine derbe Frau, die der Bosheit und dem Gin sehr zugetan war. Sie pflegte mich zu schikanieren. Eines Tages stieß sie, als sie betrunken war, eine Vase um und zerbrach sie, ging zu Mrs. Clarence und sagte, ich hätte es getan. Mrs. Clarence schickte nach mir, und ich kann mich bis heute an den hämischen Ausdruck auf dem Gesicht jener Mrs. Warby erinnern. Ich war in Tränen aufgelöst, als ich mit gesenktem Kopf vor Mrs. Clarence stand. Und dann spürte ich ihren Arm um meine Schultern, und ihre sanfte Stimme bat mich, nicht zu weinen. Sie sagte mir, daß Mrs. Warby, nicht ich, ihre Stellung verloren habe. Dann ließ sie mich Platz nehmen und teilte mir mit, daß sie vorhabe, mich in den Rang einer Haushälterin zu erheben. ›Aber du mußt dir ein stärkeres Rückgrat zulegen, Hannah‹, sagte sie zu mir. ›Wenn du dich immer vor denen über dir fürchtest, dann forderst du Schikanen heraus. Schikaneure wittern Angst. Deshalb lächle und sieh ihnen in die Augen.‹ Ein ganz einfacher Rat, Miss Grenier, aber sehr nützlich. Wollen wir zum Essen gehen?«

Yvonne lächelte plötzlich, ihre großen Augen funkelten. »Sie sind erstaunlich, Miss Pym«, meinte sie. »Sie machen mir Mut. En avant!«

Die Herren erhoben sich, um ihnen entgegenzugehen, als sie den Speisesaal betraten. Mr. Giles sah fabelhaft in seinem Abendanzug aus: schwarzes Jackett mit Silberknöpfen, schwarze Kniehose, Gazestrümpfe und Rüschenhemd.

Während sich die Damen setzten, machte der Oberkellner eine tiefe Verbeugung vor Mr. Giles und sagte: »Das Essen wird sofort da sein, Mylord.«

»Mylord?« Hannahs Miene war belustigt. »Ihre feine Kleidung hat Sie in den Adelsstand erhoben, Mr. Giles.«

»Von wegen Mr. Giles«, sagte Monsieur Petit mürrisch. »Sein Geheimnis ist gelüftet. Er ist hier bekannt. Es handelt sich um den Marquis von Ware, der aus irgendeinem dunklen Grund inkognito reisen muß.«

»Der Grund ist kein anderer als Schulden«, widersprach der Marquis betont gleichgültig. »Die Schuldeneintreiber waren hinter mir her.«

»Die Diamantnadel, die Sie da in Ihrem Jabot tragen, würde sie Ihnen eine Weile vom Hals halten«, höhnte Monsieur Petit.

Das Gesicht des Marquis wurde auf einmal hart, und seine silbergrauen Augen bohrten sich in die von Monsieur Petit, während er beide Hände auf den Tisch legte und sich zu ihm hinüberbeugte. »Werden Sie nicht unverschämt, Sir, sonst poliere ich Ihnen die Fresse.«

»Und ich helfe Ihnen dabei«, bemerkte Benjamin fröhlich hinter Hannahs Stuhl.

Monsieur Petit warf dem Marquis einen giftigen Blick zu und wandte sich dann an Yvonne. »Sie müssen die Manieren der Engländer sehr flegelhaft finden, Miss Grenier.«

»Im Gegenteil«, erwiderte Yvonne und blickte ihn dabei gerade an. »Ich finde die Herren in England höflich, charmant und ungefährlich.«

Sie wirft ihm den Fehdehandschuh hin, dachte Hannah erstaunt. Er ist wütend darüber, aber sie hat keine Angst.

»Was waren Ihre ersten Eindrücke von London?« fragte der Marquis.

»Ich kam auf einem Schiff die Themse herauf«, sagte Yvonne und lächelte ihn dabei an. Sie fürchtete ihn nicht mehr. Er war nichts weiter als ein verschuldeter Adliger. »So viele Schiffe! Es sah für mich aus, als wüchse ein Wald von Masten aus dem Fluß. Und der Fluß selbst! So braun und trübe, und dazu der Nebel, der über ihn hinwegstrich. Auf beiden Seiten ragten die Molen fünfzig Schritte in den Fluß hinein. Ein verwirrender Eindruck von Lagerhäusern und Docks, von Werften, auf denen Schiffe gebaut und repariert wurden, von armseligen Wohnhäusern, von vielen Kanälen, die mit ihren Schiffen wie Straßen wirkten. Der Dunst wurde zu gelbem, ätzendem Nebel, je mehr wir uns London näherten.«

»Aber die Familie, bei der Sie wohnen, hat diese düstere Atmosphäre gewiß durch die Herzlichkeit ihres Empfangs wettgemacht«, warf Monsieur Petit ein.

»In der Tat.«

Es entging Hannah nicht, daß der Marquis nur wenig aß. Er

schien von Miss Grenier fasziniert zu sein. Hannahs Lust am Ehestiften erwachte. »Sie sind sicher der Meinung, Miss Grenier«, sagte sie, auf einmal bedacht, Yvonne am Reden zu halten, »daß zwischen den Engländerinnen und den Französinnen große Unterschiede bestehen.«

»Sehr große, ja.«

»Sagen Sie uns Ihre Meinung dazu«, drang der Marquis in sie.

»Die Engländerinnen sind gesünder, weil sie viel reiten und spazierengehen. Ich unterrichte einige Damen in Französisch und habe dadurch die Möglichkeit, sie genau zu beobachten. Zum Beispiel hat es mich überrascht, daß man in den großen Häusern nur selten auf ein Modejournal stößt. Und die Zeitschriften, die sie lesen! Keine Erzählungen, keine Klatschspalten über Theaterskandale, keine Mode, nichts von den Dingen, die Sie in einem französischen Journal finden würden. Statt dessen stand in einer Frauenzeitschrift ein Artikel über die Erziehung in den Arbeitshäusern, einer über die Sklaverei in Amerika und ihren Einfluß auf Großbritannien und einer über die bessere Ausbildung von Krankenschwestern auf dem Land. Die Engländerinnen sind demnach gebildeter. Aber sie verstehen es nicht, diese Bildung zu nutzen. Keiner lehrt sie die Kunst der Konversation. Sie wissen auch nicht, wie man kokettiert.« Yvonne nahm ihren Fächer zur Hand und bewegte ihn vor ihrem Gesicht.

»Die englischen Frauen sind treu«, sagte Hannah, »und die Ehe ist bei uns eine respektierte Einrichtung. Wir sind ein sehr moralisches Volk.«

»An der Oberfläche«, seufzte Yvonne, »ja. Sogar Ihre Romane lesen sich wie religiöse Abhandlungen. Die gefallene Frau ist stets häßlich und nimmt ein böses Ende, was in Wirklichkeit nicht immer der Fall ist. Alles ist an der Oberfläche sauber und anständig, aber wenn der Engländer betrunken ist, kann er zu einer Bestie werden. Sehen Sie sich nur einmal die Tausende von Prostituierten an, die sich in den Straßen drängen, die Häuser am Themseufer, die jungen Mädchen von vierzehn mit Säuglingen an der Brust.«

»Meine liebe Miss Grenier«, sagte der Marquis und lehnte sich in seinen Stuhl zurück, »wir karren aber unsere Landsleute nicht zu Hunderten zur Guillotine, um ihnen den Kopf abzuhacken.«

»Nein, Mylord, Sie hängen nur sieben nebeneinander an die Galgen von Newgate.«

»Nach einem fairen Gerichtsverfahren, Miss Grenier.«

»Ja, ich habe die Schrecken zu Hause vergessen. Ich habe zu viel Wein getrunken, und das hat mich dazu gebracht, meine Gastgeber zu kritisieren, was unhöflich ist.«

»Wir Engländer sind so überheblich«, warf Monsieur Petit ein, »daß keine Kritik unserer Selbstgefälligkeit auch nur den kleinsten Stoß versetzen kann.«

»So spricht ein echter Franzose«, sagte der Marquis leise, und Monsieur Petit warf ihm einen erschrockenen Blick zu.

In diesem Augenblick kam ein Mann in den Speiseraum geschlendert und blickte durch sein Einglas auf die versammelte Gesellschaft. Seine Miene hellte sich auf, da er Monsieur Petit offensichtlich kannte. »Na, Jimmy«, wollte er wissen, »wie geht's denn immer?«

Hannah war verblüfft. Wer hätte gedacht, daß der finstere Mr. Smith auf den anheimelnden Namen Jimmy hörte? Der Neuankömmling war ein junger Mann, stutzerhaft gekleidet, er hatte Rouge auf den Wangen, Polster in den Schultern und ein schwarzes Schönheitspflaster auf dem einen Backenknochen. Seine braunen Haare waren toupiert, so daß sie senkrecht von seinem Kopf abstanden und ihm ein Aussehen ständiger Überraschtheit verliehen.

»Mein Freund, Mr. Ashton«, sagte Monsieur Petit. »Er wird mit uns nach Norden reisen. Mr. Ashton, darf ich Ihnen unsere kleine Gesellschaft vorstellen? Miss Pym, Miss Grenier und der Marquis von Ware.«

»Ihr Diener«, erwiderte Mr. Ashton kurzangebunden. »Ich muß mit Ihnen unter vier Augen reden, Jimmy.«

Monsieur Petit erhob sich, und das Paar ging hinaus.

»In den Hof«, drängte Monsieur Petit. »In dem Trubel hört man uns nicht. Wie sind Sie hergekommen?«

»Mit der Postkutsche. Gerade eben.«

Sie schlenderten in den Hof.

»Nun«, meinte Mr. Ashton, »wie steht die Sache? Ich sehe, daß die Grenier unter ihrem eigenen Namen reist. Was hat ein Marquis auf dem Schauplatz des Geschehens zu suchen?«

»Er sagt, er ist auf der Flucht vor Schuldeneintreibern.«

»Ein Marquis? Nie und nimmer. Edle Lords können bis zu ihrem letzten Stündlein auf Pump leben. Aber er kann nicht hinter Ihnen her sein. Er hat nichts mit dem Kriegsministerium zu tun.«

»Sprechen Sie leiser«, schnauzte ihn Monsieur Petit an. »Welcher Teufel hat Sie übrigens geritten, als Sie mich Jimmy nannten? Sehe ich aus wie ein Jimmy?«

Mr. Ashton zuckte die Schultern. »Schien mir ein guter englischer Name zu sein. Wie soll ich Sie sonst nennen? Pierre? Wo haben Sie übrigens Ihr Kauderwelsch gelernt?«

»Meine Mutter war Engländerin. Aber hören Sie gut zu, Sie Köter«, sagte Monsieur Petit ergrimmt, »Sie werden für Ihre Hilfe bezahlt. Noch ein unverschämtes Wort, und ich gebe den Plan auf. Aber bevor ich dieses Land verlasse, verpfeife ich Sie noch bei der Obrigkeit.«

»Dieses Spielchen können zwei spielen«, gab Mr. Ashton ungerührt zurück. »Für Geld mache ich alles. Nicht gerade einen Mord, aber alles andere. Haben Sie sich das Mädchen schon vorgenommen?«

»Ja, ich habe ihr einen Brief ihres Vaters an mich gezeigt, den er mir vor der Revolution geschrieben hat. Das weiß sie nicht und ist davon überzeugt, daß ihr Vater uns jetzt unterstützen will.«

»Und wenn sie herausfindet, daß wir vorhaben, sie bis zu ihm zu verfolgen und ihn mit Gewalt nach Frankreich zurückzubringen?«

Monsieur Petit lächelte langsam. »Sie wird nichts unternehmen. Sie wird ihn begleiten.«

»Nun gut«, sagte Mr. Ashton. »Wie gehen wir vor?«

»Sorgen Sie dafür, daß sie uns nicht entwischt und die Postkutsche verläßt, bevor wir nach York kommen«, befahl Monsieur Petit.

»Verstanden.« Mr. Ashton nickte. »Und was machen wir mit Lord Soundso?«

»Mit dem Aristokraten? Ich wünschte, wir könnten ihn auch gefangennehmen. Wie viele von seinen Pächtern hat er wohl zu Bettlern gemacht, ehe er sich verschuldet hat?«

»Solange er für uns keine Bedrohung ist, kann er die ganze Gesellschaft an den Bettelstab bringen – was kümmert mich das«, erwiderte Mr. Ashton.

3

Hannah behagte es gar nicht, daß Mr. Ashton mit ihnen reiste, denn der junge Stutzer erregte ihre Abneigung. Er führte sich ein, indem er die anderen Passagiere wissen ließ, daß das Reisen mit der Postkutsche eigentlich unter seinem Niveau sei.

Yvonne blickte auf die vorübergleitende Landschaft hinaus und versuchte, die Anwesenheit von Monsieur Petit und seinem Freund zu vergessen. Ein guter Nachtschlaf, ganz zu schweigen von der anregenden Gesellschaft Hannahs, hatte Wunder vollbracht und sie aufgerichtet. Je mehr sie über den Brief nachdachte, desto überzeugter wurde sie, daß es sich um eine Fälschung handelte. Aber vielleicht handelte es sich auch um einen Brief, den ihr Vater *vor* der Revolution an ihn geschrieben hatte;

denn ihr Vater war damals mit ihm befreundet gewesen, das wußte sie. Monsieur Petit wollte sie von Hannah fernhalten. Nun, das würde er nicht fertigbringen. Hannahs Stärke und die unbekümmerte Keckheit ihres Dieners Benjamin hatten etwas Tröstliches an sich. Yvonne fragte sich, ob sie sich Hannah anvertrauen sollte. Denn wenn sie in York ankamen, hatte sie nicht vor, Monsieur Petit zu ihrem Vater zu führen, jedenfalls nicht, bevor sie ihren Vater allein aufgesucht hatte, und sie hatte das Gefühl, daß ihr Hannah helfen könnte, Monsieur Petit zu entwischen.

Sie wandte die Augen von der Landschaft draußen ab und begegnete den silbergrauen Augen des Marquis von Ware. In seinen Augen lag ein seltsam forschender Ausdruck. Yvonne begann sich zum ersten Mal auch über ihn Gedanken zu machen. Er hatte es aufgegeben, so zu tun, als sei er Mr. Giles, und war jetzt wie ein Marquis gekleidet. Sie sah sich von Feinden umgeben und betete, daß der Tag ihrer Ankunft in York näher rückte. Ihr Vater war tapfer und einfallsreich; er würde wissen, was zu tun war. Aber Monsieur Petit machte ihr wirklich Angst. Ein Schauer lief ihr den Rücken hinunter, und Hannah drückte ihr die Hand. Yvonne lächelte ihr zu.

Monsieur Petit ertappte sie bei diesem Lächeln. Es mußte etwas mit Yvonne geschehen, bevor sie nach York kamen. Und dann war da auch noch der Marquis von Ware, der nicht in seine Pläne paßte. Er unternahm keine Anstrengungen mehr, verarmt zu erscheinen. Er, Monsieur Petit, würde die neue Lage mit Mr. Ashton besprechen, wenn sie in ihrem Nachtquartier angelangt waren.

Das monotone Rumpeln der Kutsche ging Hannah allmählich auf die Nerven. Sie begann sich wie eine übersättigte Reisende zu fühlen, die nichts mehr überraschen kann. Ein Anflug von Heimweh stieg in ihr auf. Was um alles in der Welt tat sie eigentlich in dieser Kutsche, die ans Ende der Welt fuhr, wo sie doch in ihrer kleinen Wohnung in London sein und auf das Kommen von Sir George warten konnte?

Aber vielleicht würde sie in York Mrs. Clarence über den Weg laufen, und das wäre jede Unbequemlichkeit, jede lange und ermüdende Reise wert. An jemand anderen als sich selbst zu denken heiterte Hannah immer auf, und so schweiften ihre Gedanken ganz unbemerkt von Mrs. Clarence zu Yvonne Grenier. An einigen Reisenden, die im schwindenden Tageslicht nach Norden rollten, war ganz entschieden etwas faul. Da war ein Marquis, der behauptet hatte, ein gewöhnlicher Mr. Giles zu sein, da war ein Mr. Smith, der Yvonne Angst eingejagt hatte, und da war dessen stutzerhafter Freund Mr. Ashton. Hannah war, als die Kutsche nach Grantham hineinrumpelte, wo sie die Nacht verbringen sollten, zu dem Entschluß gekommen, Yvonne weitere Fragen zu stellen.

Monsieur Petit beschloß, das Abendessen in Grantham zu nutzen, um möglichst viel über Miss Pym herauszufinden. Wenn diese alte Jungfer zu enge Bande mit Miss Grenier knüpfte, wollte er in Erfahrung bringen, ob sie ein einflußreiches Frauenzimmer war und damit eine ernstzunehmende Gegnerin. Bei der Suppe fixierte er sie mit seinen blassen Augen und fragte: »Sie kommen aus London, Miss Pym?«

Ein kurzes Nicken war die Antwort.

»Aus welchem Teil Londons?«

»Aus dem Westend«, erwiderte Hannah.

»Es ist ungewöhnlich, daß eine Dame in der Postkutsche von einem Lakaien begleitet wird«, fuhr Monsieur Petit fort. »Vor allem von einem Lakaien, dem man erlaubt, im Kutscheninneren zu reisen.«

Hannah lächelte, äußerte sich aber nicht.

»Ich bin bisher nie in der Postkutsche gereist«, prahlte Mr. Ashton. »Gewöhnlich nehme ich meine eigene Kalesche.«

»Und was hat Sie dieses Mal dazu gebracht?« fragte der Marquis.

»Ich habe gehört, daß Mr. Smith auf dem Weg nach Norden ist. Da habe ich beschlossen, mich ihm anzuschließen.«

Jetzt betraten ein eleganter Herr, eine feingekleidete Dame und zwei junge Mädchen den Speisesaal.

Die Dame erblickte den Marquis und eilte mit ausgestreckter Hand auf ihn zu. »Mein lieber Ware«, jubilierte sie, »was machen Sie denn in diesem Gasthof?«

»Genau wie Sie bin ich auf Reisen, Lady Abbott. Erlauben Sie mir, Ihnen meine Tischgenossen vorzustellen.«

Lady Abbott hob abwehrend eine behandschuhte Hand. Ihre großen Augen schweiften über den Tisch. »Das ist nicht nötig«, sagte sie und gab durch den leicht arroganten Ton ihrer Stimme zu verstehen, daß sie es nicht für wert hielt, von der Gesellschaft des Marquis Kenntnis zu nehmen. »Aber kommen Sie zu uns und lernen Sie unsere Töchter kennen.«

Der Marquis setzte ein honigsüßes Lächeln auf. »Entschuldigen Sie mich, Lady Abbott. Essen Sie hier zu Abend?«

»Wir haben ein eigenes Eßzimmer gemietet.«

»Was führt Sie dann in den allgemeinen Speisesaal?«

»Meine Zofe hat mir erzählt, Sie seien in der Postkutsche angekommen. Ich konnte es einfach nicht glauben.« Ihre Augen glitten über die Tischgesellschaft. »Aber hier ist mein Mann. Sie kennen ihn natürlich. Meine Töchter Indiana und Philadelphia.« Die beiden Mädchen machten einen Knicks.

Hannahs Ärger wuchs. Ihr, die eine Freundin von Sir George Clarence war, sollte von diesem Frauenzimmer der gehörige Respekt gezollt werden. Noch schlimmer war, daß Lady Abbott sich nicht einmal besondere Mühe gab, garstig zu sein. Sie glaubte offensichtlich, daß die Gesellschaft keiner Beachtung wert sei.

Yvonne blickte Lady Abbott an. Sie war eine gutaussehende Frau in einem Reifrock. Ihre Töchter, die zwischen siebzehn und neunzehn sein mußten, blickten mit anerzogener Anbetung zu dem Marquis auf. Sie waren nicht außergewöhnlich schön, aber dazu erzogen, zu gefallen und nach Ehemännern Ausschau zu halten. Ich könnte nie einen Mann mit derartigen Kuhaugen anhimmeln, dachte Yvonne.

»Bitte, schließen Sie sich uns an«, bat Lord Abbott.

»Wie kann ich mich Ihnen anschließen«, erwiderte der Marquis nachsichtig, »wenn ich bereits in Gesellschaft bin?«

Lord Abbott wandte sein Gesicht halb ab, aber seine Worte waren durchaus hörbar. »Aber in solcher Gesellschaft? Ich nehme an, Sie reisen aus Jux in der Postkutsche.«

Benjamin hatte genug gehört. Er ging davon aus, daß Hannah gekränkt sei. »Das Essen meiner Herrin wird kalt. Warum verschwinden Sie nicht?« rief er.

»Sprechen Sie etwa mit mir?« Lady Abbott hob ihr Einglas.

»Ja«, meinte Benjamin, in keiner Weise bußfertig. »Bewegen Sie sich weiter, Mylady.« Er erhob die Stimme zu einem gezierten Fistelton. »Bei meiner Ehre, so habe ich mich in meinem ganzen Leben nicht gelangweilt.«

»Sie unverschämter Gernegroß«, stieß Lord Abbott wütend hervor. »Ich lasse Sie auspeitschen. Und Sie, gnädige Frau«, wandte er sich an Hannah, »seien gefälligst so freundlich und zügeln Ihren Diener.«

»Das würde ich in der Tat tun, Mylord«, erwiderte Hannah kalt, »wenn ich nicht mit jedem Wort, das er gesagt hat, einverstanden wäre.«

Indianas Reaktion ließ nicht auf sich warten – sie fiel in Ohnmacht. Dies geschah auf höchst anmutige Weise, denn sie hatte Stunden vor dem Spiegel verbracht, bis sie diese Kunst vollendet beherrschte.

Der Marquis fing sie nicht auf. Diese Aufgabe überließ er Benjamin.

Indiana öffnete die Augen und murmelte: »Oh, mein Herz«, gewahrte, daß Benjamin auf sie herabgrinste, und riß sich mit lautem Kreischen los.

»Ich sehe schon, Ware«, sagte Lady Abbott, die sich sichtlich anstrengte, Ruhe zu bewahren, »warum Sie sich entschlossen haben, mit der Postkutsche zu reisen. Offenbar kommen Ihre Reisegefährten Ihrem schlechten Geschmack entgegen.« Ihre aufgeregten Töchter vor sich herschiebend, stürzte sie, gefolgt von ihrem Mann, davon.

»So ein aufdringliches, vulgäres Frauenzimmer, diese Abbott«, sagte der Marquis nachdenklich und ließ seine Blicke über die Gesichter ringsum schweifen. »Dabei sagt man, ihr Vater sei Händler gewesen.«

Hannah fing an zu lachen. »Haben Sie denn die Empörung ihrer Tochter bemerkt, als sie sich in Benjamins Armen fand, nachdem es ihr gelungen war, in Ohnmacht zu fallen?«

Die anderen lachten ebenfalls, und kurze Zeit war die merkwürdige Gesellschaft in Abneigung gegen die anmaßende Lady Abbott vereint.

Aber dann fiel Monsieur Petit sein Auftrag wieder ein, und er sagte sich, daß die Anwesenheit dieses Marquis zunehmend störte. Er war offenbar sehr bekannt, und kein Gastwirt an der Straße würde ihren Besuch vergessen. Mr. Ashton musterte heimlich Yvonne. Er bildete sich ein, für Frauen unwiderstehlich zu sein. Vielleicht konnte er mit ihr anbandeln, sie für sich gewinnen und so für jede Gefahr blind machen. Diese Illusionen machte er sich, während der Gegenstand seiner verstiegenen Gedanken entschlossener denn je wurde, Miss Hannah Pym um Hilfe zu bitten. Plötzlich überkam Yvonne Neid auf den Marquis. Seine Eßmanieren waren höchst gepflegt, und er blickte entspannt und belustigt drein. Sein Gesicht war schön und sein Anzug meisterhaft geschnitten. Sie nahm ihm seine Geschichte, daß er arm sei, nicht ab. Geburt, Vermögen und Aussehen wappneten ihn gegen eine Welt voller Enttäuschungen. Er mußte nur den Kopf heben und um sich blicken, und schon kamen die Kellner gelaufen, nicht in der Hoffnung auf ein gutes Trinkgeld, sondern weil er »Mylord« war. Der Wirt hielt sich ebenfalls in der Nähe ihres Tisches auf und ließ seine Dienstboten nicht aus dem Auge, damit ihnen ja keine Nachlässigkeit unterlief.

Im Kamin prasselte ein Holzfeuer, und die Kerzenleuchter auf den Tischen brannten hell. Yvonne spürte einen Klumpen in der Kehle aufsteigen, weil sie sich danach sehnte, zu dieser sicheren Welt zu gehören.

Es wollte kein richtiges Gespräch mehr aufkommen, und sobald die Mahlzeit beendet war, beschlossen alle, sich in ihre Zimmer zurückzuziehen. Yvonne sollte wieder eines mit Hannah teilen. Die beiden Damen stiegen die gewachsten Holzstufen des Treppenhauses hinauf, während ein Kellner mit einer Kerze vor ihnen herging und ihnen leuchtete.

»Es ist doch etwas wert, in Gesellschaft eines Marquis zu reisen!« rief Hannah aus, als sie ihr Zimmer betraten, das offensichtlich eines der besten des Gasthofs war. Ein Kohlenfeuer loderte, und auf dem Kaminsims brannten Bienenwachskerzen anstelle der üblichen Talgkerzen.

Beide Damen beschäftigten sich eifrig damit, ihre Koffer zu öffnen und ihre Nachtgewänder und die Kleidung für den nächsten Morgen bereitzulegen.

»Und jetzt«, sagte Hannah ganz selbstverständlich, »tun Sie mir bitte den Gefallen, mich über einiges aufzuklären. Ich habe mich nie unter seltsameren Fahrgästen befunden. Mr. Smith und sein geckenhafter Freund verbreiten eine Atmosphäre von Heimlichkeit, ja Bedrohung, und ich glaube, Sie wissen, warum.«

Yvonne stieß einen Seufzer aus, setzte sich in einen kleinen Sessel am Feuer und sah auf ihre Hände hinunter. Hannah wartete geduldig.

»Ich wollte es Ihnen ohnehin erzählen«, sagte Yvonne schließlich. »Ich hatte schon beschlossen, Sie um Hilfe zu bitten. Mr. Smith ist in Wirklichkeit Monsieur Petit, ein Untersuchungsrichter aus Paris. Er behauptet, mein Vater habe ihm geschrieben, daß er, mein Vater, der sich gegen die Revolution gewandt hat, nun wieder dafür sei und nach Paris zurückkehren und die neuen Machthaber unterstützen wolle. Er zeigte mir einen Brief. Er ist in der Handschrift meines Vaters geschrieben, aber ich bin inzwischen davon überzeugt, daß es ein alter Brief ist, einer, der abgeschickt wurde, bevor der Terror begann. Monsieur Petit will meinen Vater entweder töten oder ihn gewaltsam nach Paris zurückbringen, damit er sich vor der Institution verantwortet, die es in dieser unheilvollen Stadt wagt, sich Gericht zu nennen.«

Hannah setzte sich Yvonne gegenüber in einen Sessel und erwiderte ernst: »Wir müssen Kriegsrat halten.«

Yvonne zuckte die Achseln. Die scheinbar so tatkräftige Miss Pym war offenbar nichts weiter als eine romantische alte Jungfer.

Yvonne ließ ein sprödes Lachen hören. »Miss Pym, wollen Sie britische Generale zu unserer Hilfe herbeirufen?«

»Nein, nein, aber wir müssen Benjamin hereinbitten, damit er sich Ihre Geschichte anhört, und den Marquis.«

»Aber warum? Der Marquis würde, davon bin ich überzeugt, die ganze Sache höchst unangenehm finden und uns auf seine englische Roastbeefart dem nächsten Richter übergeben.«

»Und was wäre daran so falsch?« Hannahs Augen blitzten auf.

»Mein Vater lebt, vielleicht unter anderem Namen, in York. Aber wenn die Engländer wüßten, daß er Claude Grenier ist, derjenige, der die Sache der Revolution anfangs so sehr unterstützt hat, könnten sie ihn als Spion betrachten.« Sie erschauerte. »Ich sehe überall Feinde.«

Hannahs kupplerische Hirnzellen arbeiteten auf Hochtouren. Yvonne entstammte dem französischen Bürgertum, stand also weit unter einem englischen Marquis, von einem französischen ganz zu schweigen, wenn von dieser Sorte überhaupt noch einer seinen Kopf auf den Schultern trug. Aber ein unberührtes Mädchen in Bedrängnis wirkte selbst bei dem abgebrühtesten Zyniker Wunder.

»Ein Marquis gehört zur allerbesten Gesellschaft«, sagte Hannah laut. »Wir wollen ihn rufen, und wenn er auch nur die geringste Neigung zeigt, sich an die Obrigkeit zu wenden, werde ich, Hannah Pym, eine Postkutsche bestellen und Sie selbst noch heute nacht nach York bringen, und man wird uns nie erwischen. Vertrauen Sie mir, Miss Grenier.«

Yvonne blickte hierhin und dorthin, als suche sie einen Fluchtweg. Sie wünschte jetzt, sie hätte ihre Sorgen für sich behalten. Sie dachte an den kleinen Geldbetrag, den sie bei sich hatte. Sie hatte keine Möglichkeit, sich ein eigenes Fahrzeug zu mieten und zu fliehen. Es war besser, Miss Pyms Plan zu befolgen. Sie nickte schließlich widerstrebend.

Hannah machte sich auf die Suche nach Benjamin und bat ihn, Lord Ware aufzusuchen und in ihr Schlafzimmer zu bringen.

Yvonne wartete nervös am Kaminfeuer. Vom Hof unter ihnen drang der Lärm ankommender und abfahrender Kutschen herauf. Sie blickte auf, als sich die Tür öffnete. Die Flammen der Kerzen flatterten im Luftzug, als der Marquis und Benjamin in das Zimmer traten.

Der Marquis machte eine Verbeugung. »Es geschieht nicht oft«, sagte er lässig, »daß ich die Ehre habe, gleich von zwei Damen in ihr Schlafzimmer eingeladen zu werden.«

Hannah informierte ihn in groben Zügen über Yvonnes Schwierigkeiten.

Der Marquis gab sich den Anschein, mit ruhigem Interesse zuzuhören, während es hinter seiner Stirn fieberhaft arbeitete. Er hatte vom Kriegsministerium den Auftrag herauszufinden, was dieser Monsieur Petit in England wollte. Statt ihn zu verhaften, hatte man beschlossen, ihn zu beobachten.

Yvonne dachte natürlich nur das Beste von ihrem Vater. Doch wenn Monsieur Grenier auch nur das kleinste Anzeichen erkennen ließ, daß er nach Frankreich zurückkehren wollte, um diesem mörderischen Regime zu helfen, dann mußte ihm Einhalt geboten werden. Die Franzosen waren verschlagene Burschen. Hatte dieser Emporkömmling Napoleon nicht jedermann hereingelegt, einschließlich seines eigenen Volkes, indem er behauptete, er wolle nichts weiter als Friede für Frankreich? Hatte er nicht eben eine riesige Armee in die Lombardei geführt und Norditalien erobert? Es erschien seltsam, daß sich die Franzosen angesichts von Napoleons weitreichenden Plänen die Mühe machen sollten, einen einzelnen Mann aus England zurückzuholen, um ihn vor Gericht zu stellen; aber der Terror hielt mit dieser Methode ein ganzes Volk in seiner Gewalt.

Der Marquis lächelte und sagte: »Wenn Sie diesen Monsieur Petit und seinen widerlichen Freund loswerden wollen, nun, so ist das doch ganz einfach.«

»Wieso?« fragte Benjamin aus dem Hintergrund.

»Ich werde dem Kutscher sagen, daß unsere Freunde ihre Reise nicht fortsetzen wollen, und dem Wirt werde ich sagen, daß sie nicht geweckt werden dürfen. Ich kaufe ihre Plätze und überrede den Kutscher, eine Stunde früher abzufahren.«

Hannah blickte ihn enttäuscht an. »Aber Mylord, Sie brauchen doch nichts anderes zu tun, als eine Kutsche zu mieten und uns auf der Straße einzuholen.«

»Mein schwacher Verstand hat das bedacht.« Der Marquis unterdrückte ein Gähnen. »Beim nächsten Halt sind wir diejenigen, die eine schnelle Kutsche mieten und damit nach York fahren.«

»Für einen verarmten Adeligen scheinen Sie mir immer noch recht viel Geld zu haben«, bemerkte Hannah spöttisch.

Er lächelte. »Wenn ich einer Dame eine Freude machen kann, ist mir nichts zu teuer. Ich bitte Sie und Ihren Lakaien, sich jetzt kurz zurückzuziehen, damit ich mit Miss Grenier ein Wort unter vier Augen sprechen kann.«

»Aber warum?« Hannah stellte sich schützend neben Yvonne. »Wir sind alle in die Sache verwickelt. Es gehört sich nicht, mit einer jungen Dame in einem Gasthofzimmer allein zu sein, oder haben Sie das vergessen?«

»Ich bin mir dessen sehr wohl bewußt, aber keiner außer

»Das war aber doch sehr vernünftig. Habe ich nicht gesagt, daß ich Ihre Flucht in die Wege leiten will?«

»Doch«, erwiderte sie voller Zweifel. »Aber es scheint Ihnen wie ein Spiel vorzukommen, und für mich ist es eine Angelegenheit auf Leben und Tod.«

»Ich höre unsere Miss Pym kommen. Machen Sie sich keine Sorgen, Miss Grenier. Wir werden die Bösewichter bald hinter uns gelassen haben. Ich werde den Bedienten bitten, Sie um halb fünf Uhr zu wecken. Wir fahren um fünf.«

Hannah kam mit Benjamin herein, und der Marquis wiederholte, was man soeben vereinbart hatte. Hierauf ging er.

»Ich habe Angst«, sagte Yvonne, sobald sich die Tür hinter dem Marquis geschlossen hatte. »Was wäre, wenn dieser Marquis für die Franzosen arbeiten würde? Er sagt, er hat kein Geld.«

»Ich glaube, damit wollte er uns nur hinters Licht führen«, erwiderte Hannah.

»Aber dieser Mr. Ashton arbeitet mit Monsieur Petit zusammen, und *er* ist Engländer.«

»Ashton hat kein Rückgrat«, stellte Benjamin fest.

»Er will damit sagen, daß Mr. Ashton von der Sorte Mensch ist, die sich für Geld von jedem Gesindel angezogen fühlt«, erklärte Hannah. »Sie werden feststellen, daß der Marquis höchst ehrenhaft ist.«

Yvonne seufzte. »Aber so leichtfertig. Ich bange um mein Leben und das Leben meines Vaters, und er hat nichts anderes im Sinn, als mich zu fragen, ob ich einen Liebhaber habe.«

»Wie interessant«, sagte Hannah. »Wie überaus interessant!«

Als sie um fünf Uhr morgens an der Kutsche versammelt waren, fürchtete Hannah, der Kutscher werde schlechter Laune sein; aber er und sein Wächter waren ganz Lächeln und Verbeugungen. Der Marquis muß sie sehr gut bezahlt haben, dachte sie.

Sie hatten erst eine kurze Wegstrecke zurückgelegt, als sie an einen steilen Hügel kamen, und der Marquis und Benjamin stiegen aus, um zu gehen und den Pferden die Last zu erleichtern. Benjamin blickte beständig über die Schulter zurück. Sie kamen so langsam vorwärts, daß er fürchtete, der Franzose und sein Freund würden sie bald einholen.

Der Marquis, der in einen weiten Mantel gehüllt war und seinen breitkrempigen Hut über die Augen gezogen hatte, schien in Gedanken vertieft zu sein. Auf einmal rief er dem Kutscher zu: »Ist hier in der Nähe nicht Hadley Hall?«

»Lord Trants Gut?« rief der Kutscher vom Bock herunter. »Doch.«

»Ich habe es mir anders überlegt«, fuhr der Marquis fort. »Bringen Sie uns dorthin, dann sind Sie immer noch zur rechten Zeit im Gasthof zurück, um das Paar, das wir nicht mitgenommen haben, abzuholen.«

»Aber dafür haben Sie mich nicht bezahlt«, rief der Kutscher, weil er fürchtete, der Marquis werde sein Geld zurückverlangen.

»Sie können behalten, was ich Ihnen gegeben habe«, entgegnete der Marquis, »aber verraten Sie niemand ein Sterbenswörtchen, wohin wir gefahren sind.«

Der Kutscher blinzelte ihm alles andere als verstohlen zu, und als die Kutsche oben auf dem Hügel angekommen war, forderte er den Marquis und Benjamin auf, wieder einzusteigen; er war überzeugt, daß der Marquis und Yvonne durchbrannten.

»Jetzt«, sagte der Marquis, sobald er wieder in der Kutsche saß, »ändern wir unseren Plan. Lord Trant, der ein Bekannter von mir ist, hat hier in der Nähe seinen Landsitz. Wir fahren dorthin und verbringen den heutigen Tag und die Nacht bei ihm und brechen erst morgen früh nach York auf. Dann werden unsere Verfolger nicht mehr wissen, wo sie nach uns suchen sollen. Hoffentlich hat Ihr Vater nicht vor, Sie an der Kutsche abzuholen, Miss Grenier.«

Yvonne schüttelte den Kopf. »Er hat mir den Weg zu seinem Haus beschrieben. Es ist vom Gasthof zur Glocke, wo uns die Postkutsche absetzen sollte, zu Fuß zu erreichen.«

»Sie sollten ihm einen Brief schreiben und ihn mir geben. Ich schicke einen von Trants Dienern nach Grantham, damit er ihn der Postkutsche mitgibt.«

»Sind Sie übrigens sicher, daß Lord Trant zu Hause ist und wir ihm willkommen sind?«

Der Marquis lächelte. »Er hat zwei heiratsfähige Töchter. Ich werde sehr willkommen sein.«

»Wie wollen Sie aber *unsere* Anwesenheit erklären?«

»Ich habe französische Verwandte. Miss Grenier ist meine Base, und Sie, Miss Pym, sind eine englische Freundin der Familie.«

Hannah war zu erfreut, um zu protestieren. »Freundin der Familie« gefiel ihr ungeheuer gut. Es hätte sie bekümmert, wenn er vorgehabt hätte, sie als Anstandsdame zu beschreiben.

Yvonne war müde und sehnte sich nach ihrem Vater. Es graute ihr davor, auch nur für kurze Zeit in einem fremden Haus ausharren zu müssen.

»Sie können den ganzen Tag schlafen«, meinte der Marquis, als habe er ihre Gedanken gelesen. »Sie müssen nicht einmal Ihr Zimmer verlassen, wenn Sie es nicht wollen.«

Die Kutsche hielt an. Hannah konnte hören, wie der Kutscher dem Pförtner etwas zurief und wie dieser mit verschlafener Stimme antwortete. Dann ertönte das Quietschen von Eisentoren, die geöffnet wurden, und die Kutsche fuhr weiter.

Es schien sich um einen großen Landsitz zu handeln, weil es eine Weile dauerte, bis die Kutsche wieder anhielt, dieses Mal vor einem großen Herrenhaus.

Die Reisenden stiegen aus. Ein Butler öffnete die Tür. Er sah in seinem Nachthemd so majestätisch aus, wie er wahrscheinlich in seiner Livree wirkte. Nicht einmal durch ein Wimpernzucken gab er zu erkennen, daß er das Benehmen des Marquis von Ware für höchst seltsam hielt, der da in der Morgendämmerung mit einer Postkutsche ankam und sagte, er wolle einen kurzen Besuch machen.

Der Butler führte sie durch eine geräumige Halle in einen Salon im Erdgeschoß, wo sie Kaffee tranken und die Pfauen bewunderten, die auf der Terrasse draußen herumstolzierten. Der Butler entfernte sich, um die Haushälterin zu wecken und ihre Zimmer herrichten zu lassen.

»Hat er nicht vor, Lord Trant zu sagen, daß wir hier sind?« fragte Yvonne ängstlich.

»Nicht nötig«, meinte der Marquis. »Ich bin immer willkommen. Das ist der Vorteil eines Junggesellen mit einem Titel.«

Damit ist mein Traum ausgeträumt, dachte Hannah, und ich hätte so gern eine Ehe gestiftet. Dieser gutaussehende Marquis steht zu weit über Yvonne – und ist viel zu begehrt!

4

Hannah lag hellwach im Bett und lauschte der frühmorgendlichen Stille von Hadley Hall. Yvonne hatte noch kurz zuvor den Brief an ihren Vater geschrieben und den Umschlag eigenhändig einem Diener übergeben. Sie hatte gesagt, sie werde den ganzen Tag in ihrem Zimmer bleiben, aber Hannah hatte nicht vor, das zuzulassen. Die junge Dame sollte so viel Zeit wie möglich in der Gesellschaft des Marquis verbringen.

Hannah zog die Vorhänge, die nur einen Spalt offen gewesen waren, ganz zurück, öffnete die Fenster und lehnte sich hinaus. Die Luft war warm und weich und frisch. Unter ihr befand sich eine Terrasse mit scharlachroten und weißen Rosen, die in steinernen Zierurnen wuchsen. Auf die geflieste Terrasse hatte man einen Tisch mit einem weißen Tischtuch gestellt, und an dem Tisch saßen Leute: eine Dame, zwei junge Mädchen – ihre Töchter? – und ein Mann.

Die Tür öffnete sich hinter Hannah, und Yvonne kam herein. Sie stellte sich neben Hannah ans Fenster.

Die Stimme der Dame drang bis zu ihnen herauf: »Trant, ich habe unsere Mädchen geweckt, sobald ich gehört habe, daß er hier ist.«

Die Leute waren offensichtlich Lord und Lady Trant und ihre beiden Töchter.

»Schließlich«, fuhr Lady Trant fort, »kann man nicht leugnen, daß Ware eine blendende Partie ist. Warum er wohl noch nicht geheiratet hat? Er muß doch schon in den Dreißigern sein.«

»Er genießt eben sein Leben«, erwiderte Lord Trant. »Balletttänzerinnen und dergleichen.«

»Denk an die empfindlichen Ohren unserer Töchter, Trant!«

»Tut mir leid. Aber Ware ist reich. Da ist es doch wohl klar, daß er nicht heiraten muß, bevor ihm danach ist.«

Yvonne legte Hannah eine Hand auf den Arm. »Er hat gesagt, er sei arm«, flüsterte sie.

»Ich habe es eigentlich nie geglaubt«, erwiderte Hannah, »und ich bin sicher, Sie auch nicht.«

»Was war dann sein wahrer Grund, in der Postkutsche zu reisen?«

Hannah war jetzt sicher, daß es dem Marquis nur um eine Wette gegangen war oder daß er einen anderen, ebenso nichtigen Grund gehabt hatte. Sie fragte sich gerade, was sie Yvonne antworten könnte, ohne den Marquis in deren Wertschätzung herabzusetzen, als unten Lady Trant wieder etwas sagte.

»Er ist nicht allein, habe ich gehört. Er hat Leute bei sich, und beide sind Frauen. Was für welche wohl? Chubb kann Menschen nicht beschreiben.«

»Woher soll ich das wissen?« fragte Lord Trant mürrisch. »Ich habe sie noch nicht gesehen.«

»Wie heißen sie?«

»Ware hat seine Karte überreicht, und ein Diener konnte wohl kaum fordern, über die Frauen aufgeklärt zu werden. Ware sagte nur, daß die junge eine Base sei und die andere eine Freundin der Familie. Chubb sagt, sie seien mit einer Postkutsche gekommen, aber unser Butler wird von Tag zu Tag älter und schwerhöriger und vertrottelter.«

Jetzt äußerte sich zum ersten Mal eine der Töchter. Hannah konnte nicht viel von ihr erkennen, weil sie einen breitrandigen Strohhut aufhatte. »Er hat Clarrie und mich in London nicht einmal angeschaut.« Die Stimme war hoch und verdrießlich. »Wenn ihr mich fragt, so benutzt er unser Haus nur als Hotel.«

»Na ja, ich bin nicht so überheblich wie du, Letty«, sagte ihre Schwester mit einer überraschend tiefen Stimme. »Ich würde sagen, wir versuchen unser Glück bei ihm, jetzt, wo wir ihn unter unserem Dach haben.«

»Und wie willst du ›dein Glück versuchen‹, teure Schwester?« wollte Letty zuckersüß wissen. »*Ich* kann ihm meine Mappe mit den Aquarellen zeigen und ihn mit meinem Harfenspiel unterhalten. Was hast *du* zu bieten?«

»Ich kann ihm die Gartenanlagen zeigen«, meinte Clarrie.

Hannah zog sich vom Fenster zurück. »Ich gestehe, daß ich ein wenig hungrig bin, Miss Grenier«, sagte sie. »Vielleicht sollten wir hinuntergehen.«

»Ich möchte mir etwas auf einem Tablett in mein Zimmer kommen lassen«, erwiderte Yvonne.

Hannah dachte schnell nach. »Das geht nicht. Ihre Gastgeber würden es höchst merkwürdig finden, wenn Sie nicht erscheinen.«

»Ich werde sagen, daß ich Kopfschmerzen habe.« Yvonne setzte ein störrisches Gesicht auf.

»Wie schade wäre es auch um einen so schönen Tag«, sagte Hannah aufmunternd. »Haben Sie nicht ein hübsches Musselinkleid? Es ist doch warm draußen.«

»Ich habe ein besticktes Kleid.«

»Dann ziehen Sie es an! Ich kann Ihnen einen hübschen Schal leihen. Kommen Sie, Miss Grenier. Wir müssen unsere Unterhaltung mit dem Marquis fortsetzen und herausfinden, was für Pläne er wegen York gemacht hat.«

Schließlich stimmte Yvonne, wenn auch widerstrebend, zu, und bald schritten sie und Hannah die Haupttreppe hinab. Ein Lakai erwartete sie in der Halle und führte sie durch einen Salon auf die Terrasse, wo die Familie Trant jetzt in Gesellschaft des Marquis um den Tisch saß.

Der Marquis erhob sich und stellte alle einander vor. Zuerst hatten Lady Trant und ihre Töchter nur Augen für Yvonne. Hannah fand, daß Yvonne sehr hübsch aussah, und hoffte, daß der Marquis das auch fand. Yvonne hatte ein weißes Musselinkleid an, das mit kleinen rosa Stickereien verziert war. Es hatte ein tiefes Dekolleté und Puffärmelchen. Darüber trug sie den bunten Schal, den ihr Hannah geliehen hatte. Um den weißen Hals schlang sich eine schlichte Kette aus kleinen Perlen. Ihr dunkelbraunes Haar hatte sie auf dem Kopf zu einem Knoten verschlungen.

»Wir sind erst kürzlich aus London zurückgekommen«, sagte Lady Trant gerade. Sie begann von verschiedenen Personen von Stand zu plaudern, während Hannah sich Tee und einen Teller mit Schinken reichen ließ. Yvonne lauschte verträumt dem Auf und Ab der Stimmen, während sie die Blicke über die weite Rasenfläche schweifen ließ. Die weiche Luft duftete nach Rosen, frisch gemähtem Gras, Tee und Schinken. Sie merkte gar nicht, wie neugierig ihr Kleid von Clarrie und Letty begutachtet wurde. Beide fragten sich, ob es ihrer Beziehung zum Marquis eher förderlich war, wenn sie nett zu ihr waren, oder ob sie sie gleich als Rivalin betrachten sollten. Was für eine Base sie wohl war? Eine ersten Grades, was eine Heirat nicht in Frage kommen ließ, oder eine entfernte, was sie gefährlich machte?

Lady Trant war gerade dabei, sich über die Vorzüge des neuesten Theaterstücks, das sie gesehen hatte, auszulassen, als sie plötzlich innehielt und Hannah unverblümt ins Gesicht starrte. Ihr eher leeres Gesicht verhärtete sich. »Miss Pym«, sagte sie langsam. »Miss Hannah Pym. Aus der South Audley Street?«

Hannah neigte zustimmend den Kopf.

»Kennen Sie Sir George Clarence?«

Benjamin war gerade aufgetaucht und hatte seinen Platz hinter Hannahs Stuhl eingenommen.

»In der Tat«, erwiderte Hannah mit einem erfreuten Lächeln.

Lady Trant warf dem Marquis einen entsetzten Blick zu. »Mylord«, sagte sie steif, »so erfreut wir sind, *Sie* in unserem Haus zu bewirten, so sehr müssen wir andererseits unsere Töchter schützen: Sie mit einer Halbweltdame in Berührung zu bringen ist jenseits der Grenzen des Erlaubten!«

»Was hat das zu bedeuten?« fragte Lord Trant, die Augen rollend.

»Ich fürchte, Ihre Frau hat auf boshaften Klatsch gehört«, meinte der Marquis kalt.

Hannah faßte Lady Trant mit einer Miene ins Auge, die nichts Gutes verhieß, und sagte in ruhigem Ton: »Erklären Sie sich, Mylady.«

»Sie fordern *mich* auf, *mich* zu erklären?«

»Miss Pym, ich habe das Gerücht auch gehört und kein Wort davon geglaubt«, griff der Marquis ein. »Man sagt, daß Sie die Mätresse von Sir George sind.«

Hannahs Gesicht nahme eine graugrüne Farbe an. »Aber dieses Gerücht entbehrt jeder Grundlage. Absolut jeder! Es beruht auf Bosheit und Neid. Ich bin empört.«

»Wenn es unbegründet ist«, fuhr Lady Trant fort, »dann frage ich mich, warum es bei Ihrem eigenen Lakaien seinen Anfang genommen hat.«

»Das ist eine verdammte Lüge«, schrie Benjamin auf.

»Ruhe!« befahl der Marquis. »Lady Trant, Miss Pym ist eine gute Freundin von mir. Ich kenne auch Sir George Clarence. Ich kann Ihnen versichern, daß an dem Gerücht nichts Wahres ist. Wenn Sie es allerdings vorziehen, den Lästermäulern zu glauben, dann muß ich meine Base und meine Freundin von hier wegbringen, damit sie nicht Beleidigungen ausgesetzt sind.«

Yvonne, die von einem zum anderen geblickt hatte, stellte fest, daß der gewöhnlich so unbekümmerte und gelassene Marquis geradezu furchteinflößend aussah.

»Nun, ich glaube kein Wort davon«, sagte Letty schnell. »Ich meine, man braucht Miss Pym doch nur anzuschauen!«

Alle blickten Hannah an.

Lady Trants Gesicht überzog sich mit leichter Röte. »Ja, Miss Pym, wenn ich es mir richtig überlege, dann ist die ganze Geschichte natürlich lächerlich. Bitte nehmen Sie meine aufrichtige Entschuldigung entgegen.«

Hannah deutete aus der Taille heraus eine Verbeugung an. Sie nahm damit die Entschuldigung an.

Clarrie erhob sich vom Tisch. »Bitte erlauben Sie mir, Ihnen die Gartenanlagen zu zeigen, Mylord«, sagte sie. »Es ist ein so schöner Tag.«

Er lächelte und stand ebenfalls auf, und bald sah man ihn neben der untersetzten Clarrie über den Rasen davonspazieren.

»Ich gehe mit«, rief Letty und eilte hinter dem Paar her.

Mit erstickter Stimme sagte Hannah, sie wolle sich eine Weile zurückziehen. Lady Trant war die Besorgtheit in Person und versprach, ihre eigene Kammerzofe zu schicken, damit sie sich um Miss Pym kümmere. Dabei entschuldigte sie sich ein über das andere Mal, daß sie die Gefühle eines »so vornehmen« Gastes verletzt habe.

»Kommen Sie, Benjamin«, befahl Hannah.

Lord und Lady Trant folgten ihnen hinein. Yvonne, die noch frühstückte, blieb, wo sie war. Die Sonne war warm und angenehm. Sie hatte das Gefühl, sie sollte Hannah nachgehen und sie nach einer derartigen Beleidigung trösten, entschied sich dann aber dagegen. Die treffliche Miss Pym war aus Eisen, und Lady Trant hatte sich ja entschuldigt.

Ihre Gedanken wandten sich dem Marquis zu. Er war am Ende des Rasens angekommen. Clarrie schien ihn in die eine Richtung ziehen zu wollen und Letty in die andere. Clarrie war untersetzt und wirkte durch ihre männliche Stimme unvorteilhaft, Letty dagegen war groß, mager und flachbrüstig; aber beide waren Töchter eines Lords mit dem ganzen Hintergrund von Wohlstand und Vorrechten. Yvonnes Stimmung sank auf den Tiefpunkt. Ein Mann wie der Marquis würde nie nach ihr sehen. Nicht, daß sie sich das wünschte, ermahnte sie sich schnell. Wahrscheinlich war er wirklich wohlhabend und seine Armut nur eine Lüge. Ein armer Mann hätte einen Postkutscher nicht bestechen oder die Fahrt einer Postkutsche nach York bezahlen können. Er floh nicht vor seinen Gläubigern, indem er unter falschem Namen die Postkutsche bestieg. Daraus folgte, daß er wahrscheinlich vor einer Liebschaft floh. Eine große Wolke zog über den Himmel und warf einen Schatten auf das Gras, und etwas von diesem Schatten schien sich auf Yvonnes Seele zu legen. Sie beendete ihr Frühstück und ging auf die Suche nach Hannah.

Hannah stand unterdessen in ihrem Zimmer ihrem Lakaien gegenüber.

»Es schien mir damals eine gute Idee zu sein«, murmelte Benjamin. »Ich dachte, Sir George könnte einen kleinen Stoß in Richtung Heirat gebrauchen.«

Hannah griff sich verzweifelt an den Kopf. »Stecken Sie Ihre Nase nicht in anderer Leute Angelegenheiten, Sie Dummkopf! Jetzt kann ich ihn nie wieder sehen. Was haben Sie mir nur angetan!« Sie sank in einen Sessel und tupfte sich mit einem Taschentuch die Tränen ab, die sie nun nicht mehr zurückhalten konnte.

»Ich habe es doch nur gut gemeint«, murmelte Benjamin, der Höllenqualen litt. »Sie werden mich jetzt nicht mehr behalten wollen. Ich mache mich aus dem Staub.«

Hannah schüttelte den Kopf. Benjamin war wie ein Familienmitglied, beinahe wie ein Sohn für sie. Sie konnte ihn nicht fortschicken. »Ich fürchte, es ist eine Strafe Gottes für mich, Benjamin«, sagte sie. »Ich habe mich über meinen Stand erhoben. All diese Abenteuer mit Lords und Ladies, mit denen ich auf vertrautem Fuße stand, sind mir mit der Zeit zu Kopf gestiegen. Sir George wird mich niemals heiraten oder auch nur in herzlicheren Begriffen als Freundschaft an mich denken. Es ist wahrscheinlich ganz gut, daß es so gekommen ist. Lassen Sie mir etwas Zeit, mich wiederzufinden. Aber versuchen Sie nie mehr, sich in meine Angelegenheiten zu mischen. Drücke ich mich klar genug aus?«

»Ja, gnädige Frau«, erwiderte Benjamin, dem daran gelegen war, von ihr fortzukommen, bevor er ebenfalls weinte.

Als er gegangen war, öffnete Hannah ihren Koffer und nahm eine flache Schachtel heraus. In ihr lag der Löffel, den sie von Gunter, dem berühmten Zuckerbäcker, mitgenommen hatte, als Erinnerung an die Zeiten, da Sir George und sie in dieser Konditorei miteinander Tee getrunken hatten. Daneben lag der Handschuh, den er geküßt hatte.

Sie mußte diese Gegenstände loswerden. Ihr Herz würde um so schneller heilen, wenn sie nichts behielt, was sie an ihn erinnerte. In die Schachtel legte sie außerdem das Parfümfläschchen, das er ihr geschenkt hatte, den Schal, den zierlichen kleinen Fächer und den Reiseführer. Sie schluckte krampfhaft und klingelte dann.

Ein adrettes Hausmädchen erschien, und Hannah überreichte ihr die Schachtel. »Hier drin«, sagte sie mit einem Kloß im Hals, »sind einige Dinge, die ich nicht mehr brauche. Sie können sie gerne haben.«

Das Hausmädchen machte einen Knicks und nahm die Schachtel. Auf dem Korridor traf sie auf Benjamin.

»Was ist das?« fragte er.

Das Hausmädchen drückte die Schachtel an ihren Busen.

»Deine Herrin hat sie mir geschenkt.«

»Laß mich sehen!«

Widerstrebend öffnete sie die Schachtel.

Benjamin blickte traurig auf den Inhalt. »Ich kaufe sie dir ab.«

Er kramte in seiner Tasche herum, zog zwei Goldmünzen heraus und warf sie in die Luft. »Gold«, sagte er.

Ihre Augen glänzten. »Einverstanden«, rief sie.

Benjamin reichte ihr die Münzen, nahm die Schachtel und entfernte sich damit, um sie in seinem Gepäck zu verstauen. Er mußte sich irgend etwas überlegen, um den Schaden, den er angerichtet hatte, wiedergutzumachen.

Am Nachmittag saß der Marquis in seinem Zimmer am Schreibtisch. Er hatte sich unter dem Vorwand entschuldigt, Briefe schreiben zu müssen, um Letty und Clarrie entwischen zu können. Er wußte, daß sie unten im Wohnzimmer auf ihn warteten. Letty hatte versprochen, Harfe zu spielen.

Da sah er, als er aus dem Fenster blickte, Yvonne den Rasen überqueren. Sie hatte die erregten Stimmen aus Hannahs Zimmer gehört und beschlossen, einen Spaziergang zu machen.

Er verließ das Zimmer und ging leise die Treppe hinunter. Als er auf der Rückseite des Herrenhauses angelangt war, sah er gerade noch, wie Yvonne ein schmiedeeisernes Tor öffnete, das in einen ummauerten Garten führte.

Als er den Garten betrat, sah er sie vor einer Sonnenuhr in seiner Mitte stehen und ging zu ihr hin. Der Garten war mit Kräutern und Blumen bepflanzt. Die Luft war warm und erfüllt von Düften. Gestutzte Buchsbaumhecken säumten die Beete.

Yvonne drehte sich um, erblickte ihn und lächelte, und er hielt den Atem an. »Es ist so schön hier«, sagte sie schlicht.

Etwas regte sich in ihm. Sie sah so zart und zerbrechlich aus und doch so tapfer, daß er den Wunsch verspürte, ihr die Sicherheit zu bieten, nach der sie sich gewiß sehnte. Sie setzte ihren Spaziergang fort, und er ging neben ihr her.

»Erzählen Sie mir«, sagte Yvonne, »von diesem Skandal um unsere Miss Pym. Sie scheinen darüber Bescheid zu wissen.«

»Miss Pym ist offenbar die Freundin eines knochentrockenen Diplomaten im Ruhestand.« Oh, wie hätte es Hannah geschmerzt, wenn sie ihn die Liebe ihres Lebens in solchen Begriffen hätte schildern hören. »Irgendeine eifersüchtige Frau hat das Gerücht in die Welt gesetzt, daß Miss Pym die Mätresse dieses Sir George Clarence ist. Ich wußte von der Geschichte, als ich Miss Pym in der Postkutsche kennenlernte, aber man braucht sie nur anzuschauen, um sich darüber klar zu sein, was für ein Unsinn dieses Gerücht ist. Aber Lady Trant hatte wohl damit recht, daß die Geschichte bei Miss Pyms eigenem Lakaien ihren Anfang nahm. Benjamin hat am Frühstückstisch ja auch ein äußerst betroffenes Gesicht gemacht.«

»Und was wird jetzt geschehen? Was wird dieser Sir George tun?«

»Wenn er für Miss Pym zarte Gefühle hegt – was ich bezweifle –, wird er ihr vielleicht einen Heiratsantrag machen. Wenn nicht, dann wird er als alter Diplomat ohne Zweifel einen ausgezeichneten Weg finden, das Gerücht unschädlich zu machen. Aber was ist mit Ihren Problemen, Miss Grenier? Was soll geschehen, wenn ich Sie wohlbehalten nach York gebracht habe?«

Yvonne brachte die Andeutung eines Lächelns zustande. »Dann können Sie sich von mir und meinen Problemen verabschieden. Mein Vater wird alles in Ordnung bringen.«

Er warf ihr einen schnellen Blick zu. Sie war ganz anders als die Frauen, die er bisher kennengelernt hatte. Er wußte, woran er mit den Engländerinnen war, die kaum eine List bei der Jagd auf ihn anwandten. Yvonne hatte dagegen etwas Rätselhaftes an sich, und doch wünschte er sich von ganzem Herzen, sie für unschuldig halten zu können.

»Ich muß zurück und nachsehen, was Miss Pym macht«, sagte Yvonne. »Kann es sein, daß sie diesen Sir George liebt?«

»Wohl kaum.« Der Marquis lachte, als sei allein die Vorstellung, daß Miss Pym verliebt sein könnte, überaus lächerlich.

»Alter ist kein Schutz gegen Liebe«, erwiderte Yvonne leise. »Das sollten Sie wissen, Mylord, zumal Sie Miss Pym im Alter vielleicht näher als mir sind.«

»Sie haben recht. Ich bin über Sentimentalitäten hinaus.«

»Dann sollten Sie das die beiden jungen Damen dieses Hauses wissen lassen«, sagte Yvonne schroff. »Es würde sie davor bewahren, ihre Zeit zu verschwenden.«

»Ich habe damit nicht sagen wollen, daß ich nicht heiraten will«, entgegnete er.

»Sie würden also ohne Liebe heiraten?«

»Ich glaube, die Übereinstimmung von Stand und Vermögen sowie eine gewisse Liebenswürdigkeit sind bessere Grundlagen einer Ehe als Liebe.«

»Es ist meiner Meinung nach möglich, all das zu haben und Liebe obendrein.«

»Sie kennen sich schließlich in diesen Dingen aus.«

»Ja, ich kenne mich in diesen Dingen aus«, stimmte sie ihm zu.

»Wieso?«

»Ich wurde im Alter von sechzehn Jahren mit einem jungen Mann verlobt. Wir waren sehr ineinander verliebt.« Yvonne seufzte, und der Marquis spürte, wie Wut in ihm aufstieg.

»Was geschah dann?« fragte er in sorgfältig gewähltem neutralen Ton.

»Nun, weil Papa sich gegen die Revolution wandte und fast unser ganzes Vermögen dafür aufbrauchte, Leuten zur Flucht zu verhelfen, war keine Heirat mehr möglich. Ich hatte keine Mitgift mehr, und so mußte er sich eine andere suchen.«

»Und Sie haben das einfach so hingenommen? Ohne Klagen?«

»Oh, ich bin sehr praktisch veranlagt. Ich habe natürlich sehr geweint, aber«, fuhr Yvonne mit einem gewissen Stolz fort, »nur wenn ich allein war. Ich habe meine Würde gewahrt.«

»Sie haben behauptet, daß Sie noch nie geküßt worden sind. Eine so zärtliche Liebe und keine Küsse?«

»Es ist in Frankreich anders«, meinte Yvonne. »Französische Mädchen sind nicht so draufgängerisch wie englische.« Sie blieb stehen, um an einer Rose zu riechen, und er blickte halb erzürnt, halb belustigt auf sie hinab.

»Möchten Sie, daß ich Sie küsse?« fragte er unvermittelt.

Ihre Blicke trafen sich sekundenlang; sie errötete und bedeckte die Augen mit ihren langen Wimpern. »Aber warum?« fragte sie.

Die Antwort wäre, dachte der Marquis mit einemmal: Weil ich glaube, daß ich in dich verliebt bin, aber laut sagte er: »Aus Spaß. Möchten Sie diese Erfahrung nicht machen?«

»Vielleicht«, sagte sie langsam. »Denn es würde keine Rolle spielen. Nach York sehe ich Sie nicht wieder. Ja, vielleicht will ich diese Erfahrung machen.« Sie wandte ihm das Gesicht zu.

Er umschloß es mit den Händen und küßte sie sanft auf den Mund. Eine solche Unschuld, dachte er benommen, eine so rührende, beinahe schmerzliche Reinheit. Der Duft der Blumen mischte sich mit dem ihres Haares. Unversehens brach eine Woge der Leidenschaft über ihn herein, und er kam erst wieder zu sich, als sie sich von seinen Lippen löste und erschrocken zu ihm aufschaute.

»Es tut mir leid«, sagte er heiser. »Es war nicht meine Absicht –«

Aber da hatte sie sich schon abgewandt und lief davon.

Benjamin ritt auf einem Pferd, das er sich aus dem Stall Lord Trants geliehen hatte, nach Grantham. In seiner Tasche befand sich ein Brief an Sir George Clarence. Benjamin hatte das Gefühl, daß er seine Missetat auch Sir George beichten müsse.

»Lieber Sir George«, hatte er geschrieben, »wenn Sie diesen Brief erhalten, ist Ihnen vielleicht schon ein unerhörtes Gerücht über Sie und Miss Pym zu Ohren gekommen. Ich habe dieses Gerücht in die Welt gesetzt. Ich war der Ansicht, daß Sie meiner Herrin gegenüber zartere Gefühle hegten, und mein Ziel war, den Lauf der wahren Liebe zu unterstützen.

Leider fand meine Herrin heraus, was ich getan habe. Sie ist in Tränen aufgelöst und sagt, sie kann Sie nie wieder sehen. Was soll ich tun?

Bitte nehmen Sie die Entschuldigung eines äußerst bekümmerten Lakaien an.

Ihr ergebener Diener Benjamin Stubbs.

P. S. Wenn ich nach London zurückkomme, können Sie mich nach Belieben auspeitschen.«

Benjamin hatte sich in der Bibliothek mit einem Wörterbuch abgequält, um sicherzugehen, daß seine Rechtschreibung richtig war. Er gab den Brief in Grantham auf, damit ihn die nächste Postkutsche in den Süden mitnehmen konnte, und ging dann in den Gasthof, um sich zu stärken, bevor er nach Hadley Hall zurückkehrte.

Der Wirt erkannte ihn wieder und begrüßte ihn überrascht. Er erzählte ihm, der Teufel sei los gewesen, als Mr. Smith und Mr. Ashton festgestellt hätten, daß die Gesellschaft ohne sie abgereist sei.

»Und was haben sie dann gemacht?« fragte Benjamin.

»Sie haben eine Kutsche gemietet und sind Hals über Kopf davongebraust.«

Benjamin lächelte. Immerhin war das eine gute Nachricht, die er Miss Pym überbringen konnte. Aber dann würde sie ihn fragen, was er in Grantham gemacht habe, und er konnte ihr auf keinen Fall erzählen, daß er Sir George geschrieben hatte.

Er seufzte, weil er die ganze Bürde seines schlechten Gewissens wieder auf sich lasten spürte. Er bat um eine Zeitung und las sie langsam. Sie kam aus London und war erst einen Tag alt. Überrascht erfuhr er, daß Lady Carsey, seine alte Feindin und Peinigerin, die gedroht hatte, sie werde sich an Miss Hannah Pym ebenso wie an ihm rächen, gestorben war. Sie war einem Herzanfall erlegen.

Yvonne traf Hannah in ihrem Zimmer an. Hannah saß in einem Sessel am Fenster, ganz still, die Hände im Schoß gefaltet.

»Dieser Klatsch hat Sie sehr mitgenommen«, sagte Yvonne. »Aber was ist schon an einem Gerücht?«

»Es ist eine furchtbare Waffe«, erwiderte Hannah leise. »Ich hatte keine Hoffnung auf die Erwiderung meiner Gefühle, zu keiner Zeit, denn wie könnte ein Mann wie Sir George mich als seine Frau auch nur in Erwägung ziehen? Aber solange wir befreundet waren, konnte ich träumen. Jetzt sind meine Träume dahin.«

»Sir George«, fragte Yvonne zaghaft, »war das nicht der gutaussehende Herr mit den weißen Haaren, der Ihnen die Geschenke gab, bevor wir aus London abreisten?«

»Richtig.«

»Miss Pym, er hat Sie so liebevoll angesehen. Ich an Ihrer Stelle würde nicht an seiner Freundschaft zweifeln.«

»Ich bin eine ehemalige Dienerin.« Hannah sah sehr müde aus. »Und es ist schon ein Skandal, daß mich Sir George überhaupt eingeladen hat. Er hat mich in die Konditorei Gunter mitgenommen, zweimal sogar, dann in die Oper, und er hat mir die Verbesserungen am Park in Thornton Hall gezeigt.«

»Er hat Sie in die Oper mitgenommen?«

Hannah nickte.

»Dann schert er sich, glauben Sie mir, keinen Pfifferling um die öffentliche Meinung. Seine Gefühle müssen wirklich sehr stark sein.«

»Nun, mir ist das Ganze jedenfalls höchst peinlich.« Hannahs eckige Schultern hoben und senkten sich in einer Geste der Resignation. »Am besten vergesse ich ihn. Ich habe alle Erinnerungen an ihn einem Hausmädchen geschenkt.«

Yvonne schwieg. Sie dachte an den Marquis, und eine leichte Röte stieg ihr in die Wangen, als ihr der Kuß wieder einfiel. Wie heftig ihre eigene Gemütsbewegung gewesen war! Und war sie nicht in derselben Lage wie Miss Pym? Der Marquis hatte nur mit ihr gespielt. Aber Miss Pym mußte geholfen werden. Sie, Yvonne, mußte den Marquis bitten, nach seiner Rückkehr nach London mit Sir George zu reden.

Da klingelte die Ankleideglocke.

»Wir wollen uns ganz besonders fein machen«, sagte Hannah, »und uns amüsieren, indem wir die jungen Damen bei der heißen Verfolgungsjagd auf den Marquis beobachten!«

Sie versammelten sich vor dem Dinner, das um vier Uhr nachmittags serviert wurde, im Wohnzimmer. Von Benjamin war keine Spur zu sehen, und Hannah hoffte, daß ihr gekränkter Lakai nicht das Weite gesucht und sie verlassen hatte. Letty und Clarrie saßen zu beiden Seiten des Marquis auf einem Sofa. Ihre Gesichter waren freudig erregt, während sie um seine Aufmerksamkeit wetteiferten. Der Marquis blickte Yvonne an, ein langer, rätselhafter Blick, und sie sah schnell zu Boden. Ihr Herz begann heftig zu pochen.

Der Marquis führte Letty zu Tisch, da sie die ältere Tochter war. Die Unterhaltung wurde hauptsächlich von Lord Trant bestritten, der endlos über Ernten und Düngemittel redete. Yvonne spürte, wie ihr Kopf zu schmerzen begann. Mit einemmal sehnte sie sich danach, mit ihrem Vater zusammen zu sein, weg von diesem verwirrenden Aristokraten mit den silbergrauen Augen, der ihr Herz so heftig schlagen ließ.

Nach einem gemeinsamen Kartenspiel wurde das Abendessen serviert, und danach sah Yvonne erleichtert, daß sich Hannah erhob, um sich für die Nacht zurückzuziehen. Auch Yvonne stand auf. Sie bedankten sich bei Lord und Lady Trant für ihre Gastfreundschaft. Der Marquis sagte, er habe in Grantham eine Kutsche bestellt, die sie am kommenden Morgen um sechs Uhr abholen werde. Er küßte Hannah die Hand und verbeugte sich vor Yvonne nur so kurz wie möglich.

Hannahs Schmerz begann ein wenig nachzulassen, als sie an die bevorstehende Reise dachte. York lag vor ihr, und vielleicht war irgendwo in York Mrs. Clarence. Hannah hatte das Gefühl, wenn sie nur Mrs. Clarence finden könnte, würde das ihren Kummer ganz erheblich lindern.

5

Die Morgensonne warf ihre langen Strahlen durch den Park von Hadley Hall, als der Marquis, Yvonne, Hannah und Benjamin nach York aufbrachen. Die Vögel sangen fröhlich. Es war ein schöner englischer Sommermorgen, frisch vom Duft nach Blumen und Gras. Während sie an Getreidefeldern vorbeirollten, fiel es Yvonne schwer, an Dunkelheit und Gefahr zu denken. Alle bösen Dinge gehörten zur Nacht.

Sie sprach diesen Gedanken aus, und die Augen des Marquis leuchteten belustigt, als er murmelte: »Nicht *alle* bösen Dinge.«

Yvonne errötete und schlug die Augen nieder. Hannah warf einen schnellen Blick von einem zum anderen, und ihre Lust am Ehestiften lebte wieder auf.

Benjamin zog die Zeitung, die er aus Grantham mitgebracht hatte, aus der Tasche und reichte sie seiner Herrin; er zeigte auf die Todesanzeige. Er war bis jetzt sehr still gewesen, da sein richtiger Platz auf dem hinteren Fußtritt war; aber er spürte, daß er im bequemen Kutscheninneren bleiben konnte, wenn er den Marquis nicht an seine Anwesenheit erinnerte.

Hannah las die Todesanzeige und stieß vor Erleichterung einen Seufzer aus. »Nun, Benjamin, es ist zu Ende mit ihr, und ich kann mich nur wundern, daß sie in ihrem Bett gestorben ist.«

Neugierig geworden, drang Yvonne auf eine Erklärung, und so lehnte sich Hannah zurück und erzählte Yvonne und dem Marquis von der bösen Lady Carsey, die versucht hatte, Benjamin für ein Verbrechen hängen zu lassen, das er nicht begangen hatte, und wie die furchtbaren Zwillinge Lord William und Lady Deborah Lady Carsey bis ins Mark erschreckt hatten.

Auf Einladung des Marquis stiegen sie am Abend alle in einem Gasthof ab, der zu vornehm war, als daß er normale Postkutschengäste aufgenommen hätte.

Das Abendessen wurde ihnen in einem privaten Salon serviert.

Der Marquis sagte, sie sollten am anderen Morgen früh aufbrechen, dann würden sie schon am Vormittag in York sein. Seine Augen ruhten auf Yvonne. »Bringen wir Sie zu Ihrem Vater?«

Yvonne schüttelte den Kopf. »Ich bin Ihnen äußerst dankbar, Mylord, aber ich will allein zu meinem Vater.«

»Ist das vernünftig? Petit und Ashton werden York nach Ihnen absuchen.«

»Ich kann sehr gut auf mich aufpassen«, erwiderte Yvonne.

Hannah suchte Yvonne in ihrem Zimmer auf, bevor sie sich schlafen legte. Der Großzügigkeit des Marquis war es zu verdanken, daß sie getrennte Zimmer hatten. Yvonne saß gerade am Toilettentisch und zog die Nadeln aus ihrem Haar. »Ich bin gekommen, um Ihnen gute Nacht zu wünschen«, sagte Hannah, »und Sie zu bitten, Ihre Entscheidung, allein zu Ihrem Vater zu gehen, noch einmal zu überdenken. Wäre es nicht besser, wenn Benjamin oder Lord Ware Sie beschützen würde?«

Yvonne schüttelte den Kopf. »Es ist besser, wenn ich mein Leben weiterlebe und Mylord nicht mehr sehe. Aber wenn Sie mir Ihre Adresse in London geben wollen, dann schreibe ich Ihnen und lasse Sie wissen, wie es mir ergangen ist.«

Vergebens suchte Hannah festzustellen, ob die Französin überhaupt etwas für den Marquis empfand. Yvonne meinte nur ziemlich spröde, daß sie ihm immer dankbar sein werde, ließ aber keinerlei Anzeichen von wärmerem Gefühl erkennen.

Hannah ging auf ihr Zimmer. Sie beschloß, sich die Haare zu waschen. Sie klingelte und bat um Kannen mit heißem Wasser und um weiche Seife. Dann ging sie ans Werk, und als sie fertig war, wickelte sie ihr Haar auf Lockenwickler aus Papier. Der Schlaf ließ in dieser Nacht auf sich warten. Sie wälzte sich im Bett hin und her und fiel nur gelegentlich in einen unruhigen Schlaf. Am Morgen wachte sie mit schweren Lidern auf, nahm die Papierwickler aus dem Haar und bürstete es gründlich durch; sie war zu müde, um das glänzende Ergebnis zu bewundern.

Es war eine traurige Gesellschaft, die da in die Kutsche kletterte. Benjamin warf einen Blick auf das ernste Gesicht seiner Herrin, und das schlechte Gewissen überfiel ihn von neuem, der Marquis war still und in sich gekehrt, und Yvonnes Augen waren gerötet, als hätte sie so wenig Schlaf wie Hannah gehabt.

Das Wetter war immer noch schön. Aber selbst der großartige Anblick der Türme des Münsters von York, die aus der Ebene stiegen, trug nicht dazu bei, die düstere Stimmung in der Kutsche zu heben.

Ich sollte etwas sagen, dachte der Marquis. Ich sollte mit ihr verabreden, daß ich sie besuche, sonst sehe ich sie womöglich nie wieder. Er wies den Kutscher an, sie zu einem Gasthof in der Nähe des Münsters zu bringen. »Es ist besser, nicht in einer Poststation abzusteigen«, meinte er. »Petit und Ashton werden alle ankommenden Kutschen überwachen.«

Bald darauf rumpelten sie über das Kopfsteinpflaster der Straßen von York, und die Sonne verbarg sich hinter den vorkragenden mittelalterlichen Gebäuden.

Der Marquis bemerkte, daß Yvonne eine Art Stadtplan aus ihrer Handtasche gezogen hatte, den sie eingehend betrachtete. »Ich wiederhole mein Angebot«, sagte er sanft. »Sie sollten nicht allein gehen.«

Sie faltete den Plan schnell zusammen und steckte ihn in ihre Tasche zurück. »Ich komme sehr gut zurecht«, meinte sie und wandte das Gesicht ab, jedoch nicht, ehe die aufmerksame Hannah Tränen in ihren Augen gesehen hatte.

Der Wagen rollte unter den Torbogen des Gasthofs zum Pelikan, und die Fahrgäste stiegen aus. Die Strecke nach York war an diesem Morgen kurz gewesen, aber nach all den Meilen, die sie von London hierher gereist waren, fühlten sie sich wacklig wie Schiffspassagiere, die an Land gehen. Es war, als hätte ihr kurzer Aufenthalt in Hadley Hall nie stattgefunden.

Yvonne nahm ihren kleinen Koffer und fragte den Marquis, ob sie ihn im Gasthof lassen könne, bis sie nach ihm schickte.

Dann streckte sie Hannah die Hand hin. »Leben Sie wohl, Miss Pym«, sagte sie. »Ich werde Sie nicht vergessen.«

Vor dem Marquis machte sie einen Knicks und wandte sich dann zum Gehen. Sie sahen ihr nach, bis sie in der Dunkelheit des Torbogens verschwand und dann in einen Strahl Sonnenlicht trat, der zwischen den Häusern auf die Straße fiel. Gleich darauf war sie nicht mehr zu sehen.

»Was nun?« fragte Hannah.

»Ich folge ihr«, sagte der Marquis. »Bestellen Sie auf meinen Namen Zimmer, Miss Pym, und nehmen Sie Miss Greniers Gepäck an sich.« Er ging schnellen Schrittes davon.

Auf der Straße blickte er nach rechts und links und kam gerade noch rechtzeitig, um Yvonne in einiger Entfernung in eine schmale Straße einbiegen zu sehen, den Stadtplan in der Hand. Er eilte hinter ihr her. Einmal drehte sie sich um und blickte zurück, und da trat er schnell in einen Hauseingang und folgte ihr erst wieder, als sie ihren Weg fortsetzte.

Auf einmal blieb sie stehen. Er zog sich in den Schatten einer kleinen Kirche zurück. Sie blickte an einem Gemüseladen hinauf und warf eine prüfenden Blick auf ihren Plan. Sie ging in den Laden. Der Marquis wartete. Yvonne kam wieder aus dem Laden heraus und verschwand in einem Hauseingang daneben.

Der Marquis eilte zu dem Haus. Er stieß vorsichtig die Tür auf und kam gerade recht, um einen Schreckensschrei zu hören. Wie der Blitz flog er die Stufen hinauf.

Yvonne stand an der offenen Tür zu einem Zimmer im ersten Stock, die Hände vorm Mund, und starrte hinein. Er trat zu ihr und blickte in ein Wohnschlafzimmer, in dem das Unterste zuoberst gekehrt war. Überall waren Papiere verstreut, die Bücher von den Regalbrettern geworfen, die Schubladen aufgerissen, und die Matratze lag aufgeschlitzt auf dem Bett.

»Wo ist Ihr Vater?« fragte der Marquis.

Sie stieß einen Schrei aus. Dann faßte sie sich, als sie sah, wer es war. »Fort«, sagte sie. »Sie müssen ihn gefunden haben.«

Er ging an ihr vorbei in das Zimmer und blickte sich in dem Durcheinander um. »Wer das hier angerichtet hat, hat etwas gesucht«, meinte er. »Vielleicht haben sie Ihren Vater gar nicht in die Hand bekommen. Vielleicht ist er ihnen entkommen. Warten Sie hier. Ich frage den Gemüsehändler.« Er ging nach unten und in den Laden. Der Gemüsehändler schlurfte herbei.

»Der Herr, der in dem Zimmer über Ihrem Laden lebt, wo ist er?« fragte der Marquis.

»Der Franzmann? Weiß ich nicht.«

»Sein Zimmer ist durchstöbert worden. Haben Sie jemand gesehen?«

»Keine Menschenseele, und gehört habe ich auch nichts.«

Der Marquis ging wieder zu Yvonne hinauf, die versuchte, das Zimmer in Ordnung zu bringen. »Sie müssen ihn mitgenommen haben«, sagte sie verzweifelt, als sie den Marquis erblickte. »Seine Kleidung ist hier, seine Toilettensachen nicht.«

»Wo sind seine Papiere?«

»Ich weiß nicht.«

Er legte den Arm um ihre Schulter und zog sie an sich. Einen Augenblick lehnte sie sich an ihn, und er konnte das Klopfen ihres Herzens hören. »Ich werde für dich sorgen«, sagte er heiser.

Sie riß sich los, das Gesicht flammendrot. »Ich bin sehr gut in der Lage, selbst für mich zu sorgen«, rief sie unter Tränen, »ohne die Mätresse eines englischen Aristokraten zu werden!«

Er hatte es als Heiratsantrag aufgefaßt, das wurde ihm jetzt klar, aber sie blickte ihn mit solchem Abscheu an, daß ihn Wut überkam. Der Teufel sollte sie holen!

»Ich habe ja nur gemeint, daß ich Ihren Unterhalt in York bestreiten will, wenn Sie nicht genug Geld haben«, erwiderte er eisig. »Wenn Ihr Vater gefunden wird, kann er mir das Geld zurückgeben.«

»Oh, es tut mir leid«, sagte sie kraftlos. »Natürlich bin ich Ihnen dankbar. Sehen Sie«, fuhr sie schüchtern fort, »in den

Häusern, in denen ich arbeite, laufe ich immer Gefahr, daß man mir ein zweideutiges Angebot macht.«

Eifersucht durchfuhr ihn wie ein stechender Schmerz, aber er zwang sich, ganz ruhig zu sagen: »Ich werde Sie jetzt in den Gasthof zurückbegleiten. Sie werden sich besser fühlen, wenn Sie Miss Pym wiedersehen. Hat die Tür zu diesem Zimmer offengestanden?«

»Nein. Ich habe einen Schlüssel von dem Gemüsehändler bekommen.« Sie hielt ihn dem Marquis hin. Er nahm ihn und schloß die Tür sorgfältig ab.

Als er dem Gemüsehändler den Schlüssel zurückbrachte, nachdem er Yvonne gebeten hatte, vor dem Geschäft auf ihn zu warten, fragte er den Mann: »Ist das ein Reserveschlüssel? Hat Monsieur Grenier gewöhnlich den anderen?«

»Nein, sein Schlüssel hängt bei den anderen an einem Nagel an der Wand neben der Tür.«

»Nicht besonders sicher, nicht wahr?« bemerkte der Marquis. »Da kann sich jeder bedienen.«

»Ich stehe von sechs Uhr morgens bis spät in die Nacht hier im Laden. Der Herr läßt den Schlüssel hier, weil er ihm zu schwer ist, und die anderen Zimmer sind unbewohnt.«

»Hat jemand Fremdes nach dem Schlüssel gefragt?«

Der Gemüsehändler zog seine Stirn in Falten. »Ja, beinahe hätte ich es vergessen. Es war ein junger Kerl, recht vornehm angezogen, kommt eines Abends spät und fängt an zu plaudern, und ich wurde allmählich ärgerlich, weil er nichts gekauft hat. Er deutete auf die Schlüssel und sagte: ›Wofür sind die denn?‹ Ich hab' ihm gesagt, für die Zimmer oben, aber daß niemand droben ist außer einem ausländischen Herrn. Er geht fort, aber dann sehe ich ihn mit einem älteren Mann draußen reden. Als nächstes kommt der ältere Mann mit dem jüngeren herein, und der ältere fängt an, über das Wetter zu reden und was weiß ich alles. Dann kommt Mrs. Battersby herein, um Lauch zu kaufen, und nachdem ich sie bedient habe, sind die feinen Herren verschwunden.

Sie kamen aber zurück, als ich die Fensterläden schloß, und der Alte sagte, daß er Orangen haben möchte. Da habe ich ihn bedient.«

»Sie haben also wahrscheinlich den Schlüssel genommen, das Zimmer durchwühlt und ihn wieder hingehängt.«

»Wie sollte ich denken, daß so etwas passiert?« rief der Gemüsehändler zu seiner Verteidigung. »Die Leute hier halten sich an die Gesetze. Ich hätte gar nicht erst an einen Ausländer vermieten sollen.«

»Es war schließlich nicht die Schuld des Ausländers, oder? Ich lasse Ihnen eine Nachricht für ihn da. Sollte er zurückkommen, weiß er, wo er mich finden kann. Bis dahin bewahren Sie den Schlüssel an einem sicheren Ort auf. Und sollten diese zwei Herren wiederkommen, lassen Sie es mich wissen.« Der Marquis nahm eine Visitenkarte und kritzelte den Namen des Gasthofs zum Pelikan auf die Rückseite. Dann zog er sein Notizbuch heraus und schrieb Monsieur Grenier, daß seine Tochter in dem Gasthof sei.

Er ging wieder zu Yvonne hinaus. »Es sieht jetzt besser aus«, sagte er und erzählte ihr, daß die Besucher des Gemüsehändlers offensichtlich Ashton und Petit gewesen seien. »Wenn Ihr Vater da gewesen wäre, hätte es einen Kampf gegeben. Der Gemüsehändler hätte etwas gehört. Es gibt keinen Hinterausgang aus dem Gebäude, soweit ich weiß.«

Ein leichter Regen setzte ein. »In diesem Stadtbezirk gibt es keine Pferdedroschken«, meinte der Marquis um sich blickend. »Ihr Häubchen wird leiden.«

»Ich bin darüber hinaus, mir um meine Kleidung Sorgen zu machen«, seufzte Yvonne.

Sie gingen schweigend den Weg zurück, den sie gekommen waren.

Hannah und Benjamin saßen in der Kaffeestube und waren beide vollkommen überrascht, als sie Yvonne sahen. Schnell erklärte der Marquis, was geschehen war.

Benjamins Augen leuchteten auf. Hier gab es eine Möglichkeit, sich nützlich zu machen. »Ich fange auf der Stelle an, Mylord«, sagte er eifrig. »Sie müssen in einem Gasthof der Stadt sein.«

»Sehen Sie zu, was Sie tun können«, erwiderte der Marquis.

Yvonne lehnte sich in ihren Stuhl zurück, die Augen geschlossen, während der Marquis das Essen bestellte, das ihnen in einem privaten Salon serviert werden sollte. Wieder nahm sie wahr, daß der Marquis in keiner Weise verarmt zu sein schien.

Benjamin ging zum »Ochsen«, in der Hoffnung, Monsieur Petit und seinen Freund Ashton dort anzutreffen, aber sie waren nicht da. Er machte sich ohne Erfolg auf den Weg zu anderen Gasthöfen, bis ihm der Gedanke kam, daß jemand wie Petit, der es sich leisten konnte, von Grantham bis York eine Postkutsche zu mieten, in einem vornehmeren Postgasthof zu finden sein könnte.

Aber in einem Postgasthof nach dem anderen erhielt er dieselbe Antwort. Es gab keinen Mann namens Smith, auf den die Beschreibung von Petit paßte, und auch keinen namens Ashton.

Der anfängliche Nieselregen war in einen lebhaften Dauerregen übergegangen, und Benjamin war naß, als er in die einladende Tür eines Wirtshauses am Stadtrand trat. Nachdem er seine nasse Jacke ausgezogen und zum Trocknen aufgehängt und die Regentropfen von seinem Biberhut geschüttelt hatte, ging er auf den Schanktisch zu und bat das hübsche Mädchen dahinter, ihm ein Glas Punsch zu geben. Er blickte sich in dem rauchigen Raum mit den niedrigen Balken um. Am Feuer saßen zwei Männer, die sich leise unterhielten. Benjamin wandte sich wieder ab und wollte mit dem Mädchen schwatzen, als er einen der Männer am Feuer einen deutlichen französischen Fluch ausstoßen hörte. Er nahm sein Glas in die Hand, schlenderte zum Kamin und sagte freundlich: »Darf ich mich zu Ihnen setzen? Das schöne Wetter ist vorbei, und es friert mich.«

Die beiden Männer machten ihm an ihrem kleinen Tisch vor dem Feuer widerwillig Platz, warfen dabei aber vielsagende Blicke auf die anderen leeren Plätze in dem Raum. Sie unterhielten sich weiter mit leiser Stimme, jedoch auf englisch.

»Ein furchtbares Wetter ist das«, sagte Benjamin und fragte sich, ob er sich diesen französischen Fluch nur eingebildet hatte.

»Ja, wirklich«, stimmte ihm einer der Männer zu, und Benjamin faßte wieder Mut, als er den fremden Akzent deutlich hörte.

»Sind Sie Franzosen?« fragte er.

»Ja«, kam die zögernde Antwort.

»Darf ich mich vorstellen? Benjamin Stubbs, Lakai.« Er streckte ihnen die Hand hin.

Erst der eine, dann der andere schüttelten sie.

»Unsere Namen sind Chevenix und Deville«, sagte Monsieur Deville.

»Sehr erfreut! Ich sehe, Ihre Gläser sind leer. Was darf's denn sein, meine Herren?«

Die beiden Franzosen waren beglückt, weil sie es nicht gewohnt waren, von Engländern freundlich behandelt zu werden.

»Rotwein, wenn es Ihnen recht ist.«

Benjamin rief dem Mädchen diesen Wunsch zu. Sie brachte einen Krug Rotwein und drei Gläser. Er füllte die Gläser der beiden und sagte: »Napoleon soll der Teufel holen!«

Die Franzosen tranken mit ernster Miene auf diesen Trinkspruch.

»In London«, sagte Benjamin, »leben viele von euch in einem bestimmten Viertel. Zum Beispiel am Cavendish Square. Gibt es denn in York auch ein Franzosenviertel?«

»Nein«, antwortete Monsieur Deville.

»Sie haben nicht zufällig kürzlich einen großen Franzosen gesehen: weißes Haar, farblose Augen, gelbe Zähne, der sich Monsieur Petit nennt?«

Monsieur Deville schüttelte den Kopf. »Ein sehr verbreiteter Name. Was tut er?«

Benjamin zog die Stirn in Falten. »Er lebt in Paris, so 'ne Art Richter.«

Beide Männer sprangen auf.

Monsieur Chevenix zitterte. »Jaques Petit... hier?« flüsterte er.

»Setzen Sie sich doch«, bat Benjamin. »Ich bin kein Freund von ihm. Tatsache ist, daß er hinter jemand her ist, dem meine Herrin helfen will. Setzen Sie sich. Ich erzähl's Ihnen.«

Die beiden Männer setzten sich und blickten Benjamin mißtrauisch an. Er erzählte ihnen, was er wußte – wie Yvonne auf die Suche nach ihrem Vater gegangen war, nur um statt seiner ein durchwühltes Zimmer vorzufinden. »Sie sehen also«, endete er, »dieser Petit hat womöglich Grenier zu fassen gekriegt. Deshalb muß ich ihn finden.«

»Wir kennen Claude Grenier«, erwiderte Monsieur Deville nach langem Schweigen. »Er ist vor ein paar Monaten aus seiner Wohnung ausgezogen. Er hat gesagt, daß er seine Tochter erwarte, aber es habe ihm jemand eine Botschaft zukommen lassen, daß sein Leben in Gefahr sein könnte. So beschloß er, an einen Ort zu ziehen, wo er sich sicherer fühlen konnte. Das ist alles, was wir wissen.«

Benjamin trank seinen Punsch aus, dankte ihnen und ging. Draußen hatte es aufgehört zu regnen, aber ein stürmischer Wind blies Papierfetzen und Stroh an den alten Häusern hinauf.

Wo konnte er Ashton und Petit finden? Die Mietställe, kam ihm plötzlich in den Sinn. Sie konnten eine Equipage oder einen Einspänner gemietet haben. Er fragte nach dem größten Mietstall und wurde an einen in der Nähe des Münsters verwiesen. Ein Knecht sagte ihm, er habe Glück, Mr. Peartree, dem der Stall gehöre, arbeite trotz der späten Stunde noch in seinem Büro.

Mr. Peartree war über seine Hauptbücher gebeugt, ein kleiner eingeschrumpfter Mann, der streng nach Pferd roch. Ein Gespräch mit Dienern hielt er für unter seiner Würde und behandelte Benjamin nur deshalb höflich, weil Benjamin kein gewöhnlicher Diener, sondern ein livrierter Lakai war und einen einflußreichen Herrn haben konnte.

Benjamin wußte, daß der Name von Hannah Pym wenig Gewicht haben würde, und beanspruchte deshalb den Marquis von Ware als seinen Herrn. Er möchte wissen, ob vor kurzer Zeit zwei Herren vorgesprochen und einen Wagen gemietet hätten. Er gab eine rasche und wenig schmeichelhafte Beschreibung von Ashton und Petit.

Mr. Peartree erforschte seine Perücke nachdenklich mit seinem Gänsekiel. Dann erwiderte er: »Jetzt fallen sie mir wieder ein. Der Alte hat nicht viel gesagt, aber der Junge hat viel Wind gemacht und wollte von mir eine Kutsche für den Preis eines Einspänners. ›Wir fahren zu Lord Wetherby in Bradfield Park‹, meinte er. Ich habe gesagt, mir sei es egal, wohin sie führen, aber meine Kutsche mit den besten Pferden vermietete ich nicht unter Preis. So hat er den vollen Preis gezahlt und die Kutsche wohlbehalten zurückgeschickt, da sie einen meiner Kutscher genommen haben. Hätte er sie selber lenken wollen, hätte ich sie ihm nicht gegeben, nicht für viel Geld, weil er einen verschlagenen Ausdruck im Gesicht hatte. Als der Kutscher mir erzählt hat, daß er sie in Bradfield Park abgesetzt hat, war ich überrascht, das muß ich zugeben, weil sie nicht wie Leute aussahen, die Lord Wetherby bei sich aufnimmt.«

Benjamin bedankte sich und schlenderte in den »Pelikan« zurück. Er glaubte die ganze Nacht unterwegs gewesen zu sein, aber die Münsterglocke schlug erst zehnmal.

Er traf Hannah und Yvonne in dem privaten Salon bei Näharbeiten an. Hannah stopfte ein Loch in der Ferse eines Strumpfs, und Yvonne nähte eine Rüsche an den Saum eines Kleides.

Benjamin erzählte ihnen, was er erfahren hatte, und Hannahs Augen blitzten auf.

»Gehen Sie zu Lord Ware«, drängte sie. »Er wird wissen, was zu tun ist.«

Es stellte sich heraus, daß der Marquis aus dem Haus gegangen war, und so warteten sie gespannt auf seine Rückkehr.

Es war fast Mitternacht, als er kam. Er hörte sich Benjamins Geschichte aufmerksam an und sagte dann: »Sie haben mehr Erfolg als ich gehabt. Aber ich habe auch eine kleine Neuigkeit. Ich bin noch einmal zu dem Gemüsehändler gegangen und habe mich in einem Hauseingang gegenüber verborgen und den Laden beobachtet. Ashton kam und ging hinein. Der Gemüsehändler bemerkte ihn und fing an, aus voller Kehle ›Mörder!‹ zu schreien, und Ashton machte auf dem Absatz kehrt und floh. Ich bin hinter ihm hergelaufen, aber es ist ihm gelungen, mich abzuhängen. Es könnte bedeuten, daß er die Wohnung noch einmal durchsuchen wollte.«

»Und was machen wir jetzt?« fragte Hannah. »Sollen wir zu den Behörden gehen und sagen, was wir wissen?«

Der Marquis ging mit großen Schritten auf und ab.

»Lassen Sie mich nachdenken. Wetherby. Ein magerer schweigsamer Mensch, eine dicke Frau und, ah, eine Tochter im heiratsfähigen Alter.« Er lächelte auf einmal. »Wir werden Wetherby morgen einen Besuch abstatten.«

»Aber Sie vergessen«, protestierte Hannah, »daß Petit und Ashton dort wohnen.«

»Wir wollen dem Feind ins Auge sehen.«

»Aber Sie bringen Miss Grenier in Gefahr!«

Die Augen des Marquis ruhten nachdenklich auf Yvonne. »Das glaube ich nicht. Wir werden dafür sorgen, daß sie nie allein ist. Jetzt sollten wir zu Bett gehen, damit wir für unser morgiges Abenteuer frisch sind.«

Und keiner ist mehr da, dem ich es erzählen kann, dachte Hannah auf einmal, weil ihr ihre verlorene Liebe einfiel. Yvonne bemerkte den traurigen Ausdruck in Hannahs Gesicht.

Als sie den Salon verließen, legte Yvonne dem Marquis die Hand auf den Ärmel und sagte leise: »Ein Wort unter vier Augen, Mylord.«

Hannah blickte besorgt zurück, aber Yvonne rief: »Ich komme gleich nach.«

Der Marquis lehnte die breiten Schultern an die getäfelte Wand und lächelte Yvonne so freundlich an, daß ihr ganz schwach wurde. »Was gibt's, Miss Grenier?«

»Es geht um Miss Pym.«

»Sie enttäuschen mich. Aber was ist mit Miss Pym?«

»Erinnern Sie sich an das Gerede über Miss Pym und Sir George?«

Er nickte.

»Könnten Sie Sir George nach Ihrer Rückkehr nach London aufsuchen und ihm mitteilen, wie sehr Miss Pym unter dem Gerücht leidet? Wie sehr sie fürchtet, seine Freundschaft eingebüßt zu haben?«

»Für Sie, Miss Grenier«, sagte er leichthin, »tue ich alles.«

Sie warf den Kopf zurück. »Miss Pym ist traurig. Ich verdanke ihr viel. Fassen Sie diese Bitte nicht als Scherz auf.«

Er richtete sich auf, führte ihre Hand an die Lippen und hauchte einen flüchtigen Kuß darauf. »Seien Sie überzeugt, daß ich alles in meiner Macht Stehende tun werde, um Miss Pyms Glück zu fördern.«

Yvonne zog langsam ihre Hand zurück und machte einen Knicks vor ihm. Sie mußte nah an ihm vorbeigehen, um den Raum zu verlassen, und sie war sich ihrer Hoffnung bewußt, daß er sie an sich ziehen und küssen möge.

Aber er machte keine Anstalten dazu, und so ging sie mit einem leisen »Gute Nacht« zu Hannah.

Diese blickte sie neugierig an, als sie das Zimmer betrat. »Was hatten Sie zu besprechen?« fragte sie.

»Nur eine persönliche Angelegenheit«, erwiderte Yvonne. »Dieser Besuch bei Lord Wetherby macht mir Sorgen. Ich glaube nicht, daß Lord Ware ihn allzu gut kennt. Was macht die adlige Gesellschaft, wenn sie unwillkommene Gäste nicht empfangen will?«

Hannah lachte. »Sie kann eigentlich nicht viel tun, vorausgesetzt, der unerwünschte Gast hat einen Titel. Die feinen Leute können so tun, als seien sie nicht zu Hause, oder sie können sagen, sie wollten gerade zu einem Besuch aufbrechen. Ich könnte mir denken, daß die Bekanntschaft mit dem Marquis von Ware eine gesellschaftliche Auszeichnung bedeutet, und sie haben, worauf der Marquis selbst hingewiesen hat, eine heiratsfähige Tochter.«

Ein Schatten huschte über Yvonnes Gesicht, und Hannah fragte sich, ob es der Gedanke, Monsieur Petit wiedersehen zu müssen, war oder ob sie über den Marquis und die heiratsfähige Tochter nachdachte. »Sie schlafen jetzt besser«, sagte sie liebevoll. »Morgen wird alles nicht mehr ganz so schlimm aussehen. Ich bin sicher, daß Sie Ihren Vater bald wiedersehen werden. Überlegen Sie nur einmal! Ein listenreicher Mann wie Ihr Vater, der so vielen die Flucht aus Frankreich ermöglicht hat, wird wissen, wie er selbst überleben kann.«

Yvonne umarmte Hannah und ging in ihr eigenes Zimmer.

Hannah stocherte mit dem Schürhaken im Feuer herum. Es gab so viele Dinge, die sie den Marquis hätte fragen mögen. Hatte er vor, Petit zur Rede zu stellen, sobald sie da waren? Hatte er vor, Lord Wetherby vor den Gästen unter seinem Dach zu warnen? Sie fühlte sich ungewöhnlich müde. Sonst las sie, bevor sie zu Bett ging, ein Kapitel aus der Bibel und pflegte dann an Sir George zu denken, an seine blauen Augen. Aber der Gedanke an ihn weckte in ihr jetzt ein schmerzliches Gefühl des Verlustes.

In London war es zwei Uhr morgens, als Sir George Clarence langsam von seinem Klub nach Hause ging. In seiner Tasche befand sich Benjamins Brief. Seine erste Reaktion, als er ihn gelesen hatte, war Ärger gewesen. Aber da er ein gewissenhafter, gründlicher Mann war, der wußte, daß der Gegenstand eines Gerüchtes gewöhnlich der letzte ist, der davon erfährt, hatte er sich in den Klub begeben, um herauszufinden, was man sich erzählte.

Dafür hatte er, das wurde ihm als erstes klar, eine ungünstige Zeit gewählt, denn sämtliche anwesenden Mitglieder waren ins Spiel vertieft. Erst nach Mitternacht wurde seine Geduld belohnt. Sir Paul Disley, ein geckenhafter Baron, erhob sich voller Mißbilligung vom Spieltisch.

Sir George schnitt ihm den Weg ab. »Was halten Sie davon, mir bei einer Flasche Port Gesellschaft zu leisten, Disley?«

»Solange er auf Ihre Rechnung geht«, erwiderte der Baron. »Verfluchte Gaunerbande! Ich könnte schwören, daß die Karten gezinkt sind. Hat je ein Mensch so gewaltiges Pech gehabt?«

Bald saßen sie gemütlich bei einer Flasche Port. Erst jetzt schien Sir Paul wahrzunehmen, wer sein Gegenüber war. Sir George mied gewöhnlich die Gecken und Schwätzer und galt deshalb als »stocklangweiliger alter Kauz«.

Sir Paul dachte, daß die Gesellschaft eines Menschen wie Sir George Clarence ein passender Abschluß für einen katastrophalen Abend war. »Was treiben Sie denn immer so?« fragte er ihn in schleppendem Ton. Seine Augen wurden hellwach, da ihm auf einmal der köstliche Klatsch einfiel, den er über den alten Diplomaten gehört hatte.

Sir George lehnte sich in seinem Stuhl zurück. »Ich bin hier, um mich über ein bestimmtes Gerücht zu informieren, das über mich und eine gewisse Dame kursiert.«

Sir Paul machte ein so unbehagliches Gesicht, als hätte sein Tischgenosse gerade seine Gedanken gelesen. »Es kursieren so viele Gerüchte«, sagte er ausweichend. »Ich achte nicht auf sie. Prinzipiell nicht.«

»Ah so! Aber sehen Sie, die Dame ist gerade nicht in der Stadt, so daß sie sich nicht selbst wehren kann. Bitte sagen Sie mir, was Sie gehört haben.«

Sir Paul rutschte verlegen auf seinem Stuhl hin und her. Nie zuvor hatte er sich in einer solchen Situation befunden, und er fand, daß sich Sir George höchst ungehörig benahm. Er mußte doch wissen, daß man über andere Leute *hinter* ihrem Rücken redete. Sie direkt zu fragen schlug dem guten Ton geradezu ins Gesicht. »Oh, wissen Sie es denn nicht?« fragte er hilflos.

»Nein, ich weiß es nicht.« Sir Georges Stimme klang schneidend. »Ich warte darauf, daß Sie es mir sagen.«

Sir Paul lehnte sich vor. »Man sagt, Sie halten sich eine gewisse Miss Pym als Mätresse; sie soll die Haushälterin Ihres Bruders gewesen sein.«

»Ja«, sagte Sir George kalt, »mein verstorbener Bruder hatte eine Haushälterin namens Pym. Ich selbst habe eine Freundin, auch eine Miss Pym, die eine entfernte Verwandte von Mrs. Clarence, meiner Schwägerin, ist. Ich werde jeden, der ihren guten Namen in den Schmutz zieht, ausfindig machen und vor Gericht bringen!«

»Ich habe nichts gesagt«, meinte Sir Paul.

»Davon bin ich überzeugt«, gab Sir George zurück. »Aber verbreiten Sie, daß ich auf Rache sinne.«

Als er jetzt nach Hause ging, war er nicht mehr so wütend über die Beleidigung, die man seinem Namen angetan hatte, wie besorgt um Hannah. Diesen Tunichtgut von einem Lakaien sollte doch der Teufel holen! Hatte er diesem frechen Kerl je Anlaß zu der Vermutung gegeben, seine Gefühle für Miss Pym seien anderer als freundschaftlicher Natur?

Aber er erinnerte sich auch an die Geschenke, die er ihr gemacht hatte, und mit Wärme an das Vergnügen, das ihm ihre Geschichten bereitet hatten. Sie wußte von dem Skandal und war bekümmert, und das war für ihn plötzlich eine ganz unerträgliche Vorstellung.

Der Klatsch hatte bewirkt, daß er der Londoner Gesellschaft überdrüssig war. Er war ein Diplomat im Ruhestand, der lange Zeit keinerlei Abenteuer mehr erlebt hatte. Es war reizvoll, schnell nach York zu reisen und Miss Pym zu überraschen. Wie würden ihre seltsamen Augen aufleuchten!

Nachdem er sich zu der Fahrt nach York durchgerungen hatte, fühlte er sich so jung wie schon seit Jahren nicht mehr.

6

Bradfield Park lag nur eine halbe Meile von York entfernt. Yvonne spürte eine zunehmende Beklemmung, als sie beim Pförtnerhaus in die Auffahrt einbogen.

Sie waren gerade dabei, vor dem Herrenhaus aus der Kutsche zu steigen, als der Marquis rief: »Wetherby!«

Ein magerer kleiner Mann mit einem Gewehr an der Hüfte und einem Hund auf den Fersen kam ihnen durch den Park entgegengeschlendert. Er blickte finster drein und kam mit offensichtlichem Widerstreben näher, die kleinen Knopfaugen auf das Gepäck gerichtet, das Benjamin von der Kutsche lud. »Ah, Sie sind es, Ware«, sagte Lord Wetherby und blickte zu dem Marquis hinauf. »Ich kann Sie nicht aufnehmen. Kein Platz, kein Platz. In York gibt es ausgezeichnete Gasthöfe. Ich würde selbst lieber dort wohnen. Wir haben einen miserablen Koch.«

Die Tür des Herrenhauses öffnete sich, und eine dickliche Dame mit einer Gazehaube und einem Morgenrock aus Chintz kam auf sie zugeeilt. »Oh, es ist tatsächlich Ware. Ich habe aus dem Damenzimmer geschaut und zu Drusilla gesagt: ›Dusty‹, habe ich gesagt, ›ich könnte schwören, daß das der Marquis von Ware ist, oder ich heiße nicht Wetherby.‹ Und Dusty hat zu mir gesagt: ›O Mama!‹« Sie fuhr mit hoher Kopfstimme fort: »Das süße Kind hat Sie beim Ball bei Almack gesehen und ist geradezu vernarrt in Sie.«

»Ich freue mich, Sie wiederzusehen«, murmelte der Marquis und verneigte sich. »Darf ich Ihnen meine Base vorstellen, Miss Grenier, und eine liebe alte Freundin meiner Familie, Miss Pym?«

»Entzückt! Entzückt! So eine Freude. Ich habe schon zu Wetherby gesagt, er kann wohl nicht bei Sinnen gewesen sein, als er einen solchen Galgenvogel wie Ashton zu uns eingeladen hat, denn da bestehen ja überhaupt keine Aussichten, und die arme Dusty gähnt jedesmal, wenn sie ihn doch einmal sehen muß, was so selten ist, wie das arme Schätzchen es nur einrichten kann. Schließlich ist sie empfindsam und ungeeignet für oberflächliche Schwätzer.«

Lord Wetherby stieß den Lauf seines Gewehrs in die Grasnarbe zu seinen Füßen und sagte verstimmt: »Kein Platz.«

»Kein Platz«, echote seine Gattin, »kein Platz!« Sie warf den Kopf zurück und lachte. »Wir haben Unmengen von Platz, und Sie müssen bis in alle Ewigkeit bei uns bleiben. Dusty wird ja ganz außer sich sein! Kommen Sie! Kommen Sie! Knurre nicht, Wetherby! Und zieh dir deinen Anzug an, ja! Untersteh dich und sitz mit deinen Stulpenstiefeln da. Kommen Sie!« Sie watschelte vor ihnen her und rief dabei den Dienern zu: »Das Blaue Zimmer für Lord Ware, das Rote Zimmer für Miss Grenier und das Gelbe für Miss ...«

»Pym«, half ihr Hannah aus.

»Wir werden in einer halben Stunde einen kalten Imbiß zu uns nehmen, Ware. Klingeln Sie einfach, dann wird man Ihnen das Speisezimmer zeigen. Ist das Wetter nicht einfach fabelhaft? Sie müssen Dusty bitten, Ihnen den Garten vorzuführen. Das Lämmchen ist ja so vernarrt in Blumen, weil sie selbst eine zarte Blüte ist.«

Yvonne und Hannah stiegen hinter der Haushälterin von Bradfield Park die geschwungene Treppe hinauf. »Ich fürchte, Lord Wetherby legt keinen Wert auf uns«, flüsterte Yvonne.

»Aber Mylady um so mehr«, murmelte Hannah, »und sie führt hier das Regiment.«

Zu Yvonnes Erleichterung war ihr Zimmer mit dem Hannahs durch ein Wohnzimmer verbunden. Eine Zofe packte Yvonnes Koffer aus, als der Marquis erschien und das Mädchen entließ.

»Packen Sie nicht zu viel aus«, sagte er zu Yvonne. »Mein Schlafzimmer liegt auf demselben Korridor. Sie schlafen heute nacht dort, und ich schlafe hier.«

Yvonne nickte, die Augen vor Furcht groß.

»Sehen Sie mich nicht so an«, fuhr er fort. »Ich bin sicher, daß weder Petit noch Ashton es wagen werden, eine Bewegung zu machen, solange wir hier sind.«

»Vielleicht ist Lord Wetherby ein Verschwörer«, äußerte Hannah. Sie hatte Yvonnes Zimmer gerade zur rechten Zeit betreten, um das Gespräch mitzuhören.

»Das halte ich für ganz unwahrscheinlich«, widersprach der Marquis. »Bei einem solchen Mann müßte das Motiv Geld sein, und er scheint genug zu haben.« Er überließ sie sich selbst, damit sie sich umziehen konnten.

Als Yvonne und Hannah in das Speisezimmer kamen, waren Ashton und Petit schon da. Monsieur Petits farblose Augen gaben nichts preis.

»Wir begegnen einander wieder«, sagte Mr. Ashton. Er trug ein enges Jackett mit sehr langen Schößen und einem lächerlich hohen Kragen. Auf der Wange seines geschminkten Gesichts klebte ein schwarzes Schönheitspflästerchen.

»Ja, was für eine Überraschung, Sie und Monsieur Petit«, erklärte Hannah.

»Ich weiß nicht, wen Sie meinen«, erwiderte Mr. Ashton schroff. »Das hier ist mein Freund Mr. Smith.«

»Wie Sie wollen«, fauchte Hannah.

Der Marquis und Lord und Lady Wetherby betraten den Raum.

»Dusty wird in einer Minute da sein«, rief Lady Wetherby. »Sie macht sich schön – als hätte sie eine Verschönerung nötig. Gesegnet sind die Lilien auf dem Feld, sage ich immer. Miss ... äh ... kennen Sie Mr. Ashton und seinen Freund Mr. Smith?«

»Pym«, stellte Hannah fest. »Ja, wir haben uns auf der Straße nach Norden kennengelernt.«

»Na, das ist aber ein Zufall!« sagte Lady Wetherby und klatschte dabei in die Hände. »Gott hat seine Hand eben überall. Ach, da ist ja mein kleiner Liebling.«

Eine atemraubende Erscheinung mit blonden Locken, blauen Augen und Grübchen kam in den Raum spaziert. Sie trug ein zartes, rosa besticktes Musselinkleid. Rund um das tiefe Dekolleté waren rosa Seidenbänder eingezogen und zwischen den üppigen Volants am Saum ebenfalls. Auf ihren glänzenden Locken saß ein Büschel rosa Seidenrosen. Sie machte einen tiefen Knicks und blickte mit verliebten Augen zu dem Marquis auf.

»Jetzt, wo wir alle da sind, setzen Sie sich doch bitte«, sagte Lady Wetherby. »Ihr Platz, Ware, ist neben Dusty, und die Damen dahin.«

Hannah sah sich zwischen Ashton und Petit plaziert.

Yvonne verspürte plötzlich Sehnsucht nach ihren Landsmänninnen. Diese Engländerinnen konnten so läppisch sein. Man mußte sich nur ansehen, wie schamlos Dusty – ein dummer Name! – mit Ware kokettierte, und natürlich genoß er es!

Für alle außer Lady Wetherby, ihre Tochter und den Marquis war es eine höchst unbehagliche Mahlzeit. Ashton, Petit, Hannah und Yvonne aßen in peinlichem Schweigen, und Lord Wetherby blickte so böse in die Runde, als wünschte er alle zur Hölle.

Endlich war die Mahlzeit vorbei. Dusty fragte den Marquis ganz allerliebst, ob sie ihm das Haus zeigen dürfe, in dem sie nach ihrer Heirat wohnen werde, und der Marquis erwiderte, er könne sich keine gelungenere Art, einen Sommertag zu verbringen, vorstellen. Yvonnes Herz wurde schwer wie Stein. Sie fragte sich, ob er Dusty küssen werde.

Aber ihre Stimmung hellte sich auf, als Hannah einen Spaziergang im Park vorschlug.

Sobald sie außer Hörweite waren, sagte Hannah: »Falls Lord Wetherby an dem Komplott beteiligt ist, könnte Ihr Vater hier sein. Wir können so tun, als bewunderten wir die Gartenanlagen, und um das Haus wandern und herauszufinden suchen, ob er irgendwo versteckt ist.«

»Wenn sie ihn in ihrer Gewalt hätten, würden sie ihn dann nicht nach Frankreich gebracht haben?« fragte Yvonne.

»Es kann sein, daß sie Nachrichten von einem Schiff abwarten müssen«, meinte Hannah. »Lassen Sie uns anfangen! Benjamin ist nach York zurück, um zu sehen, ob er eine Spur von Ihrem Vater finden kann.«

Benjamin wollte in York Schreinerwerkstätten aufsuchen, denn zufällig war die Rede davon gewesen, daß Yvonnes Vater gern Schreinerarbeiten verrichtete. Er fragte in verschiedenen Werkstätten nach einem gewissen Grenier, aber niemand konnte ihm helfen. Schließlich erfuhr er, daß es am Stadtrand auf dem Weg nach Bradfield Park noch eine gebe, und kam dort gerade an, als der Meister die Tür zuschloß. Geduldig stellte er die gewohnte Frage. Der Meister, ein Mr. Griggs, sagte, ihm sei nie ein Schreiner namens Grenier untergekommen. »Sie sind aber kein Schreiner, was?« fragte er.

Benjamin strich seine Livree glatt. »Ich bin Lakai«, sagte er hochmütig.

»Und warum sucht ein Lakai nach einem Schreiner?«

»Der Schreiner ist ein Freund des Marquis von Ware«, log Benjamin.

»Wenn er ein Freund des Marquis ist, warum arbeitet er dann als Schreiner?«

»Er ist kein gewöhnlicher Schreiner«, sagte Benjamin. »Er ist ein Franzose.«

»Ah, ein Einwanderer! Wir haben einen solchen gehabt. Ein guter Arbeiter.«

»Wie hat er geheißen?«

»Hat sich Green genannt.«

Green ... Grenier, dachte Benjamin und fragte mit wachsendem Interesse: »Was ist aus ihm geworden?«

»Nun, er stand eines Tages an der Drehbank, als zwei Männer hereinkamen. Er hat nicht besonders begeistert ausgesehen, als er sie erblickt hat.«

»Ein großer Mann mit weißen Haaren«, rief Benjamin aus, »und ein stutzerhafter junger Kerl?«

»Das könnten sie gewesen sein. Sie sind zu ihm hingegangen und haben mit ihm geredet. Mr. Green hat seine Schürze ausgezogen, seine Jacke und seinen Hut von einem Haken an der Wand genommen und ist mit ihnen fort. Ich bin hinter ihm hergerannt und habe gesagt: ›He, Sie können doch nicht einfach zu arbeiten aufhören, wann es Ihnen paßt.‹ Er hat gesagt, es tue ihm leid, aber er müsse gehen.«

»Vielleicht haben sie ihn mit einer Pistole bedroht«, meinte Benjamin halb zu sich selbst.

»Nicht, daß ich es gesehen hätte«, rief Mr. Griggs. »Aber Schluß jetzt! Was soll das Ganze?«

»Das ist eine zu lange Geschichte«, sagte Benjamin über die Schulter zurück, während er mit langen Schritten davonging. Er fühlte sich unbehaglich. Wenn Monsieur Grenier mitgegangen war, konnte es dann nicht sein, daß er wirklich seine Meinung geändert hatte und mit ihnen nach Frankreich zurück wollte?

Der Himmel färbte sich dunkel, und über seinem Kopf flatterte eine Fledermaus. Besser schnell zurück und berichten, was er erfahren hatte! Er schritt in forschem Tempo weiter, aber als er an einem Wirtshaus vorbeikam, hörte er fröhliches Stimmengewirr, Gläserklingen und Würfelklappern.

Seine Füße schienen ein Eigenleben zu führen, unabhängig von seinem Verstand und seinem Gewissen, die ihm beide sagten, er solle mit seinen Nachrichten so schnell wie möglich nach Bradfield Park zurückkehren.

Er sah, daß die Kleidung der Männer, die beim Würfelspiel saßen, vom Feinsten war. Er schob sich durch die Menge zu ihrem Tisch, wartete, bis einer verärgert aufgab und wegging, und schlüpfte unauffällig an seinen Platz.

Die Zeit verging wie im Flug, während Benjamin gewann und verlor und wieder gewann. Es war nach Mitternacht, als die Runde das Spiel für beendet erklärte und Benjamin drängte, ein paar Flaschen Wein mit ihnen zu trinken.

»Ich muß nach Bradfield Park«, sagte Benjamin.

»Was, zum alten Wetherby? Bei dem ist nicht viel zu holen. Ein fürchterlicher Geizkragen«, bemerkte einer.

»Führt aber ein recht großes Haus«, meinte Benjamin und ließ die schwarzen Augen von einem Gesicht zum anderen wandern.

»Lady Wetherby sitzt auf dem Geld«, sagte ein anderer. »Wetherby hat an der Börse spekuliert und sein Vermögen verloren. Er muß sie um jeden Pfennig bitten.«

Benjamin begab sich an die frische Luft hinaus und versuchte, wieder klar zu denken. Lady Wetherby hatte die Zügel in der Hand, weil sie das Geld hatte. Daraus folgte, daß Wetherby eigenes Geld brauchte und bereit war, um des Geldes willen einen Verräter zu unterstützen.

Benjamin fühlte sich müde. Er setzte sich an den Straßenrand und stützte den Kopf in die Hände. Er hätte nicht so viel trinken sollen. Im nächsten Augenblick war er fest eingeschlafen.

Hannah, Yvonne und der Marquis saßen in dem kleinen Wohnzimmer zwischen den Schlafzimmern. Der Marquis war gekommen, um sein Nachtzeug in Yvonnes Zimmer zu bringen, und hatte beide hellwach und sehr besorgt vorgefunden.

Benjamin sei nicht zurückgekommen, erklärte Hannah. Der Marquis meinte darauf, er wolle mit ihnen warten.

Yvonne saß still da und ging die Ereignisse des Tages in Gedanken noch einmal durch. Sie und Hannah hatten das Gut und das Herrenhaus abgesucht und keinen Ort gefunden, wo man einen Menschen verstecken konnte. Als sie sich am Abend im Salon versammelt hatten, waren Mr. Ashton und Monsieur Petit nicht dabei gewesen, genauso wenig wie ihr Gastgeber. Lady Wetherby sagte munter, ihr Mann habe etwas in der Stadt zu erledigen. Als der Marquis das hörte, wuchs seine Überzeugung, daß Lord Wetherby an dem Komplott beteiligt sei, und er war froh, daß er sich ihm nicht anvertraut hatte. Dafür war Dusty um so deutlicher in Erscheinung getreten; sie war absolut widerwärtig gewesen. Wie hatte der Marquis nur diesen nicht abreißenden Strom von kindischem Geschwätz ertragen können, diesen leeren blauen Blick? Aber er hatte unbefangen mit Dusty geflirtet und ihre Gesellschaft scheinbar genossen.

»Ich nehme an, er wird sie heiraten.« Yvonne wurde rot, als sie merkte, daß sie diesen Gedanken laut ausgesprochen hatte.

»Wer wird wen heiraten?« fragte der Marquis.

»Ich habe mich an etwas erinnert, das ist alles«, erwiderte Yvonne, stach sich mit der Nadel in den Finger und stieß einen Schrei aus.

»Meinen Sie, daß ich Dusty heiraten werde? Bitte glauben Sie das nicht«, sagte der Marquis. »Aber es ist wichtig, daß Lady Wetherby es glaubt. Ich habe mit einem der Wildhüter gesprochen, und er hat mir erzählt, daß es Lady Wetherby ist, die das Geld hat, aber berüchtigt für ihren Geiz ist. Es sind nur mein Titel und mein Vermögen, die sie dazu veranlaßt haben, uns einzuladen.«

»Sie haben also Vermögen?«

»Ja.«

»Warum sind Sie dann unter falschem Namen gereist?«

»Eine Laune. Ich bin ein launenhafter Bursche. Ich gestehe, daß ich manchmal verrückte Sachen mache.«

»Küssen Sie Frauen, wenn Sie die Laune dazu ankommt?« Yvonnes Stimme war scharf, und Hannah blickte von einem zum anderen.

»O ja. Aber das hat sich als zu gefährlich erwiesen. – Wissen Sie, Miss Pym«, wandte er sich an Hannah, »daß sich die letzte Dame, die ich geküßt habe, an mir gerächt hat?«

»Wie soll ich das wissen, Mylord? Aber auf welche Weise hat sie sich gerächt?«

»Sie hat mein Herz gestohlen.«

»Miss Dusty, nehme ich an«, warf Yvonne angriffslustig ein.

»Falls ich Ihr neckisches Geplänkel unterbrechen darf«, sagte Hannah, »würde ich Sie gerne daran erinnern, daß Benjamin noch nicht wieder da ist und ich in Sorge um ihn bin.«

»Wenn wir etwas unternehmen würden, würden wir uns besser fühlen«, sagte der Marquis. »Wir wollen am Pförtnerhaus zum Tor hinausspazieren. Vielleicht begegnen wir ihm auf der Straße, wenn er uns entgegenkommt.«

Hannah war erleichtert über die Aussicht auf eine Unternehmung, egal welche. Kurz darauf gingen sie die lange Auffahrt hinunter. Yvonne überlief ein leichter Schauder, und sie blickte zurück. »Ich habe das Gefühl, als beobachte uns das ganze Haus«, flüsterte sie.

»Glauben Sie nicht, daß sie versuchen könnten, Miss Grenier zu entführen?« fragte Hannah ängstlich. »Ich bin der Meinung, daß wir einen schweren Fehler begangen haben, als wir hierherkamen.«

»Sie werden es nicht wagen. Außerdem bin ich davon überzeugt, daß Lady Wetherby nichts davon weiß.«

»Warum halten Sie sich weiter mit dieser Geschichte auf, Mylord?« fragte Hannah. »Wenn Sie zu dem einzigen Zweck nach Norden gereist sind, Freunde zu besuchen, wird man dann nicht auf Sie warten?«

Der Marquis zögerte. Wenn er hätte sicher sein können, daß Yvonne kein Doppelspiel trieb, hätte er die Behörden gerufen, damit sie Petit und Ashton verhafteten. Aber er konnte die Vorstellung nicht ertragen, daß Yvonne sich womöglich selbst vor Gericht verantworten mußte. Er verspürte den Wunsch, sie zu heiraten, wenn sie unschuldig war. Eine Verräterin konnte er nicht heiraten. Vielleicht war sie es gewohnt, Männer zu betören. Auf jeden Fall verstand sie es bestens, die Kokette zu spielen. »Lassen Sie mir noch einen Tag Zeit, dann beantworte ich Ihre Frage«, meinte er.

Sie öffneten das kleine Tor neben dem größeren Pförtnertor und schlüpften auf die Straße hinaus. Durch die Bäume über ihnen schien der Mond.

»Oh, wo kann Benjamin bloß sein?« klagte Hannah.

»Nun, dort, glaube ich«, antwortete der Marquis in einem Ton, in dem Belustigung mitschwang. In einiger Entfernung konnten sie eine Gestalt auf einem Meilenstein sitzen sehen.

»Das kann nicht Benjamin sein«, widersprach Hannah. »Warum hätte er am Straßenrand einschlafen sollen, wenn er Bradfield Park so nahe war?«

Sie näherten sich der schlafenden Gestalt. Es war in der Tat Benjamin, der heftig schnarchte.

»Aufwachen, Benjamin!« schrie ihn Hannah an, wütend vor Erleichterung.

Er fuhr zusammen, rief: »Spione!« und fiel rücklings über den Meilenstein.

»Pfui! Wie Sie nach Bier stinken!« Hannah rümpfte die Nase vor Abscheu. »Stehen Sie auf!«

Benjamin raffte sich auf und sagte gekränkt: »Ich war von meinem Marsch zu den Schreinern ganz erschöpft.«

»Und zu Wirtshäusern, wenn mich meine Nase nicht trügt.« Hannah schüttelte ihn ärgerlich. »Was haben Sie denn herausgefunden?«

Benjamin erzählte ihnen, wie Ashton und Petit Monsieur Grenier an seinem Arbeitsplatz aufgesucht hatten und daß dieser, offenbar ohne sich zu wehren, mit ihnen gegangen war.

»Wenn er freiwillig mitgegangen ist, verbirgt er sich irgendwo in der Gegend«, sagte der Marquis. »Wenn nicht, befindet er sich in Gefangenschaft. Es ist an der Zeit, Lord Wetherby mit dem, was wir wissen, zu konfrontieren.«

»Mein Vater wäre niemals freiwillig mit ihnen gegangen«, rief Yvonne aus.

»Sie haben ihn eine Weile nicht gesehen. Er kann sich geändert haben«, widersprach der Marquis.

»Niemals!«

»Wir wollen hier nicht herumstehen und streiten«, warf Hannah ein. »Lassen Sie uns zurückgehen und mit Lord Wetherby sprechen, wenn er wieder da ist.«

Sie gingen schweigend zurück und die Auffahrt hinauf.

Da rief Yvonne: »Ich bin über mein Schuhband gestolpert.«

Sie warteten, während sie sich bückte, um es wieder zuzubinden.

Da hörte der Marquis in der Stille der Nacht, wie ganz in der Nähe ein Gewehrhahn gespannt wurde. »Hinlegen!« rief er. Er legte einen Arm um Hannah und den anderen um Yvonne, die sich gerade wieder aufgerichtet hatte, und zog sie in das Gras neben der Auffahrt.

»Was –?« begann Benjamin, der noch stand. Man hörte einen Knall, und eine Kugel pfiff durch Benjamins hohen Hut. Er stieß einen gellenden Schrei aus und fiel mit dem Gesicht nach vorn.

»Sie haben Benjamin umgebracht«, jammerte Hannah und kroch auf Händen und Knien auf ihren Lakaien zu.

»Nein, gnädige Frau«, ertönte Benjamins Stimme, »aber die verfluchten Kerle haben meinen Hut beschädigt.«

»Bleiben Sie, wo Sie sind«, flüsterte der Marquis. Er setzte sich vorsichtig auf und zog eine Pistole aus der Tasche. Als er sie geladen und im Anschlag hatte, richtete er sich ganz auf. Eine Kugel pfiff an seinem Ohr vorbei, und der Marquis zielte und feuerte in die Richtung, aus der der Schuß gekommen war. Man hörte jemand laut aufschreien, darauf das Brechen von Ästen und Zweigen, dann nichts mehr.

»Ich glaube, ich habe ihn, wer es auch war, verwundet«, sagte der Marquis leise. »Stehen Sie auf und laufen Sie schnell zum Haus.«

Hannahs Mund war trocken vor Angst. Sie legte Yvonne den Arm um die Taille und eilte mit ihr zu der Schutz gewährenden Säulenhalle vor dem Haus. Der Marquis und Benjamin folgten ihnen kurz darauf. Sie hatten hinter ihnen gewartet, der Marquis mit gezogener Pistole, bis sie überzeugt waren, daß sich die beiden Frauen in Sicherheit befanden.

»Jetzt«, sagte der Marquis, »wollen wir das ganze Haus wekken.« In der Halle zog er am Glockenstrang, bis der Butler in seinem Nachthemd erschien. Der Marquis befahl ihm, die Dienerschaft und dann Lord und Lady Wetherby zu wecken.

Es stellte sich heraus, daß Lord Wetherby zu Hause war. Er kam mit seiner Frau die Treppe herab, und beide waren wütend.

»Was hat das zu bedeuten, Ware?« wollte Lady Wetherby wissen. »Soll meine Dusty etwa auf ihren Schönheitsschlaf verzichten?«

»Wir waren draußen, um nach Miss Pyms Lakaien zu suchen«, sagte der Marquis. »Auf dem Rückweg durch den Park, gar nicht weit entfernt vom Pförtnertor, hat uns jemand umzubringen versucht. Man hat auf uns geschossen. Da Sie hier sind, Lord Wetherby, bin ich sicher, daß unser Gegner entweder Ashton oder Petit war – mit dem letzteren meine ich den Mann, der sich Smith nennt. Sie sind Spione für Frankreich. Wie kommen Sie dazu, sie in Ihrem Haus aufzunehmen?«

»Ich habe nicht gewußt, wer sie sind«, entgegnete Lord Wetherby wütend. »Ich meine, ich kenne Ashton, den verrückten Kerl. Warum sollte ich sie abweisen? Sie haben gesagt, sie wollten ein paar Tage bleiben. Französische Spione? Sie sehen Gespenster, das ist es. Haben Sie zu viel Brandy getrunken?«

»Sie werden morgen dem Friedensrichter eine Erklärung abgeben«, sagte der Marquis, »denn ich habe vor, die Behörden aufzusuchen und ihnen die ganze Sache vorzutragen.«

»Tun Sie das!« schrie Wetherby. »Und dann hauen Sie ab, und diese Frauen mit Ihnen!«

Lady Wetherby war erschrocken. »Hüte deine Zunge, Wetherby«, sagte sie, »und hör auf, Ware derart zu beleidigen, sonst bricht unserer Dusty noch das Herz. Und ist er nicht in sie vernarrt?«

»Vernarrt in Dusty, vernarrt in Dusty!« brüllte Lord Wetherby außer sich vor Wut. »Alles für die verdammte Dusty und nichts für mich! Kleider, die Hunderte kosten, für Dusty, und wenn ich einen neuen Jagdhund will, machst du den Geldbeutel nicht auf. Ich will dir eines sagen: Wenn du glaubst, daß sich Ware auch nur das Geringste aus der lieben kleinen Dusty macht, dann bist du noch schwachsinniger, als ich gedacht habe. Mylord hat nur Augen für seine französische Base, und wenn du nicht so blind wärst, würdest du es sehen.«

»Er kann seine Base nicht heiraten«, schrie Lady Wetherby. »Da kommen ja schwachsinnige Bälger heraus, wenn er sie heiratet! Natürlich gebe ich dir kein Geld. Du würdest es nur verspielen.«

»Genug«, entschied der Marquis. »Wo sind Petit und Ashton?«

»Erlauben Sie«, sagte der Butler, »aber sie sind nicht in ihrem Zimmer, und ihr Gepäck ist auch fort.«

Der Marquis stieß einen Schrei der Entrüstung aus. »Jetzt packen wir sie womöglich nie.« Er wandte sich an Hannah. »Bringen Sie Miss Grenier auf ihr Zimmer. Sie kann heute nacht in ihrem eigenen Zimmer schlafen.«

Lady Wetherby hörte das, legte es falsch aus und kreischte empört los. Der Marquis beachtete sie nicht.

»Kommen Sie mit«, sagte Hannah sanft. »Sie müssen einmal richtig ausschlafen.« Sie führte Yvonne die Treppe hinauf und blieb dann bei ihr, bis sie wohlbehalten im Bett lag. Sie selbst fiel in ihrem Bett fast auf der Stelle in einen traumlosen Schlaf.

Yvonne erwachte eine Stunde später. Jemand rüttelte sie vorsichtig an der Schulter. »Miss Pym«, rief sie und setzte sich im Bett auf.

»Nein«, sagte die Stimme, die sie hassen und fürchten gelernt hatte. »Ich bin es, Petit. Ich habe Ihren Vater. Wenn Sie ihn lebend sehen wollen, dann ziehen Sie sich besser an und kommen mit mir. Ein Schrei von Ihnen, und ich gehe zu seinem Versteck und bringe ihn auf der Stelle um.«

Yvonne stieg langsam aus dem Bett.

Er zündete auf dem Kaminsims eine Kerze an, und sie sah, daß er eine Pistole in der Hand hielt.

»Haben Sie im Park auf uns geschossen?« flüsterte sie.

»Nein. Es war Ashton, dieser Idiot. Einer von Ihnen hat ihn an der Schulter verletzt, und es geschieht ihm recht. Er hat gedacht, er nimmt die Angelegenheit selbst in die Hand und tötet Ware und macht so die Sache einfacher. Er hat sich im Park versteckt und auf Sie gewartet. Ziehen Sie sich an!«

Wie betäubt befolgte Yvonne den Befehl.

Monsieur Petit ließ einen Brief auf ihr Kopfkissen fallen. Er war an Miss Pym und den Marquis von Ware adressiert. »Wenn sie den lesen, müßten sie eigentlich Ruhe geben«, meinte er. Als Yvonne fertig war, hielt er ihr die Tür auf und ging dann dicht hinter ihr her, die Pistole an ihrem Rücken.

7

Sir George Clarence kletterte vor dem Gasthof zum Ochsen ganz steif aus der Postkutsche. Es war ein warmer Tag. Er beschloß, ein Zimmer im Gasthof zu nehmen, bevor er auf die Suche nach Miss Pym ging. Vielleicht wohnte sie sogar selbst im »Ochsen«. Der Wirt sagte ihm, er könne ein Zimmer haben; aber eine Miss Pym sei nicht da.

Sir George folgte seinem Gepäck nach oben und fühlte sich ein wenig niedergeschlagen. Er hatte sich vorgestellt, Miss Pym sei da und warte auf ihn.

Nach einem guten Frühstück machte er sich in einem leichten Gig auf den Weg zu den anderen Gasthöfen der Stadt, erlitt aber lauter Enttäuschungen. Er steuerte sein Gefährt gerade durch den dichten Verkehr vor dem Münster, als ihm ein überraschter Ruf entfuhr. Er war sicher, daß er eine vertraute Gestalt durch das Portal der großen Kathedrale hatte gehen sehen. Es war nicht leicht, einen Platz für sein Gespann zu finden, aber dann eilte er ins Münster.

Einen Augenblick stand er da, betroffen von der Anmut und Schönheit des Inneren, aber dann ging er weiter. Die Sonne schien durch die prächtigen bunten Fenster und besprenkelte das Kirchenschiff mit farbigen Mustern.

Und da, im Mittelschiff der Kirche, stand die vertraute schlanke Gestalt. Er spürte, daß sein Herz heftig klopfte.

»Lucy«, sagte er leise, »bist du es?«

Sie drehte sich zu ihm um, die Augen vor Überraschung ganz groß, und er blickte seiner Schwägerin ins Gesicht.

Sie war so schön wie eh und je, auch wenn sich um die Augen und den Mund zarte Linien gebildet hatten. Sie streckte ihm beide Hände hin und rief: »O George, mein lieber George!«

«Komm hinaus«, bat Sir George. »Laß uns miteinander reden.«

Arm in Arm gingen sie zu einem Pastetenbäcker in der Nähe des Münsters.

»Ich erzähle dir, warum ich hier bin, wenn wir sitzen«, sagte Sir George. Sie ist immer noch anmutig, immer noch elegant, dachte er voller Bewunderung, als sie ihm den Tee eingoß und ihn strahlend anlächelte.

Sir George nahm die henkellose Teetasse zwischen die Hände. »Weißt du, daß Jeffrey gestorben ist?«

Ihre Augen umflorten sich. »Ja, ich habe die Todesanzeige in der Zeitung gelesen.«

»Und bist du immer noch mit...?«

»Ja, mit John Hughes. Wir wollen nächste Woche heiraten, in aller Stille natürlich. Du mußt mich für sehr schlecht halten.«

»Aber keineswegs«, widersprach Sir George. »Du vergißt, meine Liebe, daß ich meinen Bruder sehr wohl kannte, und er war immer, auch bevor er dich heiratete, ein übellauniger, schwerblütiger Mann.«

Lucys Gesicht war wehmütig. »Ich dachte, bevor wir heirateten, daß seine Mißgestimmtheit eine Mischung aus Liebendem und Dichter sei.«

»Wie lebst du jetzt, Lucy? Was machst du?«

»Ich bin jetzt die Frau eines Bauern. John wollte nicht von meinem Geld leben. So haben wir einen Bauernhof gekauft, und er hat seinen Ertrag beträchtlich gesteigert.«

»Habt ihr Kinder?«

Ihre schönen Augen leuchteten. »Zwei«, sagte sie glücklich. »Zwei kleine Jungen.«

»Müßt ihr hart arbeiten?«

»Oh, ich habe Dienstboten. John ist ein wohlhabender Mann. Er hat mir das ganze Geld zurückgezahlt, das ich ihm zum Kauf des Bauernhofs geliehen habe. Wir stehen sehr gut da. Aber was gibt es von dir zu berichten, George? Ich habe gehört, daß du pensioniert bist. Und warum bist du in York?«

Er lehnte sich in seinem Stuhl zurück und lächelte. »Erinnerst du dich an Hannah Pym?«

»Meine Haushälterin? Natürlich!«

»Nun ja, es ist eine lange Geschichte, aber ich will mich kurz fassen. Mein Bruder hat Miss Pym in seinem Testament fünftausend Pfund vermacht. Sie hat mir gefallen. Ich sehe sie noch an dem Morgen, an dem das Testament verlesen wurde, in Thornton Hall am Fenster stehen und der vorbeifahrenden Postkutsche nachsehen. Sie sagte, sie wolle reisen, und das war der Beginn ihrer Abenteuer.« Er erzählte Lucy einige von Hannahs Abenteuern, und sie lachte und staunte.

Als er seine Erzählung beendet hatte, fragte sie: »Und ist es das, was dich nach York führt? Der Wunsch, selber Abenteuer zu erleben?«

»Nein. Es ist so, daß ihr Lakai Benjamin der Meinung war, daß sich da eine Romanze entwickeln könnte, und so hat er – ich nehme an, um mich zu einem Antrag an Hannah zu nötigen – Londons größter Klatschtante erzählt, daß ich die frühere

Haushälterin meines Bruders aushalte. Ich hoffe, ich habe das Gerücht unschädlich gemacht. Ich habe nämlich behauptet, daß die Miss Pym, mit der ich befreundet bin, nicht die Haushälterin, sondern eine Verwandte von deiner Seite sei. Ich habe auch gedroht, jeden anzuzeigen, der weiterhin Verleumdungen verbreitet. Aber ich wußte, wie bekümmert Miss Pym sein muß. Einer augenblicklichen Regung folgend, bin ich hierher gereist, um ihr zu erklären, daß wahre Freunde niemals auf boshaften Klatsch hören.«

Sie blickte ihn forschend an, und er errötete ein wenig und senkte die Augen. Sie dachte an Hannah zurück, das kleine heimatlose Spülmädchen, das in der Hierarchie der Diener zum höchsten Rang aufgestiegen war, Hannah mit den eckigen Schultern, den seltsamen Augen und der verbissenen Anhänglichkeit. »Und hast du sie gefunden?«

»Ich bin erst heute morgen angekommen, habe sie aber bis jetzt nicht ausfindig machen können.«

»Wo hast du es versucht?«

Er holte ein Notizbuch hervor und begann, die Namen der wichtigsten Gasthöfe vorzulesen.

»Miss Pym scheint sich auf ihren Reisen zur feinen Gesellschaft hingezogen zu fühlen. Es kann nicht schaden, in den Postgasthöfen nachzufragen und mit dem besten anzufangen.«

»Welcher ist das?«

»Der ›Pelikan‹. Er ist nicht weit von hier. Ich komme mit dir, wenn du willst. Wir können zu Fuß hingehen.«

Sie tranken ihren Tee aus und traten dann in den Sonnenschein hinaus.

Im »Pelikan« sagte man ihnen zu ihrer größten Freude, daß Miss Pym da gewohnt habe, aber mit dem Marquis von Ware nach Bradfield Park, dem Gut von Lord Wetherby, gefahren sei.

»Was habe ich dir gesagt?« rief Lucy mit jugendlichem Kichern. »Miss Pym bewegt sich nur in den *besten* Kreisen. Ich habe meine Kutsche dabei. Bring deinen Gig zurück, und dann komm mit mir nach Hause. Von dort fahren wir weiter und überraschen Miss Pym.«

Sir George merkte, daß ihn die Aussicht, den ehemaligen Lakaien kennenzulernen, der mit seiner Schwägerin durchgebrannt war, mit Unbehagen erfüllte. Er fürchtete, er werde sich als ungebildeter Lümmel erweisen.

Rosewood Farm, wo Lucy lebte, erwies sich als schönes Haus inmitten von blühenden Feldern. John Hughes stand gerade im Hof und sprach mit einigen seiner Männer, als sie auf das Haus zugefahren kamen. Er führte sie hinein und sagte, er wolle sich nur umziehen und ihnen dann Gesellschaft leisten.

Sir George wurde in einen sonnigen Salon gebeten. Die Einrichtung war von exquisitem Geschmack. Er beglückwünschte Lucy zu ihrem Heim.

»Danke«, sagte sie. »Es war aber auch viel Arbeit nötig, damit alles so wurde. – Oh, da ist ja John.«

Was für eine Welt von Liebe in ihren Augen ist, staunte Sir George, als sie ihren Mann ansah.

Er war ein hochgewachsener, ruhiger und höflicher Mann. Sir George fragte ihn über den Hof aus, und John wurde lebhaft, als er von den Bodenverbesserungen, die ihm gelungen waren, und der hervorragenden Ernte, die er erwartete, sprach. Er hörte sich dann erstaunt die Geschichte von Hannah Pym an, an die er sich, so sagte er wehmütig, als jugendlicher Heißsporn erinnerte.

»Willst du mit uns nach Bradfield Park, John?« fragte Lucy.

Er schüttelte den Kopf. »Ich muß noch einmal aufs Feld hinaus. Fahr du mit Sir George, Lucy, und sieh zu, ob du Miss Pym heute abend mitbringen kannst.«

Als Sir George und Lucy nach Bradfield Park fuhren, sagte Sir George beklommen: »Glaubst du, daß die Geschichten von Miss Pym wahr sind? Ich hatte eine gräßlich langweilige Reise, keine schönen Mädchen, keine Straßenräuber.«

»Oh, ich bin überzeugt, daß sie wahr sind. Ich glaube, es gibt auf der Welt Menschen wie Miss Pym, die bewirken, daß Abenteuer geschehen. Aber jetzt wohnt sie in einem feinen Haus. Sie wird es dort ziemlich langweilig finden und froh sein, wenn sie uns sieht!«

An diesem Morgen stand Hannah zeitig auf und ging durch das Wohnzimmer zu Yvonne hinüber. Einen Augenblick stand sie still da, blickte auf das leere Bett und bemerkte dann den Brief auf dem Kopfkissen. Ihr erster Gedanke war, Yvonne sei davongelaufen.

Sie öffnete den Brief, las ihn und wurde vor Schrecken weiß im Gesicht. Er war nicht unterschrieben, aber sie hatte keinen Zweifel, von wem er stammte. »Wir haben Miss Grenier«, las sie. »Sie hat eine Chance, am Leben zu bleiben, damit sie mit ihrem Vater in Frankreich vor Gericht gestellt werden kann. Wenn Sie die Behörden alarmieren, werde ich sie töten, bevor Sie ihrer habhaft werden.«

Hannah wankte zum Zimmer des Marquis. Er war wach und angezogen und gerade dabei, seine Jacke überzuziehen, als sie in sein Zimmer trat.

Er las mit grimmiger Miene den Brief. »Was waren wir doch für Dummköpfe!« sagte er bitter. »Wir hätten die Miliz holen sollen, damit sie sie verhaftet. Wo können sie sein?«

»Wir wollen die Diener fragen, ob sie etwas gesehen haben«, schlug Hannah vor.

»Das können wir nicht. Ich glaube, daß Petit die Drohung, sie zu töten, wahr macht, wenn wir jemand um Hilfe bitten. Wekken Sie Benjamin! Wir wollen die Gegend absuchen und sehen, ob wir einen Hinweis auf den Weg finden, den sie genommen haben.«

Benjamin kam vor dem Haus zu ihnen.

»Ich weiß nicht, wohin wir uns wenden sollen«, klagte Hannah. »Lieber Gott, gib uns ein Zeichen.«

»Sehen Sie sich das an!« Benjamins scharfe Augen hatten am

Rand des Rasens etwas entdeckt. Er bückte sich, hob es auf und hielt es dann dem Marquis und Hannah hin. Es war eine winzige Perle.

»Sie hat eine Perlenkette getragen«, rief Hannah aufgeregt. »Sie hat sie kaum je abgenommen.«

Sie bückten sich und suchten das Gras ab. Ein paar Meter weiter fanden sie im Rasen eine andere. Sie suchten fort und dachten dabei manchmal, sie hätten die Spur verloren, aber dann fanden sie eine weitere Perle und noch eine. Schließlich verschwand die Spur ganz, und sie standen da und wußten nicht, was sie tun sollten.

»Hören Sie!« Der Marquis hielt die Hand hoch.

»Wasser«, sagte Benjamin. »Da ist ein Fluß. Sehen Sie, da drüben ist ein kleiner Weg.«

Der Weg wand sich unter Bäumen dahin; er war noch schlammig vom kürzlichen Regen.

Der Marquis deutete schweigend auf zwei Paar Fußabdrücke in der feuchten Erde, kleine und große. »Still jetzt«, flüsterte er. »Sie sind womöglich in der Nähe.«

Im Gänsemarsch gingen sie vorsichtig den Weg weiter, der sich plötzlich auf eine kleine Lichtung öffnete. Ein Fluß floß träge dahin. An einem hölzernen Landesteg am Ufer waren drei Ruderboote befestigt.

»Sehen Sie, da ist noch ein Seil«, sagte der Marquis. »Es war noch ein Boot hier. Miss Pym, Sie warten hier, und ich werde mit Benjamin weiterfahren.«

»Nein«, sagte Hannah entschieden. »Miss Grenier ist in Gefahr.«

Vergeblich erhob der Marquis Einwände. Hannah blieb fest.

Sämtliche dickschädeligen alten Jungfern im stillen verfluchend, gab der Marquis nach, half Hannah in das Boot und griff zu den Rudern. Benjamin kauerte sich in den Bug.

»Da hängt etwas an einem Zweig«, rief Benjamin. »Etwas Weißes. Rudern Sie dahin!«

Das Boot glitt leicht den Fluß hinunter. An einem Zweig war ein Fetzen bestickten Musselins hängengeblieben.

Benjamin riß das Stück Stoff ab und hielt es triumphierend hoch. »Rudern Sie weiter, Mylord. Ich halte nach weiteren Zeichen Ausschau.« Er gab sich die größte Mühe, konnte aber keine weiteren Hinweise auf Yvonne entdecken. »Da vorne ist ein Häuschen«, rief er einige Minuten später.

Sie glitten darauf zu. Es war eine niedrige viereckige Hütte, aus deren Kamin Rauch stieg. Ein gepflegter Gemüsegarten reichte bis zum Fluß herunter. Ein Mann arbeitete darin mit einem Spaten.

Der Marquis ruderte das Boot ans Ufer und rief den Mann an, der langsam zu ihnen herkam. »Haben Sie Fremde in der Gegend gesehen?« fragte der Marquis.

»Nur Sie«, erwiderte der Mann.

»Was liegt flußabwärts? Kommt noch ein Haus?«

»Ja, eine Hütte. Zu Zeiten des alten Lords hat man sie als Fischerhütte benutzt, sagen die Leute.«

»Und wie weit ist die weg?« fragte der Marquis.

»Ungefähr eine Meile.«

Der Marquis bedankte sich, stieß das Boot vom Ufer ab und begann aufs neue zu rudern. Benjamin hielt nach irgendeinem Zeichen, das Yvonne hinterlassen haben konnte, Ausschau, konnte aber nichts entdecken. Die Strömung war jetzt stärker und trieb das Boot mit voran. Sie kamen um eine Flußbiegung, und da stand inmitten einer Baumgruppe nahe am Wasser die Hütte, und an einen Pfosten am Ufer war ein Boot gebunden.

Der Marquis wollte gerade die Ruder einziehen und das Boot leise ans Ufer gleiten lassen, als Benjamin laut rief: »Hurra, ich bin sicher, daß wir sie gefunden haben!«

»Seien Sie still, Sie Idiot!« zischte der Marquis.

Der Bug des Bootes stieß ans Ufer.

Die Büsche vor ihnen teilten sich, und da standen Mr. Ashton und Monsieur Petit, die Pistolen auf sie gerichtet. Mr. Ashton war in Hemdsärmeln und hatte an einem Arm einen Verband. Er blickte den Marquis böse an.

»Willkommen«, sagte Monsieur Petit und entblößte seine gelben Fänge zu einem Lächeln. »Unsere Gäste werden entzückt sein, Gesellschaft zu bekommen. Steigen Sie aus, halten Sie dabei die Hände hoch und gehen Sie zur Hütte.«

Es blieb ihnen nichts anderes übrig, als zu gehorchen. Der Marquis verwünschte seinen Leichtsinn.

»Hinein«, befahl Mr. Ashton, als sie an der offenen Hüttentür angelangt waren.

Hannah ging als erste hinein und blieb mit einem Ausruf des Entsetzens stehen. Yvonne und eine Gestalt, die ihr Vater sein mußte, lagen gefesselt und geknebelt auf dem Boden.

»Vorwärts«, bellte Mr. Ashton, der zu einer bedrohlichen Person geworden war. Als sie drinnen standen, ließ er sie von Monsieur Petit fesseln und knebeln. »Jetzt«, fuhr er mit teuflischem Grinsen fort, »haben wir euch genau da, wo wir euch haben wollten. Wir fahren in die Stadt, um Erkundigungen über ein Schiff einzuziehen, das uns nach Frankreich bringen wird. Wenn wir zurückkommen, nehmen wir die Greniers mit, und ihr drei könnt hier bleiben, bis ihr verschimmelt.«

Monsieur Petit lachte. »Au revoir«, sagte er und warf ihnen einen Handkuß zu.

Dann wurde die Tür der Hütte zugeschlagen, und sie konnten hören, wie ein Riegel vorgeschoben wurde.

Der Marquis blickte zu Yvonne hinüber. Große Tränen rollten ihr die Wangen hinunter, und er schwor sich, daß er, sollte er je freikommen, Petit und Ashton genüßlich mit bloßen Händen erwürgen werde.

Lucy und Sir George kamen in Bradfield Park an und übergaben dem Butler ihre Visitenkarten. Er kehrte kurz darauf zurück und teilte ihnen mit würdevoller Miene mit, Mylord und Mylady seien »nicht zu Hause«.

»Aber was ist mit ihren Gästen«, rief Lucy, »dem Marquis von Ware und Miss Pym?«

»Ich glaube, Mylord ist mit seinen Begleitern heute früh weggegangen«, sagte der Butler. »Sie sind nicht zurückgekommen.«

Lucy blieb neben der Kutsche stehen. »Ich höre Stimmen von der anderen Seite des Hauses«, sagte sie. »Dem Tonfall nach könnten es die Wetherbys sein.«

»Ich bezweifle nicht, daß sie zu Hause sind«, meinte Sir George. »Sie wollen uns nur nicht empfangen.«

»Laß uns einfach ihren Stimmen nachgehen«, flüsterte Lucy ihm zu. »Wenn wir sie im Garten antreffen, können wir sie fragen, ob *sie* wissen, wann Miss Pym und der Marquis zurückerwartet werden.«

Sie gingen um das Haus herum. Es war niemand im Garten, aber die Fenster eines Zimmers, das auf die Terrasse hinausging, standen offen, und sie konnten ganz deutlich hören, was gesprochen wurde.

»Aber ich bin sicher, daß er in mich verliebt ist, Papa«, klagte eine junge weibliche Stimme.

»Der Mann ist nicht bei Trost«, blaffte eine männliche Stimme.

Lord Wetherby, errieten die Lauschenden.

»Behauptet, ich hätte französische Spione im Haus, behauptet, man habe auf sie geschossen, droht, die Behörden herbeizurufen. So einen Unsinn habe ich noch nie gehört. Ich sage dir eins, Dusty, sie haben alle einen Knall, einschließlich dieser krummnasigen alten Jungfer.«

»Sie kommen sicher zurück«, rief Dusty. »Sie haben ihr Gepäck nicht mitgenommen. Wohin sind sie?«

»Jetzt hör aber auf«, ertönte Lady Wetherbys Stimme. »Dein Vater hat ganz recht. Sie sind allesamt verrückt. Diese Miss Pym, Ware und der ungezogene Lakai wurden beobachtet, wie sie gebückt über den Rasen gingen und dann in ein Ruderboot kletterten, mit dem sie flußabwärts fuhren. Ich hoffe, sie ertrinken. Mein armer Liebling, Mama findet dir schon einen passenden Mann.«

Sir George faßte Lucy am Arm und zog sie ein wenig zurück. »Die ganze Geschichte ist höchst merkwürdig«, flüsterte er. »Hier stimmt etwas ganz entschieden nicht. Ich kenne Ware flüchtig; er gehört nicht zu den Männern, die sich Geschichten über französische Spione ausdenken. Ich würde ihn gern fragen, was hier vorgeht.« Er strich sich über die Stirn und faßte dann einen Entschluß. »Ich denke, du fährst lieber zu John zurück, während ich zum Fluß hinuntergehe und sehe, ob ich sie finden kann. Ich werde dich heute abend besuchen. Wenn ich nicht komme, solltest du John veranlassen, die phantastische Geschichte, die wir gerade mitangehört haben, bei der Gendarmerie zu melden und den Leiter der Wache zu bitten, daß er einige Männer den Fluß nach uns absuchen läßt.«

Sie nickte mit großen Augen. »Miss Pym befindet sich also doch wieder mitten in einem Abenteuer«, sagte sie.

Sir George überquerte den Rasen und hatte dabei das Gefühl, beobachtet zu werden. Er fragte sich, ob ihn Lord Wetherby sah und ihm einen Wildhüter nachschickte, der ihn beschuldigte, sich widerrechtlich auf dem Grund und Boden seines Herrn aufzuhalten. Durch eine Lücke in den Bäumen sah er in der Ferne Wasser glitzern und ging darauf zu. Beim Schein der Sonne und dem Gesang der Vögel war es schwer, an französische Spione oder überhaupt an etwas Schlechtes zu denken.

Er fand die Ruderboote, bemerkte, daß zwei fehlten, falls die Pfosten, an denen die Boote vertäut waren, einen Hinweis geben konnten. Er kletterte vorsichtig in eines hinein, zog sein Jackett aus und legte es ordentlich auf einen der Sitze, band das Boot los, setzte sich hin und nahm die Ruder zur Hand. Er wollte flußabwärts fahren; falls es ihm nicht gelang, einen Hinweis auf Miss Pym zu finden, konnte er immer noch versuchen, einen Bauern aufzutreiben, der sich darüber freute, wenn er ihn für Geld zurückrudern durfte.

Obgleich ihm durchaus klar war, daß die Strömung die meiste Arbeit tat, fühlte er sich erstaunlich jung und sportlich, als das Boot leicht den Fluß hinabglitt.

Seine Freude an der Schönheit des Tages wuchs immer mehr. Er konnte nicht glauben, daß es eine Gefahr gab. Er würde Miss Pym und ihre Gefährten am Flußufer bei einem Picknick antreffen und stellte sich vor, wie Miss Pyms seltsame Augen aufleuchteten, wenn sie ihn erblickte. London mit seinem Gesellschaftsklatsch schien weit weg zu sein.

Eine Hütte kam in Sicht, und er sah einen Mann in dem Gemüsegarten arbeiten und eine Frau Wasser an einer Pumpe vor dem Haus holen. Er machte das Boot fest und rief den Mann an, der langsam ans Ufer kam und ihn neugierig betrachtete.

»Ich bin auf der Suche nach dem Marquis von Ware«, sagte Sir George.

Der Mann kratzte sich am Kopf. »Weiß nicht«, sagte er. »Versuchen Sie's in Bradfield Park.«

»Da komme ich her. Man hat mir dort gesagt, der Marquis und seine Gefährten machten einen Ausflug mit dem Boot.«

»Die Leute fragen heute schon den ganzen Tag«, antwortete der Mann. »Ein Herr und eine Dame und ein Lakai sind da hinuntergefahren.«

»Vielen Dank«, sagte Sir George, plötzlich freudig erregt. »Wie weit wollten sie denn fahren?«

»Sie haben nach einem Haus gefragt. Ich habe ihnen von einer Fischerhütte erzählt, die ungefähr eine Meile flußabwärts am Ufer steht.«

Sir George fuhr weiter. Eine halbe Stunde später entdeckte er ein Bauwerk, das die Fischerhütte sein mußte. Er war ein wenig enttäuscht, denn es war keinerlei Anzeichen von Leben in der Hütte zu erkennen. Allerdings war am Flußufer ein Ruderboot vertäut. Sie mußten irgendwo in der Nähe sein.

Er band sein Boot neben dem anderen fest und kletterte

die Böschung hinauf, wobei er sich sein Jackett überzog. Die Fischerhütte stand auf einer Lichtung. Es herrschte vollkommene Stille.

Ein Gefühl des Unbehagens bemächtigte sich seiner, ohne daß er sich erklären konnte, warum. Die Stille des Ortes erschien ihm unnatürlich, und er blickte besorgt um sich, während er auf die Fischerhütte zuging. Die Tür war mit einem Riegel verschlossen. Nun, sie würden sich an einem so schönen Tag kaum in einer Fischerhütte verbarrikadieren. Es blieb ihm nichts anderes übrig, als bis zu dem Mann vor der Hütte zurückzurudern und dort um Hilfe zu bitten.

Er wandte sich schon halb zum Gehen, da hörte er von innen einen Laut.

Hannah lag schmerzgeplagt auf der bloßen Erde. Die Stricke, mit denen sie gefesselt war, schnürten sie so fest zusammen, daß sie sich fragte, ob sie – sollte sie je befreit werden – überhaupt wieder gehen konnte.

Der Marquis hatte sich während der letzten zwei Stunden in seinen Fesseln gewunden, lag aber jetzt still da, wie Monsieur Grenier, ein zerbrechlich aussehender Mann. Hannah betete, daß er noch am Leben sei. Aber sie betete auch um ihre eigene Errettung, um ihr Leben, darum, daß sie der stinkende Knebel in ihrem Mund nicht zum Erbrechen zwang.

Immer wieder tauchte in ihren Gedanken das Gesicht von Sir George auf. Sie seufzte schmerzlich auf. In einem Buch würde er auf einem weißen Pferd zu ihrer Rettung herbeigaloppieren und sie zu sich auf den Sattel heben.

Eine Woge des Zorns und der Verzweiflung über ihre Hilflosigkeit überrollte sie, und sie schlug mit den Füßen auf den Boden und zog mit äußerster Anstrengung an ihren Fesseln.

Und dann hörte sie, wie der Riegel entfernt wurde. Sie erstarrte, überzeugt, daß Petit die Greniers mitnehmen und sie selbst, Benjamin und den Marquis dem langsamen Hungertod überlassen würde, ganz so, wie er es angedroht hatte. Sie wälzte sich herum und blickte zur Tür. Diese ging langsam auf.

Im ersten Augenblick dachte Hannah, es sei eine Vision – Sir George Clarence stand im Sonnenlicht da und starrte in die Dunkelheit der Hütte. Dann klang seine Stimme in ihre Ohren. »Meine liebe Miss Pym, das ist ja furchtbar.« Er kniete neben ihr nieder und kramte in seiner Tasche nach seinem Federmesser. Er schnitt ihre Fesseln durch und nahm ihr den Knebel aus dem Mund. Hannah stieß einen Schmerzensschrei aus und begann ihre Hand- und Fußgelenke zu reiben.

»Leise«, sagte er. »Wo sind die Männer, die das getan haben?«

»Fort«, krächzte Hannah. »Aber sie werden bald zurück sein. Aber wie –?«

»In einer Minute, liebe Freundin! Lassen Sie mich den anderen helfen.« Er machte sich daran, die übrigen zu befreien, zuerst aber Yvonne.

Yvonne kroch an die Seite ihres Vaters und flüsterte auf französisch: »Papa, bist du verletzt?«

Monsieur Greniers Augen öffneten sich. »Ich werde es überleben«, sagte er. »Sie haben mir einen schlimmen Schlag auf den Kopf versetzt, als ich versucht habe zu fliehen, und mich dann gefesselt.«

Sir George förderte eine kleine Flasche Branntwein zutage und hielt sie ihm an die Lippen. Er trank einen Schluck, und seine weißen Wangen belebten sich ein wenig. Er war ein kleiner Mann, von leichtem Knochenbau und dichten braunen Haaren, die von grauen Strähnen durchzogen waren.

»Machen Sie uns mit unserem Retter bekannt, Miss Pym«, sagte der Marquis.

»Das«, erklärte Hannah stolz, »ist Sir George Clarence.«

»Ich bin Ihnen sehr dankbar«, versicherte der Marquis. »Aber bevor wir uns weiteren Erklärungen zuwenden, sollten wir so schnell wie möglich fliehen. Wenn allerdings die Damen nicht bei uns wären, würde ich hier auf Petit und Ashton warten und sie mit bloßen Händen in Stücke reißen.«

Hannah überraschte alle, als sie sagte: »Warum warten wir nicht auf ihre Rückkehr?«

»Meine liebe Miss Pym«, rief Yvonne, »sie sind bewaffnet und wir nicht. Sie haben Mylord die Pistole abgenommen.«

»Ich werde nie mehr laufen können«, schrie Benjamin plötzlich, als er versuchte aufzustehen. »Ich bringe die verfluchten Scheißkerle um. Ich –«

»Und ich stopfe Ihnen wieder einen Knebel in den Mund, wenn Sie so anstößig reden«, wies ihn der Marquis zurecht. »Ich will nie wieder solche Reden in Gegenwart von Damen hören.«

»Reiben Sie Ihre Hand- und Fußgelenke, Benjamin«, befahl ihm Hannah. Sie blickte Sir George und den Marquis an. »Sie müssen verstehen, daß ich wenig anderes zu tun hatte, als auf Rache zu sinnen. Wir könnten uns in dem Gebüsch hinter der Hütte verstecken und darauf warten, daß sie zurückkommen. Wenn sie in die Hütte gehen, legen wir einfach den Riegel hinter ihnen vor.«

»Und glauben Sie, Miss Pym, daß sie in eine leere Hütte hineinspazieren werden?« fragte der Marquis gereizt.

»Wir könnten vielleicht Puppen von uns machen und sie mit einigen Kleidungsstücken von uns auf den Boden legen«, sagte Hannah eifrig. »Wenn Ashton und Petit dann drinnen über die Puppen gebeugt sind, können wir die Tür zuschlagen und den Riegel vorlegen. Dann haben wir sie!«

»Aber«, wandte Sir George ein, »sie müssen nichts weiter tun als von innen auf den Riegel schießen. Sie sind schließlich bewaffnet.«

Hannah machte ein enttäuschtes Gesicht.

»Es wäre verrückt, Miss Grenier und ihren armen Vater weiteren Gefahren auszusetzen«, erklärte der Marquis.

»Wenn es eine Möglichkeit gäbe, sie zu ergreifen«, sagte

Monsieur Grenier in gutem Englisch, »dann wäre ich bereit, Ihnen zu helfen, Miss Pym. Ich bin nicht so schwach, wie ich aussehe. Sie haben mich nicht hungern lassen. Ich sollte für meinen Prozeß in guter körperlicher Verfassung sein.«

Benjamin, der während dieses Wortwechsels nach draußen geschlüpft war, kam fröhlich zurück. »Hinter der Hütte liegen kleinere und größere Baumstämme«, rief er. »Wir locken sie herein und werfen die Stämme vor die Tür. So sitzen sie in der Falle. Wir schaffen es leicht.«

»Das wäre eine ganz große Dummheit«, fuhr ihn der Marquis an. Zu Hannah sagte er: »Nehmen Sie Miss Grenier und ihren Vater in Ihre Obhut, Miss Pym, und gehen Sie durch den Wald hinter der Hütte, bis Sie an eine Straße kommen und in Sicherheit sind. Im übrigen verschonen Sie mich mit Ihrem Unsinn!«

»Aber –«

»Tun Sie, was ich Ihnen sage! Keine Widerrede!«

Sir George brauste auf. »Mir scheint die Idee mutig zu sein. Statt zu dieser außerordentlichen Dame unhöflich zu sein, könnten Sie sich ja selbst um Miss Grenier und ihren Vater kümmern, indem Sie sie fortbringen und uns von Ihrer beleidigenden Gegenwart befreien.«

»Oh, ich bleibe bei Miss Pym«, sagte Yvonne.

»Es ist eine kühne, aber ungemein vernünftige Idee«, erklärte Monsieur Grenier ruhig. »Ich würde diese Kerle ebenfalls nur zu gern gefangen sehen.«

Der Marquis merkte, daß er sich nicht durchsetzen konnte. Er hatte den Wunsch, Yvonne zu beschützen, den Helden zu spielen, den zu spielen er sich gesehnt hatte, als er schäumend vor Wut und hilflos auf dem Boden lag. »Also gut«, sagte er und lächelte widerwillig. »Ich entschuldige mich, Miss Pym. Aber gehen Sie jetzt hinaus und halten Sie mit Miss Grenier Wache und überlassen Sie uns Männern die Arbeit.«

Monsieur Grenier sagte, er wolle sich daranmachen, die Puppen anzufertigen.

Yvonne ging an Hannahs Arm nach draußen und sog die frische Luft gierig ein.

»Er ist gekommen«, sagte Hannah. Nach einer Weile setzte sie hinzu: »Aber wir wollen uns hinsetzen, Miss Grenier, und unsere Kräfte für die bevorstehende Aufgabe sammeln. Wenn wir uns an den Fluß setzen, hören wir jedes Boot kommen, bevor wir gesehen werden. Wir können uns in diesem Dickicht verbergen. Vielleicht hat der Marquis recht, und ich sollte Sie keiner Gefahr aussetzen.«

Yvonne schüttelte den Kopf. »Er ist ein Tyrann, glaube ich.«

»Vielleicht ist er nur schrecklich verliebt.«

Sie setzten sich im Schatten der Bäume ins Gras.

»Ich glaube, unser Lord ist ein Frauenheld«, meinte Yvonne lächelnd.

»O nein«, erwiderte Hannah. »Er flirtet mit Frauenzimmern wie der lästigen Dusty, weil man das aus Höflichkeit und Wohlerzogenheit tut. Mit Ihnen flirtet er nicht, weil er ernste Gefühle für Sie hegt.«

»Er hat mich geküßt.«

»Na ja, ich kann mir vorstellen, daß er dazu Lust verspürte.«

»So ein Mann muß schon viele Frauen geküßt haben, aber für mich war es der erste Kuß. Kann übrigens ein englischer Lord ehrbare Absichten gegenüber einem armen französischen Bürgermädchen haben?«

»Liebe ist eine seltsame Angelegenheit«, entgegnete Hannah traurig, denn sie dachte an sich. Ihre anfängliche freudige Erregung beim Anblick von Sir George schwand Stück für Stück dahin. Wenn dieses Abenteuer vorbei war, würde sie ihm erzählen müssen, was Benjamin getan hatte, und er würde sich kalt zurückziehen, und das war's dann.

Monsieur Grenier kam zu ihnen heraus, da er ein paar Kleidungsstücke von ihnen brauchte, um die Puppen anziehen zu können. Ihre Pelerinen, von jeder ein Unterrock und eine Haube seien genug. Er behielt den Fluß im Auge, während sie sich zwischen die Bäume zurückzogen, um ihre Unterröcke auszuziehen. »Ich habe Sackleinen am Fenster der Hütte befestigt«, sagte er, als sie wieder auftauchten. »Es muß so dunkel sein, daß sie nur einen schwachen Eindruck von den auf dem Boden liegenden Körpern bekommen. Vielleicht kannst du mir helfen, Yvonne, und es Miss Pym überlassen, Wache zu halten.«

Yvonne und ihr Vater gingen fort und unterhielten sich dabei in schnellem Französisch. Hannah fragte sich, ob sich Monsieur Grenier nach dem Marquis erkundigte.

Die Männer arbeiteten mit Feuereifer. Sie hatten die Baumstämme so hinter der Hütte aufgestapelt, daß sie schnell an Ort und Stelle gebracht werden konnten.

»Sie können eine Pause machen, Sir«, sagte der Marquis zu Sir George. »Wir können ohnehin nichts anderes tun, ehe die Puppen fertig sind.«

Sir George ging zu Hannah und setzte sich neben ihr ins Gras. »Das ist es also, was Sie auf Ihren Reisen so erleben«, meinte er. »Während wir warten, können Sie mir alles erzählen.«

Und so erzählte ihm Hannah alles, was sie über Monsieur Petit, Yvonne und ihren Vater und den Marquis wußte. »Aber Sie selbst haben mir noch gar nicht erzählt, wie es kam, daß Sie mich gefunden haben«, sagte sie, sobald sie die Geschichte ihrer Reise beendet hatte.

Hannahs seltsame Augen leuchteten in allen Farben des Regenbogens, als er ihr erzählte, daß er auf Mrs. Clarence gestoßen sei, während er York nach ihr, Hannah, absuchte. Sie zupfte nervös an einem Grashalm. »Warum haben Sie nach mir gesucht?« fragte sie.

»Weil ich mich gelangweilt habe«, erwiderte er leichthin. Er wollte ihr keinen Kummer bereiten, indem er ihr von dem Gerücht erzählte, das über sie in der Gesellschaft umging. »Ich konnte nicht bis zu Ihrer Rückkehr warten, um Ihr neuestes Abenteuer zu hören, und so habe ich beschlossen, Sie zu suchen. Und jetzt bin ich mitten drin.«

Hannah sagte unglücklich: »Sie... Sie... wären bestimmt nicht gekommen, wenn Sie gewußt hätten, was Benjamin angerichtet hat, was Benjamin gesagt hat...«

»Um ehrlich zu sein, ist das einer der Gründe, warum ich gekommen bin, Miss Pym. Sie sehen, ich bin dem Klatsch bis zu seiner Quelle nachgegangen...« Großherzig wollte Sir George Benjamin nicht in Schwierigkeiten bringen, da Miss Pym ganz offensichtlich nicht wußte, daß ihr Lakai ihm geschrieben hatte.

»Ich schäme mich so!« rief Hannah. Sie machte Anstalten aufzuspringen, aber er legte ihr eine Hand auf den Arm. »Bleiben Sie! Ich habe, glaube ich, mein Bestes getan, um das Gerücht unschädlich zu machen, und deshalb bin ich jetzt da.«

Tränen stiegen Hannah in die Augen. »Ich hätte nicht gedacht, daß Sie mich noch einmal sehen wollen.«

»Meine liebe Freundin, das ist der eigentliche Grund, warum ich gekommen bin. Ich konnte es nicht ertragen, an Ihren Kummer zu denken. Wir werden nie wieder von dieser Angelegenheit sprechen. Ich gebe meine Freundin nicht wegen eines Gerüchtes auf.«

Sie hätte froh sein sollen, erleichtert, aber sie war sich nur seiner Hand auf ihrem Arm bewußt und spürte, wie ihr diese Berührung den Atem raubte, wie sie sich nach ihm sehnte, während er mit schlichter Freundschaft in den Augen auf sie herunterlächelte. »Vielen Dank«, sagte sie. »Ich schätze Ihre Freundschaft sehr.«

Monsieur Grenier erschien vor der Hütte und rief sie zu sich. Er schien sich erstaunlich gut von seiner schweren Prüfung erholt zu haben und ein kindliches Entzücken über die mögliche Gefangennahme seiner Peiniger zu empfinden. Nun, dachte Hannah, er hat schließlich recht.

Monsieur Grenier führte sie zur Hütte und zeigte stolz auf die Puppen am Boden. Im Halbdunkel sahen sie bemerkenswert lebensecht aus. Hannah bückte sich und sah sie sich genauer an. Ihr Umhang und ihr Unterrock waren mit Blättern ausgestopft worden. Der »Kopf« war aus Papierschnitzeln und Blättern gemacht; mit dem Hut darauf und sozusagen auf dem Gesicht liegend, sah er wirklich sehr echt aus.

Der Marquis, Benjamin und Yvonne kamen zu ihnen herein.

»Jetzt«, sagte der Marquis, »sollten wir nicht mehr hier herumstehen. Es ist Zeit, daß wir uns im Wald hinter der Hütte verstecken. Die Baumstämme sind um die Hütte herum aufgestapelt, so daß wir sie leicht heranrollen und die Tür blockieren können.«

Sie folgten ihm aus dem Halbdunkel der Hütte nach draußen.

»Wir wollen jetzt die Tür verriegeln und warten«, sagte der Marquis.

»Was ist, wenn einer draußen wartet?« fragte Yvonne.

»Dann werden wir versuchen müssen, ihn zu überwältigen.«

»Was tun wir jetzt?« fragte Hannah, während sie im Wald hinter der Hütte in Deckung gingen.

»Wir können nichts anderes tun als warten«, erwiderte der Marquis. »Zum Glück ist es warm«, fügte er mit einem Blick auf die Damen ohne ihre Umhänge und die Männer ohne ihre Jacketts hinzu. »Ich muß mich noch einmal bei Ihnen entschuldigen, Miss Pym. Ich muß Ihnen als Mann ohne jeden Unternehmungsgeist erschienen sein. Aber meine Befürchtungen galten nur Miss Grenier, nicht mir selbst.«

Benjamin erhielt den Auftrag, auf einen der Bäume zu klettern, von wo aus er den Fluß überblicken konnte. Die anderen setzten sich ins Gras.

Der Marquis sah Monsieur Grenier an. »Können Sie mir jetzt, da wir einen Augenblick Ruhe haben, sagen, warum die beiden Ihr Zimmer durchwühlt haben? Wir haben gedacht, Sie seien ihnen entkommen, da Ihre Toilettensachen nicht mehr da waren.«

»Ich habe sie mit ein paar anderen Habseligkeiten an meinem Arbeitsplatz gehabt. Für den Fall, daß ich schnell fliehen mußte. Aber sie haben mich von da abgeholt. Sie haben mir gesagt, sie hätten Yvonne in ihrer Gewalt. Sie konnten sie beschreiben und auch sagen, mit welcher Postkutsche sie gereist war. Ich habe nicht an eine Täuschung gedacht. Ich bin mit ihnen gegangen.«

»Aber warum haben sie Ihre Papiere durchsucht?«

»Ein Freund von mir ist vor kurzem aus Frankreich geflohen. Er hat interessante Unterlagen mitgebracht. Darin findet sich der Beweis, daß Petit vor der Revolution für beide Seiten gearbeitet hat. Er hat als Spion für die Regierung gearbeitet und für die andere Seite als Gegenspion. Wahrscheinlich hatte er den Verdacht, daß ich diesen Beweis habe.«

»Und haben Sie ihn?« fragte Hannah.

»Ich trage ihn in meiner Hose eingenäht.«

»Warum haben Sie ihn nicht nach Frankreich geschickt?« fragte der Marquis. »Petit wäre hingerichtet worden.«

»Viele Richter sind von Petit ernannt worden und hätten die Sache vertuschen können. Was für eine Rolle spielen Sie bei all dem, Mylord?«

Hannah lauschte begierig, in der Hoffnung, er werde sagen, daß ihn die Sorge um Yvonne treibe.

»Ich denke, ich kann Ihnen allen jetzt so weit vertrauen, daß ich die Wahrheit sagen kann«, meinte der Marquis. »Ich wurde vom Kriegsministerium beauftragt, Monsieur Petit zu folgen und herauszufinden, was er im Schilde führt. Das schien ein interessanterer Plan zu sein, als ihn auf der Stelle zu verhaften. Und so lernte ich Ihre Tochter kennen, Monsieur Grenier. Ich hatte auch den Auftrag, mich zu überzeugen, daß Sie sich wirklich von der Revolution abgewandt haben. Sie haben schließlich einmal für sie gearbeitet.«

»Können Sie verstehen, warum?« verteidigte sich Monsieur Grenier.

»O doch, es gibt auch in diesem Land viele, die vom Ideal der Gleichheit verführt worden sind. Es sind nicht die Ideale, die falsch sind, sondern ihre Verwirklichung. Das Blutvergießen geht immer noch weiter, nicht wahr?«

»So viel ich weiß, ja.« Monsieur Grenier überlief ein Schauer.

»Werden Sie weiter in York leben?«

»Mit meiner Tochter, ja. Ich kann als Schreiner recht gut leben. Es ist sehr nützlich, einen zweiten Beruf zu haben.«

Sir George bemerkte den enttäuschten Ausdruck in Hannahs Gesicht und dachte belustigt, daß die reisende Ehestifterin ihre Lieblingsbeschäftigung nicht einen Augenblick lang aufgeben konnte, nicht einmal, wenn sie im Gras saß, keinen Hut, keinen Umhang und keinen Unterrock trug und auf bewaffnete französische Spione wartete.

Yvonne saß still da, die Hände gefaltet. Als sie so dagelegen hatte, gefesselt und geknebelt, war sie froh gewesen, daß er sie geküßt hatte. Das würde eine Erinnerung sein, die sie wärmte, wenn sie mit ihrem Vater nach einer Gerichtsverhandlung, die den Namen nicht verdiente, in Paris das Schafott bestieg. Sie wünschte jetzt, sie hätte Hannah nicht bei diesem verrückten Unterfangen, Petit und Ashton in die Falle zu locken, unterstützt. Sie wollte fort und den Marquis so schnell wie möglich vergessen, ein neues Leben als Schreinerstochter beginnen. Vielleicht würde sie den Sohn eines Schreiners heiraten, einen ehrenwerten und anständigen Mann.

Im Laub über ihnen raschelte es, und Benjamin ließ sich geschickt aus dem Baum aufs Gras fallen. »Dieses Mal sind sie zu viert«, sagte er.

»Verdammt«, murmelte der Marquis. Er blickte Benjamin von oben bis unten an. »Was halten Sie von einer Rauferei?«

»Immer bereit«, sagte Benjamin mit einem Grinsen.

»Die anderen bleiben hier. Benjamin, kommen Sie! Wir müssen versuchen, vielleicht zwei von ihnen aus dem Hinterhalt zu überfallen und ihnen die Waffen abzunehmen. Sir George, kommen Sie auch mit! Schließen und verriegeln Sie die Tür, sobald Sie eine Gelegenheit dazu sehen.«

Als sie gegangen waren, ergriff Hannah Yvonnes Hand. »Wir wollen an den Waldrand, Yvonne. Vielleicht können wir helfen.«

»Ja, Hannah«, flüsterte Yvonne.

»Ich komme mit euch«, sagte Monsieur Grenier leise.

Sie kauerten sich hinter einige Büsche und spähten hindurch. Sie konnten weder den Marquis noch Benjamin oder Sir George sehen.

Mr. Ashton stieg als erster aus dem Boot, eine Zigarre zwischen den Zähnen und eine Pistole an der Hüfte. Hinter ihm kam Monsieur Petit, aber unbewaffnet. Zwei kräftig aussehende Männer folgten ihnen.

»Ihr könnt eure Waffen im Boot lassen«, hörte Yvonne Monsieur Petit auf französisch sagen. »Unsere Täubchen werden keinen Widerstand leisten.«

»Ich sag' Ihnen eines, Petit«, ließ sich Mr. Ashton in gedehntem Englisch vernehmen, »diese Grenier ist ein hübsches Weibsbild. Was halten Sie davon, wenn ich zuerst ein bißchen Spaß mit ihr habe?«

»Wenn sie an Bord des Schiffes ist, können Sie so viel Spaß haben, wie Sie wollen«, erwiderte Monsieur Petit.

Hannah spürte, wie Yvonne neben ihr im Gebüsch zitterte, und flüsterte: »Nur Mut!«

Die vier schlenderten auf die Hütte zu. Monsieur Petit und Mr. Ashton gingen hinein, und in der nächsten Sekunde stürzten sich der Marquis und Benjamin auf die zwei Männer, die davor warteten. Sir George schlug die Hüttentür zu, verriegelte sie und lehnte sich keuchend dagegen.

Hannah, Yvonne und ihr Vater kamen aus der Deckung der Büsche und schauten aufgeregt zu.

Benjamin grinste, als er um einen der Männer herumtänzelte. »Hoch mit den Pfoten!« krähte er.

Aber der Marquis von Ware hatte nicht vor, Zeit zu verschwenden, indem er den Sportsmann spielte. Er versetzte seinem Widersacher einen Schwinger in den Magen, und als sich der Mann krümmte, brachte er ihn mit einem Schlag in den Nacken zu Fall.

Hannah eilte zu dem Boot, wo sie eine der Pistolen ergriff und zurücklief – gerade zur rechten Zeit, denn Benjamins Gegner hatte ein gefährlich aussehendes Messer gezogen.

Hannah rammte die Pistole in den Nacken des Franzosen und sagte: »Keine Bewegung!« Er verstand nicht, was sie sagte, aber er verstand sehr wohl, was der Druck der kalten Pistolenmündung an seinem Nacken bedeutete.

Der Marquis kam herbei, nahm Hannah die Pistole aus der Hand und schlug dem Franzosen das stumpfe Ende der Waffe auf den Kopf; er sank ohnmächtig ins Gras.

Jetzt aber bahnte sich ein Milizaufgebot, an dessen Spitze John Hughes marschierte, krachend den Weg durch das Unterholz.

»Gott sei Dank ist alles vorbei«, sagte Hannah, und sie barg das Gesicht an Sir Georges Brust.

8

An diesem Abend dachte Hannah, daß die Justizbehörden wohl nicht aufhören würden, ihr Fragen zu stellen. Ashton, Petit und ihre zwei französischen Helfershelfer waren im Gefängnis. Auch die Mannschaft des französischen Schiffs, das sich vor Scarborough verborgen hatte, um die Greniers nach Frankreich zu bringen, war verhaftet.

Es war der Marquis, der, nach einem Blick auf das angespannte Gesicht von Yvonne, der Befragung ein Ende setzte. Er gab zu bedenken, daß die Damen müde seien und, falls nötig, am nächsten Tag wiederkommen könnten.

Als sie vor dem Gerichtsgebäude standen, sagte der Marquis: »Ich bin überzeugt, daß keiner von uns nach Bradfield Park zurück will.«

John Hughes ergriff das Wort. »Lucy wird Miss Pym und Sir

George sehen wollen«, meinte er. »Wir haben auf dem Hof genug Platz für Sie alle.«

Zu Hannahs großer Freude nahmen alle die Einladung an, sogar Sir George. Sie hatte schon befürchtet, daß er sich dafür entscheiden könnte, in sein Zimmer im Gasthof zurückzukehren. Benjamin erbot sich, nach Bradfield Park zu fahren und ihr Gepäck zu holen, auch Sir Georges Koffer aus dem Gasthof, und so machten sich alle in einer Kutsche nach Rosewood Farm auf.

Je näher sie dem Bauernhof kamen, desto mehr fragte sich Hannah, wie Mrs. Clarence sie aufnehmen werde. Mrs. Clarence war schließlich ihre Herrin gewesen. Womöglich mißbilligte sie es, daß eine ehemalige Dienerin auf so vertrautem Fuß mit ihrem Schwager stand. Allerdings war Mrs. Clarence, das rief sich Hannah ins Gedächtnis zurück, mit einem Lakaien durchgebrannt, hatte also keinen Grund, auf dem hohen Roß zu sitzen.

Hannah schien die Zeit stehengeblieben zu sein, als sie Mrs. Clarence auf den Eingangsstufen des Hauses stehen sah. Sie selbst war plötzlich schüchtern wie das kleine Spülmädchen, das sie gewesen war, als die siebzehnjährige Mrs. Clarence den Dienern von Thornton Hall als Herrin vorgestellt worden war.

Sir George half Hannah aus der Kutsche, und Hannah versank in einen tiefen Knicks. Aber Mrs. Clarence ergriff ihre Hände, zog sie zu sich herauf und umarmte sie. »Hannah, was für eine große Dame Sie geworden sind! Und wie flott!« rief sie freundlich.

Hannah stellte Yvonne und ihren Vater vor und dann den Marquis.

Mrs. Clarence blickte Yvonne mitfühlend an. »Sie Arme, Sie müssen ja erschöpft sein! Und wie verloren müssen Sie sich fühlen, wo wir alle gedankenlos englisch plappern.« Sie ging zu fließendem Französisch über. »Kommen Sie mit mir! Sie teilen ein Schlafzimmer mit Miss Pym. Ich glaube nicht, daß Sie aufbleiben und reden sollten. Sie müssen sich erst einmal richtig ausschlafen.«

Die anderen folgten ihnen ins Haus. Der Marquis war enttäuscht. Er hatte gehofft, daß Yvonne nicht auf der Stelle zu Bett gehen werde, hatte gehofft, daß er Anzeichen von Zuneigung an ihr entdecken werde. Er brachte es nicht fertig, sich einzugestehen, daß er dem Schmerz über eine Zurückweisung nicht gewachsen wäre.

Er konnte sich nur über die Spannkraft von Miss Pym wundern, die mit Benjamin hinter ihrem Stuhl in der Stube saß und immer noch redete und lachte, während ihre Augen je nach ihrer Stimmung die Farbe wechselten. Sie sah aus, als ob ihr während des vergangenen Tages überhaupt nichts Ungewöhnliches zugestoßen sei. Monsieur Grenier entschuldigte sich mit dem Hinweis, daß er noch mit seiner Tochter sprechen wolle, bevor sie sich schlafen legte.

Der Marquis sah ihm nach. Ob Yvonne ihm von diesem Kuß erzählte?

Monsieur Grenier betrat das Zimmer seiner Tochter, als sie gerade ins Bett ging. Sie lächelte ihn an und sagte: »Es fällt mir schwer zu glauben, daß wir jetzt in Sicherheit sind.«

Er setzte sich neben das Bett. »Willst du mir etwas von diesem englischen Marquis erzählen?« bat er.

»Da gibt es nicht viel zu erzählen. Er reiste eigens mit der Kutsche, um Monsieur Petit zu verfolgen. Er war sehr liebenswürdig und hat unsere Übernachtungen auf der Fahrt und in York bezahlt. Ich möchte ihm das Geld zurückzahlen, Papa.«

Monsieur Grenier musterte sie. »Du hast dich in feinen Kreisen bewegt, und ich hoffe, es hat dir den hübschen Kopf nicht verdreht. Diese englischen Aristokraten sind recht ungezwungen in ihrem Benehmen. Sie heiraten jedoch nicht unter ihrem Stand.«

»Natürlich nicht«, murmelte Yvonne.

»Du bist unter ungewöhnlichen Umständen in seiner Gesellschaft gewesen. Hat er Annäherungsversuche unternommen?«

»Du vergißt, Papa, daß ich von dem Augenblick an, als ich

London verlassen habe, unter den Fittichen von Miss Pym stand.«

»Ah ja, Miss Pym. Eine starke Persönlichkeit. Ich bewundere sie. Wir werden uns in York eine kleine Wohnung suchen und ihr dann unsere Adresse mitteilen.«

»Das wäre mir recht.«

»Mrs. Clarence hat vor, uns bei der Wohnungssuche zu helfen. Sie hat gesagt, wir können ein paar Tage hier bleiben und uns erholen. Wie Miss Pym ist sie eine vortreffliche Dame. Woher kennst du sie?«

Yvonne erzählte ihm von Hannahs Herrin, die mit dem Lakaien durchgebrannt war. »Wenn ich es richtig verstanden habe, heiraten sie nächste Woche.«

»Dich unter einem solchen Dach zu wissen wäre mir normalerweise nicht ganz recht«, erwiderte Monsieur Grenier, »aber nachdem ich Mrs. Clarence kennengelernt habe, kann ich sie nicht anders als gutherzig, ja reizend finden. Jetzt will ich dich aber schlafen lassen.« Er erhob sich. »Du hast viel durchgemacht, Yvonne. Ich werde an meinen alten Arbeitsplatz zurückkehren. Sie werden froh sein, wenn ich wiederkomme. Bald werde ich dir eine kleine Mitgift geben können. Unter unseren Landsleuten in der Stadt gibt es nicht wenige junge Männer.« Er beugte sich zu ihr hinab und küßte sie auf die Wange. Dann richtete er sich überrascht auf. »Tränen, Yvonne? Was fehlt dir?«

Yvonne wandte das Gesicht ab. »Ich bin müde, Papa. Ich muß nur einmal richtig ausschlafen.«

Monsieur Grenier begab sich mit einem unbehaglichen Gefühl nach unten. Er hoffte, daß Yvonne sich mit ihm in York niederließ und einen Ehemann fand. Er blieb kurz auf der Schwelle des Wohnzimmers stehen. Was für ein gutaussehender Mann der Marquis von Ware doch war! Er zog Hannah gerade wegen ihrer Abenteuer auf, und seine Augen glänzten schalkhaft. Welche Frau konnte einem solchen Mann widerstehen!

Nach einer Stunde allgemeiner Unterhaltung beschloß man,

schlafen zu gehen. Hannah begab sich nach oben in das Zimmer, das sie mit Yvonne teilte. Trotz ihrer zur Schau getragenen Heiterkeit war ihren scharfen Augen nichts entgangen. Sie hatte wohl bemerkt, wie Monsieur Grenier den Marquis gemustert hatte, als er zurückgekommen war, nachdem er seiner Tochter gute Nacht gesagt hatte.

Da erblickte sie auf dem Nachttisch eine bekannte Schachtel. Verwundert nahm sie sie in die Hand und öffnete sie. Oben lag ein Zettel. »Ich habe sie zurückgeholt. Ich habe mir gedacht, Sie möchten sie nicht missen. Benjamin.«

»Der wunderbare Junge«, flüsterte Hannah und betrachtete die Geschenke, die ihr Sir George gemacht hatte und die zusammen mit dem Löffel aus der Konditorei Gunter und dem Handschuh in der Schachtel lagen.

Kurz stand ihr, während sie die Schachtel mit den wiedergewonnenen Schätzen an sich drückte, das Bild einer alten Hannah Pym vor Augen, die diese Erinnerungsstücke hin und her wendete und an die Zeiten dachte, als das Leben voller Hoffnung und Farbe gewesen war. Nun, sie würde Sir George am nächsten Morgen wiedersehen. Sie mußte sich an seiner Gesellschaft freuen, solange sie sie hatte, in der Gegenwart leben und versuchen, nicht an die Zukunft zu denken.

Yvonne erwachte in der Morgendämmerung. Neben ihr schlief Hannah ruhig und fest. Ihr Kopf war ein wahrer Wald von Lockenwicklern. Yvonne bemühte sich, wieder einzuschlafen, aber die Vögel sangen laut, und die Sonne schien hell durch einen Spalt zwischen den Vorhängen.

Sie beschloß, aufzustehen und einen Spaziergang zu machen, bevor sie wieder mit den anderen zusammentraf. Sie musterte ihre Kleider und wählte das am wenigsten getragene, ein Gewand aus grünem Jakonett mit nur einem Volant am Saum und einem hohen Kragen mit einer kleinen Rüsche. Eine der Damen, denen sie Französischunterricht erteilte, hatte es ihr statt der

Bezahlung geschenkt. Sie zog ein Paar Halbstiefel an, denn das Gras würde feucht vom Morgentau sein, und warf sich einen breiten salbeigrünen Wollschal um die Schultern.

Es war Sonntag, und niemand im Haus regte sich. Als sie in den prachtvollen Morgen hinaustrat, hörte sie die Kirchenglokken von York leise über die Felder klingen. Sie ging um das Haus herum und fand an seiner Rückseite einen herrlichen Garten. Rote und weiße Rosen rankten sich an der Wand hoch. Am Ende des Gartens floß ein Fluß vorbei. An seinem Ufer standen Weiden, deren Zweige sich in dem Wasser spiegelten. Die Sonne schien warm. Sie setzte sich auf eine hölzerne Bank und lauschte dem Fließen des Wassers.

Auf einmal hörte sie einen leisen Schritt auf dem Rasen hinter sich und wandte sich um.

Es war der Marquis von Ware. In seinem Rüschenhemd, dem blauen Jackett, der Kniehose und den Stiefeln sah er höchst elegant aus. Sein Hut saß ihm verwegen auf dem Kopf.

Yvonne verspürte plötzlich Angst und fragte: »Wollen Sie uns verlassen?«

»Nur, um nach York zu fahren«, sagte er, während er sich neben sie setzte. »Haben Sie gut geschlafen?«

»Ja, danke.«

»Was haben Sie denn für Zukunftspläne, jetzt, da Sie wieder mit Ihrem Vater vereint sind?«

»Wir haben gestern abend darüber gesprochen. Er wird an seinen Arbeitsplatz in der Schreinerwerkstatt zurückkehren. Mrs. Clarence sagt, wir können bei ihr bleiben, bis wir eine Wohnung gefunden haben. Das Zimmer über dem Gemüseladen ist für uns beide ungeeignet.«

»Und was wollen Sie selbst machen?«

»Ich werde als Französischlehrerin und Näherin arbeiten und mir eine Mitgift zusammensparen. Dann wird Papa unter unseren Landsleuten einen passenden Ehemann für mich suchen. Und was ist mit Ihnen, Mylord?«

»Ich werde nach ein paar Wochen in London auf meine Güter zurückkehren.«

»Aber nicht in der Postkutsche?«

»Nein, ganz bestimmt nicht in der Postkutsche. Diese Art des Reisens will ich Leuten wie Miss Pym überlassen.«

»Sir George scheint keinen Anstoß an dem Skandal genommen zu haben«, meinte Yvonne.

»Es wäre ja wohl in höchstem Grad lächerlich, wenn er gekränkt wäre«, erwiderte der Marquis. Und dann sagte er, als handelte es sich um die natürlichste Sache der Welt: »Bitte werden Sie meine Frau.«

Ihre Augen begannen zu leuchten, und sie rief: »Aber Sie können doch nicht die Tochter eines Schreiners heiraten!«

»Ihr Vater braucht dann nicht mehr zu arbeiten.«

Sie blickte scheu zu ihm auf. »Sind ... sind Sie sicher, daß Sie mich heiraten wollen?«

Er zog sie stürmisch an sich, küßte sie auf den Mund und verlor sich wie schon einmal im Genuß ihrer Lippen. Die Welt begann sich um sie herum zu drehen. Er versuchte, seine wachsende Leidenschaft zu zügeln, und spürte doch immer, wie sie durch die starke Erregung in dem leichten Körper, den er an sich preßte, immer neue Nahrung erhielt.

Über ihnen stützte Hannah Pym ihren Ellbogen auf das sonnenwarme Fensterbrett und sah ihnen höchst interessiert zu. Dann ging sie nach unten.

Benjamin kam in das Wohnzimmer, während Hannah am offenen Fenster saß und die Morgenluft genoß. Sie blickte auf. »Danke für meine Schachtel, Benjamin«, sagte sie. »Sie sind der beste aller Diener.«

»Ich hab' mir gedacht, daß Sie sie nach einer Weile doch wiederhaben wollen«, murmelte Benjamin.

Monsieur Grenier trat jetzt ins Zimmer, verbeugte sich vor Hannah und führte ihre Hand an seine Lippen. »Ich habe noch keine Zeit gefunden, Miss Pym, mich bei Ihnen dafür zu bedanken, daß Sie sich meiner Tochter angenommen haben. Sie sind eine mutige und tapfere Dame.«

Hannahs bläßliches Gesicht überzog sich vor Freude mit einer leichten Röte.

»Was für ein wunderschöner Morgen«, rief Monsieur Grenier aus. »Hätten Sie Lust, mit mir einen Spaziergang zu machen, Miss Pym?«

Hannah dachte nach. Sie wollte nicht, daß das Paar im Garten gestört wurde. Auf der anderen Seite, was war, wenn der Marquis Yvonne keinen Heiratsantrag gemacht hatte? Und sie hatten genug Zeit gehabt. Sie faßte einen Entschluß. »Ja, sehr gern, Monsieur Grenier. Benjamin, Sie können hier bleiben.«

Hannah und Monsieur Grenier hatten den Garten kaum betreten, als Hannahs Begleiter stehen blieb und entsetzt auf das Bild starrte, das sich ihnen bot. Seine Tochter wurde von dem Marquis von Ware leidenschaftlich geküßt und schien es auch noch zu genießen. »Nein, nein, nein!« rief er aus, und die jungen Leute lösten sich voneinander.

Hannah legte Monsieur Grenier eine Hand auf den Arm und sagte ganz ruhig: »Ich denke, Mylord hat Ihnen etwas zu sagen.«

Der Marquis ergriff Yvonnes Hand, kam mit dem Mädchen herbei und sagte schlicht: »Ich habe den Wunsch, Ihre Tochter zu heiraten, Sir. Ich hoffe, Sie geben uns Ihren Segen.«

Monsieur Grenier blickte sie völlig verblüfft an. Er hatte ganz andere Pläne für seine Tochter. »Ich glaube nicht, Mylord, daß Sie gründlich genug darüber nachgedacht haben«, erwiderte er. »Sie führen ein großes Haus und haben viele Diener, nicht wahr? Meine Tochter ist an ein bescheideneres Leben gewöhnt.«

»Ich heirate Ihre Tochter nicht, um eine Haushälterin zu haben«, sagte der Marquis. »Ich heirate sie, weil ich sie liebe und ohne sie nicht leben kann.«

Hannah wurde plötzlich abgrundtief traurig. Kein Mann würde zu ihr je solche Worte sagen.

»Monsieur Grenier und ich sollten ins Haus gehen, wo wir die Angelegenheit unter vier Augen besprechen können. Miss Pym, wollen Sie Miss Grenier Gesellschaft leisten?« fuhr der Marquis fort.

Er und der Franzose entfernten sich.

»Was haben sie nur zu besprechen?« fragte Yvonne. »Ich liebe ihn, er liebt mich, und das ist alles, was zählt.«

»Ich glaube, Ihr Papa wird sich nach dem Ehevertrag erkundigen«, sagte Hannah. »Wir wollen uns setzen. Ja, ein Ehevertrag ist etwas sehr Wichtiges.«

»Aber was ist, wenn sich Papa gegen eine Heirat sträubt? Er könnte Ware überzeugen, daß wir nicht zusammenpassen, weil unser Herkommen so verschieden ist.«

»Sie machen sich Sorgen, und Ihre Sorgen sind ganz unnütz«, erwiderte Hannah. Dann veranlaßte sie ihre grenzenlose Neugier zu fragen: »Nennen Sie ihn Ware, wenn Sie... hm...«

Yvonne errötete und lachte. »Ich kenne noch nicht einmal seinen Vornamen.«

»Sie sollten die Gesellschaftsspalten lesen«, meinte Hannah. »Er heißt Rupert.«

»Rupert«, wiederholte Yvonne versonnen.

Sie saßen ungefähr eine halbe Stunde da, als der Marquis und Monsieur Grenier wieder in den Garten kamen.

Yvonne lief ihnen entgegen und trat zu dem Marquis.

Monsieur Grenier hob die Hände. »Ihr habt meinen Segen.«

Hannah gratulierte beiden herzlich.

Dann kam Mrs. Clarence in den Garten und erfuhr die gute Nachricht. »Heiraten liegt augenblicklich wohl in der Luft«, sagte sie fröhlich. »Liebe Hannah, es wäre mir eine große Ehre, wenn Sie bei meiner Hochzeit meine Brautjungfer wären. Sir George soll mich zum Altar führen.«

Hannah erklärte sich einverstanden, während ihr Herz einen

Sprung machte. Sie würde noch eine ganze weitere Woche mit Sir George zuammensein können!

»Jetzt muß ich nach York«, erklärte der Marquis. »Ich werde nicht lange fort sein.«

»Und Miss Pym und ich werden unseren Spaziergang wieder aufnehmen«, sagte Monsieur Grenier. Er verbeugte sich und reichte ihr den Arm.

Yvonne verabschiedete sich im Hof lange von dem Marquis, während Mrs. Clarence wieder ins Haus ging.

Benjamin stand niedergeschlagen in der halbdunklen Diele.

»Falls Sie Miss Pym suchen, sie macht mit Monsieur Grenier einen Spaziergang«, rief Mrs. Clarence.

»Darf ich Sie um einen Rat bitten?« fragte Benjamin.

»Natürlich. Kommen Sie mit.« Mrs. Clarence ging vor ihm her in ein kleines Damenzimmer am Ende der Diele und nahm in einem Sessel Platz. »Sie können sich einen Stuhl nehmen, Benjamin«, sagte sie. »Ich weiß nicht, ob ich es sagen soll, aber die Hannah Pym, die ich kannte, hätte keinem Diener die Freiheiten erlaubt, die sie Ihnen einräumt.«

»Ich würde für sie sterben«, rief Benjamin.

»Ihre Treue macht Ihnen alle Ehre, junger Mann. Und wie kann ich Ihnen helfen?«

Benjamin beugte sich eifrig vor. »Es ist folgendes. Miss Pym schwärmt für Sir George, und die beiden würden ein großartiges Paar abgeben.«

»Sir George«, erwiderte Mrs. Clarence vorsichtig, »hat Miss Pym sehr gern. Das kann jedermann sehen. Aber jemand wie mein Schwager, der seit so langer Zeit Junggeselle ist, neigt nicht zu romantischen Gefühlen. Außerdem ist er mit ihr schon in der denkbar romantischsten Situation gewesen. Er hat ihr das Leben gerettet und mit ihr ein Abenteuer bestanden. Ich weiß nicht, was man sonst noch tun könnte.«

»Eifersucht«, rief Benjamin. »Sie könnte ihn auf die richtige Spur setzen.«

»Wollen Sie damit vorschlagen, daß Sie Ihre Herrin umwerben wollen, um Sir George eifersüchtig zu machen?«

»Nein!« Benjamin machte ein entgeistertes Gesicht. »Ich doch nicht. Monsieur Grenier könnte ihr den Hof machen.«

»Dafür ist Fingerspitzengefühl vonnöten. Sie müssen mir die Angelegenheit überlassen. Jetzt fällt mir ein, daß ja noch niemand gefrühstückt hat, so viel haben wir übers Heiraten gesprochen. Wissen Sie schon, daß Lord Ware und Miss Grenier heiraten werden?«

»Nein. Aber das überrascht mich nicht. Miss Pym hat es vermutlich in die Wege geleitet. Sie braucht ein Paar nur anzusehen, und schon beginnt es ans Heiraten zu denken.«

»Holen Sie Sir George und sagen Sie ihm, er soll zum Frühstück kommen. Wir werden etwas für Miss Pym und ihren Verehrer aufheben.«

Bei einem herzhaften Frühstück erfuhren Sir George und John Hughes alles über Yvonnes bevorstehende Heirat, und Yvonne saß strahlend vor Glück da.

»Aber wo ist denn unsere reizende Ehestifterin?« fragte Sir George. »Miss Pym liebt es doch über alles, Heiraten in die Wege zu leiten.«

»Miss Pym weiß schon über alles Bescheid«, erwiderte Mrs. Clarence. »Sie macht mit Monsieur Grenier einen Spaziergang. Sie werden wohl nicht lange ausbleiben. Sie haben noch nicht gefrühstückt.«

Aber es vergingen mehr als zwei Stunden, ohne daß Hannah auftauchte. Sir George machte sich allmählich Sorgen um sie. Schließlich nahm er seinen Hut und sagte, er wolle sich auf die Suche nach ihr machen.

Hannah und Monsieur Grenier hatten den Garten vor längerer Zeit verlassen und waren aufs Land hinausgewandert. Hannah war entschlossen, so lange wie möglich fortzubleiben, um Sir George zu zeigen, daß ein anderer Mann ihre Gesellschaft schätzte. Was Monsieur Grenier betraf, so hatte er das Gefühl, daß er schon lange mehr keine Zuhörerin gehabt hatte, die so lebhaften Anteil an seinen Sorgen nahm. Aber schließlich bekamen sie beide Hunger, und so schlenderten sie zum Hof zurück. Monsieur Grenier wurde immer glücklicher, je mehr sie sich ihm näherten. Er hatte sich alles, was ihn bedrückte, von der Seele geredet. Seine Zukunft lag golden vor ihm. Seine Tochter sollte einen Mann heiraten, den sie liebte. Sie waren endlich in Sicherheit. Er sah Sir George nicht, der auf sie zukam, sondern wandte sich an Hannah und rief: »Sie sind wundervoll!« Und er packte die Erstaunte und gab ihr einen schallenden Kuß auf die Wange.

Hannah lief rot an und lachte; dann bemerkte sie Sir George, der dastand und ihnen zusah.

Sir Georges erster Gedanke war, daß Hannah kein Recht hatte, sich von jemand küssen zu lassen, wenn sie den Schal trug, den er ihr geschenkt hatte. Aber als Diplomat grüßte er sie höflich und erinnerte sie daran, daß sie noch nicht gefrühstückt hatten. Er begleitete sie zurück zum Hof und betrachtete Monsieur Grenier, der Hannahs Arm genommen hatte, mißmutig von der Seite.

»Ich habe den Eindruck«, sagte Mrs. Clarence, als sie das Trio ankommen sah, über die Schulter zu Benjamin, »daß unsere Miss Pym alles sehr gut im Griff hat.«

Sir George bemerkte, daß ihn die Luft noch einmal erstaunlich hungrig gemacht habe; er werde Miss Pym und Monsieur Grenier am Frühstückstisch Gesellschaft leisten.

Als sie fertig waren, bat Sir George Hannah, ihm den Garten zu zeigen. Aber sie mußten feststellen, daß eine merkwürdige Befangenheit zwischen sie getreten war. Hannah konnte nicht in ihrer üblichen unbefangenen Weise mit ihm plaudern.

Der Marquis erhielt eine Sondergenehmigung und plante, Yvonne noch in York zu heiraten; Hannah sollte deren Brautjungfer sein. Er hatte auf eine schnelle Hochzeit gedrängt, weil seine Leidenschaft für Yvonne mit jedem Kuß wuchs.

Monsieur Grenier strahlte vor Freude, weil er das Glück seiner Tochter vor Augen hatte, aber Sir George dachte verbittert, daß der Franzose so glücklich sei, weil er in Hannah verliebt war.

Der Tag von Mrs. Clarences Hochzeit kam heran. Sie sollte auf dem Hof gefeiert werden, der zu diesem Anlaß mit Girlanden geschmückt wurde. Man hatte die Nachbarn nicht eingeladen, da alle glaubten, sie und John Hughes seien längst verheiratet. Die Knechte und Mägde hatten einen freien Tag.

Hannah war von Mrs. Clarence für ihren Auftritt als Brautjungfer in Seide gekleidet worden, und Sir George sagte sich, daß sie nie besser ausgesehen hatte. Als der schlichte Gottesdienst vorbei war und sie sich zum Hochzeitsmahl niederließen, das von Benjamin serviert wurde, fand sich Sir George neben Hannah plaziert, während sich Monsieur Grenier auf ihrer anderen Seite befand. Hannah beachtete die Konversationsregeln peinlich genau und widmete sich Sir George und Monsieur Grenier gleichermaßen. Sir George konnte jedoch nicht umhin festzustellen, wie entspannt sie mit dem Franzosen plauderte, während ihre Konversation mit ihm kaum von der Stelle kam. Er fühlte sich alt, während Hannah geradezu jung geworden zu sein schien. Mit einemmal sprang er auf und verkündete der überraschten Gesellschaft, daß er Kopfschmerzen habe und frische Luft brauche. Als sich die Tür hinter ihm geschlossen hatte, sagte Monsieur Grenier leise zu Hannah: »Meine Liebe, ich habe das Gefühl, daß Sie diesen Herrn erzürnt haben. Gehen Sie ihm nach!«

Hannah blickte den kleinen Franzosen an und errötete. Wie war er auf die Ursache von Sir Georges Mißgestimmtheit gekommen? Sie verließ still das Zimmer.

Wenige Augenblicke später stand sie am Eingang zum Garten. Sir George saß auf der hölzernen Bank am Fluß. Er hatte keinen Hut auf, und sein Haar glänzte in der Sonne wie Silber. Die Luft war schwül, und am westlichen Himmel bauten sich große schwarze Wolken auf. Aus der Ferne kam ein bedrohliches Donnergrollen.

Hannah ging zu der Bank und setzte sich neben Sir George. »Sind Ihre Kopfschmerzen schon besser?« fragte sie sanft.

»Ja, vielen Dank.« Sir George betrachtete die Silberschnallen auf seinen Schuhen, als ob sie die interessantesten Dinge seien, die er je gesehen hatte.

»Vielleicht kann ich Ihnen etwas aus dem Haus holen? Ein Glas heiße Milch vielleicht?«

»Nein, nein. Es wäre besser, Sie würden mich in Frieden lassen, Miss Pym.«

»Gut.« Sie stand traurig auf.

»Nein, setzen Sie sich. Ich bin ein wenig überreizt.« Er deutete zum Himmel. »Das Gewitter greift meine Nerven an, glaube ich.«

Der Donner grollte jetzt schon näher, und ein heftiger Windstoß wühlte die Oberfläche des Flusses auf.

Hannah setzte sich wieder. Ihr Seidenkleid glänzte im düsteren Licht des schnell heranziehenden Sturms ganz merkwürdig.

»Sie scheinen mir mit Monsieur Grenier auf ... auf sehr gutem Fuß zu stehen«, sagte Sir George.

»Er ist ein reizender Mensch«, erwiderte Hannah. »Er redet gern mit mir, glaube ich.«

Er wandte sich ihr zu. »Miss Pym, als Ihr Freund darf ich mir erlauben, Ihnen einen Rat zu geben. Seien Sie vorsichtig. Die Heirat mit einem Ausländer kann unter Umständen für eine Engländerin gefährlich sein.«

»Die Mitglieder des Königshauses heiraten unentwegt Ausländer«, widersprach Hannah.

»Was geht denn dort draußen vor?« rief Benjamin hinter den Zuschauern, die dichtgedrängt um ein Fenster standen, das auf den Garten hinausging.

»Noch nichts«, rief die neue Mrs. Hughes über die Schulter zurück. »Wenn sie nicht bald hereinkommen, werden sie noch ganz naß.«

»Sie wissen genau, was ich damit sagen will, Miss Pym«, sagte Sir George in diesem Augenblick. »Ich mache mir Gedanken um Ihr Wohlergehen, um Ihre Zukunft.«

»Machen Sie sich keine Sorgen, Sir George«, erklärte Hannah, »ich bin alt genug, um allein zurechtzukommen.«

»Wirklich? Und was wäre in dieser Hütte aus Ihnen geworden, wenn ich nicht gekommen wäre? Sie tun nichts Gescheiteres, als mit diesem Plappermaul von Lakaien kreuz und quer durch England zu reisen!«

»Jetzt gehen Sie aber zu weit, Sir George. Benjamin ist ein braver Diener, und ich möchte kein Wort gegen ihn hören. Er hat sich bereit erklärt, mit mir in einem Haus auf dem Land zu leben, und das ist ein großes Opfer für einen so klugen Menschen.«

Sir George blickte sie entsetzt an. »Wollen Sie etwa Ihren eigenen Lakaien heiraten?«

»Was sagen Sie da?« empörte sich Hannah. »Was ist in Sie gefahren? Sie wissen, daß Sie Unsinn reden. Was um alles in der Welt ist eigentlich los mit Ihnen?«

»Ich bin in Sie verliebt, verdammt noch mal«, sagte Sir George lautstark, »und ich weiß nicht, was ich tun soll.«

Hannah blickte ihn verblüfft an, aber schnell faßte sie sich. »Nun, warum heiraten Sie mich dann nicht?«

»Miss Pym... Hannah... wollen Sie damit sagen, daß Sie mich nehmen würden?«

Über ihren Köpfen donnerte es gewaltig. »Sir George«, sagte Hannah geduldig, »ich glaube, ich liebe Sie seit dem Morgen, als Sie mich am Fenster von Thornton Hall angetroffen und ich der vorbeifahrenden Postkutsche nachgesehen habe.«

Er zog sie an sich und küßte sie sanft. Es ist eine Freude,

Hannah zu küssen, dachte Sir George und schloß sie noch fester in die Arme.

Der Regen begann auf das sich küssende Paar zu fallen, zuerst in großen warmen Tropfen und dann in einem richtigen Guß.

»Nun ist's genug«, sagte Monsieur Grenier und zog seine kichernde Tochter vom Fenster fort.

»Richtig draufgängerisch ist unsere Miss Pym«, bemerkte der Marquis verwundert, »und wer hätte gedacht, daß ein alter Stockfisch wie Sir George so viel Feuer in seiner Diplomatenbrust birgt.«

Die Zuschauer zogen sich taktvoll vom Fenster zurück. Nur Benjamin blieb noch stehen und spähte hinaus. Dann schlug er auf dem Korridor ein paar Räder, bevor er den anderen nach unten folgte.

Zwei Monate waren vergangen, als Hannah, jetzt Lady George Clarence, nach einer Hochzeit, die in aller Stille in einer Londoner Kirche stattgefunden hatte, nach Thornton Hall zurückkehrte. Es war die erste Nacht ihrer Ehe. Benjamin war in der South Audley Street zurückgeblieben, um alles zu packen.

Hannah zog sich mit schnellen, nervösen Bewegungen aus und empfand es als sehr merkwürdig, zurück in Thornton Hall zu sein – jetzt als dessen Herrin.

Sie war sehr aufgeregt und hatte Angst vor der kommenden Nacht, hatte es aber nicht über sich bringen können, mit Sir George darüber zu reden. Sie konnte ihm nicht erklären, daß sie sich wie eine Siebzehnjährige fühlte. Sie zog das zarte Batistnachthemd mit den Spitzen an, das ihr Mrs. Clarence, die jetzige Mrs. Hughes, geschenkt hatte, kletterte ins Bett und lag flach auf dem Rücken da, wie ein Patient auf dem Operationstisch. Sie fror vor Aufregung. Ihre Hände waren kalt, ihre Füße wie Eis.

Sir George kam herein und ging in dem großen Schlafzimmer,

die Kerzen ausblasend, umher. Er stieg ins Bett und nahm Hannah in die Arme, und alle Furcht wich bei seiner Berührung von ihr.

Sie erwachte aus Gewohnheit früh am Morgen und glitt aus dem Bett. Sie zog die Vorhänge zurück und öffnete die Fensterläden.

Auf der Kensington Road kam die Postkutsche nach Exeter dahergefahren, gezogen von dampfenden Pferden, während die Passagiere auf dem Dach ihre Hüte festhielten.

»Komm wieder ins Bett, Hannah«, ertönte hinter ihr Sir Georges belustigte Stimme. »Deine Reisen sind vorbei.«

Sie wandte sich um und lächelte ihn schüchtern an. Dann ging sie ins Bett zurück und schmiegte sich in seine Arme.

Das Rollen der Kutsche verklang. Hannah wußte, daß sie zu Hause war.

Inhalt